MAYA HUGHES
The Rules We Break

MAYA HUGHES

THE

Rules

WE BREAK

Roman

*Ins Deutsche übertragen
von Katrin Reichardt*

LYX

LYX in der Bastei Lübbe AG
Dieser Titel ist auch als E-Book und als Hörbuch erschienen.

Die Bastei Lübbe AG verfolgt eine nachhaltige Buchproduktion. Wir
verwenden Papiere aus nachhaltiger Forstwirtschaft und verzichten darauf,
Bücher einzeln in Folie zu verpacken. Wir stellen unsere Bücher in Deutschland
und Europa (EU) her und arbeiten mit den Druckereien kontinuierlich
an einer positiven Ökobilanz.

Die Originalausgabe erschien 2021 unter dem Titel
»The Fourth Time Charm«.
Copyright © 2021 by Maya Hughes

Für die deutschsprachige Ausgabe:
Copyright © 2022 by Bastei Lübbe AG, Köln
Textredaktion: Jana Karsch
Umschlaggestaltung: © Sarah Buhr Covermanufaktur
unter Verwendung von Motiven von © banyat jantamas / Shutterstock;
Bilberry Create / Designbundles
Satz: Greiner & Reichel, Köln
Gesetzt aus der Adobe Caslon
Druck und Verarbeitung: GGP Media GmbH, Pößneck
Printed in Germany
ISBN 978-3-7363-1580-8

1   3   5   7   6   4   2

Sie finden uns im Internet unter lyx-verlag.de
Bitte beachten Sie auch: luebbe.de und lesejury.de

Für Dawn!
Jetzt, da ich dich gefunden habe,
lasse ich dich nie wieder gehen! :-P

1. KAPITEL

LJ

Sobald ich dieses vibrierende Ding, das irgendwo zwischen meinen Decken steckte, endlich gefunden hatte, würde ich es aus dem Fenster schmeißen.

Marisa hatte mir schon oft empfohlen, das Handy nach zehn Uhr abends in den Nachtmodus zu schalten, aber ich hatte ja nicht auf sie hören wollen. Ich würde jedenfalls dafür sorgen, dass sie niemals erfuhr, wie gut ihr Ratschlag gewesen war.

Normalerweise lag mein Handy immer auf dem Regal neben meinem Bett, aber diesmal war ich eingeschlafen, während ich für die Abschlussprüfungen gelernt und gleichzeitig den wachsenden Bluterguss an meinem Oberschenkel gekühlt hatte. Wenigstens standen bis zu den Sommerferien nur noch drei Frühjahrs-Football-Trainings an – und dann würde ich endlich eine Weile Ruhe vor Coach Saunders haben, der mich ständig auf dem Kieker hatte.

Warum hörte der Vibrationsalarm einfach nicht auf? Meine Arme und Beine lagen wie tonnenschwere Bleigewichte auf meiner Bettdecke. Krafttraining und Training auf dem Platz während der Saisonpause waren noch viel ätzender als jede Hell Week während der Spielzeit.

Nachdem ich meinem Ladekabel gefolgt war, fand ich schließlich mein Handy und stellte fest, dass ich fünf Benachrichtigungen über versäumte Anrufe hatte.

Mein Herz begann wie wild zu pochen. Die Anrufe stammten von einer unbekannten Nummer. Hatte vielleicht das Krankenhaus angerufen? War meinem Dad etwas passiert?

Bevor ich die Nummer antippen konnte, erwachte das Handy in meiner Hand erneut zum Leben. Ich nahm den Anruf noch vor dem ersten Klingeln an.

»Hallo?«

Jaulende Martinshörner und grollende Motorengeräusche übertönten die Stimme des Anrufers beinahe komplett. Ich presste die Hand auf mein freies Ohr, als ob das dabei helfen würde, die lauten Hintergrundgeräusche am anderen Ende der Leitung zu dämpfen.

Mein Herz fühlte sich an, als wäre jemand mit einem Stollenschuh daraufgetreten.

»LJ?«

»Marisa?« Ich sprang aus dem Bett und schlüpfte umständlich in meine Jeans. »Was ist passiert? Wo bist du?«

»Feuer … Meine Wohnung … Krankenwagen.«

Ich musste mich sehr anstrengen, um sie über das Rauschen eines Hochdruckreinigers auf Steroiden verstehen zu können – ach, nein, das musste das Brausen des Löschwassers sein.

»Ich bin schon auf dem Weg. Ich komme!«, brüllte ich ins Handy, obwohl ich mir nicht sicher war, ob sie mich überhaupt hören konnte. Ich knöpfte die Jeans zu, schnappte mir ein T-Shirt aus dem Wäschekorb und angelte mir meine Turnschuhe vom Boden.

Dann rannte ich aus dem Zimmer, kämpfte mich gleichzeitig in mein T-Shirt und klemmte mir die Schuhe kurzerhand unter den Arm.

»Mann, wo brennt's denn?« Reece trat aus seinem Zimmer und rieb sich müde die Augen.

»Bei Marisa.«

»Ernsthaft?«

»Ich hab ihr ja gesagt, dass diese Wohnung eine Bruchbude ist. Ich hätte ihr eine bessere Bleibe suchen sollen.« Meine Turnschuhe landeten auf dem Boden. Rasch zog ich mir das T-Shirt richtig an.

»Die Schuhe passen nicht zusammen«, stellte er fest, als wäre das gerade unser gravierendstes Problem. »Geht es ihr gut?«

»Keine Ahnung. Ich fahre jetzt sofort hin.« Ich schlüpfte in einen Turnschuh und hielt mich dabei am Treppengeländer fest, damit ich nicht am Ende noch stürzte und mir mein verdammtes Genick brach. Die Angst um Marisa schnürte mir die Kehle zu und hinderte mich daran, klar zu denken.

Ich musste zu ihr. Ich musste sie sehen. Es musste ihr einfach gut gehen.

Ich setzte mich auf die unterste Stufe, steckte den Fuß in den zweiten Schuh, der nicht zum Ersten passte, und zog meine Schlüssel aus der Tasche.

Meine Haut war schweißnass. Draußen sprang ich direkt von der obersten Stufe der Verandatreppe auf den Gehweg und eilte zu meinem Auto, das einen halben Block entfernt stand. Wenn ihr irgendetwas zugestoßen war, würde ich durchdrehen.

Ich schaltete die Scheinwerfer ein und raste die leere Straße entlang.

An einer einsamen roten Ampel musste ich anhalten. Ungeduldig trommelte ich mit den Fingern aufs Lenkrad und versuchte, das verdammte Ding allein mit der Kraft meiner Gedanken dazu zu bewegen, endlich umzuschalten. Was zum Teufel sollte das überhaupt? Es war drei Uhr morgens.

Nach zwei stundenlangen Minuten hielt ich es nicht mehr länger aus, schaute mehrmals ganz genau in beide Richtungen und dachte: Scheiß drauf! Dann schoss ich mit quietschenden Reifen über die leere Kreuzung.

In einiger Entfernung stieg Rauch auf, und Flammen loderten hell vor dem dunklen Nachthimmel. Hinter einigen Bäumen konnte ich das oberste Stockwerk ihres fünfstöckigen Wohnhauses ausmachen. Angst explodierte in meiner Brust wie eine Granate, und Panik erfasste mich, die alles auslöschte, bis auf einen einzigen Gedanken: Ich muss zu Marisa.

Den Rest des Weges legte ich in Höchstgeschwindigkeit zurück. Schließlich erreichte ich das hintere Ende einer langen Reihe aus Löschfahrzeugen und Krankenwagen. Um ein Haar hätte ich vergessen, den Wagen auf »Parken« zu schalten. Überall auf dem Gehweg standen Menschen, die beobachteten, wie die Wohnanlage qualmte und brannte.

Atemlos wie nach einem extralangen Sprinttraining eilte ich auf einen Mann zu, der gerade in ein Funkgerät sprach.

»Marisa Saunders«, keuchte ich und schnappte nach Luft. »Marisa Saunders. Sie hat mich angerufen und gebeten, sie abzuholen.«

Der Typ musterte mich von oben bis unten, sagte wieder etwas in das Funkgerät auf seiner Schulter und verstand offenbar das Quäken, das er zur Antwort erhielt. »Krankenwagen Nummer 304. Die Zahl steht seitlich auf dem Fahrzeug und auf der Hecktür.«

»Geht es ihr gut?«

Löschwasser hing als feiner, feuchter Nebel in der Luft und vermischte sich mit dem Qualm. Die gelben und roten Lichter der Einsatzfahrzeuge blinkten unaufhörlich, und Glut und Asche regneten in der unmittelbaren Umgebung des Gebäudes auf den Boden herab. Waren alle Bewohner heil herausgekommen? Das Züngeln der Flammen wirkte geradezu hypnotisierend, und ihre Hitze erwärmte die Luft und vertrieb die noch frühlingshafte Kühle.

»Ich weiß es nicht. Momentan werden alle Bewohner auf

Rauchvergiftung untersucht. Bis jetzt musste allerdings kaum jemand ins Krankenhaus.«

Sofort schnürte mir Panik die Brust zusammen, wodurch es noch schwerer wurde zu atmen, als es durch den Rauch, der mir in Augen und Lunge brannte, ohnehin schon war.

Geduckt schlüpfte ich unter dem gelben Absperrband hindurch und bahnte mir eilig einen Weg durchs hektische Gedränge, wich Rettungskräften aus und stieg über diverse Kabel und Ausrüstungsgegenstände hinweg, bis ich schließlich den Krankenwagen entdeckte.

Die Hecktüren standen offen, und auf der Trage im Inneren lag jemand. Unter einer Decke lugten nackte Füße hervor. Neben der Person saßen auf beiden Seiten Sanitäter, aber ich konnte nicht erkennen, was genau sie machten. Brauchte sie vielleicht Sauerstoff? Oder hatte sie Verbrennungen, die verbunden werden mussten?

War das überhaupt Marisa?

Die Sanitäter lehnten sich zurück, und sie setzte sich auf.

Ihre Haare waren völlig zerzaust, und ihr Gesicht rußverschmiert. Noch nie zuvor hatte sie so wunderschön ausgesehen. Mein Herz vollführte einen doppelten Salto, und ich musste mich zusammenreißen, um nicht sofort umzukippen.

Ihr Blick wanderte durchs Gewühl und blieb schließlich an mir hängen. Mit Tränen in den Augen begann sie zu lächeln, schlug die Decke beiseite und sprang aus dem Krankenwagen, ohne auf die Sanitäter zu achten, die ihr etwas nachriefen.

Ich breitete die Arme aus.

Sie prallte mit solcher Wucht gegen meine Brust, dass sie mich beinahe umwarf. Nachdem ich uns beide wieder ins Gleichgewicht gebracht hatte, schlang ich die Arme um sie.

»Geht es dir gut? Bist du okay?«

Sie drückte mich fest und legte das Kinn an meine Schulter. Dann erzitterte sie am ganzen Körper und umarmte mich sogar noch fester. »Einen Moment lang hatte ich da oben wirklich Riesenangst. Wir hätten unmöglich aus dem fünften Stock springen können.«

Ein eisiger Schauer schoss meinen Rücken hinab. Ich wollte gar nicht daran denken, in welcher Gefahr sie geschwebt haben könnte. »Du kommst mit zu mir, Risa. Geht es dir gut?«

Als sie nickte, stieß ihr Kinn gegen meine Schulter.

Ich rieb ihr den Rücken und schloss die Augen. Sie roch wie das Freudenfeuer beim alljährlichen Absolvententreffen, allerdings ohne den süßen Duft von S'Mores der den Brandgeruch etwas abmilderte. Sie war dem Feuer sehr nahe gewesen – so nah, dass sie voller Ruß war.

Ich hielt sie fest an mich gedrückt, bis sie mich schließlich losließ und einen Schritt zurücktrat. »Warum hast du eigentlich so lange gebraucht?«, fragte sie und boxte mich gegen die Schulter. Ich musste lachen. »Mir ist eiskalt.«

»Daran waren ungefähr sechs Löschfahrzeuge, ein paar Polizeiautos und eine Ampel schuld, die einfach nicht umschalten wollte.«

»Die auf der Hawthorne?« Zähneklappernd blickte sie zum Gebäude hinüber.

»Ja. Ich hasse diese verdammte Ampel.«

Der orangefarbene Feuerschein brachte eine Hälfte ihres Gesichts zum Leuchten. Auf der anderen Seite warf das Blaulicht des Krankenwagens, in dem schon wieder jemand anderes versorgt wurde, noch immer tiefe Schatten. »Durch die Ampel hast du ungefähr fünf Minuten länger gebraucht, richtig?«

»Theoretisch schon, wenn ich nicht einfach bei Rot über die Kreuzung gefahren wäre.«

»Ist nicht dein Ernst«, sagte sie und knuffte mich erneut gegen die Schulter.

»Doch, ist es.«

Wenigstens war sie trotz des Feuers noch immer die alte Nervensäge.

»Wieso denn? Hat es irgendwo gebrannt oder so?« Ihre Mundwinkel zuckten, und sie schaute noch einmal kurz zum Gebäude, wo die Flammen inzwischen noch höher loderten. »Ach so, ich schätze, in dem Fall werde ich es dir ausnahmsweise mal durchgehen lassen.« Sie lachte, doch das Lachen verwandelte sich in ein Husten, und ihr Blick wurde panisch.

Sofort stieg kalte Angst in mir hoch, und ich packte ihre Schultern.

»Ist sie in Ordnung?«, fragte ich an die Sanitäter gewandt, die bereits mit einem neuen Patienten beschäftigt waren.

Sie starrte mit zusammengekniffenen Augen zu mir hoch. »Das war bestimmt nur ein bisschen Asche. Mir geht's gut. Entspann dich mal.«

Ich sollte mich entspannen, nachdem ich sie in einem Krankenwagen vorgefunden hatte? Keine Chance.

Durch den feinen Löschwassernebel fühlte sich jeder Teil des Körpers, der nicht dem lodernden Gebäude zugewandt war, sofort deutlich kälter an. Ich hatte nichts für sie dabei. Ich hätte besser mal mein Hirn einschalten und ihr einen Mantel oder einen Pullover mitbringen sollen. Oder eine Decke, Ersatzschuhe – irgendetwas.

Ich drehte den Kopf zum Krankenwagen und wiederholte meine Frage. »Ist sie in Ordnung?«

»Es geht ihr gut. Keine versengten Nasenhaare.«

»Juhuu«, murmelte Marisa leise.

»Aber sie braucht eine Dusche und muss aus diesen Kleidern raus.«

Sie begann wieder zu zittern und schlang die Arme um ihren Oberkörper. Ihre Lippen waren ganz blass, und sie starrte weiter gebannt in die Flammen.

Ich hatte an nichts anderes denken können als daran, mich zu versichern, dass es ihr gut ging. Nachdem ich das nun getan hatte, wurde die Liste der Dinge, die sie benötigte, allerdings zusehends länger.

Marisa zog ihr Handy aus der Schlafanzughose und tippte eine Nachricht. »Ich muss Liv finden.«

»Du hast ja dein Handy! Warum um alles in der Welt hast du mich dann vorhin von einer unbekannten Nummer aus angerufen?«

Sie sah mich etwas betreten an. »Ich hab völlig vergessen, dass ich es noch bei mir hatte.«

Ich legte die Hände auf ihre Schultern und schüttelte sie. »Du hast vergessen, dass du dein Handy bei dir hattest?«

»Kein Grund, sauer zu werden. Ich hätte im Feuer draufgehen können. Schon vergessen?« Sie deutete auf das Gebäude, das nach wie vor in Flammen stand.

»Glaubst du, dass jemand gestorben ist?«, flüsterte sie und sah mich an.

In diesem Augenblick verkündete das Aufleuchten ihres Displays einen eingehenden Anruf, und sie ging ran. »Liv, wo bist du? Geht es dir gut?«

Sie verstummte und presste das Handy fester ans Ohr. Liv war am anderen Ende der Leitung anscheinend kaum zu verstehen.

»Ich bin jetzt draußen. LJ ist hier, und wenn er mir weiter so dicht auf die Pelle rückt, bekommt er gleich einen Tritt in den Hintern. Er benimmt sich wie eine Glucke, als könnte ich jeden Augenblick tot umfallen.«

Ich benahm mich nicht wie eine Glucke.

Marisa legte eine Hand übers Handy. »Sie sagt, dass sie gerade untersucht wurde, und es klingt, als würde es ihr gut gehen.«

Wir gingen an der langen Schlange aus Rettungswagen entlang, die auf der Straße parkten und die provisorische Erstversorgung sicherten. Hin und wieder plärrte bei einem von ihnen plötzlich das Martinshorn los, und der Wagen machte sich auf den Weg ins nächstgelegene Krankenhaus.

»Du hättest nicht in dieser Wohnung sein sollen.«

»Fang nicht schon wieder damit an«, entgegnete sie genervt. Sie zitterte noch immer und klapperte mit den Zähnen. »Etwas anderes konnte ich mir nicht leisten, und man konnte dort angenehm wohnen. Na ja, zumindest bis …« Ihr Blick zuckte zum Feuer, das sich in ihren Augen spiegelte.

»Liv hat dir doch angeboten, mehr als die Hälfte der Miete zu übernehmen. Ihr beide hättet euch gemeinsam etwas Besseres suchen können.«

»Ich bin kein Schnorrer. Dass sie Geld hat, bedeutet noch lange nicht, dass ich das ausnutzen muss.«

»Ich hätte auch helfen können.«

»Wie gesagt: Ich bin kein Schnorrer. Außerdem würdest du, wenn du genug Geld übrig hättest, um meine Miete zu übernehmen, bestimmt keinen Aufschnitt aus der Mensa klauen.«

Diesmal hatte ihr Dickkopf sie tatsächlich fast das Leben gekostet.

Wir liefen auf der Suche nach Liv weiter an den aufgereihten Krankenwagen vorbei. Marisa deaktivierte die Stummschaltung ihres Handys und presste es wieder ans Ohr. »Ich kann hören, was sie hört.« Sie ging schneller, eilte voran.

Die Hecktüren eines Krankenwagens öffneten sich, und ein großer Kerl, der mir irgendwie bekannt vorkam, trat heraus. An seine ausgestreckte Hand klammerte sich Marisas

Mitbewohnerin Liv. Dann machte es bei mir klick. Das war Ford. Livs Vielleicht-Freund hatte es ebenfalls geschafft herzukommen.

Marisa stürmte auf Liv zu und hätte sie, genau wie mich vorhin, beinahe umgeworfen. »Ich hab mir solche Sorgen gemacht, weil du einfach verschwunden bist.«

»Das Gleiche könnte ich auch von dir sagen.«

»Hör auf zu weinen – sonst muss ich auch weinen, und dann tickt er wieder aus. Er versucht mich krampfhaft dazu zu überreden, mit ihm zurück zum Puff zu kommen, aber ich werde dich hier nicht alleinlassen.«

Ich war überhaupt nicht ausgetickt. »Liv kann auch mitkommen.«

»Schon gut. Ich weiß doch, dass das Footballer-Haus auch so schon rappelvoll ist. Ich übernachte bei Ford.« Liv warf dem Mann über die Schulter hinweg einen Blick zu.

Er straffte sich. Das war nicht das erste Mal, dass Ford zu Livs Rettung eilte – aber wenigstens war sie diesmal nicht so sturzbetrunken wie bei der letzten Party im Puff. Jede Wette, dass er irgendwann in jener Nacht ihre Haare halten musste.

Marisa wechselte einen Blick mit Liv.

Ford schaute auf sie herab. »Sie bleibt bei mir. Wenn nötig, kannst du auch mitkommen.«

Jetzt wurde ich sauer. Glaubte er etwa, ich würde mich nicht um sie kümmern? Ich konnte vielleicht nicht mit einem Profisportlergehalt glänzen, mit dem sich alles in Ordnung bringen ließ – zumindest noch nicht –, aber ich konnte trotzdem dafür sorgen, dass es ihr gut ging. Marisa zu mir nach Hause zu holen war meine oberste Priorität, damit sie sich aufwärmen, duschen und sich ins Bett legen konnte. Um zu schlafen. Selbstverständlich nur, um zu schlafen.

»Ist schon gut, ich gehe mit LJ zu ihm nach Hause.« Marisa

sah Liv fragend an und zog ein wenig den Kopf ein. »Bist du dir sicher?«

Liv fasste Fords Arm fester. »Ich bin mir sicher.«

»Dann sehen wir uns auf dem Campus? Wir müssen uns überlegen, wo wir auf Dauer wohnen werden und was wir wegen unserer Habseligkeiten unternehmen …« Marisa blickte zu der Todesfalle hinüber, die einmal ihr Wohnhaus gewesen war.

»Bringen wir erst mal den Rest der Nacht hinter uns und sehen morgen weiter. Ich muss duschen. Ich stinke nach Rauch«, meinte Liv und zupfte an ihrem T-Shirt.

Nachdem sich die beiden verabschiedet hatten, brachte ich Marisa zu meinem Auto. Am liebsten hätte ich sie getragen, damit sie nicht über den schmutzigen, nassen Boden laufen musste, aber ich hätte genauso gut versuchen können, eine verwilderte Katze auf den Arm zu nehmen.

Ihre Schritte waren langsam und schwerfällig. Man merkte ihr deutlich an, dass die Wirkung des Adrenalins inzwischen verpufft war.

Ich hätte sie gern an der Hand genommen, doch stattdessen legte ich den Arm um ihre Schulter und steuerte sie durch die umherlaufenden Menschen, die vor Ort waren, um das Feuer zu bekämpfen und sich um diejenigen zu kümmern, die ihre Bleibe verloren hatten. Sie brauchte ihre Hilfe jedoch nicht – sie hatte ja mich.

Ich öffnete die Autotür für sie, und dass sie mich klaglos gewähren ließ, war ein deutliches Zeichen dafür, wie todmüde sie in Wirklichkeit war. Normalerweise rannte sie immer so schnell ums Auto herum, dass ich gar keine Gelegenheit bekam, die Tür für sie aufzuhalten.

Ich ließ mich auf den Fahrersitz fallen und spürte ebenfalls, wie das Adrenalin abebbte. »Du kannst heute Nacht in meinem Bett schlafen. Ich lege mich auf die Couch.«

Sie gähnte, lehnte den Hinterkopf ans Seitenfenster und schaute zu mir herüber. »Ich kann auf der Couch des Todes übernachten. Wenn ich erst mal eingeschlafen bin, bekommt mich höchstens eine Blaskapelle, die ein Feuerwerk abschießt, wieder wach.«

»Du musst dich gründlich ausschlafen. Du schläfst in meinem Bett.« Als ich die Worte laut aussprach, spürte ich, wie mich Begierde durchzuckte. Der Adrenalinrausch, der mich getrieben hatte, als ich zu ihr geeilt war, um mich zu versichern, dass ihr nichts passiert war, war inzwischen verpufft und von einem anderen Gefühl abgelöst worden, das wie ein tiefes Summen meinen Körper erfasst hatte.

Sie verdrehte die Augen. »Du bist verdammt herrisch. Ich brauche erst mal eine Dusche, und dann diskutieren wir das aus. Du brauchst dein Bett. Du hast morgen Training.«

»Ist mir egal. Wir haben uns schon öfter ein Bett geteilt.«

Anstatt mir zu widersprechen, schloss sie die Augen.

Gut, damit war das geklärt. Ach du Scheiße, damit war das geklärt. Ich würde heute Nacht neben Marisa schlafen.

Schließlich kamen wir bei unserem Haus an. Es lag in der Nähe des Campus und stand in einer Reihe aus zahlreichen ähnlichen Häusern, die sich in teilweise gutem und teilweise recht vernachlässigtem Zustand befanden. Unseres hatte eine Zeit lang zu den populäreren Verbindungshäusern gehört, bis die Studentenverbindung, die darin gehaust hatte, wegen zu häufigen Regelverstößen rausgeflogen war.

Das Haus war dank der Beiträge, die die Mitglieder der Studentenverbindung eingezahlt hatten, gut in Schuss, doch der Name, der dem Haus damals verpasst worden war, war ihm leider ebenfalls erhalten geblieben: der Puff. Ein weiteres Erbe unserer Vorgänger waren die spontanen Partys, die immer dann im Haus ausbrachen, wenn wir am wenigsten damit rechneten.

In unserer Straße war es still. Selbst für die Unermüdlichen, die auch unter der Woche feierten, war es inzwischen zu spät geworden. Ich lenkte den Wagen wieder auf den Parkplatz, von dem ich vor weniger als einer Stunde losgefahren war.

Nachdem ich den Motor abgeschaltet hatte, lehnte ich mich im Sitz zurück und rollte den Kopf zur Seite, um sie anzusehen.

Ihre Lippen waren leicht geöffnet, und aus ihrer Kehle drang ein leises Schnarchen. Im Licht der Straßenlaterne glommen ihre Haare wie ein Heiligenschein. Sie war hier, und sie war in Sicherheit. Bisher hatte ich nur ein einziges Mal in meinem ganzen Leben größere Angst gehabt – ein Gefühl, das ich nicht noch einmal erleben wollte.

Ich hätte sie verlieren können. Schnell verdrängte ich den Gedanken wieder und konzentrierte mich stattdessen auf das, was sie jetzt brauchte. Eine Dusche und eine anständige Portion Schlaf.

Ich legte die Finger oberhalb ihres Knies um ihr Bein und drückte vorsichtig zweimal.

Sie fuhr aus dem Schlaf hoch und riss den Kopf herum.

»Wir sind da.« Sie musste wirklich erschöpft sein, denn ich schaffte es, die Beifahrertür zu erreichen, bevor sie sie selbst öffnen konnte.

»Das wollte ich auch gerade machen«, grummelte sie und stieg aus. »Meine Zehen sind eiskalt.« Sie wackelte mit ihnen auf dem harten, dunklen Betonboden. Wenn ich ihr jetzt anbieten würde, sie hineinzutragen, würde sie mir wahrscheinlich einen Tritt verpassen. Also verkniff ich mir das Angebot lieber, hielt aber trotzdem vorsichtshalber auf der Verandatreppe nach Glasscherben oder abstehenden Holzsplittern Ausschau.

Im Haus brachte ich sie sofort in mein Zimmer, versorgte sie mit einem T-Shirt und Boxershorts und schickte sie unter die Dusche.

Ihr Schweigen verriet mir überdeutlich, wie dringend sie ins Bett musste – zur Abwechslung sparte sie sich jegliche Witzeleien oder bissige Kommentare.

In meinem Zimmer stank es nach Rauch. Der Geruch fiel mir jetzt, da wir uns nicht mehr in der Nähe des Brandes befanden, viel deutlicher auf. Als ich an meinem T-Shirt schnupperte, zuckte ich vor dem Brandgeruch zurück. Wenn sie aus dem Bad zurückkam, sollte es hier auf keinen Fall verkohlt riechen.

Rasch zog ich die Schuhe und meine rauchgeschwängerten Klamotten aus, schnappte mir mein Handtuch, das an der Tür hing, und wickelte es mir um die Taille. Meine stinkenden Sachen deponierte ich draußen vor der Zimmertür und holte mir neue.

Das Wasser im Badezimmer wurde abgedreht, und schon öffnete sich die Tür. Heiße, feuchte Luft waberte in den Flur.

Marisa rubbelte sich die Haare trocken, während sie in mein Zimmer zurückkam, doch als sie mich entdeckte, erstarrte sie mitten in der Bewegung.

Verflixt, vielleicht hätte ich mich lieber erst im Badezimmer ausziehen sollen. Andererseits hatte sie mich ja auch schon mal nur in Badehosen gesehen. Wenigstens hatte ich mir das Handtuch umgewickelt, und sie hatte mich nicht splitternackt überrascht, so wie letzten Sommer nach unserer Wasserbombenschlacht.

»Meine Sachen haben auch nach Qualm gerochen. Ich gehe schnell duschen.«

Sie in meinen Kleidern zu sehen hatte eine merkwürdige Wirkung auf mich – deren Folgen sich kaum durch ein Handtuch verstecken ließen. Eilig verbarg ich meine deutliche Erektion mit der Jogginghose und dem T-Shirt, die ich in der Hand hielt. Das Blut rauschte durch meine Adern, und ich hatte keine Ahnung, wie ich es schaffen sollte, die ganze Nacht lang neben ihr zu liegen. Vielleicht sollte ich doch die Couch nehmen. Ich eilte durch die Tür ins Badezimmer, drehte mich jedoch noch einmal um und steckte den Kopf zurück ins Zimmer.

»Geh ins Bett. Ich bin gleich wieder da.« Dann schaltete ich das Licht aus. Abgesehen vom fahlen Lichtschein, der vom Flur hereinfiel, war es im Zimmer nun dunkel.

Ich duschte so schnell und effizient wie möglich, und ich verkniff es mir, mich selbst von dem Druck zu befreien, der sich in meinem besten Stück aufgebaut hatte, als ich sie in meinen Klamotten gesehen hatte. Stattdessen drehte ich das eiskalte Wasser auf und wartete, bis ich die Kältefolter beenden konnte.

Nachdem ich aus der Dusche gestiegen war, sammelte ich ihre Kleider vom Boden auf, um sie ebenfalls draußen vor meiner Zimmertür auf den Boden zu legen. Morgen würde ich sie waschen und ausprobieren, ob man den Gestank mit ein paar Litern Waschmittel aus ihnen herausbekommen konnte.

Falls das nicht klappte, hatte ich allerdings nichts dagegen, dass sie weiterhin meine Kleider trug, bis wir ihr neue besorgen konnten oder sie Gelegenheit hatte, in ihrer Wohnung nachzusehen, was von ihren Sachen noch zu retten war.

In meinem Zimmer war es vollkommen still. Einen Augenblick lang dachte ich, dass sie vielleicht nach unten gegangen wäre, um sich etwas zu essen zu holen, doch dann drangen ihre leisen Atemzüge von meinem Bett zu mir herüber.

Ich hängte mein Handtuch auf und durchquerte den Raum.

Marisa lag ausgestreckt wie ein Seestern auf dem Bett und vereinnahmte es fast komplett für sich.

Schmunzelnd nahm ich ihren Arm, legte die Hand an ihre Taille und rollte sie ein Stück zur Wand. Sie gab ein leises Grummeln von sich, ließ sich aber von mir zur Seite schieben, griff nach ihrem Kissen und drückte es an ihre Brust. Hätte ich nicht so eine masochistische Ader gehabt, hätte ich mir jetzt ein Kissen und eine Decke genommen und mich nach unten auf die viel zu kleine Couch verzogen, oder ich hätte sie noch ein Stückchen weiter zur Wand geschoben und mich mit dem Rücken an ihren gelegt. Aber ich konnte mich nicht zurückhalten.

Ich glitt zu ihr ins Bett, schlang meinen Arm um sie und zog sie an mich. Nur für heute Nacht. Nur weil ich sie um ein Haar für immer verloren hatte. Nur weil ich einfach nicht anders konnte.

Ihre Haare rochen nach mir. Das gefiel mir zwar, aber trotzdem würde ich ihr bei nächster Gelegenheit etwas von ihrem Shampoo und ihrer Seife besorgen müssen.

»Gute Nacht, Marisa.« Ich schloss die Augen, atmete tief ein und passte den Rhythmus meiner Atemzüge an ihre an.

Heute Nacht würde ich sie in meinen Armen halten.

Morgen würde ich mir überlegen, wie ich damit klarkommen sollte, dass ich in die Tochter des Coachs verliebt war.

2. KAPITEL

Marisa

Ich drehte mich auf die Seite und strich mit der Hand über die Decke. Die Laken fühlten sich weich und behaglich an, wie Flanell. Das hier war nicht mein Bett.

Abrupt setzte ich mich auf und sah mich im Raum um – und da fiel mir alles wieder ein. Wie ich lange aufgeblieben war, um zu lernen. Wie mich Liv aufgeweckt hatte. Der beißende Qualm. Die Panik und die Angst. Wie wir blind die Treppe hinuntergekrochen waren und, nachdem wir es endlich nach draußen geschafft hatten, gierig die verrauchte Luft in unsere Lunge gesogen hatten. Und LJ.

Ihn zu sehen hatte mich auf eine Art und Weise beruhigt, wie ich es nicht erwartet hätte. Er war der einzige Mensch, den ich nach dem Brand hatte anrufen wollen. Meine Mom oder Ron zu verständigen war nicht infrage gekommen, und LJs Handynummer war eine der wenigen, die ich auswendig kannte.

Als ich ihn neben dem Krankenwagen stehen gesehen hatte, wäre ich beinahe in Tränen ausgebrochen. Ich hatte es nur geschafft, mich zusammenzureißen, weil ich genau wusste, wie sehr es ihn aufgewühlt hätte, mich weinen zu sehen. Nachdem er mich in die Arme genommen hatte, war die Angst verflogen, und als ich schließlich in seinem Bett lag, hatte ich schnell einschlafen können. An die Dusche konnte ich mich kaum noch erinnern, nur noch an sein Duschgel, dessen Duft nach Fichtennadeln und Orangenschalen, den ich selbst durch den Rauchgestank, der mir noch in der Nase hing, wahrnehmen konnte.

Die Jalousien waren an beiden Fenstern im Zimmer geschlossen. Da nur ein kleines bisschen Licht durch die Schlitze fiel, konnte ich nicht beurteilen, wie spät es sein mochte. Aber da es draußen offensichtlich hell war, musste es irgendwann zwischen sieben Uhr morgens und vier Uhr nachmittags sein. Es hätte mich nicht gewundert, wenn ich einen kompletten Tag verschlafen hätte.

Ich hatte keine Ahnung, wo mein Handy war. Ich musste bei der Arbeit anrufen und Bescheid sagen, dass ich nicht kommen würde. Die Schülerführungen im Philadelphia Museum of Art würden eine Weile ohne mich stattfinden müssen. Aber sicherlich würde niemand meine Museumskuratorinnen-Witzchen vermissen.

Ich schälte mich aus dem Bett und ging zum Fenster, um die Jalousien hochzuziehen, dann schaute ich mich um. LJs Handy lag auf dem Nachttisch neben seinem Bett, das in einer Zimmerecke stand. Sein Handtuch hing an der Innenseite der Tür, die ein Stück offen stand. Sein Schreibtisch war aufgeräumt, und aus den ordentlich aufgestapelten Lehrbüchern lugten farbige Klebezettel. Daneben lagen griffbereit und fein säuberlich aufgereiht Stifte und Textmarker. Die Tür seines Kleiderschranks war vollständig geschlossen, und abgesehen von seinen Schuhen lag nichts auf dem Boden herum. Sein Zimmer war schon immer viel ordentlicher gewesen als meins.

Schon als wir noch auf die Middle School gegangen waren und ich öfter mit meinem Schlafsack bei ihm übernachtet hatte, war ich mir dank seiner Ordnungsliebe nicht wie auf einer

Pilzexpedition vorgekommen, sondern hatte miterleben können, wie es in einem normalen Haushalt zuging.

Heutzutage entschuldigte ich mein unaufgeräumtes Zimmer mit der Tatsache, dass ich den ganzen Tag lang mit Katalogisieren und Ordnen beschäftigt war und deshalb nach Feierabend Schluss damit war. Obwohl – im Grunde brauchte ich jetzt keine Entschuldigung mehr. Schließlich hatte ich auch kein Zimmer mehr – zumindest keines, in dem ich in absehbarer Zeit wieder wohnen würde. Bevor ich wieder zurück nach Hause zog und zur Uni und meinem Praktikum pendelte, schlief ich lieber im Zug.

Wahrscheinlich hatte meine Mom mein Zimmer nach meiner letzten Stippvisite im vergangenen Sommer sowieso in eine illegale Kneipe verwandelt. Nach diesem Besuch hatte ich mir geschworen, dass ich nie wieder zu Hause wohnen würde – obwohl es nach dem Auszug meines Dads ohnehin kein richtiges Zuhause mehr gewesen war.

Erinnerungen an die vergangene Nacht stahlen sich in meine Gedanken. Fühlte sich so ein Schock an? Gestern Abend war ich so verwirrt gewesen und hatte an nichts anderes denken können, als LJ zu sehen und Liv zu finden. Doch nun brach mehr und mehr die Realität über mich herein, verwandelte sich in eine wahre Sturzflut.

Auf der Straße vor meinem ehemaligen Wohnhaus hatte sich ein Löschfahrzeug ans nächste gereiht. Ich hätte sterben können. Ein Zittern breitete sich durch meinen ganzen Körper aus. Ich taumelte zurück zum Bett, kroch über die Matratze, zog die Knie an die Brust und lehnte mich mit dem Rücken an das Kopfteil des Bettes. Meine Kehle war so zugeschnürt, dass ich nur mit Mühe ausatmen konnte.

In diesem Moment ging die Zimmertür ganz auf, und LJ kam herein. In jeder Hand balancierte er einen Becher, auf dem eine Schüssel stand. »Du bist wach.« Er lächelte, und der Kloß in meinem Hals löste sich.

»Das bin ich.«

»Ich habe dir Frühstück gemacht.«

Mein Herz schlug höher, und ich rutschte an die Bettkante.

»Das wäre nicht nötig gewesen.«

»Es sind doch nur Frühstücksflocken. Ich habe deine Milch vorher in der Mikrowelle aufgewärmt«, sagte er schaudernd und verzog angewidert den Mund.

»Das schmeckt total lecker.« Ich nahm ihm die Schüssel ab, die oben auf seinem Jenga-Geschirrtürmchen stand und stellte sie mir in den Schoß. Anschließend nahm ich ihm die Tasse ab und trank einen Schluck Milch, um meinen Magen ein wenig zu beruhigen.

Er hielt mir würgend einen Löffel hin, ohne mich dabei anzusehen.

»Möchte ich wissen, wo du den die ganze Zeit verstaut hattest?«, fragte ich und betrachtete das Ding misstrauisch, bevor ich es ihm abnahm. Schließlich hatte er beide Hände voll gehabt.

»Du vertraust mir also nicht?«, fragte er zuckersüß, bevor er sich seinen Schreibtischstuhl schnappte, ihn näher zum Bett rollte und seine Füße neben meinen übereinandergeschlagenen Beinen auf die Bettkante legte. Dann nahm er sich seine eigene Schüssel, setzte eine schmollende Miene auf und bedachte mich mit einem waschechten Hundeblick. Als er den Löffel zum Mund führte, ließ er auch noch seine Hand theatralisch zittern.

Ich brach in Gelächter aus. »Bist du sicher, dass du Football spielen willst? Vielleicht solltest du es lieber mal mit einem Schauspielkurs versuchen.« Meine perfekt durchgeweichten Apple Jacks schmolzen geradezu in meinem Mund, und wenn ich die kleinen grünen und orangefarbenen Kringel aufgegessen hatte, würde mir als Bonus noch die Milch bleiben, die dann ihren herrlichen Geschmack angenommen haben würde.

»Oh, du Kleingläubige. Diese Jogginghose hat Taschen.«

»Ach, das waren Löffel in deiner Tasche. Und ich hab schon gedacht, du freust dich, mich zu sehen.«

Er schnaubte auf die gleiche süße Art, wie er es schon seit der sechsten Klasse tat. »Wohl kaum. Du schnarchst, als wärst du ein Raddampfer auf großer Fahrt.«

»Wenn ich wirklich schnarchen würde – was ich nicht tue –, würde das eher wie das Liebesgeflüster zwischen Tinkerbell und einem Engel klingen.«

Es gab so viel zu tun, so viel in der realen Welt, mit dem ich mich auseinandersetzen musste, und zu nichts davon hatte ich Lust.

»Wir sollten zu *Kart-astrophe* gehen.« Ich stellte meine Schüssel beiseite.

»Warum?«

»Warum nicht? Es ist Wochenende, und ich muss nirgendwo hin. Ich habe keine Wäsche, die ich waschen müsste – abgesehen von deiner, weil ich weiß, dass sich da einiges angesammelt hat. Und keine Bücher und Notizen, mit denen ich für die Uni lernen könnte.« Ich zuckte mit den Schultern. Gokartfahren war die perfekte Ablenkung von dem Gedanken daran, in welch tödlicher Gefahr ich geschwebt hatte.

»Wie wäre es, wenn wir uns vorher um ein paar andere Dinge kümmern würden, wie beispielsweise dem Dekan und deinen Professoren per E-Mail Bescheid zu geben, was passiert ist? Mein alter Laptop liegt noch im Schrank. Ich kann ihn hochfahren und meine alten Daten löschen, damit du ihn benutzen kannst.«

»Ich kann auch einen PC im Computerraum benutzen.«

»Dieser Punkt steht nicht zur Debatte. Wenn du in einigen Wochen, wenn die Prüfungen anstehen, nicht permanent im Computerraum sitzen willst, brauchst du einen Laptop. Hast du eigentlich deine Mom schon angerufen?«

»Warum sollte ich?«

»Damit sie sich keine Sorgen macht.«

»Sie weiß nichts von dem Brand, und sie wird auch nichts davon erfahren.«

»Was ist mit deinem Dad?«

Ich wich seinem Blick aus und betrachtete stattdessen die Bäume draußen vorm Fenster. »Was soll mit ihm sein?«

»Er arbeitet hier. Glaubst du nicht, dass er mitbekommen wird, dass eines der größten Studentenwohnheime außerhalb des Campus abgebrannt ist?«

»Warten wir doch mal ab, wie lange er braucht«, sagte ich und stellte den Timer an meiner imaginären Uhr.

»Marisa …«

Mir entging sein warnender Tonfall nicht, und ich kniff ungehalten die Augen zusammen. »Na schön, ich rufe ihn an.«

Er warf mir mein Handy zu.

Ich nahm es in eine Hand, starrte das Batteriesymbol an, das signalisierte, dass der Akku vollständig geladen war, und spürte, wie Wut in mir hochkochte. Ron verdiente es nicht, dass ich ihn anrief und ihn beruhigte, dass es mir gut ging. Wie viele Jahre Funkstille seinerseits hatte ich aushalten müssen, nachdem er meine Mom verlassen hatte – mich verlassen hatte? Wie viele verpasste Geburtstage? Weihnachten? Und alle anderen Feiertage, die dazwischenlagen?

»Später.« Ich ließ das Handy neben mich fallen.

LJ blickte zur Decke und verschränkte die Arme vor der Brust. Die Muskeln unter seinem T-Shirt wölbten sich, und der Sitz seiner grauen Jogginghose war sowieso unfair. Alle

Mädchen auf dem Campus durften ihn verzückt angaffen, nur ich nicht. Ich war die beste Freundin, seine Komplizin, aber niemals mehr als das.

Nach der langen Zeit sollte ich mich eigentlich daran gewöhnt haben. Die Abfuhr, die ich in unserem Senior Year kassiert hatte, hatte mich zwar getroffen, aber inzwischen hatte ich gelernt, mit den Grenzen unserer Beziehung zu leben und mich daran zu halten. Das verhinderte allerdings nicht, dass ich mir trotzdem ab und zu wünschte, mich von ihnen zu befreien.

In weniger als einem Jahr würde der Draft stattfinden, und danach wäre er nicht mehr mein bester Freund und ein Mitglied des Fulton-U-Football-Teams, dessen Spieler wie Campus-Götter behandelt wurden. Aus ihm würde ein Profisportler werden, mit allen Vorteilen, die so was mit sich brachte.

Ron war noch nicht mal ein Spieler oder gar ein Profi gewesen – er war beim College-Football geblieben und hatte mich und meine Mom für den Ruhm auf dem Spielfeld sitzen gelassen. Ich war sein eigen Fleisch und Blut. Wie hoch war da die Wahrscheinlichkeit, dass LJ mich, sobald er seine Unterschrift unter einen Vertrag gesetzt und den ersten fetten Scheck kassiert hatte, nicht auch einfach im Stich lassen würde?

LJ gab sich nur deshalb solche Mühe, die Freundschaft zu mir aufrechtzuerhalten, weil ich seinem Vater das Leben gerettet hatte. Aber dieser Umstand würde früher oder später seine Wirkung verlieren. Das Gefühl der Verpflichtung und Dankbarkeit mir gegenüber würde verblassen, und er würde fortgehen.

»Worüber grübelst du so angestrengt nach?« LJ setzte sich neben mir aufs Bett, verschränkte ebenfalls die Arme und imitierte meine Miene.

Obwohl ich versuchte, mir das Grinsen zu verkneifen, zuckte mein Mundwinkel nach oben. Auch wenn mich Bedenken plagten, bedeutete das noch lange nicht, dass ich die Zeit mit meinem besten Freund nicht genießen konnte, solang ich ihn noch hatte. Seufzend ließ ich den Kopf auf seine Schulter sinken und betrachtete unsere Beine, die auf dem Bett nebeneinanderlagen. Meine steckten in seiner Boxershorts, und an den Füßen trug ich dicke Weihnachtssocken, die seine Mutter vor zwei Jahren für die ganze Familie gekauft hatte. Er hatte eine graue Jogginghose an, und seine Füße, die in normalen Socken steckten, lagen direkt neben meinen. Ich könnte ihn ja ein bisschen ärgern und mit ihm füßeln und schauen, wie er darauf reagieren würde. »Ich denke über all den Kram nach, mit dem ich mich heute herumschlagen muss.« Ich rieb mir das Gesicht. »Zum Glück hast du mich dazu überredet, eine Mieterversicherung abzuschließen.«

Er richtete sich mit stolzgeschwellter Brust auf. Ich verdrehte genervt die Augen und knuffte ihn in die Rippen. »Blas dich nicht so auf.«

Er rieb sich die Seite. »Ich habe kein Wort gesagt.«

Ich sah ihn finster an. »Körpersprache. Das war unübersehbares Prahlen. Ein Himmelsschreiber wäre weit weniger offensichtlich gewesen.«

»Können wir diese LJ-ist-eine-Nervensäge-Nummer mal für einen Augenblick sein lassen? Lass uns lieber notieren, was du alles erledigen musst. Dann teilen wir die Liste untereinander auf und arbeiten sie ab.«

»Wie wäre es, wenn ich stattdessen wieder ins Bett gehen und so tun würde, als wäre ich gestern Nacht nicht beinahe bei einem Brand ums Leben gekommen?« Ich griff nach der Bettdecke, um sie mir wieder über den Kopf zu ziehen. Die Liste war überwältigend lang, dabei hatte ich noch nicht mal alles, was ich im Feuer verloren hatte, im Kopf katalogisiert. Es gab so viele Kleinigkeiten, deren Verlust mir erst auffallen würde, wenn ich in einigen Monaten oder einem Jahr danach suchte. Die wenigen Sachen, die ich mir für meine Reise nach Venedig in sechs Wochen besorgt hatte. Verdammt, mein Pass! Nichts da, ich würde heute auf keinen Fall aufstehen.

Er zerrte die Decke zurück. »Vergiss es. Legen wir los.« Er umfasste meine Taille, hob mich mühelos hoch und setzte mich auf den Schreibtischstuhl, genau wie er es damals in der Middle School auch immer gemacht hatte, bevor unsere Rangeleien irgendwann zu verfänglich geworden waren. Anschließend drehte er den Stuhl um und schob mich damit an den Schreibtisch. Nun saß ich direkt vor einem Notizblock und einem Blatt Papier.

Er hielt mir einen Stift hin. »Schreib.«

Den Rest des Morgens verbrachten wir damit, E-Mails an meine Dekane und Professoren zu schicken, eine Liste mit allen Habseligkeiten aus meinem Zimmer zu erstellen, an die ich mich noch erinnern konnte, die nötigen Formulare für die Mieter-Versicherung auszufüllen, LJs Laptop für mich einzurichten und seine Klamotten durchzuschauen und wenigstens ein paar Sachen herauszusuchen, die ich anziehen konnte. Mein Termin für den Eilantrag auf einen neuen Pass war in zwei Tagen. Vorher würde ich zurück nach Moorestown fahren müssen, um mir eine Kopie meiner Geburtsurkunde zu besorgen. Lieber hätte ich mich selbst mit einem dieser dicken, samtigen Seile, die im Museum als Absperrung dienten, erwürgt.

Am frühen Nachmittag war mein Gehirn kaum mehr als ein Stück Schweizer Käse.

»Und deine Geldbörse. Wir müssen all deine Karten ersetzen lassen. Bei der Campus-Karte ist das ganz einfach, aber bei deinem Führerschein und der Kreditkarte wird es länger dauern.« Er hatte mich mit dem Versprechen geködert, dass ich Limonade bekommen würde – die einzige Sache, die mich dazu hatte bewegen können, sein Zimmer zu verlassen.

Ich ließ den Kopf auf den Küchentisch sinken und schlug ihn einige Male auf die hölzerne Tischplatte. »Genug. Genug für heute. Ich kann nicht mehr.« Ich drehte den Kopf zur Seite und spähte zu ihm hinüber.

Seine Miene wurde weicher. Er legte die Papiere, die er gerade durchgeblättert hatte, zurück in den Ordner, den er herausgesucht hatte, damit alle Unterlagen einen gemeinsamen Aufbewahrungsort hatten. »Wie wäre es, wenn wir uns ein Eis holen?«

Ich hob den Kopf. »Eis?«

»Ich spendiere dir eins.«

»Das musst du auch, denn die vierzehn Dollar, die ich noch hatte, sind zu Asche verbrannt.«

Wir gingen zu Fuß zu *T-Sweets*, einer der beliebtesten Eisdielen in Campusnähe, wo es grandiose Eisbecher und leckere traditionell hergestellte Eiscreme gab – und Softeis für Leute, die unter Geschmacksverirrung litten. Auf dem Weg dorthin kassierte ich eine Menge neugieriger Blicke.

Normalerweise lief am Nachmittag keine Frau in solchen Klamotten wie ich herum. Mein Aufzug sah eher nach einem frühmorgendlichen Walk of Shame aus, bei dem der Mann so nett gewesen war, der Frau etwas zum Anziehen zu leihen.

Obwohl ich nie den Eindruck gehabt hatte, dass LJ so viel größer war als ich, hatte ich seine schwarze Jogginghose an den Knöcheln hochkrempeln müssen. Wir waren eigentlich fast gleich groß, aber irgendwie waren Männer-Jogginghosen nicht für Frauen gemacht, und man kam ums Umkrempeln nicht herum.

Sein Batman-Shirt war leider nicht so weit geschnitten, wie es mir lieb gewesen wäre. Dank meiner E-Körbchengröße schaffte ich es problemlos, das XL-Herren-T-Shirt auszufüllen. Allerdings bekam niemand etwas davon zu sehen, weil ich derzeit leider auch keinen BH mehr besaß. Aus diesem Grund hatte ich den Reißverschluss seiner Kapuzenjacke ganz-zugezogen und hielt die Arme verschränkt, um meine beiden Schätzchen etwas abzustützen – und sah dabei aus, als würde ich unter meinem Pulli zwei Hundewelpen schmuggeln.

Wenigstens war es draußen noch nicht richtig Frühling und entsprechend kühl, weshalb meine Kleidung zumindest grundsätzlich einigermaßen angemessen war. Das eigentliche Problem waren die übergroßen Männersachen und die Flip-Flops, die mir andauernd von den Füßen flogen und zwei Schritte vor mir landeten.

»Warum hast du nur so große Füße?«, meckerte ich, als ich wieder mal einem der abtrünnigen Plastikdinger hinterherjagte.

»Wer im Glashaus sitzt … Deine Treter sind auch nicht gerade zierlich.«

Als wir bei *T-Sweets* ankamen, zog sich die Warteschlange wie üblich bis vor die Ladentür. Die fünf Tische drinnen waren schon besetzt. Als die Wartenden LJ bemerkten, bekamen viele leuchtende Augen.

Er blickte verlegen zu Boden, und ich musste lächeln.

Immer wenn er so viel Aufmerksamkeit auf sich zog, bekam er ganz rote Ohren. Während wir uns der Eisdiele näherten, prasselten bei jedem Schritt mehr Fragen auf uns ein.

»LJ, wo, glaubst du, wirst du nächstes Jahr spielen?«

»Bereit für eine weitere Meisterschaft?«

Er setzte sein Pressekonferenzlächeln auf, hinter dem er verbarg, dass er innerlich schrie und am liebsten die Flucht ergriffen hätte, und beantwortete jede Frage, als hätte er sich die Antworten auf die Innenseite seiner Augenlider tätowiert.

»Macht ihr euch Sorgen wegen dieser Saison, weil so viele Seniors abgehen?«

Ich schob die Hand in seine Gesäßtasche und zog seine Geldbörse heraus. »Ich bestelle schon mal für uns.«

»Woher weißt du denn, was ich haben möchte?«

Ich wedelte nur mit der Brieftasche, stellte mich in die Schlange und überließ ihn seinen begeisterten Fans. Er nahm immer Schoko-Vanille-Eis mit Regenbogen- und Schokoladenstreuseln. Immer.

Jedes Mal stand er in der Warteschlange und starrte angestrengt die Karte an, doch wenn er dann vorn an der Theke ankam, bestellte er jedes Mal das Gleiche.

Die Schlange rückte rasch voran. Während ich wartete, spähte ich zum Schaufenster hinaus. LJ hielt in einer Jeans, die tief auf seinen Hüften saß, und einem T-Shirt, das jeden einzelnen seiner kräftigen Muskeln betonte, zwischen den Picknicktischen, die draußen vor dem Landen standen, Hof.

Er hasste es, so im Mittelpunkt zu stehen. In solchen Situationen würde er sich am liebsten in eine Schildkröte verwandeln und in seinen Panzer verkriechen.

Ich fand es toll. Ich liebte es zu beobachten, wie ihm genau die Aufmerksamkeit zuteilwurde, die er sich durch seinen Einsatz auf dem Spielfeld verdient hatte. Und mir gefiel, dass er zwar nervös wurde, wenn er vor seinen Fans stand, sich aber anschließend, als wir mit unserem Eis nach Hause liefen, noch genau an jede Frage erinnern konnte, die sie ihm gestellt hatten, und daran, wie großartig es sich angefühlt hatte, das eine oder andere Autogramm zu geben.

Ihm kam es so vor, als würde er nicht ins Rampenlicht gehören, doch damit lag er falsch. Er war der beste Mensch, den ich kannte. Zu schade, dass er nicht mal annährend so viel von sich selbst hielt, wie ich es tat.

3. KAPITEL

Marisa

Senior Year – Highschool

»Ich dachte, du würdest heute Abend nach Hause kommen?«
Ich schlurfte die Treppe hinunter. Dabei drückte ich mir das
Handy mit der Schulter ans Ohr und hielt mit den Händen das
Treppengeländer fest umklammert. Unter meinen Füßen, die
in Socken steckten, knarrte das Holz.

»Diese Gelegenheit konnte ich mir aber nicht entgehen lassen.«

»Seit wann ist ein Trip nach Atlantic City eine einmalige
Gelegenheit?« Ich verzog das Gesicht. Meine Hüfte tat weh.
Die Blutergüsse schmerzten heftig. Auch wenn ich diesen Preis
gern zahlte, brauchte ich dringend Schmerztabletten.

»Weil ich nichts bezahlen muss und Frank außerdem ein
High Roller ist und wir deswegen in der Präsidentensuite wohnen.«

»Und was soll ich heute Abend machen?«

»Warum gehst du nicht zu LJ? Du rennst doch sowieso andauernd zu ihm. Oder ruf deinen Vater an. Hach, sorry, ganz
vergessen: Er ist ja weiß Gott wohin abgehauen, ohne ein
einziges Mal zurückzublicken.«

Ich biss die Zähne zusammen und lenkte das Thema wieder
auf den einzigen miesen Elternteil, der derzeit noch ein Wort

mit mir wechselte – sie – und weg von den einzigen Menschen, auf die ich mich noch verlassen konnte.

»So oft bin ich doch gar nicht dort.« Ich achtete darauf, dass ich ihn, wenn wir Schule hatten, nie öfter als ein paar Mal die Woche besuchte und nur alle zwei Wochen einmal bei ihm übernachtete. Im Sommer erhöhte ich allerdings auf zwei Übernachtungen wöchentlich und vier Tage die Woche, die ich bei ihm verbrachte.

Keinesfalls wollte ich die Gastfreundschaft von LJs Familie überstrapazieren, zumal ich das Gefühl hatte, dass ich die meiner eigenen Mutter bereits deutlich überstrapaziert hatte.

»Es ist nicht meine Schuld, dass dein Vater beschlossen hat, lieber mit seinen total besonderen Sportgroupies durchzubrennen und uns zurückzulassen, sodass wir sehen müssen, wie wir allein klarkommen. Diese ganzen Versprechungen, dass er zum Geburtstag Geld oder an Weihnachten Geschenke schicken wird – und was macht er? Lässt uns am ausgestreckten Arm verhungern.«

Noch so eine Bemerkung, die mir nicht gerade dabei half, meinen Bärenhunger zu vergessen.

»Der Arzt hat gesagt, dass ich mich einige Tage schonen soll.« Außerdem war LJs ganze Familie, nachdem ich vorgestern Knochenmark gespendet hatte, im Krankenhaus geblieben. Seit die Chemo begonnen hatte, hatten sie sich in Schichten damit abgewechselt, in Charlies Zimmer zu wachen.

»Vor zwei Tagen hast du mir noch einen fitten Eindruck gemacht. Und sollte sich nicht eigentlich seine Familie um dich kümmern? Nach allem, was du getan hast, stehen sie in deiner Schuld. Wir bekommen ja weiß Gott keinen Unterhalt von deinem Vater. Sie könnten uns ruhig etwas unter die Arme greifen.«

Ich presste die Finger auf den Nasenrücken, stakste zurück in mein Zimmer und versuchte, darin auf und ab zu gehen, gab es aber schnell wieder auf. Egal, was sie sagte, bei ihr ging es immer nur darum, wie schlecht die anderen waren – obwohl sie und mein Dad selbst mehr als genug Mist gebaut hatten. Aber ich brauchte jemanden, der für mich da war. Hier und jetzt. Vorsichtig zog ich die Shorts ein Stück von meiner Hüfte herunter. Die Blutergüsse sahen aus, als hätte ich Wettschulden bei diversen Buchmachern, aber immerhin verfärbten sie sich langsam gelb. Weh taten sie aber trotzdem noch. »Ich habe mich dazu bereit erklärt, weil es das einzig Richtige war. Wir kennen seine Familie schon, seitdem ich in der dritten Klasse war. Sie schulden mir rein gar nichts.« Eher schuldete ich ihnen etwas.

»Du hättest eine Gegenleistung verlangen sollen. Um Geld bitten sollen oder dergleichen. Niemand gibt irgendwas umsonst. Das solltest du dir besser mal merken.«

»Was gibst du denn als Gegenleistung für deinen Trip nach Atlantic City?«, entgegnete ich und biss mir auf die Innenseite der Wange.

»Na, jetzt klingst du ja trotz des kleinen Humpel-Theaters im Krankenhaus wieder ganz normal und fit.«

Ja, genau. Dass ich beim Verlassen des Krankenhauses kaum hatte laufen können, nachdem ich eine Vollnarkose bekommen und anschließend jemand in meinen Hüftknochen herumgebohrt hatte, um Knochenmark zu entnehmen, war selbstverständlich nur Theater gewesen.

Es wurde höchste Zeit, dass dieses Telefonat endete. Aber mein Magen war anderer Meinung und wollte sie nicht so schnell davonkommen lassen. »Anscheinend bin ich viel tougher, als gut für mich ist. Hast du mir Geld dagelassen?« Wenn sie beabsichtigte, auf unbestimmte Zeit zu verschwinden, musste ich einkaufen gehen.

Sie seufzte, als hätte ich sie nicht um Essensgeld gebeten, sondern um einen schicken, neuen BMW zum Geburtstag angebettelt. »Du bist achtzehn. Du bist stark und unabhängig. Dir fällt bestimmt etwas ein, Herzchen.«

»Wann kommst du wieder nach Hause?« Nicht, dass es mich störte, dass sie weg war. Dann musste ich mir wenigstens nicht zum hundertsten Mal irgendwelche Spitzfindigkeiten über mich oder die tausendste Schimpftirade über Ron anhören und ihr Gejammer, dass sie ihre eigenen Träume und Lebensziele geopfert hatte, um mit ihm zusammen zu sein, nur um am Ende ein Kind aufgehalst zu bekommen. Aber wenn sie hier wäre, könnte sie wenigstens Essen bestellen oder mir Geld geben, um welches zu kaufen.

Ich hörte, wie sie mit jemand anderem sprach. »Die nächste Runde Black Jack beginnt gleich, und ich bin Franks Glücksbringer. Ich muss los.« Damit war das Telefonat beendet.

Ich starrte das schwarze Display an. Eigentlich hätte mich nach all den Jahren nichts mehr überraschen dürfen. Inzwischen sollte ich mir jegliche Erwartungen an meine eigenen Eltern abgewöhnt haben. Ich schmiss das Handy hin, als wäre es mitverantwortlich dafür, dass die Person am anderen Ende der Leitung es immer wieder schaffte, das Messer noch ein wenig tiefer in die Wunde zu bohren. Ich blinzelte die Tränen in meinen Augen weg und massierte meine Hüfte.

So oft hatte ich mir geschworen, dass ich mir keine großen Hoffnungen mehr machen würde, dass ihr eines Tages vielleicht doch noch einfiel, dass sie eine Tochter hatte, und tat es doch immer wieder. Ich konnte mir noch so oft einreden, dass mir das alles egal war und es mich nicht berührte, trotzdem ging jedes Mal, wenn sie nicht in letzter Minute auftauchte, um mir zu versichern, dass alles gut werden würde, etwas in meinem Inneren ein Stück mehr kaputt.

Ich presste die Hand an meine Hüfte, verließ mein Zimmer und ging schlurfend die Treppe hinunter. Zwar klappte das inzwischen schon etwas besser, aber ich musste trotzdem aufpassen, dass die Schmerzen oder meine eingeschränkte Mobilität nicht noch schlimmer wurden. Schließlich war niemand da, der mir hätte helfen können.

Unten angekommen prüfte ich die aktuelle Essenssituation. Im Kühlschrank klirrten zwei halb volle Flaschen mit Ketchup und Senf. Die Packungen mit Putenbrust, Schinken und Käse, die ich kürzlich dort deponiert hatte, waren nicht mehr da. Das Gleiche galt für meine Gewürzgurken und den Laib Weißbrot, auf den ich mich schon gefreut hatte. Um Brot und Aufschnitt für Sandwiches zu kaufen, hatte ich mein letztes Geld ausgegeben. Hätte ich mich darauf verlassen, dass meine Mutter mir etwas kochte, wäre ich unweigerlich verhungert.

Ich knallte die Tür des Kühlschranks zu, sodass sein spärlicher Inhalt im Inneren herumflog. Durch die dicke Tür hörte man das Klirren jedoch kaum. Sie hatte mein verdammtes Essen geklaut. Ich stieß einen erbitterten Schrei aus.

Schmerzmittel auf leeren Magen zu nehmen war nicht gerade ideal. Kotzen stand auf meiner heutigen Aktivitätenliste nicht unbedingt ganz oben, obwohl ich andererseits kaum etwas auskotzen konnte, wenn ich nichts gegessen hatte. Aber auch auf Übelkeit hatte ich wenig Lust.

Ich checkte die üblichen Stellen, an denen meine Mutter Geld versteckte, fand jedoch nur leere Flaschen. Also kehrte ich wieder in die Küche zurück und sah mich mit dem konfrontiert, was noch an Essbarem übrig war. Ich hatte mehrere Dosen Thunfisch im eigenen Saft und trockene Cornflakes zur Auswahl.

Vielleicht ein Cornflakes-Thunfisch-Sandwich? Ich nahm mir das Brot, das noch im Brotkasten lag.

Nach den grünen, haarigen Flecken zu urteilen, die den halben Laib überzogen, lag dieses Brot schon im Kasten, seitdem meine Mutter vor zwei Monaten zum letzten Mal einkaufen gegangen war.

Also nahm ich mir die Cornflakes-Packung, machte eine Dose Thunfisch auf und stand unschlüssig davor, als hätte ich eine Wette verloren. Ich könnte die Cornflakes ja zum Dippen benutzen. Wie eine Art Tortilla-Chips. Das war ja praktisch das Gleiche, oder?

Ein Klopfen an der Tür ersparte es mir, weiter darüber nachzudenken, ob es ein Anzeichen von Wahnsinn war, diesen Kram ernsthaft essen zu wollen.

So schnell es meine Hüfte zuließ, eilte ich zur Tür. Allerdings wurde eher ein Humpeln daraus. Aber die Schmerzen, die der Versuch zu rennen, verursachte, waren immer noch besser, als mich mit diesem Fraß in der Küche auseinanderzusetzen. Als ich vorsichtig den Vorhang an dem kleinen Fenster in der Tür beiseiteschob, entdeckte ich draußen ein Gesicht, dessen Anblick immer wie ein Sonnenstrahl an einem verregneten Nachmittag war. Doch als ich seinen unergründlichen Gesichtsausdruck bemerkte, zog sich mein Magen zusammen.

Mit klopfendem Herzen öffnete ich die Tür und machte mich auf seine Neuigkeiten gefasst. »LJ, was ist passiert?«

»Seit einer halben Stunde versuche ich, dich auf deinem Handy zu erreichen. Wo warst du?«

Das Handy, das ich angewidert hingeschmissen hatte, nachdem ich mit meiner Mutter gesprochen hatte, lag irgendwo auf meinem Bett oder auf dem Boden. Anscheinend hatte meine Suche nach Essen doch recht lange gedauert. Vielleicht knurrte deswegen auch mein Magen inzwischen noch lauter.

»Ich war genau hier. Wie geht es deinem Dad?«

Seine Miene hellte sich auf.»Es geht ihm gut. Sie haben die Transplantation heute durchgeführt. Das Ganze hat nur ein paar Stunden gedauert.«

»Tatsächlich? So bald? Ich dachte, dass es, nachdem sie das Knochenmark bei mir entnommen haben, noch eine Weile dauern würde.«

»Nein, sie waren schnell. Mom bringt ihn morgen nach Hause. Die Ärzte sagen, dass es ihm gut geht, was bedeutet ...« Er rieb sich die Hände und grinste, als hätte er einen teuflischen Plan geschmiedet, der nun aufging.»Ich habe dir das hier besorgt.«

Er hielt mir eine Bäckertüte unter die Nase, während er seine eigene angewidert rümpfte.»Ein Everything Bagel mit Erdbeer-Frischkäse für dich.«

Ich riss ihm die Tüte aus der Hand.»Ernsthaft?« Als ich hineinspähte, schalteten meine Speicheldrüsen sofort in den Wasserfall-Modus.»Wie kann man einen Everything Bagel mit Erdbeer-Frischkäse nicht mögen?«

»Weil mein Magen über einen gewissen Selbsterhaltungstrieb verfügt. Aber abgesehen von dieser fragwürdigen kulinarischen Köstlichkeit habe ich noch eine Überraschung für dich.«

Ich stopfte mir ein Stück von der salzigen, süßen, knusprigen Leckerei in den Mund.»Eine Überraschung?«, nuschelte ich mit vollem Mund. Es könnte durchaus sein, dass mir dabei das eine oder andere Körnchen aus dem Mund flog.

Er zupfte eine der Servietten, die um die Tüte gewickelt waren, heraus und reichte sie mir.»Wir gehen auf Abschlussfahrt.« Er wischte sich die Hand an meinem Oberteil ab und deutete anschließend auf seines.

Er trug unser Abschlussfahrt-T-Shirt. Das Shirt zu der Abschlussfahrt, bei der ich eigentlich hatte mitfahren wollen, für die ich am Ende aber nicht genug Geld gehabt hatte, um sie vollständig zu bezahlen – weswegen ich auch noch die Anzahlung verloren hatte, für die ich den ganzen Sommer lang gespart hatte. Das hatte ich davon, dass ich meiner Mutter geglaubt hatte, dass sie mir mit dem fehlenden Betrag aushelfen würde.

Ich schüttelte den Kopf und stopfte mir den Mund noch voller. »Unsere ganze Klasse ist doch schon vor drei Tagen aufgebrochen.«

»Das bedeutet aber nicht, dass wir nicht unsere eigene Abschlussfahrt machen können.« Mit einem breiten Football-Meisterschafts-Grinsen auf den Lippen rieb er sich die Hände. Ein solches Lächeln hatte ich schon lange nicht mehr bei ihm gesehen, nicht, seitdem Charlie die Untersuchungsergebnisse vom Arzt bekommen hatte: Lymphdrüsenkrebs.

»Wie soll das denn bitteschön gehen?«, fragte ich und öffnete die Tür nun komplett.

»Das wirst du schon sehen. Hol deine Schuhe«, sagte er. Seine Aufregung war richtig ansteckend.

Ich wandte mich um, verzog aber gleich darauf das Gesicht und hielt mir die Hüfte. Jetzt konnte ich endlich meine Schmerztabletten nehmen.

»Scheiße, was habe ich mir nur dabei gedacht? Ich hole dir dein Handy und deine Turnschuhe.« Er stürmte in mein Haus und schaute sich kurz um, bevor er die Treppe hinauf in mein Zimmer eilte. Zwar war er dort bisher nicht so oft gewesen wie ich in seinem Zimmer, aber er wusste trotzdem, wo er hinmusste.

Ich schlurfte in die Küche und entsorgte mein monströses Menü, bevor er es sehen konnte, rasch im Mülleimer. Wenn ich zurückkam, würde es bestimmt höllisch stinken, aber darum würde ich mich später kümmern.

Die Schmerztabletten lagen noch auf der Küchentheke. Ich schluckte sie trocken herunter und steckte das Tablettenfläschchen anschließend in die Hosentasche.

LJ kam mit meinem Handy und Schuhen in der Hand wieder die Treppe heruntergejoggt. »Wo ist deine Mom? Ich dachte, sie würde sich nach dem Eingriff um dich kümmern.«

»Eine Freundin hat sich die Hüfte gebrochen und sie musste sie im Krankenhaus besuchen.« Ich verschränkte die Arme vor der Brust. Meine Ärmel waren so lang, dass nur die Fingerspitzen hervorlugten. »Sie bleibt nicht lange weg.«

LJ hatte ein ausgeprägtes Retter-in-der-Not-Syndrom. Stets war er der Erste, der versuchte, anderen zu Hilfe zu eilen. Manchmal kamen gute Dinge dabei heraus, wie etwa die Aktion, einen Knochenmarkspender für seinen Vater zu finden, aber auch grandiose Fehlschläge. Beispielsweise hatte er mich dazu gedrängt, Kontakt zu Ron aufzunehmen oder mich mit meiner Mom offen über meine Gefühle auszusprechen, und die Erinnerungen an diese beiden Versuche schmerzten mich noch immer. Entsprechend brauchte er nicht zu erfahren, dass meine Mom unterwegs war und sich mit irgendeinem Kerl, den sie wahrscheinlich kaum kannte, die Kante gab.

Hätte er es gewusst, wäre LJ wahrscheinlich mit einer ganzen Liste von Entzugskliniken und Familientherapeuten aufgetaucht. Aber man konnte nun mal nur Menschen helfen, die einsahen, dass sie ein Problem hatten. In den Augen meiner Mom war ihr einziges Problem jedoch der Umzug nach New York in weniger als zwei Monaten.

»Cool, sag ihr Bescheid, wo du bist.« Er reichte mir mein Handy. »Hätte ich dir eine Hose mitbringen sollen oder behältst du die Shorts an?«

Ich hob eine Augenbraue. »Wie lange kennst du mich schon?«

Er übergab mir meine Turnschuhe und hob die Hände. »Ich werde nie verstehen, weshalb deine Arme und Hände immer eiskalt sind, deine Beine dagegen heiß wie ein Schmelzofen. Bist du sicher, dass du nicht in Frankensteins Laboratorium zusammengesetzt wurdest?«, fragte er, streckte die Arme aus und imitierte einen zum Leben erweckten Leichnam.

»Vielleicht doch«, antwortete ich und machte neben ihm ebenfalls Frankensteins Monster-Gang nach, wobei das Ganze bei mir allerdings überzeugender ausfiel, weil die Schmerzmittel noch nicht wirkten.

»Das fängt ja schon mal gut an. Na los, gehen wir.«

Er schob mich eilig zur Tür hinaus, und diesmal protestierte ich deutlich weniger, als ich es sonst getan hätte. Wenn ich die Wahl hatte, entweder etwas mit LJ zu unternehmen oder mit leeren Vorratsschränken allein zu Hause zu hocken, war die Entscheidung klar.

Wie immer öffnete er mir die Autotür. Auf meine Fragen reagierte er allerdings äußerst schweigsam.

»Was hast du vor?«

Er startete den Wagen, und wir machten uns auf den Weg zu seinem Haus. »Während ich im Krankenhaus eingepfercht war, hatte ich viel Zeit zum Nachdenken. Im Gegensatz zur landläufigen Meinung ist dort nämlich nicht rund um die Uhr Party angesagt.« Er zwinkerte mir zu und lächelte dabei, wie er es schon die ganze Zeit tat, seitdem er mein Haus betreten hatte.

Die Erleichterung darüber, dass die Transplantation stattgefunden hatte, hatte ihm eine Last von den Schultern genommen, die er geraume Zeit mit sich herumgeschleppt hatte. Nicht nur er, sondern seine gesamte Familie. Mit der Spendersuchaktion in der Schule hatten wir eigentlich nur die Absicht verfolgt, mehr Leute dazu zu bringen, sich registrieren zu lassen. Dabei tatsächlich einen passenden Spender zu finden war eher ein Wunschtraum gewesen. LJ dabei zu helfen, die Aktion zu koordinieren, war mir leichtgefallen – alles für Charlie. Als sich dann herausgestellt hatte, dass ich die Person war, nach der sie gesucht hatten, stand ich plötzlich im Mittelpunkt der Aufmerksamkeit.

Den gesamten letzten Monat über, während Charlie sich einer Chemotherapie unterzogen hatte und wir uns derweil um den ganzen Versicherungspapierkram gekümmert hatten, hatte ich in der Schule ständig unter Beobachtung gestanden. Immer wenn LJ und ich durch die Gänge liefen, wurde geflüstert oder die anderen stellten uns eine Menge Fragen über den Eingriff und mögliche Komplikationen und darüber, wie es anschließend mit Charlie weitergehen würde.

Wenigstens damit war es jetzt vorbei. In einigen Wochen war das Schuljahr zu Ende, und wir hatten den ganzen Sommer lang Zeit, bis das College anfing. Bevor LJ und ich getrennte Wege gehen würden. Er würde auf die Fulton U gehen, ich dagegen hatte mich für eine Schule in New York entschieden.

Der Studiengang in Kunstgeschichte, der dort angeboten wurde, gehörte zu den besten der Welt – was sich auch in den Studiengebühren niederschlug. Doch die Stipendien und die Anträge auf finanzielle Beihilfe, die ich allein hatte ausfüllen müssen, nachdem ich mich durch die alten Steuererklärungen meiner Mutter gearbeitet hatte, würden mir den Weg dorthin ebnen. Und dazu kamen noch die Museen. Selbst wenn ich mir den Rest meines Lebens dafür Zeit nähme, würde ich es nicht schaffen, mir sämtliche Kunstwerke in allen Ausstellungen in der Stadt anzusehen.

Die Kunst war immer eine Zuflucht für mich gewesen. Ich konnte mir in der Bibliothek Bücher ausleihen und so tun, als würde ich während der Renaissance leben und wäre die Muse

eines berühmten Malers. Oder mir vorstellen, wie es sein musste, neben diesem mit Wasserlilien bedeckten See zu sitzen. Sobald ich alt genug war, um allein Zug zu fahren, hatte ich viel
Zeit in den städtischen Museen verbracht. Dabei hatte ich
mich noch bis ins Teenageralter als unter zwölf ausgegeben, um
keinen Eintritt zahlen zu müssen. Ich hatte vor den Gemälden
gesessen und sie betrachtet, hatte beobachtet, wie die anderen
Besucher auf sie und die anderen Kunstwerke reagierten. Dabei hatte ich mir vorzustellen versucht, welches Leben sie wohl
führten, und mir Geschichten darüber ausgedacht, woher sie
kamen und wo sie wohl hinwollten.

Mich in einem Museum zu verstecken war immer hilfreich,
wenn ich die Gastfreundschaft von LJs Familie nicht überstrapazieren wollte. Dort war es ruhig, nicht zu voll, perfekt
temperiert und selbst wenn ich mich dort stundenlang aufhielt, behelligte mich niemand. Aus meiner Flucht in die Kunst
war auf Dauer eine Liebe geworden, die ich nicht verhehlen
konnte.

Wir hielten vor LJs Haus. Um die Haustür herum und am
Treppengeländer, das zur Veranda hinaufführte, schwebten
Ballons in Micky-Maus-Form und wiegten sich in der sanf-
ten Brise.

»Wie hast du denn das alles hinbekommen?«

Seine Augen blitzten. Er sprang aus dem Auto, rutschte
über die Motorhaube und öffnete meine Tür.

Ich starrte ihn ungläubig an und hätte mir am liebsten die
Augen gerieben, um mich zu versichern, dass das alles auch
real war.

Er hielt mir die Hand hin. Ich nahm sie und kämpfte mich
mit zusammengebissenen Zähnen aus dem tiefen Schalensitz.

Wir gingen die Auffahrt hinauf, neben der überall im Boden
Holzstäbchen mit Maussilhouetten steckten.

»Ist das dein Ernst? Wie hast du das alles auf die Beine gestellt?«

»Das ist noch längst nicht alles.« Er nahm meine Hand.

Elektrische Funken schossen von meinen Fingern aus zu
meinem Herzen.

Hand in Hand liefen wir auf die Veranda zu, und all meine Schmerzen schienen durch diese eine Berührung wie weggeblasen. Mein ganzer Körper kribbelte, und das Blut rauschte
in meinen Ohren.

Als wir die soliden Stufen nach oben gingen, fasste er meine Hand fester. Dann öffnete er die Tür. Ich keuchte auf und
schlug die Hand vor den Mund, ohne seine dabei loszulassen.

»Oh mein Gott.«

4. KAPITEL

LJ

Gegenwart

Ein scharfer Schmerz schoss durch meine Rippen. Ich verkniff mir das Grinsen und regte keine Miene, während ich spürte, wie sich das Gewicht neben mir verlagerte. Drei Wochen waren vergangen, seit Marisa in mein Haus gezogen war – und in mein Bett.

Einige Tage nach dem Brand war Liv im Puff aufgetaucht, hatte Ford verflucht und Marisa in anschaulichen Worten geschworen, dass sie ihn für das, was auch immer er ihr angetan hatte, einer Folter unterziehen würde, die schon recht besorgniserregend geklungen hatte.

Nachdem die beiden einige Wochen lang von Eis und Mixgetränken gelebt hatten, hatte Liv ihre Sachen schließlich wieder gepackt, uns zum Dank mehrere Kästen Bier spendiert und war unter den wachsamen Augen ihres Nicht-mehr-Ex-Freundes praktisch zur Tür hinausgeschwebt. Theoretisch war dadurch wieder ein alternativer Schlafplatz für Marisa frei geworden – oder für mich. Aber wir teilten uns trotzdem weiterhin mein Bett. Während ich jede Nacht neben ihr lag, bemühte ich mich sehr, meine Hände im Zaum zu halten und den Körperkontakt auf ein akzeptables Maß wie eine kurze Berührung am Rücken oder Arm zu beschränken.

Schlaf war außerdem eine glaubhafte Rechtfertigung für die Morgenlatte, die regelmäßig meine Jogginghose ausbeulte. Sie ließ sich nicht so einfach kontrollieren.

Ich lag auf meiner Seite des Bettes, unter der Decke und mit dem Rücken zur Wand, und meine Hände verbargen mein Gesicht.

Ihr Haar strich über die Rückseite meiner Finger, kitzelte mich.

Ich bewegte vorsichtig einen Finger, ließ die Strähnen über meine Haut gleiten. Ich war ihr so nah, dass ihr Duft nach French Toast meine Lunge erfüllte – womit die Frühstücksflocken gemeint sind und nicht der Nachtisch aus der Pfanne. Niemand sollte sie jemals in die Nähe eines Herdes oder Ofens kommen lassen.

Noch mehr Haare strichen über meine Hände. Dann verlagerte sich das Kitzeln zu meinem Hals und meinem Kinn.

Am liebsten hätte ich den Arm unter ihren Kopf gelegt und sie an meine Brust gedrückt. Mit dem Daumen die zarte Kurve ihres Halses gestreichelt. Ihre Lippen geschmeckt.

Sie während der vergangenen Wochen so nah bei mir zu haben und mich gleichzeitig so sehr beherrschen zu müssen war so schwer gewesen wie kaum etwas zuvor in meinem ganzen Leben. Doch nachdem ich sie beinahe verloren hatte, wollte ich keinesfalls etwas tun, das sie vor den Kopf stoßen könnte.

Ich hielt die Augen geschlossen und kämpfte weiter gegen das Grinsen an, das sich auf meine Lippen zu stehlen drohte.

Ihr Haar glitt meine Wange hinauf. Es kitzelte und kribbelte, sodass ich die Zehen krümmte.

Dann wurden mir die Strähnen kurzerhand in die Nase gerammt.

Ich riss die Augen auf.

Marisa lag im Licht der Morgensonne vor mir. Sie hatte sich

auf einen Ellenbogen gestützt und grinste mich an. Zwischen zwei Fingern hielt sie eine Haarsträhne.

Sie brach in schallendes Gelächter aus.

»Was zum Teufel soll das, Marisa?« Ich stieß ihre Hand mit der Strähne weg und rieb mir die Nase, wie ich es auch immer auf dem Spielfeld tat, wenn irgendein Insekt auf die Idee kam, sich ausgerechnet mein Nasenloch als neuen Lieblingsplatz auszusuchen.

Sie krümmte sich vor Lachen, rollte sich in Embryonalhaltung zusammen, während sie gleichzeitig wild um sich schlug und ihre Haarspitzen an meinem Shirt abwischte. »Das ist dafür, dass du so getan hast, als würdest du schlafen.«

»Inwiefern ist der Versuch, deine Haare in mein Gehirn zu stecken, eine angemessene Strafe dafür, dass ich mich schlafend gestellt habe, nachdem ich von deinem markerschütternden Schnarchen geweckt wurde?«

Sie kniff die Augen zusammen und knuffte mich gegen die Schulter. »Ich schnarche nicht.«

»Du hast vollkommen recht. Wahrscheinlich habe ich mir das Nebelhorn nur eingebildet.«

»Nebelhorn!« Sie warf sich nach vorn und attackierte meine empfindlichen Seiten, grub die Finger hinein und kitzelte mich noch zehnmal schlimmer als zuvor.

Ich trat um mich und warf mich nach hinten, versuchte, ihren verhängnisvollen kitzelnden Fingern zu entkommen.

Ihre Hände wanderten tiefer, gingen nun auf meinen Bauch los. Für besseren Halt und mehr Kontrolle setzte sie sich auf und hockte sich auf die Knie. Nun war sie über mir, und das Haar fiel ihr wie ein Vorhang vors Gesicht.

Ich zuckte zur Seite, doch mit der Wand im Rücken gab es kein Entkommen. Sie so dicht bei mir zu haben wirkte sich trotz der Kitzelattacke nicht gerade nachteilig auf meine

Erektion aus. Und ich merkte auch ganz genau, in welchem Moment sie das ebenfalls bemerkte.

Ihr Handrücken strich über die Länge meiner Erektion und verharrte plötzlich regungslos.

Sie zog die Hand nicht fort. Stattdessen ließ sie sie, wo sie war, während mein Schwanz zuckte, als wolle er ihr in Morsecode auf den Handrücken diktieren, wie erregt ich in diesem Augenblick war.

.-- . -. -. / -....- / -- .. -.-. .... / .-- ... - . .-. ..... -. / ... --- / -....
.-. .. -- ..... .-. ... - --. .-- / .-- . .-. -. ... / .. -.-. ..... / .... / -- .. -.-. / -. ...
-. -. ..... - / ... - . .-. -.- -. ..... -. . -. / -. - --- . -. -. -. . --. .. -- / -. ..... -. -.
.... / -- .. ..- / -. - .. .-- .... - . . -. -.-.-.*

Sie bekam große Augen. Doch ihre Hand bewegte sich nicht. Sie riss sie nicht weg, als hätte sie sich verbrannt, obwohl ich das Gefühl hatte, dass meine Haut in Flammen stünde.

Ich stöhnte auf, hin- und hergerissen, ob ich nun aus dem Bett springen oder lieber ihre Hand umdrehen sollte, damit sie mich richtig anfassen konnte.

»LJ«, raunte sie atemlos, halb fragend. Das half nicht gerade gegen die Erektion.

Als hätte sie meine Gedanken gehört, strich sie mit der Hand über die Spitze meines Schwanzes und umfasste ihn durch meine Jogginghose hindurch.

Wir schnappten beide scharf nach Luft.

Ich streckte die Hand aus und packte ihren Arm.

Ihr zögerliches Streicheln ließ mich aufstöhnen.

Ich spürte die Hitze und das Gewicht ihrer Hand durch den weichen Stoff der Hose und konnte kaum noch atmen. So viele Nächte hatte ich mich genau danach gesehnt.

---

* Wenn du mich weiterhin so berührst, werde ich es mir nicht verkneifen können, dich zu küssen.

Die Versuchung war groß, mich selbst zu kneifen, um zu sehen, ob das alles wirklich passierte. Aber selbst wenn das alles nur ein Traum war, hätte mich höchstens ein Tritt mit einem Stollenschuh gegen die Brust wecken können.

Sie hob den Blick von der Decke, die mich noch immer von der Taille abwärts bedeckte, zu meinen Augen.

Sie hatte die Führung übernommen. Ihre vorsichtigen Berührungen waren mehr als nur flüchtig und gleichzeitig durch die Stoffbarriere zwischen uns noch keine richtigen Liebkosungen. Noch blieb genug Spielraum für einen Rückzieher. »Oh, ich dachte, das wäre deine Hand« oder »Ich wollte dich nur aufziehen und habe mir eine Taschenlampe in die Tasche gesteckt, um dich an der Nase herumzuführen«.

Es fiel mir schwer, nicht wohlig die Augen zu verdrehen. Mein Mund und meine Lippen waren wie ausgetrocknet, und es juckte mich in den Fingern, sie zu berühren.

Ich zog sie näher an mich. »Marisa ...«

Ihre Hand glitt unter den Bund meiner Hose.

Rasch hielt ich ihr Handgelenk fest und zog ihre Hand wieder heraus.

Ich wollte nicht, dass unser erstes Mal nur darin bestand, dass sie mir hastig einen runterholte.

Ich legte meine Stirn an ihre. Meine Lippen waren nur noch wenige Zentimeter von ihren entfernt. Das Blut in meinen Adern stand in Flammen, und mein Schwanz schwoll von Sekunde zu Sekunde mehr an, ich sehnte mich danach, von ihr angefasst zu werden.

»Marisa ...« Meine Stimme klang belegt und gequält, als würde sich mein Körper gerade selbst in den Hintern treten.

Sie neigte den Kopf. Ihr Blick war von Begehren verschleiert. Das hier war keine verrückte Aktion in irgendeiner durchzechten Nacht, nichts, was wir später darauf schieben konnten, dass man zu fortgeschrittener Stunde schon mal alle Hemmungen fallen lässt. Und ich wollte es. Ich wollte sie.

Ein forsches Klopfen an der Tür setzte dem Tauziehen in meinem Herzen ein jähes Ende. »Marisa, du hast … Besuch.«

Sie riss den Kopf hoch und starrte mich an. Schnell ließ sie den Blick über meinen Körper wandern, bevor er zu meinem Gesicht zurückkehrte, als wäre sie sich ebenfalls nicht sicher, ob sie das alles nur geträumt hatte.

Sie sprang aus dem Bett, obwohl es eher so aussah, als würde sie herausfallen. »Das ist bestimmt Liv. Ich schaue mal, was sie will.« Ihr verdatterter Gesichtsausdruck veränderte sich, und sie verzog die Lippen zu einem schiefen Grinsen. Sie sahen so voll und prall und zum Küssen schön aus, dass meine Erektion noch mehr zu pochen begann.

Ich war mir nicht sicher, ob ich, wenn sie wieder zurück ins Bett kam, Nein zu ihr sagen könnte. Ich wollte sie, sehnte mich schon viel zu lange nach ihr.

Die zurückliegenden drei Wochen, in denen ich nahezu permanent mit ihr zusammen gewesen war, die Nächte mit ihr dicht neben mir verbracht hatte, hatten all die Gründe, warum ich mich bisher immer zurückgehalten hatte, mehr und mehr an Bedeutung verlieren lassen. Unsere Freundschaft. Meine Pläne. Ihr Vater.

Sie zog ein Haargummi vom Knauf des Bettpfostens am Kopfende, wo noch mindestens zwanzig weitere hingen, und band sich die Haare hoch, bevor sie durch die Tür verschwand.

Ich ließ meinen Kopf zurück ins Kissen plumpsen und verfluchte ihre ehemalige Mitbewohnerin für ihr mieses Timing.

Was, wenn Liv eine neue Bleibe für sie beide gefunden hatte? Was, wenn sie sich schon wieder von ihrem Profi-Hockeyspieler getrennt hatte und deswegen beabsichtigte, erneut Marisas komplette Zeit zu vereinnahmen, mit ihr andauernd

Eiscreme zu essen oder die Nägel zu lackieren und dabei mit ihr zu tuscheln?

Ich sprang aus dem Bett und eilte ihr nach.

Ja, ich war ein Arsch.

So hatte ich das alles nicht geplant. Ich hatte mir so viele Wege überlegt, wie ich die Kluft zwischen bester Freundin und fester Freundin überbrücken könnte, aber all meine Ideen waren plattgemacht worden wie ein Kicker auf der Abwehrlinie.

Als ich die Treppe nach unten zur Hälfte hinter mir hatte, sah ich Marisa an der halb geöffneten Haustür stehen.

Das da draußen war nicht Liv. Andernfalls säßen die beiden inzwischen schon längst auf der Couch und würden über irgendjemanden herziehen.

Marisa hielt die Arme vor der Brust verschränkt und benutzte dabei den Ellenbogen, um zu verhindern, dass die Tür weiter geöffnet wurde.

Im grellen Sonnenlicht, das eine Hälfte ihres Gesichts beschien, konnte man ihre grimmige Miene deutlich erkennen. Die andere Hälfte ihres Gesichts lag in tiefem Schatten, und da sie im Türspalt stand, konnte das Licht auch nicht bis ins Haus vordringen.

Wer zum Teufel war das dort draußen?

Sofort erwachte mein Beschützerinstinkt mit voller Macht und trieb mich dazu an, mich zwischen sie und denjenigen zu stellen, der sie dazu animierte, ihre Arme so abweisend zu verschränken.

Ich sprang zum unteren Treppenabsatz und zog die Tür auf, bereit, es mit demjenigen aufzunehmen, der auf der Schwelle stand und sie so aufbrachte. Doch meine Ambitionen verpufften augenblicklich wieder, als ich den Mann draußen erblickte. Er war Mitte fünfzig, trug ein Poloshirt und hatte eine Fulton-U-Kappe auf dem Kopf.

»Coach Saunders …« Ich leckte mir die Lippen. Genau die, die ich eben beinahe auf Marisas verlockenden Mund gedrückt hatte.

»Siehst du, mir geht es hervorragend.« Marisa trat zurück und stellte sich neben mich. Dadurch war der Hauseingang nun vollständig versperrt, als würde sie befürchten, dass er, wenn ich nicht zur Verstärkung da gewesen wäre, einfach ins Haus marschiert wäre.

Coach Saunders schaute zuerst sie und dann mich an. »Warum hast du mir nicht Bescheid gesagt?«

»Warum hätte ich das tun sollen? Ich bin in Sicherheit. Außerdem warst du sowieso nicht da, sondern beim Combine.«

»Du hättest mich anrufen können.« Er sah nicht sie an, sondern durchbohrte stattdessen mich mit seinem eindringlichen Blick.

Meine Haut fühlte sich, an als würde sie versengt werden und Blasen werfen. Verdammt.

Marisa hätte mich umgebracht, wenn ich ihm von dem Brand erzählt hätte. Aber ich hatte sie gedrängt, ihn anzurufen, und sie hatte geschworen, dass sie es tun würde.

»Ich musste nicht mal ins Krankenhaus. LJ hat mich abgeholt und hergebracht. Es geht mir gut. Ich habe Menschen um mich, auf die ich mich verlassen kann.« Das war eine Granate direkt in sein Gesicht.

Nun fiel sein Blick wieder auf sie und wurde etwas weicher. Tiefe Sorgenfalten gruben sich in seine Stirn. »Was ist mit deinen Sachen? Brauchst du neue Kleider? Einen Computer? Oder noch irgendetwas anderes vor deiner Reise?«

»Ich hab mich schon um alles gekümmert. Die Versicherung deckt das meiste ab. Und da ich kaum genug Dinge besitze, um mehr als einen Koffer vollzubekommen, spare ich bei den Gepäckgebühren auch noch einen ganzen Haufen Geld.«

Er schüttelte den Kopf, und sein Schmerz und seine Reue standen ihm deutlich ins Gesicht geschrieben. »Ich wünschte, du hättest mich angerufen.«

Sie stieß ein freudloses Lachen aus. »Wir sehen uns am Montag beim Abendessen.«

»Ich weiß, dass du mich für den Bösen hältst, Marisa.« Er hob seine Kappe am Schild einige Male ein Stück hoch, als müsse er die Hitze entweichen lassen, die in seinem Kopf brodelte. Dann setzte er sie wieder auf. »Ich will doch nur, dass du sicher und glücklich bist.«

Marisa spähte mit einem verschlagenen Lächeln zu mir hoch. »Das bin ich.« Sie trat dichter zu mir und legte mir den Arm um die Taille. Ihre Finger spielten am Bund meiner Hose. Verflucht. Das war eine monumental schlechte Idee. Drei Jahre lang fanden diese Abendessen nun schon statt, aber noch nie hatte sie es damit, ihren Vater auf die Palme zu bringen, so weit getrieben.

Meine Muskeln verkrampften sich.

Sein laserscharfer Blick landete wieder auf mir. Er wanderte über meinen ganzen Körper und richtete sich schließlich auf meinen Schritt, als wolle er mir mein bestes Stück mit bloßen Händen abreißen.

Ich folgte dem Weg seiner Augen und entdeckte mit horrorfilmtauglichem Entsetzen den Fleck vorn auf meiner Hose. Den etwas feuchten Fleck, der definitiv kein Urin war. Während seine Tochter ihren Arm um mich legte.

Ich zuckte zusammen, wich zurück, schüttelte Marisas Arm ab und hielt die Hände schützend vor meine Hose.

Sie musterte mich kurz mit missbilligender Miene, bevor sie wieder die Arme vor der Brust verschränkte.

Mein Magen zog sich zusammen.

»Und ich bin sicher und glücklich«, sagte sie, doch sie hörte sich nicht so an. Ein scharfer Unterton schwang in ihrer Stimme mit. »Wie sehen uns am Montag.« Damit schloss sie die Tür, ohne seine Antwort abzuwarten.

Sie bedachte mich mit einem langen, bohrenden Blick, der sich noch durchdringender anfühlte als der ihres Vaters, bevor sie die Arme sinken ließ und die Treppe hinauf in mein Zimmer ging.

»Brutal.«

Ich fuhr herum, überrascht über die unerwartete Einmischung. Reece stand mit einem Becher in der Hand in der Küchentür.

»Spar dir die Kommentare.«

Er trat näher und warf einen kurzen prüfenden Blick ins leere Treppenhaus. »Ich meine ja nur, dass du eine Entscheidung treffen musst, denn mit dieser Sache zwischen dir und Marisa reitest du womöglich nicht nur dich selbst in die Scheiße. Der Coach könnte allen hier im Haus die Tour vermasseln. Ich weiß, dass ihr beide schon ewig befreundet seid, aber er hat deine Karriere in der Hand. Wenn er beschließen sollte, dass du raus bist, dann war's das. Kein Draft. Keine Profikarriere. Keine Profibezahlung.«

»Sie ist meine beste Freundin.«

»Würde sie wollen, dass du deinen Traum für sie aufgibst? Für deine Familie?«

Ich straffte mich. Die Zeit, nachdem mein Dad seine schlimme Diagnose erhalten hatte, war für uns alle hart gewesen. Meine Eltern hatten zwar versucht, meine Schwester und mich zu schützen, aber sie konnten nun mal nicht alles vor uns verbergen.

Selbst, nachdem mein Vater vor drei Jahren den Krebs besiegt hatte, hatten meine Eltern weiterhin zu kämpfen gehabt. Das war die beängstigendste Zeit meines ganzen Lebens gewesen, und ich wollte so was nie wieder durchmachen. Ich wusste noch genau, wie wir uns zusammengesetzt und darüber beraten hatten, ob wir weiterhin ein Dach über dem Kopf haben wollten oder stattdessen die lebensrettende Behandlung für meinen Vater fortsetzen sollten. Falls noch einmal jemandem, den ich gernhatte, so etwas zustoßen sollte, dann wollte ich in der Lage sein, einfach einen Scheck auszustellen.

Ich hatte so lange auf den richtigen Zeitpunkt gewartet. Aber er war nie gekommen.

Nicht nach unserem ersten Kuss im Baumhaus damals, in der dritten Klasse, als sie mir einen Hieb in die Eier verpasst hatte, weil ich sie besprungen hatte.

Nicht nach unserem zweiten Kuss bei einer Tanzveranstaltung für die siebte Klasse, neben der Tribüne in der Sporthalle, als sich unsere Zahnspangen dermaßen ineinander verhakt hatten, dass die Schulschwester uns hatte befreien müssen. Die folgenden Jahre hatten wir damit zugebracht zu hoffen, dass irgendwann endlich Gras über diese Sache wachsen würde.

Nicht, nachdem ich zum Dank, weil sie meinem Vater das Leben gerettet hatte, die Abschlussfahrt für sie nachgestellt hatte und sie ein für alle Mal klargemacht hatte, dass sie nicht auf diese Art an mir interessiert war.

Aber meine Gefühle für mich zu behalten war, wie mit einem Teil meiner Seele zu ringen, der stets versuchte, sich zu befreien und ihr alles zu sagen.

»Ich liebe sie.«

Er rieb sich den Nacken und schüttelte den Kopf. »Wirst du sie auch noch in einem Jahr lieben? In zwei Jahren?«

»Ich liebe sie schon, seitdem wir fünfzehn waren. Das wird sich niemals ändern.«

Er legte mir eine Hand auf die Schulter und bedachte mich mit einem allwissenden Blick, der ihm kaum zustand, nachdem er alles bekommen hatte, was er wollte: einen Erstrunden-Pick im Draft und die Frau, die er liebte. »Was ist besser für alle Beteiligten? Zu warten oder weiterhin mit deinem Schwanz zu denken?«

»Ich denke nicht mit meinem Schwanz.«

»Da spricht der Fleck auf deiner Hose aber eine andere Sprache«, entgegnete er und nahm einen Schluck aus seinem Becher.

Ich zog mein Shirt weiter herunter. Hatte ich etwa so ein verdammtes Leuchtschild über dem Kopf, das genau auf meinen Schritt zeigte?

Warten. Noch länger auf sie warten. Ich schob die Hände in die Haare, drückte die Handflächen gegen die Stirn. Welche andere Wahl hatte ich schon?

»Wenn ich ihr sage, dass wir wegen ihres Dads nicht zusammen sein können, wird sie ihm das niemals verzeihen. Sie spricht ja jetzt schon kaum ein Wort mit ihm.« Ich sah Reece an.

»Ist es nicht besser, wenn sie ihn hasst statt dich?« Damit verschwand er wieder in der Küche, während seine Frage weiter in der Luft zu hängen schien.

Ich stand allein im leeren Wohnzimmer. Draußen auf der Straße hörte ich Rufe und Gelächter. Die Jalousien waren noch zugezogen, die anderen im Haus wachten gerade erst langsam auf.

So gern ich die Verantwortung auf ihn abgeschoben hätte, fand ich doch, dass sie die Chance verdient hatte, zumindest versuchen zu können, eine Art Beziehung zu ihrem Dad aufzubauen. Marisas Mutter war nicht immer für sie da gewesen. Ein spontaner Trip, um eine kranke Freundin zu besuchen, eine Panne mit dem Auto oder ein Meeting bei der Arbeit, das länger dauerte ... Jedes Mal, wenn meine Eltern Marisa beiseitegenommen hatten, um mit ihr über dieses Thema zu sprechen, hatte sie stets versichert, dass ihre Mutter eben viel beschäftigt war, und eine verantwortungsbewusste Freundin für alle, weshalb sich stets jeder an sie wandte.

In der Middle School war Marisa immer, wenn ich Training gehabt hatte, nach dem Unterricht noch geblieben und mit mir gemeinsam nach Hause gefahren. Meistens war sie anschließend auch noch zum Abendessen geblieben.

Doch ihr Dad bemühte sich. Schon seit über einem Jahr legte er sich ins Zeug. Wie er mich behandelte, mochte nicht in Ordnung sein, aber ich war auch derjenige, der Marisa zu jedem Abendessen bei ihm begleitete, bei denen er versuchte, sie dazu zu bewegen, sich ihm gegenüber etwas mehr zu öffnen. Es stand nur noch ein Abendessen an, bevor sie zu ihrer Reise nach Venedig aufbrechen würde – ein Trip, den sie schon vor Jahren gemacht hätte, wenn ich nicht gewesen wäre. Wenn sie ihn nicht für mich geopfert hätte.

Langsam ging ich die Treppe hoch, eine Stufe nach der anderen, und atmete noch einmal durch, bevor ich meine Zimmertür öffnete.

Marisa kauerte neben ihrem Rucksack und verteilte Marker, Kugelschreiber und Papier um sich herum auf dem Boden. Ihr ganzes Leben war in diesen Rucksack und eine meiner Schubladen in der Kommode gequetscht. Abgesehen von den paar Kleidungsstücken, die ich ihr gegeben hatte, gab es nicht viel, womit ich sie sonst hätte unterstützen können.

Dank meines Stipendiums konnte ich Miete und Essen bezahlen und ein paar Mal pro Semester abends weggehen. Ich würde mich beim Studierendenwerk nach einem kleinen Studienkredit erkundigen. Sobald ich meinen Profivertrag unterzeichnet hätte, wäre es ein Leichtes für mich, ihn wieder zurückzubezahlen.

Ich wollte imstande sein, sie auszuführen und alles, was sie verloren hatte, zu ersetzen. Ihr brandneue Klamotten besorgen, einen Spitzencomputer und alles andere, was sie sich wünschte. Aber dazu war ich nicht in der Lage – noch nicht.

Nach dem nächsten Jahr. Nach dem Draft. Nachdem ich meinen ersten Profivertrag unterzeichnet hätte, könnte ich endlich für sie und alle anderen, die ich gernhatte, sorgen, ohne mir groß Gedanken machen zu müssen. Ich wusste ja, welche Pläne die Jungs schmiedeten, die dieses Jahr ihren Abschluss machten und bereits gedraftet worden waren.

Reece wollte sich ein automatisiertes Schuhregal für seine Turnschuhe anschaffen. Die anderen kauften ihren Eltern neue Häuser. Sie übernahmen die College-Gebühren ihrer Geschwister. Wenn sie klug mit ihrem Geld umgingen, würden sie sich nie wieder Sorgen machen müssen, und obendrein kamen sie auch noch in den Genuss der bestmöglichen medizinischen Versorgung.

Ich musste es nur noch schaffen, ebenso weit zu kommen.

Marisa stopfte einige Papiere zurück in den inzwischen leeren Rucksack. »Ich kann mein Notizbuch mit den Notizen für die Nachhilfe nicht finden.«

Ich schob einige Schnellhefter beiseite und zog das abgenutzte lila Notizbuch aus dem Stapel.

»Ich weiß genau, dass ich es irgendwo habe«, grummelte sie und stopfte noch mehr Unterlagen zurück in den schwarzgrauen Rucksack.

Ich ließ das Notizbuch zwischen den Fingern baumeln und hielt es ihr hin.

Sie drehte abrupt den Kopf zur Seite und schaute erst das Notizbuch und dann mich an.

Ich rieb mir das Kinn. »Wir müssen reden.«

5. KAPITEL

Marisa

Nein, das mussten wir keineswegs. Ganz und gar nicht. Wir mussten nicht reden, weil ich das, was er sagen würde, nicht hören wollte. Er hatte es ja schon unten im Beisein von Ron überdeutlich in die Welt hinausposaunt.

Als er meinen Arm abgeschüttelt und fallen gelassen hatte wie einen ausgedörrten, toten Fisch voller Fliegen, hatte sich mein Magen schmerzhaft zusammengezogen.

Noch wenige Minuten zuvor hätte ich schwören können, dass er im Begriff war, mich zu küssen. Sein Blick war so intensiv gewesen, dass ich praktisch schon hatte spüren können, wie sich seine Lippen auf meine pressten.

Das sehnsüchtige Ziehen in meinem Schoß hatte mich überwältigt, und ich war bereit gewesen, aus unserer Freundschaft etwas Neues werden zu lassen. Fraglos war es vollkommen idiotisch von mir gewesen, zu vergessen, welche Art von Beziehung wir in Wirklichkeit hatten.

Wieder mal hatte ich bewiesen, dass andere Menschen richtig einzuschätzen nicht zu meinen Stärken gehörte. Wie oft wollten wir das eigentlich noch machen? Anscheinend viel zu oft. Diesmal hatte ich ihn allerdings nicht geküsst – sondern mich direkt auf sein bestes Stück gestürzt. Beim nächsten Mal könnte ich mir vielleicht gleich einen Umschnalldildo und Gleitgel schnappen.

Zu glauben, dass seine Morgenlatte etwas mit mir zu tun hätte, war schon ziemlich vermessen von mir gewesen. Vielleicht hatte er für einen Augenblick vergessen, wer ich war, und in mir nur irgendeine Frau gesehen, die in seinem Bett aufgewacht war, und nicht Marisa, seine beste Freundin.

Mit jeder anderen Frau, mit der er schon geschlafen hatte, wäre es vorhin bestimmt weitergegangen. Aber nicht mit mir. Ich hatte losgelegt, doch er hatte mich gestoppt. Wer stoppte denn bitteschön eine Frau mitten in einem Handjob? Obwohl es eigentlich eher ein Hand-Praktikum oder ein Hand-Ehrenamt als ein richtiger Job gewesen war.

Er hatte mich so zärtlich angesehen, dass mein Herz angefangen hatte, wild gegen meine Rippen zu pochen, und ich mich plötzlich so leicht gefühlt hatte, als könnte ich jeden Augenblick davonschweben. Ich hatte gedacht, dass er meinen Arm festhielt, weil er gar nicht anders konnte und mich unbedingt berühren wollte. Doch viel wahrscheinlich war, dass er versucht hatte, mich davon abzuhalten, noch einen Schritt weiterzugehen.

In dem Augenblick, in dem ich versucht hatte loszulegen, hatte er sofort die Flucht ergreifen wollen.

Wie blöd war ich eigentlich? Und dann hatte er sich auch noch vor Ron von mir abgewandt. Eine gnadenlose, zweifache Zurückweisung – so unmissverständlich wie ein Schlag ins Gesicht.

Zu allem Überfluss hatte Ron unsere gemeinsamen Abendessen für die letzten drei Wochen abgesagt, wegen Trips zu irgendwelchen Scouting- und Rekrutierungsevents, an denen er hatte teilnehmen müssen. Trotz seiner Beteuerungen, wie gern er doch eine Beziehung zu mir aufbauen wollte, hatte er im Lauf der Saison mehr gemeinsame Abendessen abgesagt als stattgefunden hatten. Anstatt mich über die Absagen zu freuen, war ich nur noch saurer auf ihn geworden. Er hatte mir damit deutlich gezeigt, was ihm im Leben am wichtigsten war.

Nach dem Feuer hatte ich überlegt, Ron anzurufen, aber obwohl ich es LJ versprochen hatte, hatte ich es nicht getan. Ich hatte es eigentlich ernsthaft vorgehabt, aber dann waren immer wieder andere Dinge dazwischengekommen. Vielleicht war es auch eine Art Test gewesen. Einer, bei dem ich einfach abwartete, wie lange es dauerte, bis ihm klar wurde, dass seine Tochter um ein Haar bei einem Brand ums Leben gekommen wäre. Ja, vielleicht war genau das der Fall.

Und ich hatte meine Antwort bekommen: drei Wochen. Drei Wochen waren vergangen, seitdem mich Liv aus einem Lern-Koma geweckt hatte, mit einer Karteikarte, die an meiner Wange klebte, und erstickendem Rauch in meiner Lunge. Ich war sofort in Panik verfallen, und als der Qualm in meinen Augen gebrannt und meine Kehle versengt hatte, hatte ich schlagartig vergessen, wo sich Türen und Notausgänge befanden. Wir waren aus der Wohnung gekrochen, die Treppe hinuntergetaumelt und unten an der Haustür schon von Feuerwehrleuten und Sanitätern empfangen worden.

Drei Wochen.

Vermutlich war das immer noch deutlich besser als vierzehn Jahre. Denn so lange hatte zuvor zwischen uns Funkstille geherrscht. Ich ärgerte mich über mich selbst, weil ich die Tage gezählt hatte. Darüber, dass es mich überhaupt interessierte. Darüber, dass es so wehtat.

Natürlich hatte ich nicht erwartet, dass er mir sofort zu Hilfe eilen würde. Liv und ich hatten uns weitestgehend selbst gerettet, und den Rest hatte LJ übernommen. Aber drei Wochen?

In einer Stunde musste ich jemandem Nachhilfe geben, und ich konnte mein verdammtes Notizbuch nicht finden.

LJ ließ es neben mir in der Luft baumeln.

Sorgfältig darauf bedacht, seine Finger auf keinen Fall zu berühren, nahm ich es ihm aus der Hand, gleich nachdem er diese schicksalsträchtigen Worte ausgesprochen hatte: Wir müssen reden.

Ich stellte fest, dass sie bei einer Frau die gleiche gravierende Wirkung entfalteten wie bei einem Mann.

»Ich muss heute Nachmittag Nachhilfe geben.« Ich sah den Stundenplan durch, der auf der ersten Seite eingeklebt war, und verkniff es mir, laut aufzustöhnen. Natürlich war mir heute ausgerechnet Chris zugeteilt. Die perfekte Ergänzung für meinen sowieso schon ausgesprochen beschissenen Tag.

»Ich weiß.«

Warum klang das bei ihm so komisch? Als hätte er sich meinen kompletten Stundenplan eingeprägt und wüsste alles über mich. Na ja, im Grunde tat er das ja auch, aber eben wie ein guter Kumpel und nicht wie ein Mann, der scharf auf mich war.

»Ich muss mich erst umziehen und dann los in die Bibliothek.«

»Wegen heute Morgen …«

»Nö, darüber müssen wir nicht reden.« Ich stand auf und zog die Schublade auf, in der meine übrigen Klamotten lagen, obwohl ich kurz davor stand, mir die Hände auf die Ohren zu drücken und lauthals »La-la-la, ich kann gar nichts hören« zu singen.

»Das sollten wir aber.«

Ich hob den Kopf, um ihn anzuschauen. Dabei fühlte ich mich wie ein eingerosteter Roboter. »Warum? Ich habe eine Grenze überschritten. Wird nicht wieder vorkommen.« Warum hatte er mich angesehen, als wollte er mich küssen? Warum hatte ich all den Gefühlen nachgegeben, die sich schon so lange Zeit in mir aufgestaut hatten? Warum wollte ich das so sehr?

»Du hast keine Grenze übertreten. Ich hab doch mitgemacht«, sagte er und sah deswegen nicht gerade glücklich aus.

»Du konntest ja nicht weg.« Ich hatte ihn in die Enge getrieben und dann betatscht. Wie oberpeinlich. Wieder mal hörte ich die Stimme meiner Mutter in meinem Kopf. *Sie verlassen einen alle irgendwann.*

»Es war früh am Morgen, und wir waren noch nicht ganz wach. Du weißt schon, es war einfach … Ich bin deswegen nicht beleidigt oder böse. Das war keine große Sache.«

Nun, das würde ich nicht so sagen. »Genau, meine Hand war eben eine von vielen, die sich schon an deinem Schwanz zu schaffen gemacht haben.«

Sein neutraler Gesichtsausdruck verwandelte sich in Unmut. »Das habe ich nie behauptet.«

»Na, und was wäre, wenn ich dir jetzt gleich für ein bisschen Action die Hand in die Hose stecken würde?«

Er riss die Augen auf und erstarrte, jedoch nicht auf die Oh-ja-mehr-davon-Art, sondern eher auf die Oh-Gott-meine-nervige-Freundin-soll-mich-bitte-nicht-noch-mal-begrabschen-Art. »Wir lassen lieber die Hände aus den Hosen des jeweils anderen.«

»Dann ist dir also eher nach einer kleinen Nummer mit Hose an? Könnte allerdings passieren, dass du dich dabei wundscheuerst«, bemerkte ich, trat näher zu ihm und krempelte mir die Ärmel hoch. »Aber wenn du darauf stehst …«

Ich würde schon dafür sorgen, dass aus dieser ernsthaften Unterhaltung schnellstens eine Slapstick-Nummer wurde. Das war deutlich besser, als dafür zur Rede gestellt zu werden, dass ich bereit gewesen war, es durchzuziehen, und mich an die unrealistische Hoffnung geklammert hatte, dass er mich vorhin tatsächlich beinahe geküsst hätte.

»Könntest du vielleicht mal für fünf Minuten ernst sein?«

Ich streckte die Hand aus. »Hi, ich bin Ernst. Schön, dich kennenzulernen.« Flachwitze waren immer gut, um megapeinliche Situationen zu entschärfen.

Er rieb sich mit den Händen übers Gesicht und bedachte mich mit diesem entnervten Blick, an dem ich erkannte, dass zwischen uns wieder alles okay war. Dann presste er die Finger an die Nasenwurzel und starrte zur Decke hoch.

Mein Lächeln war nun nicht mehr hauchdünn und zerbrechlich, sondern ein richtiges Grinsen. Ablenkungsmanöver erfolgreich durchgeführt!

»Die nächsten acht Monate entscheiden über meine Zukunft.«

»Und du hast alles im Griff. Du warst ja schon der beste Spieler unserer Highschool.« Dass LJ auf das Thema Football ausgewichen war, würde ich schamlos ausnutzen und mich an diesem Themenwechsel festhalten wie ein mit Leim beschmierter Klammeraffe.

»Aber das bedeutet, dass ich mich voll und ganz auf dieses Thema konzentrieren muss.«

Sein Blick war so intensiv, dass ich mir wünschte, ich wäre diejenige, auf die er sich voll und ganz konzentrierte.

Reiß dich zusammen, Marisa. Konzentration. Genau darum ging es doch gerade, oder? Wie sich sein Shirt über seiner Brust spannte … Und beim Anblick seiner grauen Jogginghose hätte ich ihn am liebsten auf der Stelle bestiegen wie einen Mammutbaum.

Konzentration! Seine Lippen bewegten sich noch immer. *Sperr diese Gefühle ein und schmeiß den Schlüssel weg.*

»Na klar. Das verstehe ich. Schließlich war ich bei jedem deiner Spiele dabei. Im Sommer hab ich dich bei allen Trainingseinheiten im Kraftraum angefeuert, damit du durchhältst. Niemand wünscht sich mehr, dass du es schaffst, als ich.«

Seine Miene entspannte sich. »Ich weiß, Marisa.« Er öffnete den Mund, schloss ihn jedoch sofort wieder, als wollte er die Worte einfangen, bevor sie sich über seine Lippen stehlen konnten.

»Und so gern ich noch weiterhin aufmunternde Reden für dich schwingen würde, muss ich jetzt los, Nachhilfe geben, damit ich Geld für die Miete verdienen kann und nicht aus diesem wunderschönen Haus rausfliege.« Damit ergriff ich die Flucht, eilte aus dem Zimmer und verzog mich ins Badezimmer, wo ich die Tür hinter mir zuzog und abschloss. Ich drückte meine Klamotten – nein, es waren ja nicht mal meine eigenen, sondern geliehene Sachen – an die Brust und kniff die Augen zu.

Mir blieb noch weniger als ein Jahr, bis er gedraftet werden würde und ich mir überlegen müsste, wie es weitergehen sollte. Diesmal würde ich nicht zurückgelassen werden. Diesmal wäre ich diejenige, die ging.

Das Sportlergebäude lag nur einen kurzen Fußmarsch entfernt. Ich schob meine langen Ärmel hoch und zog meinen Rucksack zurecht. An den Wänden im Korridor waren neben Minibannern und Meisterschaftstrophäen auch die Trikots aller FU-Spieler ausgestellt, die im Lauf der Jahre beim Draft ausgewählt worden waren. Nicht mehr lange, dann würde auch LJs dort zu sehen sein, mit der Aufschrift LEWIS auf dem Rücken, gleich neben dem Trikot von Reece, das bisher allerdings noch nicht aufgehängt worden war.

Ich erreichte den Hörsaal, der neben Teambesprechungen auch für Nachhilfe genutzt wurde, und schickte ein stilles Stoßgebet zum Himmel, dass Chris nicht auftauchen würde. Während ich mich bei der Aufsicht in die Anwesenheitsliste eintrug, rief ich mir noch einmal nachdrücklich ins Gedächtnis, wie dringend ich das Geld brauchte.

»Viel Glück«, meinte der Typ am Tresen nur, als er sah, mit wem ich heute arbeiten würde.

Nachdem ich mir einen freien Platz gesucht hatte, bereitete ich meine Unterlagen vor und wünschte mir insgeheim, ich hätte Weihwasser oder ein Kruzifix dabei.

Fünf Minuten nach der vereinbarten Uhrzeit schlug ich mein Notizbuch zu. Die Nachhilfestunden waren für alle Spieler, die aufgrund ihres Notendurchschnitts Gefahr liefen, ihre Spielberechtigung zu verlieren, verpflichtend. Die Tutoren dagegen mussten, falls die Sportler nicht auftauchten, nur bis fünfzehn Minuten nach der vereinbarten Zeit warten.

Neun Minuten später packte ich meine Sachen wieder in den Rucksack ein. So schnell wie heute hatte ich die ganze Woche mein Geld noch nicht verdient.

In diesem Augenblick schwang die Tür auf, und er kam hereingeschlendert, als würde er einen Saloon betreten.

Aus meinem stillen Gebet wurde ein nicht ganz so leiser Fluch. Einige der Anwesenden drehten sich nach mir um.

Ich sank auf meinem Platz tiefer und machte mich auf die bevorstehenden Qualen gefasst.

Chris Farrell kam die Treppe herunterspaziert. Als er mich entdeckte, wurde sein Grinsen breiter.

Das würde eine endlos lange Nachhilfestunde werden.

»Wir wollen heute Grenzwerte berechnen«, sagte ich, während ich mir seine Mathehausaufgabe anschaute.

»Kannst du das nicht einfach für mich machen?«

Die Nachhilfestunden für Footballspieler brachten mehr ein als die beim Studentenzentrum, hatten jedoch auch ihre Nachteile – vor allem Footballer-Arschlöcher, die meinten, sie dürften sich wie Arschlöcher aufführen, weil sie einen Ball kicken oder passen konnten. Glücklicherweise gab ich mich nicht der Illusion hin, dass das ausschließlich für Footballspieler galt, jedoch bewiesen mir die Exemplare, mit denen ich zu tun hatte, dass es im Grunde zwei Sorten von ihnen gab.

Entweder waren sie total lieb und nett oder Riesenarschlöcher, die nicht nachvollziehen konnten, weshalb die Damenwelt nicht Schlange stand, um ihnen einen zu blasen. Witzigerweise war diese Mentalität meistens antiproportional zu ihren Fähigkeiten auf dem Spielfeld ausgeprägt.

»Wenn ich das für dich mache, bestehst du nie im Leben deine Abschlussprüfung, die in …« – ich warf einen Blick auf meine imaginäre Uhr – »einer Woche stattfindet.«

»Das ist doch alles Schwachsinn. Wozu braucht man überhaupt Mathe?« Er schob seine Arbeitsunterlagen so schwungvoll von sich weg, dass die Papiere fast vom Tisch segelten.

»Du hast dich für diesen Kurs eingetragen, nicht ich. Und obwohl dich alle gewarnt haben, dass du ganz kurz davorstehst, in diesem Kurs durchzufallen, hast du die Möglichkeit, ihn abzuwählen, verstreichen lassen.«

Er grummelte trotzig in sich hinein wie ein Dreijähriger. »Wenn ich erst mal gedraftet wurde, brauche ich diesen ganzen Unsinn sowieso nicht mehr.«

Nach allem, was LJ mir erzählt hatte, würde das höchstwahrscheinlich nicht passieren. Stattdessen hätte er sich dringend zusammenreißen und wie verrückt lernen müssen, damit er, wenn seine Träume von der Profikarriere platzten, zumindest einen Schulabschluss vorweisen konnte.

»Wenn du den Test für mich schreibst, gebe ich dir hundert Mäuse.«

Rasch warf ich einen Blick zur Aufsicht hinüber, die den Hörsaal überwachte, in dem zahlreiche Spieler mit ihren Tutoren arbeiteten. »Willst du uns etwa beide in Schwierigkeiten bringen?«, zischte ich und umklammerte die Tischkante. Vor den Sommerferien aus meinem bescheidenen Nachhilfejob zu fliegen oder, noch schlimmer, die Aufmerksamkeit der Trainer auf mich zu ziehen – zu denen auch mein Vater gehörte – stand nicht gerade auf meiner Wunschliste.

»Du kapierst diesen ganzen Kram doch. Hast du deinen Mathetest schon geschrieben?«

»Ich habe Mathe nicht belegt.«

Er riss den Kopf zurück und stierte mich an. »Was meinst du damit, dass du Mathe nicht belegt hast?«

»Ich meine damit, dass ich es nicht belegt habe. Schon seit der Highschool nicht mehr.«

»Wie zum Teufel kann es dann sein, dass du mir in diesem Fach Nachhilfe gibst?«

»Weshalb sollte ich einen Kurs belegen müssen, um dir darin Nachhilfe geben zu können? Ich hatte das Fach im letzten Highschool-Jahr.« Mathe – vor allem Differenzialrechnung, worum es hier gerade ging – war nicht gerade einfach, aber ich hatte den Kurs absolviert, um meine Chancen bei der College-Bewerbung zu verbessern. Es war nicht meine Schuld, dass Chris in den Vorlesungen nie aufpasste, sich keine Notizen machte und seine Hausaufgaben nicht erledigte.

»Was ist denn dein Hauptfach?«

»Kunstgeschichte.« Von meinen vielen Kursen in Analytischer Chemie und Chemie der Kunst, die ich ebenfalls belegt hatte, um später nicht nur als Kuratorin, sondern auch als Restauratorin tätig sein zu können, erwähnte ich nichts.

»Könnten wir uns jetzt, nachdem wir den Kennenlernteil der Nachhilfestunde erledigt haben, wieder auf deine Probleme konzentrieren?«

»Du hast Mathe noch nicht mal als Hauptfach. Dann ist es ja kein Wunder, dass ich das alles nicht kapiere.«

Ich massierte meinen Nasenrücken. *Denk an das Geld. Denk an das Geld und denk an Venedig.* »Du kapierst das alles nicht, weil du nicht aufpasst. Lass uns noch mal alles durchgehen, dann zeige ich dir eine Beispielaufgabe, damit du die Lösungsschritte nachvollziehen kannst.«

»Das ist doch alles Bullshit. Ich bin weg.« Er schnippte seinen Schreibblock weg, sodass er mit einem Knall auf dem Boden landete, und stürmte hinaus. Na ja, zumindest bekäme ich trotzdem die volle Stunde bezahlt.

Die Aufsicht rief seinen Namen, doch er war schon draußen und hatte die Tür hinter sich zugeknallt.

Ich sammelte die Arbeitsunterlagen ein und ging nach vorn, um mich wieder auszutragen.

»Nur noch eine Woche, oder?«

»Noch eine Woche zu viel.« Ich kritzelte meine Initialen neben meinen Namen und ging. Doch statt direkt zum Puff zurückzukehren, machte ich einen kleinen Umweg über das Franklin Building. Mein Fachbereich teilte sich das Gebäude mit dem Fachbereich Geschichte. Die Sofas hier waren bequem und abgewetzt, und meistens hielt sich dort kaum jemand auf.

An den Wänden hingen Kopien von Gemälden von Klimt, Van Gogh und Monet, individuell beleuchtet und in kunstvollen Rahmen, die wahrscheinlich so viel wert waren wie meine jährlichen Studiengebühren.

Ich fand es immer erholsam, mich hier aufzuhalten. Hier hatte man seine Ruhe und war weitab vom Schuss. Ich konnte die Gemälde anstarren und mir vorstellen, wie es sein mochte, der erste Mensch zu sein, der sie nach ihrer Fertigstellung zu Gesicht bekommen hatte. Oder darüber nachsinnen, wie es wäre, die Gelegenheit zu haben, sie zu konservieren, damit auch zukünftige Generationen sie bestaunen konnten.

Diese Gemälde waren für die Ewigkeit, und ihre Wirkung zog sich durch die Jahrzehnte und Jahrhunderte wie Wellen in einem Teich, nachdem die Künstler selbst schon längst nicht mehr lebten. Ich hatte gelernt, dass solche Dauerhaftigkeit nur für Gegenstände galt, nicht für Menschen.

Ich nahm meinen angestammten Platz auf dem grünen Ledersofa ein, klappte meinen Laptop auf und scrollte durch meine E-Mails. Überall in meinem Posteingang tauchten italienische Namen auf.

Checklisten mussten abgearbeitet und Vorbereitungen erledigt werden. Der erste Schritt in mein neues Abenteuer. Italien. Nach so vielen Jahren, Bewerbungsaufsätzen für Praktika und Vorstellungsgesprächen hatte ich es nun fast geschafft.

Ein Teil von mir fürchtete sich davor, mir zu große Hoffnungen zu machen, und davor, dass die Reise meinen überzogenen Vorstellungen nicht gerecht werden würde, aber ein anderer Teil von mir saß praktisch schon in einem Cabrio, düste die italienische Küste entlang und brüllte aus vollem Hals: »Wahnsinn, ich bin in Italien!«

Eine Bürotür öffnete sich. Das Geräusch wurde vom alten Teppich und den zahlreichen Regalen im Korridor gedämpft, in denen Dissertationen und Portfolios aufbewahrt wurden. »Marisa?«

Ich sah vom Laptop auf. »Hi, Professor Morgan.«

»Freust du dich schon auf deine Reise?« Sie war unter anderem der Grund dafür, dass ich bei meinem Kunstgeschichtsstudium den Schwerpunkt auf Museumswissenschaft gelegt hatte. Ihre Outfits erinnerten eher an Indiana Jones als an biedere Museumsführer, und sie trug ihre Liebe zur Kunst in ihren Tattoos und in ihren kunstvollen Ohrringen, mit denen sie den Klassikern der Kunst huldigte, offen zur Schau.

Sie war meine Lieblingsprofessorin und hatte mir auch das Praktikum im Kunstmuseum vermittelt.

»Und wie – aber ein bisschen Angst habe ich auch. Vielen Dank, dass Sie mir das ermöglicht haben.«

»Du hast es dir verdient. Ich bin froh, dass du nach all der Aufregung in den Frühlingsferien die Gelegenheit hast, dich diesen Sommer ein wenig zu amüsieren.«

»Ich auch.« Außerdem bedeutete es, dass ich über den Sommer nicht nach Hause fahren musste. War dieser Ort eigentlich noch mein Zuhause? Vielleicht würde ich mich einfach auf künstlerisches Nomadentum verlegen, anstatt ins Haus meiner Mutter zurückzukehren.

Obwohl mir eine Reise nach Italien natürlich viel lieber war als die Vorstellung, auf dem Campus zu bleiben und zwei Monate lang zwischen den Sofas diverser Leute herumzuvagabundieren.

»Wann geht es los?«

»Zwei Wochen nach meiner letzten Prüfung. Ich habe also nur noch drei Wochen bis dahin.« In meiner Magengrube breitete sich ein nervöses Kribbeln aus.

Sie warf einen Blick auf die Uhr. »Für mich steht mal wieder eine Fakultätssitzung an. Falls du noch irgendwas brauchen solltest, kannst du mir jederzeit eine Mail schreiben, und falls wir uns vorher nicht mehr sehen sollten, wünsche ich dir eine wunderschöne Reise.«

Der Fußweg zurück zum Haus war länger, als er hätte sein müssen. All die Erledigungen, zu denen ich in den vergangenen drei Wochen nicht gekommen war, formierten sich in meinem Kopf zu einer normalerweise erschreckend langen Liste. Doch in diesem Augenblick war sie perfekt dazu geeignet, mich von anderen Dingen abzulenken.

Neben dem Büffeln und meinen Abschlussprüfungen würde ich noch mehr Nachhilfe geben, was bedeutete, dass ich mir für meine Reise einen neuen Badeanzug und Unterwäsche kaufen konnte.

Die grausam unbequeme Couch des Todes rief meinen Namen und flüsterte mir süße Worte zu. Wenn ich unten schlief, hatte ich die Möglichkeit zu warten, dass oben Ruhe einkehrte, bevor ich mich hinauf ins Bad stahl.

Ein Glück waren es nur noch drei Wochen, bis ich nach Venedig aufbrach. Dann hätten wir nach diesem bedauerlichen morgendlichen Zwischenfall erst mal etwas Abstand zueinander. Und nach dem Sommer konnten wir wieder zur Normalität zurückkehren. Einfach so zu tun, als wäre alles in bester Ordnung, war ja nicht neu für mich.

6. KAPITEL

LJ

Meine Finger bohrten sich in die Erde und das Gras. Keuchend kniete ich auf dem Boden, Schweiß lief mir in die Augen und blendete mich. Mein Herz hämmerte bei jedem Schlag gegen meine Rippen, während ich japsend nach Luft schnappte.

Die Sonne brannte vom Himmel auf mich herunter, röstete meinen Schulterpanzer und wollte meinen gesamten Körper offenbar gut durchbraten. Normalerweise traten wir bei den Trainings im Frühjahr nicht in voller Montur an, doch die heutige Session war eine Ausnahme. In meinen Stollenschuhen stand der Schweiß.

Über mir ertönte der schrille Pfiff einer Trillerpfeife.

Coach Saunders' Füße tauchten vor mir auf, und gleich darauf kniete er sich hin. »Gibt es ein Problem, Lewis?«

Ich richtete mich mit zusammengebissenen Zähnen auf. »Nein, Sir.« Ich ließ die Arme locker herabhängen, obwohl ich am liebsten die Hände auf die Knie gestützt und mich vornübergebeugt hätte, damit ich nicht kotzen musste.

»Gut.« Er pfiff zu einer weiteren Runde Sprints.

Das ganze Team machte sich stöhnend auf den Weg zur Endlinie.

Berk wischte sich das Gesicht mit seinem Shirt ab, doch das half kaum gegen die Sturzbäche aus Schweiß, die ihm ununterbrochen aus den Haaren rannen. »Wenn die Jungs rausfinden, dass wir das hier machen, weil du mit Marisa schläfst, dann kreuzigen sie dich.«

»Wir schlafen doch nur, sonst nichts.«

»Das hält ihn aber trotzdem nicht davon ab zu versuchen, dir mit Blicken ein Loch in den Schädel zu brennen.« Noch ein Grund dafür, das zwischen Marisa und mir vorerst platonisch zu belassen, auch wenn das fast so sehr schmerzte wie meine Waden gerade.

Das hundertzwanzig Mann starke Team nahm in zwei Reihen an der Endlinie Aufstellung. Coach Saunders ging mit seinem Clipboard unterm Arm und flankiert von seinen Assistenztrainern ebenfalls auf seine Position.

Dann pfiff er, und für uns begann eine neue Runde Folterqualen.

Fünfzehn herzzerfetzende, beinmuskelvernichtende, lungenversengende Minuten später klappte ich zusammen. Einige Jungs übergaben sich, andere irrten ziellos davon, als würden sie halluzinieren oder hätten schlichtweg beschlossen, dass sie keine Lust mehr hatten und sich zu Fuß auf den Nachhauseweg machen würden.

Nachdem ich vom Spielfeld gekrochen war, trank ich das Eiswasser in meiner Flasche in einem Zug aus. Als ich schließlich nicht mehr japste, sondern endlich wieder richtig Luft bekam, stellte ich sie weg und trat den schicksalhaften Marsch an.

An diesem sonnigen, schönen Tag fühlte sich jeder Schritt an, als trüge er mich meiner Exekution entgegen. Der Coach stand mit dem Rücken zu mir. Das Headset hing ihm um den Hals, und das Clipboard hatte er unter den Arm geklemmt.

»Coach Saunders.« Ich räusperte mich. Obwohl ich so viel Wasser getrunken hatte, war mein Mund noch immer staubtrocken.

Er drückte den Rücken durch und drehte sich zu mir um.

Seine Miene war ausdruckslos, doch sein Blick durchbohrte mich wie ein Laserstrahl.

»Kann ich mit Ihnen sprechen, Sir?«

Er musterte mich von Kopf bis Fuß, nickte dann knapp und setzte sich in Richtung der Umkleidekabinen in Bewegung.

Ich trabte ihm hinterher. Meine Muskeln schmerzten bei jeder Bewegung höllisch. »Es geht um gestern.«

»Was ist mit gestern?«

»Wegen der Sache, dass Marisa gerade bei mir wohnt ...« Meine Worte flogen wie Zugvögel davon und hinterließen mein Hirn so leer gefegt wie einen verlassenen Teich.

Er schnaubte barsch.

»Wir sind schon lange befreundet, und ich wollte dafür sorgen, dass es ihr gut geht.«

»Danach zu urteilen, wie du aussahst, nachdem du die Treppe heruntergepoltert bist, kümmerst du dich nicht nur darum, dass es ihr gut geht«, sagte er knapp und zornig.

»Wenn Sie Marisa fragen, wird sie Ihnen bestätigen, dass wir nur Freunde sind. Die besten Freunde, aber darüber hinaus ist nie etwas passiert.«

»Aber dir wäre es ganz recht, wenn es anders wäre, nicht wahr? Hat sie dich abblitzen lassen?« Sein boshaftes Grinsen zeigte deutlich, wie sehr er sich über meine imaginäre beziehungsweise eigentlich nicht ganz imaginäre sexuelle Frustration in Bezug auf Marisa freute. »Schön für sie. Ich kann mir auch nicht vorstellen, dass sie in die Fußstapfen von ihrer Mutter und mir treten will«, fuhr er fort und verzog grimmig den Mund.

Marisa hatte nie viel darüber erzählt, was zwischen ihren Eltern vorgefallen war, außer dass ihr Vater, als sie acht Jahre alt gewesen war, die Familie verlassen hatte, um eine Stelle als Assistenztrainer an der Ohio State University anzutreten.

Er kam nur selten nach Hause – eigentlich nie, zumindest soweit ich wusste. Ich hatte ihn nie kennengelernt und anfangs gar nicht begriffen, in welcher Beziehung die beiden zueinander standen, bis Marisa mir erzählt hatte, dass sie auf die Fulton U wechselte, weil ihr Vater dort Cheftrainer sei.

»Es sind noch zwei Frühjahrstrainings übrig. Du solltest dir sehr genau Gedanken darüber machen, wie wichtig dir deine Zukunft im Football ist.« Sein stechender Blick ließ mir das Herz in die Hose rutschen. »Du kannst jetzt gehen.«

Ich ballte meine herabhängenden Hände zu Fäusten, wandte mich ab und ging zurück zur Umkleidekabine. Seine Drohung war unmissverständlich gewesen. Wenn ich mit Marisa zu weit ging, war ich erledigt. Nach drei nationalen Meisterschaftstiteln war er womöglich dazu bereit, unsere Siegchancen dafür zu opfern, mich so oft wie nur möglich auf der Ersatzbank sitzen zu lassen. Er könnte einfach losziehen und einige der besten Offensive Linebacker verpflichten, damit sie meine Position übernahmen, und das Team könnte problemlos weitermachen wie bisher.

Auch wenn ich Marisa am liebsten sofort angerufen und ihr erzählt hätte, wie recht sie damit hatte, dass sie ihren Vater für ein Arschloch hielt, musste ich bedenken, dass die Art, wie er mich behandelte, und die Art, wie er sie behandelte, zwei vollkommen unterschiedliche Dinge waren.

Ich würde mich zusammenreißen, ihr klarmachen, dass wir nur Freunde waren, dafür die Konsequenzen tragen und mich bemühen, mich bis zum Ende der nächsten Saison zu benehmen. Aber danach konnte ich für nichts mehr garantieren.

Danach hatte er meine Zukunft nicht mehr in der Hand, und ich könnte ihr endlich gestehen, was ich für sie empfand – wenn es dann nicht schon zu spät war.

Seit drei Wochen ging sie mir nun schon aus dem Weg. Irgendwie wurde dadurch aber nichts besser, sondern alles nur noch schlimmer. Wir standen kurz davor, den kompletten Sommer getrennt voneinander zu verbringen.

Ich bog im Abflugbereich des Flughafens in die Kurzhaltezone ein. Mein Wagen war nur einer von vielen, die hier Passagiere abluden.

Marisa hob ihren Rucksack vom Boden auf, versicherte sich noch einmal, dass ihr Pass und ihre Geldbörse in der Vordertasche steckten, und lächelte mich so strahlend an, als wollte sie sich für den ersten Tag im Sommercamp hochputschen. Es war das erste Lächeln seit drei Wochen, seit *Jenem Morgen*™.

Sie war dazu übergegangen, auf der Rückenbrecher-Couch zu schlafen, bis Keyton eines Tages vorab einige seiner Sachen vorbeigebracht hatte, zu denen auch ein Sofa gehörte, das offenbar nicht während der Spanischen Inquisition entworfen worden war. Danach hatte ich überhaupt keinen Vorwand mehr gehabt, um sie noch einmal zurück in mein Bett zu holen.

»Ruf mich an, wenn du gelandet bist.«

Sie schlang die Arme um ihren Rucksack und sah mich an. »Mache ich.«

Sie sprühte geradezu vor nervöser Energie. Es war ihre erste Auslandsreise. Den Rucksack hatten wir abgeholt, nachdem sie ihren neuen Reisepass im Expressverfahren ausgestellt bekommen hatte.

»Ich kann kaum glauben, dass du den ganzen Sommer lang weg sein wirst.« Mein Herz fühlte sich an, als würde es von einer Faust zusammengepresst. Dass sie ihr erstes Semester in New York verbracht hatte, war schon übel gewesen. Ich hatte sie vermisst – sehr sogar. Aber damals hatte ich mich auf meine Kurse und auf die Saisonvorbereitungen konzentrieren können. Aber den ganzen Sommer ohne sie zu verbringen würde garantiert mehr als beschissen werden. Zwar würden das Training im Kraftraum und meine Ferienkurse einen Teil meiner Zeit beanspruchen, doch es würde keine Wasserbombenschlachten geben, keine Spritztouren an die Küste, keine Karussellfahrten auf dem Jahrmarkt, bis wir kurz davor waren zu kotzen, oder gemeinsames Chillen im Garten in der Sonne.

»Zumindest musst du nicht befürchten, dass ich dich beim Training nerve oder zu nächtlichen Trips zur Eisdiele nötige.«

Beides störte mich nicht im Geringsten.

»Ohne dich wird es im Haus ziemlich still sein.«

»Berk und Keyton werden doch auch da sein.« Sie spielte am Reißverschluss ihres Rucksacks herum. »Bist du sicher, dass die anderen nichts dagegen haben, dass ich bei euch wohne? Ich möchte nicht, dass ihr euch durch die Tatsache, dass ich da unten anders ausgestattet bin als ihr, irgendwie eingeschränkt fühlt.« Dabei wies sie vage auf die Teile ihrer Anatomie, die ich nun schon seit Jahren krampfhaft aus meinen Gedanken zu verbannen versuchte.

»Die anderen hoffen eher, dass deine Anwesenheit uns helfen wird, unerwünschte weibliche Aufmerksamkeit zu unterbinden.«

Sie schnaubte. »Die Hälfte der Frauen auf dem Campus würden mich, wenn sie auch nur die Chance wittern würden, an einen von euch ranzukommen, ohne mit der Wimper zu zucken niederwalzen.«

»Dann können wir ja von Glück reden, dass du so kräftige, breite Schultern hast«, bemerkte ich und drückte ihre Schultern.

Diesmal lachte sie aus vollem Herzen.

»Außerdem ist Berk ganz von seiner Brieffreundin eingenommen. Seitdem sie angefangen haben, schmutzige Briefchen auszutauschen, hält er sich anderweitig stark zurück. Und Keyton ist …« Ich zuckte mit den Schultern. »Eben Keyton. Wer weiß schon, was er treibt? Jedenfalls wird sich niemand deinetwegen eingeschränkt fühlen.«

Nebenbei bedeutete es, dass sie in unserem den Bauvorschriften entsprechenden Haus leben konnte und dass sie nicht mit irgendjemandem x-Beliebigen zusammenziehen musste, nachdem Liv nun als Mitbewohnerin ausschied, weil sie offenbar fest mit Ford zusammen war.

Damit das alles funktionierte, musste ich allerdings einen kleinen Zuschuss zu ihrer Miete leisten. Aber wenn ich im Frühling den Bonus für die Unterzeichnung meines Profivertrages bekäme, würde ich den Kredit damit wieder abbezahlen. Da die Kreditwürdigkeit meiner Eltern quasi nicht existent war und auch meine nicht besonders gut aussah, war der Zinssatz happig, aber der Kredit lief ja nur ein Jahr. Den finanziellen Engpass nahm ich gern dafür in Kauf, dass ich sie immer in meiner Nähe haben konnte – selbst wenn mich genau diese Nähe vollkommen fertigmachte.

Wieder spielte sie an ihrem Rucksack herum. »Was, wenn ich es furchtbar finde?«

»Das wirst du nicht. Du freust dich schon seit Ewigkeiten auf diese Reise. Diese ganzen Gemälde, die ich mir seit Jahren wegen dir gezwungenermaßen anschauen muss – die wirst du jetzt endlich in Wirklichkeit sehen. Du kannst jeden Tag Gondelfahrten unternehmen. Vielleicht sogar italienisch kochen lernen.« Ich zog den Kopf ein und spähte vorsichtig zu ihr hinüber.

»Ich mache doch jetzt auch schon sehr leckere Spaghetti«, entgegnete sie und bedachte mich mit einem ungehaltenen Blick.

Ich unterdrückte ein Schaudern. Mit jedem Bissen, den man von ihrem gekochten Essen aß, setzte man sein Leben aufs Spiel. »Du hast recht. Aber es ist immer gut, neue Techniken dazuzulernen. Vielleicht kannst du dich ja weiter verbessern.«

»Vielleicht.« Es wurde still im Auto.

»Marisa.«

»LJ ...«

Wir hatten gleichzeitig wieder zu sprechen begonnen. Nun lachten wir beide befangen. Unsere Blicke trafen sich.

Ich öffnete den Mund.

Ein Klopfen am Fenster setzte der Spannung, die sich zwischen uns aufgebaut hatte, ein jähes Ende. Ich drehte den Kopf und blinzelte zu dem Polizisten hoch, der draußen stand.

»Das ist die Kurzhaltezone. Sie stehen bereits viel zu lange hier.« Damit ging er zum nächsten Wagen weiter, um auch dessen Insassen zu ermahnen.

»Dann sorgen wir mal dafür, dass du nach drinnen kommst.« Ich betätigte den Schalter für die Kofferraumklappe, öffnete meine Tür, stieg aus und ging zum Heck des Wagens. »Ich bin froh, dass du diese Reise endlich antreten kannst. Du hättest sie ja schon vor Ewigkeiten machen sollen.«

»Das ist doch keine große Sache. Ich bin davon ausgegangen, dass es schon irgendwann klappen würde.«

»Ich weiß, aber ... Ich wünschte, du hättest sie schon damals machen können, wie es ursprünglich geplant war.«

Sie legte die Hand auf meinen Arm. »LJ, spar dir die Schuldnummer. Also wirklich, manchmal hab ich den Eindruck, dass du nur aus Pflichtgefühl mit mir befreundet bist.« Ihr Lachen klang etwas zu schrill und gekünstelt.

»Nee, wegen deiner hervorragenden Kochkünste.«

Sie starrte mich bitterböse an, aber ihr Mund zuckte. »Wohl

eher, weil ich die Einzige bin, die freiwillig deine dreckige Unterwäsche anfasst.«

»Ich habe dich nie darum gebeten, die Wäsche für mich zu machen.« Das hatte ich wirklich nicht. Aber Marisa hatte es sich zur Gewohnheit gemacht, während jedem donnerstäglichen Filmabend das Wäschefalten, das ich absolut nicht ausstehen konnte, zu übernehmen. Meine Klamotten in die Waschmaschine stecken – kein Problem. Sie anschließend in den Trockner zu stopfen, bevor sie Schimmel ansetzten – darüber ließ sich auch noch reden. Aber Falten ging gar nicht. Wahrscheinlich hatte ich es allein ihr zu verdanken, dass ich nach dem ersten Semester überhaupt noch Freunde hatte, weil sie nach ihrem Wechsel zur FU mitbekommen hatte, wie lange ich meine Sachen nicht mehr gewaschen hatte und meiner Schlamperei Einhalt geboten hatte.

»Ich hatte die Wahl: entweder deine Wäsche machen oder untätig zusehen, wie du ein weiteres Jahr lang versuchst, dich mit Febreze durchzumogeln. Und das wäre für keinen der Beteiligten angenehm gewesen.«

»Komm schon, so schlimm war es nun auch wieder nicht.« Ich zerrte ihren Koffer aus dem Kofferraum, hievte ihn hoch und stellte ihn auf den gelben Parkverbotslinien im Kurzhaltebereich ab.

»Eine Woche länger, und deine Klamotten wären von allein zur Haustür hinausspaziert.«

Marisa folgte mir und nahm den Tragegriff ihres Koffers. Dabei landete ihre Hand halb auf meiner. Das Stimmengewirr des Flughafens trat komplett in den Hintergrund.

Acht Wochen. So lange waren wir seit dem ersten Semester vor ihrem Uniwechsel nicht mehr getrennt gewesen. All die merkwürdigen Szenarien, die mir während ihres Aufenthalts in New York ständig durch den Kopf gegangen waren, waren plötzlich wieder da. Würde sie dort gut aufgehoben sein? Was, wenn sie sich königlich amüsierte und nie mehr zurückkäme? Was, wenn sie dort einen Mann kennenlernte?

In ihrem Blick spiegelten sich Unsicherheit, Aufregung und Angst wider.

Ich wünschte, ich hätte sie begleiten können. Ich wollte ihr Komplize sein, mit ihr Venedig erkunden, Abstecher nach Rom machen und mit dem Zug in die Schweiz und nach Deutschland und Frankreich reisen.

»Los geht's«, rief uns jemand durch den Trubel im Flughafen zu. »Küss deine Freundin und dann fahr los. Du stehst hier schon deutlich länger als erlaubt.« Der Polizist pfiff auf seiner Trillerpfeife, bevor er damit fortfuhr, die anderen Leute zu piesacken.

Marisa starrte meine Brust an, bevor sie mir den Koffer abnahm. Dann schlang sie die Arme für eine viel zu kurze Umarmung um mich. »Bis bald, L. Hab einen tollen Sommer.«

Damit schnappte sie sich den Koffer, warf mir noch einen kurzen Blick über die Schulter zu und winkte, bevor sie durch die Glastüren in Richtung Check-in-Schalter davoneilte.

Eine Stimme in meinem Ohr ließ mich zusammenfahren. »Sie ist fort, Romeo. Jetzt schaff dein verdammtes Auto hier weg.«

Hastig kramte ich meine Schlüssel aus der Tasche, sprang in den Wagen und ordnete mich in die Schlange der anderen Autos ein, die den Abflugbereich verließen.

Was, wenn sie einen coolen Italiener kennenlernte und beschloss, dortzubleiben? Was, wenn sie mit jemandem, den sie beim Praktikum kennenlernte, für einen romantischen Urlaub nach Paris durchbrannte? Was, wenn sie zurückkam, und ich meine Chance bei ihr vertan hatte?

AN: footballsfinestII@gmail.com
VON: I_love_ripley_foreva@gmail.com
BETREFF: Rate mal!

Hi LJ,

ich bin endlich angekommen. Und weißt du was? Ich habe ein Upgrade in die Businessklasse bekommen! Ha, ich bin dir zuvorgekommen. Aber in einem Jahr fliegst du wahrscheinlich in einem Privatjet. Sie haben kühle Handtücher verteilt, und ich habe mein erstes Glas Champagner getrunken. Also nicht nur Schaumwein, sondern den richtig echten. Mit dem armen Kerl, der neben mir saß, konnte ich leider nicht so toll Blödsinn machen wie mit dir. Ich hoffe, du hast Spaß. Ich habe die Fotos von der Poolparty gesehen. Amüsiere dich ja nicht zu sehr ohne mich.

Mein Praktikum beginnt am Montag. Ich habe also gerade noch genug Zeit, um herauszufinden, wo ich in der Nähe der Wohnung, in der ich untergekommen bin, etwas zu essen bekomme. Ich schicke dir noch Fotos von der Wohnung! Hast du nachher Lust auf einen Video-Chat?

AN: I_love_ripley_foreva@gmail.com
VON: footballsfinestII@gmail.com
BETREFF: Re: Rate mal!

Hey Marisa,

die Wohnung sieht toll aus! Businessklasse! Du weißt schon, dass du echt fies bist, oder? Die Poolparty war eine ganz spontane Sache. Sie war eigentlich gar nicht übel, bis Keyton Chris Farrell aus dem tiefen Ende des Pools rausziehen musste. Chris wäre beinahe von der Uni geflogen, wurde aus dem Team geschmissen und hat seinen Kummer in einem halben Fass Bier ertränkt. Davon abgesehen geht es hier ruhig zu. Mein Vater hat im August seinen halbjährlichen Kontrolltermin beim Arzt. Bis dahin halten wir alle gespannt den Atem an. Aber ich bin mir sicher, dass das magische Marisa-Knochenmark auch weiterhin seine Wirkung tun wird. Bin jederzeit für einen Video-Chat zu haben.

AN: footballsfinest11@gmail.com
VON: I_love_ripley_foreva@gmail.com
BETREFF: Re: Re: Rate mal!

Hi LJ,
war ja klar, dass Chris beinahe ertrinkt. Blöd, dass er rausgeworfen wurde.
Du hättest mein Zimmer nicht neu streichen müssen. Aber die Farbe gefällt mir. Was das Essen angeht, ist die Situation hier recht heikel. Ich habe nicht bedacht, dass im Museum zu arbeiten bedeutet, von Touristenattraktionen und Restaurants mit entsprechend astronomischen Preisen umgeben zu sein. Aber ich kann schon mal sagen, dass das Brot und der Käse hier sehr lecker sind – noch ein bisschen Schinken dazu, und ich bin zufrieden. Dann gibt es diesen Sommer für mich eben Sandwiches.
Die Hausparty sah witzig aus. Weihnachten im Juli war ein super Thema! Hast du etwa den Weihnachtsmann gespielt? Da sitzen eine Menge Leute auf deinem Schoß, LOL!
Ich hoffe, dass beim Arzttermin von deinem Vater alles gut läuft. Alle Daumen und Zehen sind gedrückt. Gleich Video-Chat?

AN: I_love_ripley_foreva@gmail.com
VON: footballsfinestII@gmail.com
BETREFF: Re: Re: Re: Rate mal!

Hey Marisa,
haha, der Weihnachtsmann. Der war gut. Nein, nix mit Weih-
nachtsmann. Wir haben nur versucht, uns alle aufs Bild zu
quetschen. Nimmt der Mann, mit dem du beim Mittagessen
warst, auch an deinem Programm teil? Sieht so aus, als hättet
ihr im Restaurant viel Spaß gehabt. Freut mich, dass du endlich
mal eine warme Mahlzeit bekommen hast.
Der Termin beim Arzt verschiebt sich andauernd. Bei unserem
Glück fällt er am Ende genau auf den Tag, an dem du landest.
Falls es so sein sollte, schaue ich mal, ob Liv dich abholen kann.

AN: footballsfinestII@gmail.com
VON: I_love_ripley_foreva@gmail.com
BETREFF: Zeitzonen sind blöd!

Hi LJ,
mach dir deswegen keine Gedanken. Ich kann mir ja auch ein
Taxi nehmen. Ich habe deinen letzten Videoanruf verpasst.
Dieser Zeitunterschied ist wirklich ein Problem. Das Essen war
großartig. Nudeln schmecken hier so anders. Vielleicht weil sie
frisch sind. Henri ist auch in meinem Praktikumsprogramm.
Er ist Franzose und spricht zudem Italienisch. Mit ihm zusam-
men ist es leichter, sich hier zurechtzufinden.
Ich kann nicht fassen, dass ihr ein NERF-Gefecht ohne mich
veranstaltet habt. Wer war die Neue? Du hast mich doch nicht
schon durch eine andere ersetzt, oder?

AN: I_love_ripley_foreva@gmail.com
VON: footballsfinestII@gmail.com
BETREFF: Re: Zeitzonen sind blöd!

Hey Marisa,
es sieht so aus, als würdet ihr viel Zeit miteinander verbrin-
gen. Freut mich, dass er dir hilft, besser klarzukommen. Ich
habe mit Liv geredet. Falls der Arzttermin länger dauern soll-
te, springt sie gern ein und holt dich ab. Reece hat letzte Wo-
che das Trainingscamp beendet und ist mit Nix auf ein letz-
tes Spiel vorbeigekommen. Die Neue ist Elles Mitbewohnerin
Jules. Sie ist nett und wohnt gegenüber. Sie hat uns so leckere
Brownies gebacken, wie ich sie noch nie im Leben gegessen
habe. Sie überlässt uns immer ihre Backexperimente, und wir
stellen uns natürlich liebend gern als Versuchskaninchen zur
Verfügung.

AN: footballsfinestII@gmail.com
VON: I_love_ripley_foreva@gmail.com
BETREFF: Ich habe ihn angefasst!

Wow, LJ! Eine Bäckerin, die gleich gegenüber wohnt. Wie
schön. Sie sieht nett aus. Und hübsch auch. Mit ihr in deiner
Nähe musst du dir um die Befriedigung deiner Gelüste nach
Süßem ja keine Gedanken mehr machen.
Und mach dir wegen des Flughafens keine Sorgen. Das ist al-
les kein Problem. Wirklich nicht! Ich schaffe es auch auf eige-
ne Faust zurück zum Haus. Wie kann es sein, dass der Som-
mer schon fast wieder vorbei ist? Es wird traurig sein, wieder
abreisen zu müssen. Das war der tollste Sommer überhaupt.
Ich durfte einen Picasso anfassen! Na ja, nicht mit bloßen

Händen. Sie mussten ihn umhängen, und ich habe schnell Gummihandschuhe übergezogen und mit angepackt. Das war so surreal.

AN: footballsfinestII@gmail.com
VON: I_love_ripley_foreva@gmail.com
BETREFF: Hallo???

LJ, wie läuft es bei dir?

AN: I_love_ripley_foreva@gmail.com
VON: footballsfinestII@gmail.com
BETREFF: Re: Hallo???

Hey Marisa,
das klingt ja, als hättest du eine Menge Spaß. Tut mir leid, dass ich so lange zum Antworten gebraucht habe. Das Sommer-training macht mir ganz schön zu schaffen, und außerdem habe ich mich für zwei Ferienkurse eingeschrieben, damit mein Pen-sum während des Semesters etwas geringer wird. Bei beiden fanden die Abschlussprüfungen am gleichen Tag statt. In letzter Zeit bin ich fast jede Nacht am Schreibtisch eingeschlafen, und mein Genick bringt mich um.

AN: footballsfinestII@gmail.com
VON: I_love_ripley_foreva@gmail.com
BETREFF: Wann immer du dazu kommst, das hier zu lesen …

Hi LJ,
kein Problem. Ich hab mir schon gedacht, dass du beschäftigt
bist. Bestimmt können dir Jules oder all die anderen Leute, die
bei euch im Haus vorbeischauen, dabei helfen, deine Schmerzen
loszuwerden. Sieht so aus, als wäre bei euch ganz schön was los.
Viele Besucher. Ich wusste nicht, dass du Ferienkurse belegt hast.
Aber wir müssen einander ja auch nicht alles erzählen, nicht
wahr?
Kaum zu glauben, dass ich in anderthalb Tagen wieder zu
Hause lande. Es fühlt sich an, als hätten wir uns gerade erst am
Flughafen verabschiedet.

AN: I_love_ripley_foreva@gmail.com
VON: footballsfinestII@gmail.com
BETREFF: Re: Wann immer du dazu kommst, das hier zu
lesen …

Hey Marisa,
der Sommer ist wirklich in Windeseile vergangen. Wir sehen
uns, wenn du wieder hier bist. Hab eine gute Reise!

7. KAPITEL

Marisa

August

Im selben Augenblick, als das leuchtende Anschnallzeichen erlosch, standen alle um mich herum von ihren Sitzen auf. Dank meines Fensterplatzes war ich vor dem Gepäckfachtauziehen und dem Gerangel auf dem Gang abgeschirmt. Im Gegensatz zu den anderen scharrte ich nicht bereits mit den Hufen, endlich das Terminal des Philadelphia International Airports zu betreten.

Wahrscheinlich mussten sie ihre Anschlussflüge kriegen, oder sie wurden bei der Gepäckausgabe schon von Verwandten oder Freunden erwartet. Mir dagegen hatte es von dem Zeitpunkt an, als LJs E-Mails plötzlich spärlicher geworden waren, vor der Rückkehr gegraut. In der ersten Woche hatte ich noch auf jede Mail oder Textnachricht am selben Tag eine Antwort bekommen – manchmal sogar noch in derselben Stunde. Aber dann waren die Abstände größer geworden. Ein ganzer Tag, dann zwei Tage, und einmal sogar eine ganze Woche.

Das war ein kleiner Vorgeschmack auf das, was uns noch bevorstand. Am besten, ich gewöhnte mich daran, nicht wahr? Nach fünfzehn Jahren, in denen wir uns selbst, als ich in New York gewesen war, täglich entweder gesehen oder geschrieben oder miteinander gesprochen hatten, blieben uns nun noch neun Monate, ehe unsere Wege sich trennen würden.

Vor meiner Abreise hatte Matteo, der Museumsdirektor, mehrmals angedeutet, dass das Guggenheim ein Stipendium im Bereich Museumskuratorium anbieten würde. Für mich würde das zwei Jahre in Venedig bedeuten, in denen ich an meinem Master arbeiten könnte. Ich hatte ihn gebeten, mir Bescheid zu geben, wenn die Bewerbungsphase begann.

Die Passagiere auf dem Gang bewegten sich in Richtung der Nase des Flugzeugs. Dicht aneinandergedrängt zockelten sie nach vorn. Dabei legten sie ihr Handgepäck auf den Lehnen der Sitze ab und stießen gegen die Sitzreihen.

Vielleicht war es ein Omen gewesen, dass ich auf dem Rückflug kein Upgrade in die Businessklasse bekommen hatte. Der Hinflug war perfekt gewesen. In Venedig hatten mich Sonne und strahlend blauer Himmel begrüßt, und in der Businessclass Lounge im Ankunftsterminal hatte ich sofort mühelos meine Weiterreise nach Venedig organisieren können.

Nun rannen Regentropfen am Fenster neben mir herab. Der bewölkte Himmel zeigte mir eindrücklich, was mich hier nach meiner Ankunft erwartete. Würde LJ rechtzeitig hier sein? Sollte ich ein Taxi nehmen? Oder würde Liv herkommen?

Jemand tippte mir auf die Schulter, und ich zuckte erschrocken auf meinem Sitz zusammen. »Ist alles in Ordnung?« Die Flugbegleiterin blickte auf mich herab. Der letzte Passagier aus meinem Sitzbereich im Heck des Flugzeugs verschwand gerade durch die Trennwand.

»Tut mir leid.« Ich schnallte mich ab, stand von meinem Platz auf und holte rasch meinen Rucksack aus dem Gepäckfach. Am Ausstieg dankte ich den Flugbegleitern, die an den Türen warteten, und trat in die Gangway. Vor mir war niemand mehr, und hinter mir nur das Bordpersonal, das darauf wartete, dass der letzte Passagier das Flugzeug verließ.

Hallo, Senior Year, hier bin ich. Der Sommer war eine Auszeit gewesen, von der ich nicht gewusst hatte, dass ich sie gebraucht hatte. Abgesehen von wenigen Anrufen von meiner Mutter und ein paar Mails von Ron, die ich ignoriert hatte, waren diese Wochen genauso gewesen, wie ich mir mein Leben nach dem Schulabschluss immer vorgestellt hatte. Zeit im Museum verbringen. Sightseeing. Zugfahrten. So tun, als würde ich den Schiefen Turm von Pisa vom Umkippen abhalten. Doch da war ein Teil, der gefehlt hatte.

Über diesen Teil wollte ich jetzt lieber nicht nachdenken. Ich hatte ihn auf diversen Social-Media-Fotos gesehen, umgeben von Frauen, die ihn anhimmelten. Ihn, mit dem ich die nächsten neun Monate zusammenwohnen würde.

Der Weg vom Ankunftsbereich zur Passkontrolle war ziemlich lang. Am Gepäckband hieß es warten. Und warten. Und warten. Als wäre mein Rückflug nicht schon mies genug gewesen, tauchte auch noch mein Koffer nicht auf. Stattdessen brachte ich zwanzig Minuten damit zu, Formulare auszufüllen, damit er, falls er auftauchte, an mich weitergeschickt wurde. FALLS!

Meine gesamten Besitztümer befanden sich in diesem Koffer und meinem Handgepäck. Wenn der Scheck von der Versicherung kam, wollte ich den Großteil für das kommende Jahr beiseitelegen. Dank dieser Finanzhilfe wäre ich in der Lage, mein letztes Semester selbst bezahlen zu können. Oder ich könnte noch ein weiteres Semester lang die schwachsinnigen Abendessen mit Ron durchstehen und hätte am Ende einen schönen Batzen Geld beisammen, mit dem ich in mein Erwachsenenleben starten könnte. In jedem Fall hatte ich nicht genug Geld übrig, um mir schon wieder neue Kleider kaufen zu können.

Ich folgte der Beschilderung Richtung Ausgang. Nach der letzten Kontrolle schaltete ich mein Handy wieder an.

Sofort gingen mehrere Nachrichten ein. Jedes lokale Handynetz, das ich auf meinem Flug über den Atlantik überquert hatte, hieß mich in seinem Land willkommen, bevor schließlich die Begrüßung in den USA erschien.

LJ: Liv müsste schon auf dem Weg sein. Wir sind gerade in der Arztpraxis.

Liv: Bist du schon gelandet?

Liv: Laut diesem Anzeigetafeldings bist du schon gelandet.

Liv: Da steht, dass ihr angekommen seid. Bist du hier? Hast du deinen Flug verpasst?

Liv: Ford ist mit mir gekommen. Ihn sieht man schneller als mich.

Liv: Wir stehen bei den Eingangstüren von Terminal C.

Ich sah lächelnd vom Handy auf. Obwohl ich gesagt hatte, dass ich auf eigene Faust nach Hause fahren würde, war es nicht gerade unerfreulich zu wissen, dass Liv meinetwegen bereit gewesen war, sich den Verkehr am Flughafen anzutun, um mich abzuholen.

Sie stand auf den Metallsitzen direkt bei den automatischen Türen, durch die jedes Mal, wenn jemand die Halle verließ, von draußen ein Schwall feuchter August-Abendluft in den Gepäckausgabebereich für Inlandsflüge drang.

»Marisa!«, rief sie so laut, dass sich zahlreiche Köpfe nach ihr umdrehten. »Da bist du ja.« Sie drückte mich fest an sich, als wollte sie ihre nicht unbedingt beeindruckende Körpergröße durch eine knochenbrechende Umarmung wettmachen.

»Wie war es? Du musst mir alles erzählen. Wo ist dein Koffer?« Sie musterte meine leeren Hände. Den Rucksack hatte ich auf dem Rücken.

»Das darf nicht wahr sein«, sagte sie und riss die Augen auf, bevor ich auch nur ein Wort gesagt hatte. »Und du hattest gerade erst alles ersetzt.«

»Man hat mir gesagt, dass mein Koffer höchstwahrscheinlich noch in Venedig ist, und dass ich ihn, wenn er morgen mit dem Flug eintrifft, geliefert bekomme.«

»Bis dahin kannst du dir bestimmt was von LJ leihen. Ganz wie in alten Zeiten.« Wir setzten uns in Richtung Ausgang in Bewegung. Wie in den alten Zeiten, als wir uns ein Bett geteilt hatten, nebeneinander geschlafen hatten und ich ihm um ein Haar einen runtergeholt hätte. Ich errötete.

Ford hatte die Hände in die Hosentaschen geschoben, und sein Blick zuckte hin und her, als wäre er ein Geheimagent, der Gefahr witterte.

Liv hatte mit ihm garantiert alle Hände voll zu tun. Daran bestand für mich absolut kein Zweifel.

»Hey Ford.«

»Hey Marisa.« Er lächelte unter seinem Bart und sah dabei so süß aus wie ein richtiger Knuddelbär. Es war mir wirklich ein Rätsel, dass Liv sich nicht schon viel früher in ihn verliebt hatte. »Wo ist dein Gepäck?«

»Sie haben es verloren«, warf Liv hörbar verärgert ein.

»Wir können dir auf dem Nachhauseweg etwas zum Anziehen besorgen.«

Hinter Fords Schulter schob sich plötzlich eine knallbunte Wolke aus Luftballons durch die Türen. Die Person, die sie festhielt, wurde komplett von dem farbigen Latex verdeckt.

»Was ist denn das für ein Idiot?«, raunte Liv.

Alle drehten sich nach der Person um, die aussah, als wäre sie dem Film *Oben* entsprungen. Dass er nicht mit den Ballons abhob, grenzte an ein Wunder. Derjenige, der die Ballons trug, bewegte sich hektisch, und schon bevor er sich abrupt umdrehte und ich sein Gesicht zu sehen bekam, wusste ich, wer da mit genügend Ballons für einen ganzen Zirkus ins Flughafengebäude marschiert kam.

Sobald LJ mich entdeckte, begann er zu strahlen und rannte auf mich zu, als würde er einen Sprint in die Endzone hinlegen.

Er hob mich hoch, und ich stieß einen Schrei aus und klammerte mich lachend an ihn. Obwohl diese Bombe aus Latex und Helium seinen charakteristischen Kiefernduft weitestgehend überdeckte, konnte ich ihn dennoch riechen.

»Magic Marisa hat es mal wieder geschafft.« Er stellte mich wieder auf den Boden und grinste so breit, dass mir davon *meine* Wangen wehtaten.

»Was genau habe ich denn geschafft?«

»Mein Dad hat wieder für die nächsten sechs Monate Entwarnung bekommen.« Noch einmal hob er mich hoch und wirbelte mich herum. Ich schaute ihm in die Augen. Seine Freude war ansteckend.

Ich war sehr erleichtert, für ihn, für Charlie und den Rest der Familie. Sie verdienten es, einander so lange wie nur möglich zu haben. Aber tief in meinem Inneren fürchtete ich mich schon vor dem Tag, an dem der Krebs womöglich zurückkommen würde. Wäre ich dann nicht mehr Magic Marisa? Würde er mich dann noch immer so ansehen wie jetzt, mir eine Strähne meines zerzausten Pferdeschwanzes hinters Ohr streichen und anschließend daran ziehen, als wären wir wieder acht Jahre alt?

Er spähte hinter sich und ließ den Blick über den Boden wandern. »Wo ist dein Koffer?«

Ich erklärte noch einmal, was passiert war, bevor wir das Gebäude verließen und den verglasten Gang entlangliefen, der zum Parkhaus führte – Liv und Ford Hand in Hand, und ich mit der Hälfte der albernen Ballons. Unten in der Kurzhaltezone eilten die Leute mit Schirmen umher oder trotzten dem Regen und zerrten dabei ihr Gepäck hinter sich her.

»Danke, dass ihr gekommen seid. Ich hatte schon damit gerechnet, dass ihr, weil ich so spät dran war, wieder weg wärt und ich zurück zum Haus rennen müsste, um sie zu begrüßen.« LJs überbreites Grinsen war, seitdem wir das Flughafengebäude verlassen hatten, noch immer kein bisschen verblasst.

»Wir sind froh, dass du es rechtzeitig geschafft hast. Aber hast du für den Rest der Welt noch etwas Helium übrig gelassen?« Liv schmunzelte. Ford verbarg sein Grinsen hinter seinem Bart, doch in seiner Brust rumpelte ein Lachen.

»Ich musste Marisa doch einen angemessenen Empfang bereiten. Ich habe sie seit einer Ewigkeit nicht mehr gesehen. Ich wollte ihr unmissverständlich zeigen, wie sehr sie vermisst wurde.«

Mein Herz musste unbedingt aufhören, Freudensprünge zu machen, bevor ich noch über meine eigenen Füße stolperte – obwohl ich dank der Unmengen an Ballons, die ich in der Hand hielt, wahrscheinlich gar nicht den Boden berühren würde.

Auch wenn wir mindestens fünfzig Ballons an Leute verteilt hatten, die auf Angehörige warteten, hatte ich, als wir das Parkhaus erreichten, nach wie vor das Gefühl, gleich abzuheben.

Wir stopften die Ballons in den Kofferraum, und als wir die Klappe schlossen, begann es darin zu knallen, als fände ein Kleinkrieg statt.

»Wie hast du es überhaupt geschafft, die ganzen Ballons hierher zu transportieren?«, fragte ich und setzte mich auf den Beifahrersitz.

LJ schloss meine Tür und rannte ums Auto herum. »Einige habe ich im Kofferraum verstaut und die anderen in Müllsäcken auf der Rückbank transportiert, damit sie nicht im

Innenraum des Wagens herumfliegen. Ich war vor dem Arzttermin noch bei Party City. Jetzt hassen mich dort alle.«

»Das kann ich mir vorstellen.«

Er startete den Wagen, und wir fuhren aus dem Parkhaus in den Dauerregen. Die Tropfen trommelten aufs Autodach und liefen die Windschutzscheibe hinunter.

Am Himmel zuckten Blitze, und in der Ferne grollte Donner, doch im Inneren des Wagens schien die Sonne zu scheinen.

»Ich habe deinen Flug mitverfolgt, und ich schwöre, bis fünfzehn Minuten vor der Landung hatten wir noch einen strahlend blauen Himmel.«

»Sieht ganz so aus, als würde Philly sich freuen, mich wiederzuhaben.«

»Also, ich tue das auf jeden Fall.« Er streckte die Hand aus und tätschelte mein Knie.

Mein Herz vollführte einen weiteren Freudensprung, und plötzlich spürte ich nichts mehr außer diesen fünf Fingern, die mein Bein umschlossen. »Du willst doch nur, dass ich deine Wäsche mache, oder?«

Er ließ mich mit einem theatralischen, entrüsteten Schnauben los. »All meine Schmutzwäsche passt in die Körbe in meinem Schrank«, sagte er, und obwohl er es mit einem Husten zu kaschieren versuchte, entging mir nicht, dass er von Körben in der Mehrzahl gesprochen hatte.

»Wie viele Wäschekörbe hast du denn gekauft? Wahrscheinlich ist ein ganzer Jenga-Turm daraus geworden, oder?«, stichelte ich und knuffte ihn gegen die Schulter. In Sachen Haushalt war Wäschewaschen schon immer meine Stärke gewesen. Der frische, saubere Duft hatte etwas Tröstliches. Außerdem hatte ich in meiner Kindheit immer, wenn ich allein zu Hause gewesen war, Waschmaschine und Trockner laufen lassen, um nicht jedes dumpfe Geräusch und jedes Quietschen im Haus zu hören.

LJ tat immer so, als würde ihm ein Trocknertuch, wenn er es berührte, sofort die Haut wegätzen. Für mich dagegen war das etwas, was mir in kalten, einsamen Nächten Trost spendete.

»Es könnte sein, dass ich mir hier und da vom Straßenrand noch weitere Körbe mitgenommen habe, die dort standen, weil ihre Besitzer vor dem Sommer weggezogen sind.«

»Und ich dachte, du hättest meine schillernde Persönlichkeit vermisst.« Ich legte die Hände unters Kinn.

»Die Zeit, während du weg warst und mir nicht permanent auf die Nerven gehen konntest, war schon langweilig. Und auch das Training war nicht so unterhaltsam wie sonst.«

Ich lachte angestrengt trotz meiner zugeschnürten Kehle. »Dann kannst du dich schon mal daran gewöhnen, wie es nächstes Jahr sein wird.«

Er trommelte mit den Fingern aufs Lenkrad und bog auf den Highway ein. »Falls ich beim Draft ausgewählt werde.«

»Selbstverständlich wirst du das. Davon redest du doch schon, seitdem du siebzehn bist. Erzähl mir nicht, dass du auf der Zielgeraden plötzlich den Glauben verlierst.«

Auf seiner Stirn erschien eine Sorgenfalte, durchbrochen von der blassen Narbe, die sich von seiner Augenbraue zum Haaransatz zog.

»LJ, selbst im schlimmsten Fall wirst du spätestens in der zweiten Draft-Runde genommen.« Ich lehnte mich zurück, schlüpfte aus meinen Turnschuhen und legte die Füße aufs Armaturenbrett.

»Ja, du hast bestimmt …« Sein Blick zuckte zu meinen Füßen, und schon versetzte er ihnen einen Klaps. »Ernsthaft? Musst du unbedingt nach acht Stunden Flug deine Muffelfüße in meinem Auto auspacken?«

Ich hielt mir vor Lachen die Seiten und rutschte mit meinen Beinen ein Stück weg, damit er sie nicht mehr erreichen konnte.

An der nächsten roten Ampel legte er sofort den Leerlauf ein und startete einen Kitzelangriff auf mich, bis ich Tränen in den Augen hatte und keine Luft mehr bekam. »Ich ergebe mich. Ich ergebe mich!«, schrie ich und rutschte schnell ans andere Ende meines Sitzes, presste den Rücken gegen die Tür und stellte die Füße fest auf den Boden.

»Hatte ich gesagt, dass ich dich vermisst habe? Ich nehme es zurück.« Der Wagen setzte sich wieder in Bewegung, und den Rest der Rückfahrt verbrachten wir damit, uns gegenseitig von unserem Sommer zu erzählen. Die Sorgenfalte auf seiner Stirn war verschwunden.

Als wir schließlich die Stadt durchquert hatten und den Campus erreichten, fiel es mir zusehends schwerer, die Augen offen zu halten. Der Wolkenbruch hatte inzwischen nachgelassen und sich in Sprühregen verwandelt, der uns nun begleitete, als wir die Straße zwischen den Studentenwohnhäusern entlangfuhren, die außerhalb des Campus lagen.

Am Puff angekommen stellte LJ den Wagen ab, und ich gähnte. »Wie kann ich müde sein, nachdem ich für den Check-in so früh am Flughafen sein musste, dass ich insgesamt zehn Stunden lang nur auf meinem Hintern gesessen hab?«

»Weil du in einem Bett schlafen musst und nicht in der Haltung einer Schaufensterpuppe, während die Rückenlehne deines Vordermannes keine zehn Zentimeter von deinem Gesicht entfernt ist.«

LJ sprang aus dem Auto, und ich angelte mir den Rucksack von der Rückbank und öffnete ebenfalls meine Tür.

Ich betrachtete das Haus, in dem ich während des vergangenen Semesters fast einen Monat lang untergekommen war, und wappnete mich für das, was nun bevorstand. Wir wohnten jetzt zusammen.

Er stand auf der untersten Stufe der Treppe, die zur grau-weißen Veranda hinaufführte.

In diesem Moment ging die Tür auf, und Berk und Keyton kamen uns mit einer Cookie-Torte aus dem Haus entgegen.

Ich ging die Verandatreppe hinauf, an LJ vorbei, der sich gegen das Geländer gelehnt hatte, und musste abwechselnd grinsen und lachen.

»Du bist zurück!« Berk hopste auf und ab, während Keyton versuchte, die Chocolate-Chip-Cookie-Torte mit Schokoladenschrift gerade zu halten, damit sie nicht auf den Boden der Veranda klatschte. Dann rauschte er dramatisch auf mich zu, schlang die Arme um mich und wirbelte mich im Kreis herum, wobei er beinahe Keyton umwarf, der noch immer die Torte balancierte.

»Was soll denn das?«, grummelte Keyton.

Berk setzte mich derweil wieder ab und zauste mir die Haare, als wäre ich vier Jahre alt.

Ich verschränkte missmutig die Arme vor der Brust. »Genau, was soll das alles?«

»Ich bin einfach nur froh, dass du da bist.« Berk deutete mit dem Daumen auf LJ. »Vielleicht bessert sich ja jetzt Herrn Miesepeters Laune wieder ein wenig.«

»Du kannst mich mal.« LJ funkelte Berk wütend an, doch dann wandte er sich zu mir um, und seine Miene entspannte sich wieder. »Er ist schon den ganzen Sommer lang eine furchtbare Nervensäge. Wir freuen uns, dass du da bist.«

Ich legte die Hände vor den Mund und kämpfte gegen ein Gähnen an. »Ich auch.«

»Gehen wir rein«, meinte LJ. »Bis dein Koffer eintrifft, kannst du dir etwas zum Anziehen von mir ausleihen.« Er schob sich an Berk vorbei. Als ich mich anschickte, ihm ins Haus zu folgen, zwinkerte Berk mir vielsagend zu.

»Ganz wie in alten Zeiten.« Ich trottete hinter ihm die Treppe hinauf. Als ich die letzte Stufe erreichte, war LJ schon in seinem Zimmer verschwunden.

Ich ging den Flur entlang bis zur zweiten Tür. Das Zimmer dahinter grenzte direkt an LJs an und hatte vorher Reece gehört. Auf dem Bett lagen schon mein Lieblingsshampoo, Haarspülung, Duschgel und Bodylotion bereit.

Mein Rucksack landete mit einem dumpfen Knall auf dem Boden.

Als ich mich auf dem Absatz umdrehte, prallte ich direkt gegen LJs Brust, sodass seine Arme nun zwischen uns eingeklemmt waren. »Du hast mir meine Duschsachen besorgt.«

Seine Ohrenspitzen wurden knallrot. »Ich dachte mir, dass dir das Zeug bestimmt im Laufe deines Aufenthalts ausgehen würde und es das alles höchstwahrscheinlich in Italien nicht zu kaufen gibt. Hier ist ein Schlafanzug für dich, und ein Handtuch.«

Ich hatte das Licht nicht eingeschaltet, und in diesem Augenblick war ich darüber sehr froh. In meinen Augenwinkeln brannten Tränen, und ich schlang die Arme um ihn.

Manchmal hatte ich das Gefühl, dass ich einfach verschwinden könnte, ohne dass es irgendjemanden interessieren würde. Als wäre ich nur temporäres Inventar im Leben der anderen, bis diese beschlossen, weiterzuziehen und mich zurückzulassen. Aber LJ gab mir das Gefühl, wichtig zu sein. Immer.

Ich ließ die Arme sinken, wischte mir mit meinem langen Ärmel über die Nase und nahm ihm die Klamotten aus der Hand. »Danke, LJ.«

»Das Badezimmer gehört ganz dir. Wir lassen dich jetzt in Ruhe. Ich weiß, dass du müde bist.« Er trat zurück und verließ das Zimmer, steckte jedoch von draußen noch einmal den Kopf zur Tür herein. »Ich hab dich vermisst, Marisa.«

Eigentlich wollte ich das Gleiche erwidern, aber meine Kehle war so zugeschnürt, dass ich kein Wort herausbrachte. Also nickte ich nur und schloss die Tür, nachdem er wieder im Flur verschwunden war.

Wie soll ich es nur schaffen, dieses Jahr durchzustehen, ohne mich – schon wieder – komplett zum Narren zu machen?

8. KAPITEL

Marisa

Senior Year – Highschool

Ich stand im Türrahmen und bekam die Antwort auf meine Frage, wie zum Teufel er das alles auf die Beine gestellt hatte.

Einer der Footballspieler aus dem ersten Jahr hatte sich in ein Tinkerbell-Kostüm gezwängt, inklusive blondem Dutt, Flügelchen und Zauberstab. Beim Anblick seiner Beine in Strumpfhosen wurde ich glatt ein bisschen neidisch.

»Willkommen in der wundervollen Welt der Abenteuer. Wir hoffen, dass du einen magischen Tag erleben wirst.« Seine hohe, verstellte Stimme und die Art, wie er einen Knicks machte und mit geschürzten Lippen lächelte, waren einfach urkomisch, aber ich schaffte es, mein Gelächter einigermaßen im Zaum zu halten. Andernfalls hätte man mich wahrscheinlich noch vier Blocks weiter hören können. Ich beugte mich vornüber und hielt mir den Bauch.

Ich hatte Seitenstechen, als wir das Haus betraten, das im Inneren vollkommen verändert aussah. Von den eckigen Säulen aus, die übrigens bei Sockengefechten prima Deckungen gaben, zogen sich Lichterketten die Decke entlang.

In einer Ecke stand eine Popcornmaschine. Daneben eine Zuckerwattemaschine. Der Fernseher war mit einer VR-Brille verkabelt. Auf dem Esstisch stand Gesichtsschminke inklusive Glitter bereit.

»Ich weiß, es sieht mehr nach Kirmes aus als nach Disney …«, meinte er schulterzuckend.

»Machst du Witze? Das ist fantastisch. Wie hast du das alles organisiert?«

»Ich habe das Vorratslager für unsere Schul-Verkaufsstände ein wenig geplündert, habe die Unterstufenschüler mit mehreren Kästen Bier bestochen und die Krebs-Karte ausgespielt, um die anderen dazu zu bewegen, mir zu helfen. Nachdem ich ihnen erzählt habe, weshalb du die Abschlussfahrt versäumt hast, waren sie sowieso sofort bereit, mit anzupacken.«

»Ich kann nicht fassen, dass du das für mich getan hast.«

Er spähte zu mir herüber, und mein Magen begann zu kribbeln, als würde im Inneren eines dieser meterhohen Aufblasmännchen wie wild hin und her tanzen und mit den Armen winken. »Wann kapierst du es endlich? Ich würde alles für dich tun.«

Plötzlich kamen all diese sehnsüchtigen Gefühle wieder hoch. Die, die immer da waren, wenn wir lange aufblieben und Videospiele spielten. Die sich heranstahlen, wenn ich ihn ansah und mich fragte, wie sich seine Lippen wohl auf meinen anfühlen mochten. Nicht bei einem Teenie- oder Spielplatzkuss, sondern einem richtigen.

»Warte erst mal ab, bis du den Garten hinterm Haus gesehen hast.« Er nahm meine Hand, und ich ließ mich von ihm durchs Haus in den Garten führen.

Als ich nach draußen trat, musste ich die Augen mit der Hand vor dem grellen Sonnenlicht abschirmen.

Ich sah das Baumhaus, in dem wir mit elf zum letzten Mal übernachtet hatten. Die hölzerne Schaukel, an der wir uns beide schon eine ganze Menge Splitter eingerissen hatten und die schon seit einigen Jahren außer Betrieb war. Auf dem Rasen standen mit Ballons gefüllte Kunststoffwannen. Zwei Klapptische mit Stühlen dahinter waren in drei Metern Entfernung zueinander aufgestellt worden. Darauf lag hübsch drapiert ein ganzes Arsenal an Wasserpistolen.

»Ich weiß ja, dass du momentan nicht wild herumrennen kannst, aber ich dachte mir, wenn du Lust hast, könnten wir uns eine Wasserschlacht im Sitzen liefern.«

Den ganzen Tag über statteten uns immer wieder Billigversionen von diversen Cartoonfiguren einen Besuch ab. Ich stopfte mich mit allen erdenklichen Kirmes-Leckereien voll, inklusive Hotdogs, um zu vermeiden, dass ich am Ende ein komplettes Zucker-Koma erlitt. Nach der Wasserschlacht zog ich mich um und schlüpfte in die Ersatzklamotten, die in meiner Schublade in LJs Zimmer lagen.

Meine Haare waren noch immer klatschnass, als ich schließlich die VR-Brille abschaltete, dank derer ich Fahrten mit den höchsten Achterbahnen der Welt lebensecht hatte nachempfinden können, während mir ein Ventilator Wind in die nassen Haare geblasen hatte.

Die Sonne war schon vor Stunden untergegangen.

LJ übergab den Unterstufenschülern die Kästen mit Bier, die er für sie besorgt hatte. Der stets korrekte LJ war über seinen Schatten gesprungen und hatte auf Bestechung zurückgegriffen. Ich würde ihn später unbedingt etwas löchern müssen, um herauszufinden, wie er darauf gekommen war.

Er setzte sich auf die Kante der Couch.

»Das war der tollste Tag meines ganzen Lebens.« Ich legte die Hände auf meinen Bauch, der wahrscheinlich die nächsten zehn Jahre nicht mehr knurren würde.

»Es gibt da noch eine Sache, die ich dir zeigen will.« Er reichte mir die Hand.

Vollgefressen, müde und mit schmerzenden Muskeln nahm ich seine Hand und folgte ihm hinunter in den Keller. An der Decke drehte sich eine Discokugel, und ein runder Scheinwerfer tauchte den Raum abwechselnd in unterschiedliche Farben.

Er ging zu dem Tablet, das neben den Lautsprechern lag, und berührte den Bildschirm. Ein Hit aus den Anfangsjahren des einundzwanzigsten Jahrhunderts ertönte im geräumigen Keller. »Keine Abschlussfahrt ohne Discoparty.« Er bewegte die Hände über dem Kopf und zeigte seine Tanz-Moves, die im Lauf der Jahre deutlich besser geworden waren.

Ich stieg lachend mit ein.

Jeder, der glaubt, dass eine Tanzparty zu zweit keinen Spaß macht, kennt LJ und mich nicht. Wir kramten alte Tanzschritte hervor, die wir eigentlich schon längst eingemottet hatten, hörten die Playlist, die er zusammengestellt hatte, rauf und runter und sangen bei jedem Song grölend mit.

Als ein Lied endete, ließ ich die Hände sinken. Ich war so glücklich und zufrieden wie noch nie zuvor. Doch gleich darauf setzte ein neues ein.

Es war ein langsames Stück.

LJ hatte eine Hand hinter den Rücken gelegt und streckte mir die andere hin. »Darf ich um diesen Tanz bitten?«

»Oh, aber gern, mein Herr«, sagte ich lachend und knickste steif.

Er legte die Hände an meine Taille, und wir tanzten auf die gute, altmodische Middleschool-Art.

Da ich vorher noch eine Ladung Schmerztabletten eingeworfen hatte, spürte ich selbst, nachdem ich den ganzen Tag lang herumgerannt war, nur ein leichtes Pochen. Ich hielt mich an seinen Schultern fest. Während wir uns hin und her wiegten, hatte ich das Gefühl, eine Zeitreise zurück zum Schulball in der siebten Klasse zu machen. Zu jenem Ball, als unsere

Münder sich beinahe untrennbar ineinander verhakt hatten. Inzwischen trugen wir beide keine Zahnspangen mehr.

»Wie willst du es denn schaffen, das alles bis morgen wieder wegzuräumen?«

»Morgen in der Früh kommen die Schüler aus der Middleschool noch mal vorbei, um die ganzen Sachen mitzunehmen und alles in seinen ursprünglichen Zustand zurückzuversetzen.«

Ich verdrehte die Augen. »Das sind die Vorteile, wenn man Footballspieler ist.«

Ein leises Lachen drang aus seiner Brust. »Wenn du mir nicht mit Quinn geholfen hättest, hätte ich die letzten zwei Saisons gar nicht Football spielen können.«

»Ich habe nur das gemacht, was jeder andere auch getan hätte.« Außerdem hatte ich dadurch, dass ich Zeit mit seiner Schwester verbracht hatte, einen Vorwand gehabt, mich bei ihm zu Hause aufzuhalten. Aber ich hatte es nicht nur aus egoistischen Motiven getan – LJ musste sich auf den Football konzentrieren, und Jill hatte mit Charlie viel zu tun gehabt. Ich half, so gut ich konnte.

»Nein, das stimmt nicht. Nachdem mein Vater letztes Jahr krank geworden ist, haben viele Leute plötzlich so getan, als hätte ich die Pest, aber du nicht.« Sein Blick war so intensiv, dass mir ganz heiß wurde.

Als ich LJ ansah, wusste ich, dass meine Gefühle für ihn real waren. Doch bereits in wenigen Monaten würde ich nach New York gehen und er an die Fulton U.

Dort würde er sicherlich noch mehr Aufmerksamkeit auf sich ziehen, insbesondere die der Damenwelt. Zwar gab es auch jetzt schon einige Mädels, die mit ihm flirteten, aber er beachtete sie kaum. Seine College-Football-Spiele würden allerdings landesweit im Fernsehen übertragen werden. Studentinnen aus den gesamten Vereinigten Staaten – und auch von außerhalb – würden um seine Aufmerksamkeit wetteifern. Doch ich, sein treues Anhängsel, wäre dann nicht mehr da, um ihm allein durch meine Anwesenheit die Tour zu vermasseln.

Seine Finger stahlen sich näher an meinen Rücken heran, und ich ließ die Arme locker. Mit jeder Wiederholung des Refrains entfernten wir uns weiter von unserer Middleschool-Tanzhaltung.

Schon bald lagen meine Arme auf seinen Schultern. Er hatte die Hände auf meinem Kreuz ineinander verschränkt.

Seine Lippen waren nur noch wenige Zentimeter von meinen entfernt.

Das Leuchten seiner Knicklichtbrille spiegelte sich in seinen Augen, die so blau waren wie ein tropischer Ozean.

»Das war die beste Abschlussfahrt aller Zeiten.« Ich verschränkte die Hände in seinem Nacken, gestattete mir, sie über die kurzen, weichen Härchen gleiten zu lassen.

»Das stimmt.« Sein schiefes Grinsen ließ mein Herz in meiner Brust ein Rad schlagen.

Aller guten Dinge sind drei, oder?

Ich stellte mich auf die Zehenspitzen und drückte die Lippen auf seine. Er schmeckte nach Zimtzucker und Rootbeer.

Er riss die Augen auf, erwiderte jedoch gleich darauf den Kuss – anfangs noch zögerlich, doch schließlich schien er sich ganz fallen zu lassen. Seine Zunge forderte, in meinen Mund eingelassen zu werden, und ich ließ es mehr als bereitwillig geschehen. Er stöhnte auf, und ich schloss die Augen und versank ganz in diesem Augenblick, von dem ich niemals gedacht hätte, dass er je eintreten würde.

So lange Zeit hatte ich mich gefragt, wie es sich wohl anfühlen würde, auf diese Art von ihm berührt zu werden. So für ihn zu empfinden.

Er schlang den Arm fester um meine Taille und zog mich näher an sich.

Der raue Stoff seiner Jeans rieb dabei über die Wunde an meiner Hüfte, und ich jaulte auf.

»Verdammt, tut mir leid, ich hab nicht mehr daran gedacht.« Rasch ließ er die Arme sinken, trat einen Schritt zurück und starrte betreten auf den Boden.

Ich fuhr mit der Hand über die schmerzende Stelle und versuchte, ihm in die Augen zu sehen. »Ist schon in Ordnung. Es tut nur noch ein bisschen weh.«

»Ich hätte nicht …« Er streckte die Hand aus, ließ die Finger am Saum meines T-Shirts entlanggleiten.

Ich starrte zu ihm hoch, und meine Wangen wurden ganz heiß. Er nahm die Hand nicht weg. »Wirklich, LJ. Ist schon okay. Und danke für alles.«

Er riss den Kopf hoch. »Keine Ursache. Das bin ich dir doch schuldig.« Sein Lächeln wirkte nun ernüchtert, und als er schluckte, hopste sein Adamsapfel auf und ab. »Du hast meinem Dad das Leben gerettet. Tiefer kann man wohl kaum in jemandes Schuld stehen.«

Als er diese Worte aussprach, wurde mir eiskalt. Meine Hand zuckte an meine Hüfte. Ich musste wieder daran denken, wie er gezögert hatte. Wie viel von alldem hatte er getan, weil er mich ebenfalls begehrte, und wie viel war darauf zurückzuführen, dass er mir quasi einen Blankoscheck ausgestellt hatte, um mich für meine Hilfe zu entschädigen, obwohl ich gar kein Interesse daran hatte, ihn einzulösen?

Was würde geschehen, wenn das Transplantat nicht half? Was würde passieren, wenn sein Dad wieder krank wurde und es mit der Marisa-Magie vorbei war? In welchem Licht würden sie mich dann sehen? Wie könnte ich dann ihm oder seiner Familie noch unter die Augen treten?

Meine Kehle wurde eng. Ich trat einen Schritt zurück und ließ seine Hand von mir gleiten. »Das …« Ich räusperte mich und blinzelte die Tränen fort, die mir die Sicht verschleierten. »Das war wirklich sehr nett von dir, LJ.«

Er zog die Augenbrauen zusammen. »Was ist los?«

Ich schüttelte den Kopf. »Nichts. Ich bin nur müde. Die Ärzte meinten, dass ich mich schonen sollte.«

Nun musterte er mich besorgt. »Mist, du hast recht. Tut mir leid.« Er trat rasch zu mir.

Erneut wich ich ein Stück zurück. Er sah mich an, doch ich senkte hastig den Blick. »Kannst du mich nach Hause fahren?«

»Warum bleibst du nicht hier? Ist deine Mom schon wieder zurück? Hat sie dir eine Nachricht geschickt?«

Meine Lippen zitterten. Ich presste sie aufeinander, um den erstickten Laut, der sich aus meiner Kehle zu befreien drohte, zurückzuhalten. Dann schüttelte ich mit einem gezwungenen Lächeln den Kopf.

Ich musste gar nicht erst nachsehen, ob sie sich gemeldet hatte. Sie würde einfach wieder auftauchen, wenn es ihr passte. So wie sie es immer tat.

Hierzubleiben wäre zu schmerzhaft. Hier in diesen vier Wänden bei meinem besten Freund zu bleiben, der sich nur meinen Wünschen fügte, weil ich seiner Familie geholfen hatte, würde mein Herz in Stücke reißen. Ich würde seine Dankbarkeit nicht ausnutzen, um ihn zu manipulieren und zu bekommen, was ich wollte. Ich würde mich nicht so verhalten wie meine Mutter.

Aber jetzt zu gehen und in mein leeres Haus zurückzukehren würde noch mehr wehtun.

»Möchtest du heute lieber im unteren Bett schlafen? Oder kannst du nach oben klettern?«

»Ich schaffe das schon. Dann bin ich dir auch nicht im Weg«, presste ich hervor und brachte sogar ein klägliches Lächeln zustande.

Er öffnete den Mund, schloss ihn jedoch gleich wieder.

Wir stiegen die Kellertreppe nach oben und durchquerten die Indoor-Kirmes, die er für mich auf die Beine gestellt hatte. Im ersten Stock angekommen ging ich direkt in sein Zimmer.

Im Vergleich zu meinem war es riesengroß und bot genug Platz für ein Stockbett und dazu noch für seinen Schreibtisch, eine Kommode, einen Fernseher und zwei Sitzsäcke.

Ich steuerte auf die Leiter zu, kletterte nach oben und kroch unter die Decke.

LJs Kopf tauchte am oberen Ende der Leiter auf. »Willst du dich umziehen? In deiner Schublade liegt noch ein Pyjama.«

Ich wickelte mich fester in die Decke ein. »Nicht nötig. Ich bin plötzlich so müde, fast als wäre ich betrunken.« Obwohl ich mich noch nie betrunken hatte. Die anderen bedienten sich manchmal heimlich an der Hausbar ihrer Eltern – ich dagegen hatte mir dafür Ärger eingehandelt, dass ich den Schnaps meiner Mutter versteckt hatte.

»Ich bringe dir gleich etwas Wasser rauf. Brauchst du sonst noch was?«

Seine Besorgnis verwandelte meine Verlegenheit in Schuldgefühle.

»Nein, ich brauche einfach nur etwas Schlaf, und morgen früh ist wieder alles beim Alten.« Und dann würden wir unseren Kuss einfach vergessen können. Wir würden vergessen können, dass ich geglaubt hatte, er würde alles verändern. Wir würden den Gedanken vergessen können, dass wir jemals mehr sein könnten als Freunde.

9. KAPITEL

LJ

Gegenwart

Ich lag im Bett und starrte an die Decke. Marisa war vor drei Wochen zurückgekehrt. Ich hatte inzwischen drei Spiele absolviert – na ja, gespielt hatte ich nicht, sondern mich in meine Montur geworfen und die Ersatzbank gedrückt. Es war schon fast Ende September, und ein Viertel der Saison war bereits vorbei.

Das aktuelle Semester ließ sich nur als brutal bezeichnen. Wenn Coach Saunders Bemühungen, mich aufs Abstellgleis abzuschieben, oder unsere montäglichen gemeinsamen Abendessen mich nicht fertigmachten, dann würde es spätestens Marisa schaffen, mir den Rest zu geben. Da die Saison gerade angefangen hatte, hatte der Coach in den letzten zwei Wochen so viel zu tun gehabt, dass die wöchentlichen Abendessen ausgefallen waren, doch diese Woche hatte ich leider nicht so viel Glück.

Meine Arme und Beine waren völlig verspannt, und ich musste mir morgens immer erst mal zehn Minuten selbst gut zureden, um trotz meiner schmerzenden Muskeln aus dem Bett zu kommen. Da ich nicht aufs Spielfeld durfte, war die einzige Möglichkeit, meine überschüssige Energie loszuwerden, das Training im Kraftraum. Wenigstens gewannen wir. Zwar stand es knapper als in der letzten Saison, aber wir heimsten Siege ein – was meine Hoffnung, jemals wieder von der Ersatzbank herunterzukommen, nicht gerade steigerte.

Wenn wir gewinnen konnten, ohne dass ich auf dem Feld stand, dann würde er mich für den Rest der Saison draußen lassen.

Es klopfte an meiner Tür, und gleich darauf wurde sie auch schon geöffnet, bevor ich überhaupt »Herein« sagen konnte. Es gab nur eine einzige Person, die das tat.

»LJ, Ron hat geschrieben, dass das Essen am Montag um vier stattfindet. War ja klar, dass es ihn nicht interessiert, ob ich vielleicht was anderes vorhabe, aber es lässt sich nicht ändern. Du weißt schon, dass du nicht mitkommen musst, oder?« Marisa kam im Schlafanzug herein. In der Kombination aus Langarmshirt und Shorts hatte sie schon immer klasse ausgesehen, aber in letzter Zeit setzte mir ihr Anblick mehr zu denn je. Wenn sie die Füße beim Lernen auf die Armlehne der Couch hochlegte oder sie sich, während ich kochte, auf die Arbeitsplatte setzte und die Beine baumeln ließ … Oder das Schlimmste von allem: Wenn sie, während wir fernsahen, die Zehen unter mein Bein schob.

Normalerweise bedeutete das, dass ich mir für den Rest der Sendung ein Kissen auf den Schritt pressen oder einen Vorwand – egal welchen – finden musste, um schnell nach oben zu verschwinden und eine kalte Dusche zu nehmen.

Marisa mit morgendlicher Wuschelfrisur. Marisa, die auf der Couch an meine Schulter gelehnt einschlief. Marisa, die konzentriert am Küchentisch saß und lernte. Sie alle machten mich schier verrückt.

»Ist schon gut. Meine letzte Vorlesung endet um Viertel vor vier. Dann treffen wir uns dort.«

Sie setzte sich in ihrer kurzen Schlafhose und dem Langarmshirt auf meine Bettkante. »Das Guggenheim in Venedig hat ein neues Stipendium ausgeschrieben, auf das man sich bewerben kann.«

Ihr Gepäck war einige Tage, nachdem sie gelandet war, eingetroffen. Dass sie in der Zeit, in der wir auf die Lieferung ihres Koffers warteten, wieder meine Sachen trug, ließ viele alte Gefühle hochkommen, die ich nach Kräften zu unterdrücken versucht hatte. Es hatte nicht funktioniert.

Sie bewegte die Beine, und die Shorts rutschten noch ein Stückchen höher. Diese geschmeidigen Beine, die sich letztes Semester unter der Bettdecke um meine geschlungen hatten. Diese Beine, die ich am liebsten gestreichelt hätte, um ihr zu zeigen, wie sehr sie mir gefehlt hatte.

Sie zog die Knie an die Brust, schlang die Arme darum und legte das Kinn darauf. »Was meinst du? Sollte ich es versuchen?« Sie knabberte an der Innenseite ihrer Unterlippe.

Verdammt. Sie hatte die ganze Zeit weitergeredet, während ich mich auf ihre Beine konzentriert hatte.

»Venedig hat dir doch gefallen, oder? Es würde dir sicher Spaß machen, dort noch mehr Zeit zu verbringen. Dann könntest du dir noch mehr alte Gemälde und Skulpturen ansehen.«

Sie schnappte nach Luft und schaute mich durchdringend an, als wäre sie sich nicht sicher, ob sie mich richtig verstanden hatte.

»Wenn wir uns unterhalten haben, hast du immer wieder erwähnt, wie schwer es dir gefallen ist, von dort wegzugehen. Da scheint mir dieses Stipendium doch eine großartige Gelegenheit zu sein, noch mal zurückzukehren.«

Damit blieb uns das Frühjahrssemester und die Zeit nach dem Combine im April, wenn ich bei einem neuen Team unter Vertrag war – vorausgesetzt, dass ich beim Draft ausgewählt wurde. Ein Monat und dann ein freier Sommer, in dem ich genug Zeit hätte, ihr klarzumachen, wie viel sie mir bedeutete.

Und wenn ihr Sommer in Italien zu Ende war, kam sie genau rechtzeitig zum Anfang meiner ersten Saison in der Profiliga zurück. Während sie in Venedig war, konnte ich mich ganz aufs Trainingscamp konzentrieren.

»Und es würde dich nicht stören, dass ich weggehe?«

»Warum sollte es? Es ist ja nicht so, dass ich mich in der Zwischenzeit langweilen würde. Eine neue Saison. Ein neues Team. Eine neue Stadt. Wer weiß, wohin es mich verschlagen wird? Wahrscheinlich würden wir uns ohnehin kaum sehen.«

Sie rutschte von Bett und wandte mir den Rücken zu. »Du hast recht. Es war dumm von mir, deswegen Bedenken zu haben. Es ist wirklich eine großartige Gelegenheit.« Sie verschränkte die Arme vor der Brust, legte die Hände um die Ellenbogen und sah mich über die Schulter hinweg an. »Gute Nacht, LJ.«

»Gute Nacht.«

Als ich im Bett lag, erschien eine neue Zusammenstellung von Marisa-Bildern in meinem Kopf. Marisas neue Schlafshorts. Das Muttermal weit oben auf ihrem Oberschenkel, das ich zum letzten Mal im Sommer zwischen der siebten und der achten Klasse gesehen hatte, bevor sie ihren Badeanzug gegen eine Kombination aus Badehose, Bikinioberteil und Badeshirt getauscht hatte.

Jener Sommer, in dem sie den Schritt von »bekommt Marisa Brüste?« zu »mein Gott, wenn sie in der Schule den Flur entlanggeht, stolpern die Jungs buchstäblich über ihre eigenen Füße, nur um sie anstarren zu können« gemacht hatte.

Vielleicht könnten wir verreisen, wenn wir beide unseren Abschluss haben. Uns ein paar geruhsame Wochen gönnen, bevor sie für den Sommer nach Venedig geht und für mich das intensivere Training beginnt. Sie könnte mir die Orte zeigen, die sie diesen Sommer erkundet hat, und ich könnte einige Überraschungen für sie vorbereiten. Ich könnte die Reise zu einem Erlebnis machen, an das wir uns beide immer erinnern würden.

»Wenn du zum Combine im April eingeladen werden willst, brauchen wir noch mehr Mitschnitte von dir. Im letzten Spiel warst du nur einen Spielzug lang auf dem Feld.« Mein Agent – es kam mir noch immer seltsam vor, einen Agenten zu haben – regte sich mächtig über diesen einen Spielzug auf, an dem ich in meinem letzten Spiel beteiligt gewesen war.

Ich saß mit dem Handy am Ohr im dunklen Inneren meines Wagens, den ich vor einem zweistöckigen, weißen Gebäude abgestellt hatte, in dessen Vorgarten neben der Treppe eine Fulton-U-Flagge wehte, und versuchte gleichzeitig, mich und meinen Agenten zu beruhigen.

Es war eine ruhige Gegend. Auf der Straße begegnete man eigentlich nur den Professoren oder anderen Angestellten des Colleges. Hier schlenderten keine Studenten umher, und man hörte auch nirgends das dumpfe Wummern von Bässen, das Fensterscheiben klirren ließ. Ich hatte in einer von Bäumen gesäumten Allee geparkt, in der sich hübsche Gebäude mit blauweißen Fensterläden und perfekt gemähten Rasen aneinanderreihten.

»Ich weiß.« Ich lehnte den Kopf gegen die Kopfstütze und versuchte, nicht daran zu denken, dass ich allein durch meine Anwesenheit hier noch mehr Erde aus meinem eigenen Grab schaufelte. Doch nach den wenigen Abendessen, die ich hatte ausfallen lassen, hatte Marisa zur Beruhigung eine doppelte Portion S'Mores gebraucht, weil sie der festen Überzeugung war, dass ihr Vater kurz davorstand, ihr die Befreiung von den

Studiengebühren zu streichen. Deswegen war ich wieder mitgegangen. Deswegen musste ich noch so lange mitgehen, bis die Befreiung für ihr letztes Semester gesichert war, nach dem auch die aktuelle Saison enden würde.

»Läuft das Training gut? Was gibt es da eigentlich für Spannungen zwischen dir und dem Trainer?«

»Es gibt keine Spannungen. Alles in Ordnung. Es ist sogar so …« Ich blickte zum Haus auf. »Ich werde gleich mit ihm zu Abend essen.« Zum ersten Mal seit drei Wochen.

Bei diesen Abendessen schien der Coach immer das Falsche zu sagen. Er verwechselte ihr Hauptfach. Brachte ihren Aufenthalt in Venedig mit ihrer Zeit in Rom oder Florenz durcheinander. Von den Essen, die er ganz abgesagt hatte, gar nicht zu reden. Aber die beiden hatten sich in eine Art geistigen Machtkampf verbissen, bei dem es darum ging, wer am längsten dabei durchhielt, dem anderen gegenüber keinen Millimeter nachzugeben.

»Gut, vielleicht kannst du ihn ja fragen, warum er den besten Inside Linebacker in der Geschichte der Fulton U nicht spielen lässt und warum er keine Lust hat, gegnerische Angreifer auszubremsen, indem er dich aufs Spielfeld lässt.«

»Ich werde ihn darauf ansprechen.«

Eine Nachricht ging ein.

Marisa: Bin am Ende des Blocks. Bist du schon da?

Ich stellte das Handy auf Lautsprecher um.

Ich: Ja, ich hab vor dem Haus geparkt, muss noch kurz mit meinem Manager zu Ende telefonieren.

»Hörst du mir zu, LJ?«

»Entschuldigung, ja, ich höre zu.«

»Soll ich dir eine Flasche Whisky oder Scotch zukommen lassen, als Geschenk für deinen Coach?«

»Ich bezweifle, dass er sich viel aus Alkohol macht.« Selbst nach einem Meisterschaftsgewinn rührte er keinen Tropfen vom Champagner an. Falls er sich mal betrank, würde es wahrscheinlich damit enden, dass er den oberen Knopf seines Poloshirts öffnete und mit einem Wachsmalstift Football-Spielzüge auf die Fenster kritzelte. Ein echter Partylöwe eben.

Ein Marisa-förmiger Schatten lief an den hinteren Scheiben meines Autos vorbei und hielt auf den mit Mini-Laternen beleuchteten Weg vorm Haus zu.

»Ich muss los. Wir hören uns später noch.«

Ich beendete das Telefonat und joggte hinter Marisa her.

Die Haustür wurde geöffnet.

Coach Saunders' Miene entspannte sich ein wenig. »Da bist du ja.«

Sie nickte. Nach ihrem verkrampften Nacken und Schultern zu urteilen, war ihre Stirn wahrscheinlich von Sorgenfalten überzogen, die so tief waren wie der Grand Canyon.

Er öffnete die Tür noch ein Stück und lächelte weiter sein hauchdünnes Lächeln, bis ich meinen Fuß auf die unterste Stufe der Treppe setzte, die ins Haus führte.

»Und LJ.« Er stierte mich an, als hätte ich eine Auflaufform voll Hundescheiße mitgebracht – genau wie ich erwartet hatte. Nach unseren ersten gemeinsamen Abendessen war ihm irgendwann klar geworden, dass Marisa beabsichtigte, mich jedes Mal mitzubringen, und von da an war es mit meiner Zeit auf dem Spielfeld stetig bergab gegangen.

»Coach.«

Wir gingen hinein. Unsere lautlosen Schritte wurden vom Ticken der Uhr im Wohnzimmer begleitet.

Marisa zog den Reißverschluss ihrer Jacke auf, behielt sie jedoch an und stopfte ihre Mütze in die Tasche. Dann setzte sie sich auf den Platz gleich neben dem am Kopf der Tafel. Der Tisch war nur für drei Personen gedeckt.

Ich zog meine Jacke aus und hängte sie über die Lehne des Stuhls, der ihrem gegenüberstand.

Der Coach ging in die Küche und kam gleich darauf mit einem Laib Knoblauchbrot und einer Lasagne in einer Aluschale zurück, die offensichtlich aus der Fertigproduktabteilung eines Supermarkts stammte. In der Mitte des Tischs standen ein Krug mit Wasser und einer mit Eistee.

Er setzte sich hin, nahm die Serviette vom Teller und legte sie sich auf den Schoß, sprang jedoch gleich darauf wieder so abrupt auf, dass etwas vom Eistee aus dem Krug auf den Tisch schwappte. »Verflixt.« Schnell griff er nach der Serviette und wischte die verschüttete Flüssigkeit auf. »Marisa, möchtest du vielleicht Parmesan? Ich habe welchen da.«

Bevor sie antworten konnte, war er bereits verschwunden, und die Küchentür schwang hinter ihm zu.

»Könnten wir diesmal versuchen, etwas gesprächiger zu sein?« Ich schnitt die Lasagne in mehrere Portionen und legte Marisa und mir jeweils ein Stück von dem kaum noch blubbernden Klotz aus Pasta, Soße und Käse auf den Teller.

»Genau deswegen bist du doch hier. Worüber zum Teufel soll ich denn mit ihm reden? Ihr beide könnt euch wenigstens über Football unterhalten.« Ihr anfänglich leises Zischen steigerte sich zu leichter Hysterie.

»Du weißt genauso viel über Football wie ich.«

Die Küchentür schwang wieder auf, und der Coach kehrte mit einem Stück Parmesan und einer Käsereibe zurück. »Käse?«, fragte er und hielt ihn Marisa hin.

»Nein, danke.«

Ich versetzte ihr unter dem Tisch einen Tritt.

Sie bedachte mich mit einem bösen Blick und hob ihren Teller hoch. »Klar, ich nehme gern etwas davon.«

Der Coach rieb Käse über ihr Essen und setzte sich wieder.

»Das riecht gut, Coach Saunders.«

Er räusperte sich und wandte sich an Marisa. »Wie läuft das Semester?«

Meine Gabel schabte über den Teller. Der Sekundenzeiger der Uhr im Nebenzimmer tickte dröhnend laut.

Marisa packte ihre Gabel und ihr Messer fester. »Gut.«

»Wie war Venedig? Es sah aus, als hätte es dir dort gefallen.«

Ihre Zähne prallten klickend aufeinander. »Woher willst du das wissen?«

Er griff nach dem Schild seiner Kappe, die gar nicht auf seinem Kopf saß. »Deine Social-Media-Kanäle«, sagte er mit einem gequälten Lächeln und spießte ein Stück von seiner Lasagne auf. »Ich habe mir deine Fotos angeschaut.«

Coach Saunders zersäbelte neben mir seine Lasagne, als würde er sich vorstellen, dass meine Kehle auf seinem Teller läge.

»Warum schnüffelst du herum?«

Ich ließ den Kopf hängen. Auf jede Frage, die er ihr stellte, reagierte sie mit einer scharfen, defensiven Erwiderung. Zwar behauptete sie, dass das nicht stimmte, aber ich hatte schließlich Augen und Ohren. Deswegen wusste ich auch, dass ich, wenn ich auch nur ein Wort über meine Spielfeldeinsätze erwähnen würde, damit jeden noch so geringen Fortschritt der letzten zwei Jahre wieder zunichtemachen würde. Wenigstens antwortete sie ihm inzwischen, wenn er mit ihr sprach.

»Entschuldige, ich wusste nicht, dass man etwas auf einer öffentlichen Webseite postet, weil man nicht will, dass es jemand sieht.«

Das Schweigen war erdrückend. Draußen auf der Straße hörte man Passanten reden und lachen. Vielleicht könnte ich ihnen eine Nachricht in Morsecode zublinzeln, damit sie uns Verstärkung schickten. Vielleicht jemand, der uns das Gesicht bunt schminken oder ein Pony mitbringen könnte – oder irgendetwas, um die riesigen Eisberge, die im Wohnzimmer herumzuschwimmen schienen, zu zerbrechen.

»Das Essen nächste Woche müssen wir ausfallen lassen. Wir treten den Rückweg aus Michigan erst am späten Montagnachmittag an.«

»Oh, nein, ich bin ja so enttäuscht.«

Sein Besteck landete klirrend auf dem Teller. »Ich strenge mich an, Marisa. Ich gebe mir wirklich alle Mühe mit dir.«

»Vierzehn Jahre zu spät, *Coach Saunders*. In acht Monaten mache ich meinen College-Abschluss. Und ich habe gerade meine Bewerbung für ein zweijähriges Guggenheim-Stipendium in Venedig eingereicht.«

Ich verschluckte mich am Eistee und sprang von meinem Stuhl auf. Er kippte um und landete mit einem Knall auf dem Fußboden.

Wann um alles in der Welt hatte sie etwas von zwei Jahren erwähnt? So war das nicht geplant gewesen.

Das süße Getränk brannte in meiner Nase. Rasch griff ich nach meiner Serviette, drückte sie mir vor Mund und Nase und starrte Marisa entgeistert über den Tisch hinweg an. »Zwei Jahre?«

Meine Lippen wurden ganz taub.

»Ja, darüber haben wir doch letzte Woche geredet. Du hast gesagt, dass ich es machen soll.«

Irgendjemand hatte das Gaspedal durchgetreten, und nun raste ich ungebremst auf eine Mauer zu.

»Ich dachte, es wäre nur für den Sommer.« Ich hob den

Stuhl wieder auf. Meine Fingerspitzen kribbelten wie sonst, wenn ich nach einem Fünfzig-Yard-Sprint außer Puste war.

»Nein, ich habe dir erzählt, dass sie nach dem Praktikum so zufrieden mit mir waren, dass sie mich eingeladen haben, mich für das Stipendium zu bewerben. Es ist auf zwei Jahre ausgelegt, und ich könnte währenddessen Sommerkurse an der Universität von Bologna belegen, um meinen Master zu machen.«

Mein Herz fühlte sich an, als würde es zusammengequetscht. Ich rieb mit der Faust über meine Brust, um den Schmerz etwas zu lindern. Dann griff ich hektisch nach meinem Wasserglas und trank es in einem Zug aus, damit das staubtrockene Gefühl in meinem Mund sich nicht auch noch in meiner Kehle ausbreitete. Als ich das Glas schließlich wieder auf den Tisch knallte, wollte mir den Sinn ihrer Worte noch immer nicht richtig in den Kopf. »Dieser Teil muss mir wohl entgangen sein.«

»Ich habe dir von einer der wichtigsten Entscheidungen meines ganzen Lebens erzählt, und du hast nicht zugehört.« Sie riss entrüstet die Hände hoch und starrte zur Decke hoch.

»Zwei Jahre.« Ich sank benommen zurück auf meinen Stuhl und versuchte, mir vorzustellen, wie es wäre, siebenhundertdreißig Tage lang ohne Marisa zu leben.

Sie spähte zu ihrem Vater hinüber, als wären wir ein Ehepaar, das sich vor einem Fremden stritt. »Zwei Jahre. Meinst du denn, ich sollte nicht weggehen?« Ihr aufgebrachtes Flüstern wirkte auf mich wie ein Eimer Wasser und holte mich aus meiner verdutzten Erstarrung.

Zwei Jahre.

Mein Herz schlug plötzlich mit dreifacher Geschwindigkeit wie nach dem Leitertraining an einem Augustnachmittag.

»Marisa, erzähl mir mehr über dieses Programm. Es scheint dir wichtig zu sein.« Der Coach beugte sich vor und stützte das Kinn auf die Faust.

»Jetzt interessiert es dich plötzlich? Rechtzeitig, bevor du dich wieder für eine Woche verdünnisierst. Wie wäre es, wenn ich dir etwas Zeit spare. War ein tolles Essen, wie immer.« Sie stand auf, funkelte uns beide böse an, zog den Reißverschluss ihrer Jacke zu und stürmte aus dem Haus.

Die Tür fiel krachend hinter ihr ins Schloss. Wir blieben zurück, umfangen von tiefer Stille.

Ich rutschte mit dem Stuhl vom Tisch zurück. »Danke für das Abendessen, Coach.« Dann nahm ich meine Jacke und folgte ihr nach draußen.

»Marisa!«, rief ich ihr nach. Sie war schon einem halben Block entfernt.

Sie blieb nur eine Sekunde lang stehen, bevor sie schnurstracks weitermarschierte.

Ich joggte ihr hinterher und sprang ihr schließlich in den Weg, um sie aufzuhalten. »Warte doch mal. Es tut mir leid, okay? Es tut mir leid.«

Sie presste die Lippen zusammen. Dann ließ sie die Schultern hängen. Als sie mich ansah, lag Unsicherheit in ihrem Blick. »Meinst du wirklich, dass ich das nicht durchziehen sollte?«

»Das habe ich nie gesagt.«

»Aber warum bist du eben erst ausgerastet und dann so still geworden?«

»Du hast mich überrumpelt. Als wir uns unterhalten haben …« Ich rieb mir das Kinn. »Den Teil mit den zwei Jahren habe ich überhört.« Ich hielt sie behutsam am Arm fest und führte sie zurück zu meinem Wagen.

Sie rieb die Hände aneinander und angelte in ihren Jackenärmeln nach den langen Ärmeln ihres Pullovers.»Ja, zwei Jahre. Das ist eine fantastische Gelegenheit. Pro Jahr wird nur ein einziges Stipendium vergeben. Henri beendet gerade sein erstes Jahr.«

»Henri – toll. Super«, rutschte es mir wenig begeistert heraus.

Marisa schaute mich stirnrunzelnd über das Wagendach hinweg an.

»Ich meinte: großartig!«, beteuerte ich und legte etwas mehr Enthusiasmus in meine Stimme.»Dann hast du jemanden, der sich schon auskennt und dir hilft, und du kannst mit ihm ein ganzes Jahr lang zusammenarbeiten.« Mit einem Mann, der sich für Kunstgeschichte interessiert, einen Akzent hat und ihr bereits ein paar Orte in Europa gezeigt hat. Ich konnte mir lebhaft die Social-Media-Posts der beiden vorstellen, wie sie unter dem Eiffelturm knutschten, während an ihrem Finger ein geschmackvoller, antiker Diamantring steckte.

Ich fuhr los, wendete das Auto und schlug den Weg zurück zu unserem Haus ein.

»Warum bist du so sauer?«

»Ach, aus keinem bestimmten Grund. Nur, weil meine beste Freundin für ein halbes Jahrzehnt nach Italien geht.«

»Mathe ist nicht deine Stärke, oder? Es sind zwei Jahre. Als ich ein Jahr lang in New York war, ist dir das doch auch kaum aufgefallen.«

»Doch, ist es.« Allein meine brutale, erste College-Football-Saison inklusive Trainings und das hohe Unterrichtspensum hatten mich davon abgehalten, jedes zweite Wochenende in den Zug zu steigen und sie zu besuchen.

»Bestimmt wirst du so mit Partys feiern beschäftigt sein, dass die Zeit wie im Flug vergeht. Champagner. Stripperinnen. Hotelzimmer verwüsten. Und schon bin ich wieder da.«

»Warum redest du so einen Schwachsinn?«, entgegnete ich und wurde plötzlich noch wütender – auf sie und auf mich selbst. Ich war zwar während unseres Gesprächs so sehr auf ihre Beine fixiert gewesen, dass ich den Teil darüber, dass uns ein ganzer Ozean für geraume Zeit trennen würde, verpasst hatte, aber sie redete daher, als würde sie mich überhaupt nicht kennen.

»Es stimmt doch.«

»Rockstars verwüsten Hotelzimmer. Footballspieler nicht. Reece feiert ja auch nicht rund um die Uhr.«

»Reece und Seph sind praktisch verheiratet. Ist doch klar, dass er nicht die Sau rauslässt, permanent um die Häuser zieht und mit seinem Geld um sich schmeißt.«

»Und wie kommst du auf die Idee, dass ich das tun würde?«

Sie zuckte mit den Schultern.

Ich hielt vor unserem Haus. »Glaubst du, dass ich mich plötzlich in einen ganz anderen Menschen verwandeln werde? Das ist nicht meine große Chance, zu einem Riesenarschloch zu mutieren. Ich will meine Eltern von ihrer Schuldenlast befreien. Quinn mit dem College helfen. Das bedeutet das alles für mich.«

»Ich vergaß. Du bist ein Heiliger und ich der Arsch.« Sie langte nach dem Türgriff.

Ich rammte den Finger auf den Knopf für die Zentralverriegelung. »Warum sagst du so was? Du hast meinem Dad das Leben gerettet. Behaupte gefälligst nicht, dass dich irgendjemand für einen Arsch halten würde.«

Sie saß stocksteif da. »Lass mich raus.«

»Nein, wir unterhalten uns jetzt.«

Sie drückte auf den Knopf an ihrer Tür, ich drückte wieder meinen. »Willst du mich etwa gefangen halten?«

»Das dürfte wohl kaum klappen.«

»Eigentlich müsste *ich* sauer sein. Als ich dich wegen Italien nach deiner Meinung gefragt habe, hast du nicht mal zugehört.«

»Tut mir leid. Das war dämlich von mir. Ich war …. abgelenkt. Und jetzt erklär mir bitte, weshalb du meinst, dass ich mich nicht darüber aufregen sollte, dass du für zwei Jahre weggehst.«

»Ich bin doch einfach nur diejenige, die als Erste weggeht.« Sie zerrte am Türgriff, riss die Tür auf, knallte sie wieder zu und ließ mich allein im langsam verlöschenden Licht der Innenraumbeleuchtung zurück.

Eigentlich hätten wir nach unserem Abschluss doch mehr als genug Zeit haben sollen. Danach hätte endlich unsere Chance kommen sollen. Doch jetzt würde sie nach dem Abschluss nach Europa verschwinden, bereit, sich von mir zu verabschieden.

10. KAPITEL

Marisa

Für einen Dienstagabend war bei *Archer's* eine Menge los. Am Techno Tuesday gab es bis zum Ende der Happy Hour um neun Uhr günstige Getränke für nur zwei Dollar und dazu Musik, die so laut war, dass sie so ziemlich alle Gespräche übertönte. Seit dem Essen bei Ron letzte Woche hatte ich es erfolgreich geschafft, LJ aus dem Weg zu gehen. Dabei hatte es sicher geholfen, dass ich das Ganze nur drei Tage lang hatte durchziehen müssen und dass ich am Donnerstag anstelle unseres traditionellen Filmabends eine Nachhilfestunde eingeschoben hatte. Danach war er sowieso von Freitagmorgen bis gestern Nachmittag nicht da gewesen.

Allerdings war ich nicht hergekommen, um zu trinken. Ich war hier, um zu tanzen und Zeit mit Liv zu verbringen. Inzwischen wusste ich aus Erfahrung, dass sich zu betrinken, um meinen Schmerz zu lindern oder mich zu betäuben, lediglich einen lediglich Reue in einem epischen Ausmaß nach sich ziehen würde. Womit ich nicht behaupten will, dass ich niemals trinke. Ich trinke nur nie allein und immer nur gerade genug, um mich leicht beschwipst zu fühlen, allerdings auf keinen Fall, um dem, was gerade in meinem Leben geschah, zu entfliehen.

Liv tippte eine Nachricht in ihr Handy und steckte es anschließend zurück in ihren BH. »Ford hat geschrieben, dass er vorbeikommt, sobald er in der Eishalle fertig ist.«

»Super, dann können wir die ganze Nacht feiern.«

»Bist du dir sicher, dass du heute Nacht hier sein willst?«, brüllte Liv mir ins Ohr und nahm anschließend einen Schluck von ihrem Drink.

»Wieso denn nicht?« Ich riss die Arme hoch über den Kopf und hopste im Takt der Musik auf und ab.

»Weil du aussiehst, als müsstest du dich enorm anstrengen, Spaß zu haben.«

»Ich habe Spaß. Ich trinke Wasser, höre tolle Musik – und ich habe meine beste Freundin bei mir.« Ich legte den Arm um sie, zog sie an mich und gab ihr einen Schmatzer auf die Wange.

»Jetzt bin ich mir wirklich sicher, dass etwas nicht stimmt. Was um alles in der Welt hat LJ angestellt, dass du sauer auf ihn bist?«

»Wie kommst du auf die Idee, dass es irgendwas mit ihm zu tun hätte?« Ich lachte über ihre Frage, die völlig aus dem Nichts kam, wie mir schien. Schließlich hatte ich den ganzen Abend lang noch kein Wort über ihn verloren.

»Weil du ihn noch kein einziges Mal erwähnt hast. Oder die ersten drei Spiele der Saison. Oder den Film, den ihr euch am Donnerstag angeschaut habt. Oder irgendwas, das er getan hat, worüber du dich geärgert hast.«

Verflixt. Redete ich wirklich so oft über ihn? Blöder LJ. »Und?«

»Und du hast mich gerade als deine beste Freundin bezeichnet.«

»Das bist du doch auch.«

Sie musterte mich wie ein enttäuschter Coach. »Außerdem sind er und Keyton vor ungefähr zwanzig Minuten ebenfalls hier eingetroffen, aber er ist dir bisher noch nicht von hinten auf den Rücken gesprungen oder was auch immer, obwohl er dich schon mindestens fünfzig Mal verstohlen angeschaut hat.«

Ich wirbelte so schnell herum, dass Ballerina-Liv glatt einpacken konnte – na ja, wahrscheinlich eher nicht, aber man darf ja wohl noch träumen. Ein Glück hatte ich nichts Alkoholisches getrunken, denn sonst wäre mir bestimmt für den Rest des Abends schwindelig gewesen.

Tatsache, die beiden standen an der Bar. Und natürlich erregten sie die Aufmerksamkeit gleich mehrerer Frauengrüppchen in ihrer Nähe.

Im vollen T-Rex-Modus kämpfte ich mich zu LJ durch und lehnte mich mit dem Rücken an die Bar, wobei ich den Ellenbogen neben seinem Bier platzierte. »Was machst du denn hier, LJ?«

Liv erschien an meiner Seite.

Er fuhr herum wie eine Teilnehmerin eines Schönheitswettbewerbs und blinzelte mich mit großen Barbie-Augen an. »Marisa? Was machst *du* denn hier? Wir hatten keine Ahnung, dass du auch da bist.« Er schlug Keyton mit dem Handrücken gegen die Schulter. »Wusstest du vielleicht, dass Marisa hier ist?«

Keyton schüttelte den Kopf und widmete sich wieder seinem Bier, wobei er es geflissentlich vermied, mich anzusehen.

»Du hattest keine Ahnung, dass ich hier bin? Red doch keinen Stuss.«

»Darf ich denn nicht ausgehen?«, entgegnete LJ und stieß mit Keyton an, der unbehaglich und gelangweilt wirkte. »Das *Archer's* ist vom Haus aus die nächstgelegene Bar mit guter Musik. Warum sollten wir also nicht hier sein? Es ist ja nicht so, dass ich beschlossen hätte herzukommen, weil ich wusste, dass du hier bist.«

Was für eine miese schauspielerische Darbietung. Beinahe so schlecht wie unsere Schulaufführung von *Peter Pan* in der siebten Klasse. »Warum hat Liv dann gesehen, wie du mich beobachtet hast?«

»Was? Ich? Niemals. Möglicherweise ist mir auf der Tanzfläche jemand aufgefallen, der dir ähnlich sah, also hab ich vielleicht ein paar Mal genauer hingesehen, um festzustellen, ob du das wirklich bist, aber bei dem ganzen Gedrehe und Herumgefuchtele mit den Armen ließ sich das kaum beurteilen. Ich bin nur hier, um ein Bierchen zu trinken und mit meinem Mitbewohner abzuhängen. Stimmt's, Keyton?«

Ich nahm Keyton mit einem durchdringenden Laserblick ins Visier. Er stellte sein Bier ab, ohne mich anzuschauen. »Japp, es ist genauso, wie er sagt.«

»Na schön. Hauptsache, du führst dich nicht wie mein Wachhund auf. Dann gehe ich jetzt mal und amüsiere mich ein bisschen mit meiner besten Freundin. Komm, Liv.«

Ich hakte mich bei ihr unter und drehte uns beide wieder zur Tanzfläche um.

»Das war hart«, meinte sie und warf einen Blick über die Schulter. »Er sieht aus, als hättest du ihm gerade eröffnet, dass es den Weihnachtsmann nicht gibt.«

Ich verspürte einen Anflug von Reue. »Ergreif ja nicht Partei für ihn. Ich habe mit ihm ein ausführliches Gespräch über die nächsten zwei Jahre meines Lebens geführt, doch er hat derweil offenbar in seinem Kopf Football-Spielzüge durchgespielt. Und dann hat er mich auch noch vor Ron dazu gebracht, meine Entscheidung in Zweifel zu ziehen, obwohl er eigentlich immer auf meiner Seite sein sollte.«

Da die Tanzfläche nicht gerade mit einem Meer aus Leuten gefüllt war, sondern eher mit einem Teich, ließ es sich leider nicht vermeiden, dass ich LJ von dort aus sehen konnte.

»Solltest du dich nicht eigentlich zumindest ein bisschen darüber freuen, dass er sich Sorgen macht oder traurig darüber ist, dass du vorhast wegzugehen?«

»Warum schockiert ihn das so? Er macht sich doch Ende

des Jahres ebenfalls vom Acker. Soll ich vielleicht hier zurückbleiben und mich nach ihm verzehren – darauf warten, dass er mich anruft oder mir Freikarten für sein nächstes Spiel spendiert?« Ich würde bestimmt nicht das armselige Würstchen sein, das ihm nachlief und um eine Sekunde seiner Aufmerksamkeit buhlte, während er weiterzog und sein Leben lebte. Dieses Verhalten hatte ich jahrelang bei meiner Mutter erlebt, mit Männern, an deren Gesichter, geschweige denn deren Namen, ich mich überhaupt nicht mehr erinnern konnte, und geendet hatte es damit, dass sie zur Flasche gegriffen hatte.

»Nein, aber …« Sie ließ den Blick zur Bar schweifen, wo die beiden saßen.

Ich tat es ihr gleich. Sofort zuckte LJ zusammen und schnellte nach vorn. »Die Vorstellung, meinen besten Freund zu verlieren, tut einfach weh.« Egal wie sehr ich mich vom Gegenteil zu überzeugen versuchte, wie sehr ich mich darauf vorbereitete oder mich ermahnte – nichts konnte diesen Schmerz lindern.

Liv schlug die Hand vor die Brust und riss in gespielter Entrüstung den Mund auf, bevor sie mir ins Ohr brüllte: »Ich dachte, *ich* wäre deine beste Freundin.«

Ich verdrehte die Augen und versetzte ihr einen Klaps auf die Schulter.

Sie legte die Hände auf meine Arme, um unsere ohnehin halbherzigen Tanzbewegungen zu unterbrechen, und schaute zuerst LJ und dann mich an. »Dann solltest du vielleicht aufhören, ihn wegzustoßen, und stattdessen die verbleibende Zeit mit ihm genießen.«

Mein Herz schien auszusetzen, als hätte ich im Museum eine unbezahlbare Statue umgestoßen und müsste nun tatenlos zusehen, wie sie am Boden in tausend Stücke zerbarst. Noch acht Monate.

Ohne ein weiteres Wort verließ ich die Tanzfläche und steuerte auf die Stelle an der Bar zu, wo LJ und Keyton eben noch gestanden hatten. Wahrscheinlich saß er irgendwo an einem Tisch und unterhielt sich mit einem Fan oder war auf die Tanzfläche gegangen, um mich eifersüchtig zu machen. Obwohl er mich nicht mit Absicht eifersüchtig machen wollte. Und natürlich wäre ich auch nicht eifersüchtig geworden.

Ich beugte mich über die Bar. »Haben Sie gesehen, wo die beiden Jungs, die hier gerade noch saßen, hingegangen sind?«

Der Barkeeper wies in Richtung der Toiletten.

»War ja klar, dass die beiden zusammen aufs Klo gehen wie zwei Klatschbasen.« Ich bahnte mir einen Weg an den Tischen vorbei und durch die Leute, die auf dem Weg zur Tanzfläche waren.

Der Korridor vor den Toiletten war leer. Dann würde ich eben hier draußen mein Lager aufschlagen und warten, bis sie wieder rauskamen. Kaum hatte ich einen Schritt in den Gang gemacht, rempelte mich plötzlich jemand von hinten an, sodass ich beinahe hingefallen wäre.

Ich fing mich an der Wand ab und warf einen Blick über die Schulter, bereit, diesem Vollidioten, der in mich hineingelaufen war, ordentlich die Meinung zu geigen. Doch stattdessen blieben mir die Worte im Halse stecken.

Ein knapp hundertvierzig Kilo schwerer und gut einen Meter dreiundneunzig großer Offensive Tackle, der inzwischen nicht mehr mein Nachhilfeproblem war, versperrte mir den Rückweg. Dafür stellte er heute ein ganz anderes Problem dar. Ein deutlich zornigeres, betrunkeneres Problem.

»Du dämliche Zicke. Ich hatte dich doch nur darum gebeten, einen bescheuerten Test für mich zu schreiben.« Chris taumelte auf mich zu und hüllte mich in seinen alkoholgeschwängerten Drachenatem ein.

Ich prallte mit dem Rücken gegen die gestrichene Backsteinwand hinter mir. Meine Fluchtwege befanden sich alle hinter ihm. Mich mit Betrunkenen auseinandersetzen zu müssen war für mich nichts Neues, allerdings war ich es gewohnt, dass sie mich nur mit Worten attackierten.

»Hey, Chris, lange nicht mehr gesehen. Wie war dein Sommer?«, fragte ich unverbindlich, um Zeit zu schinden.

Natürlich gab es ausgerechnet heute Abend keine Warteschlange vor den Toiletten. Das hatte ich nun davon, dass ich am Techno Tuesday hergekommen war.

»Leck mich.« An seiner Lippe klebte Speichel.

»Es scheint, als hättest du genug für heute. Vielleicht solltest du zusehen, dass du etwas Schlaf bekommst.« Ich spähte über seine Schulter hinweg zum Licht am Ende des schummrig beleuchteten Korridors, wo sich Leute tummelten, lachten und tranken und die Musik so laut war, dass sie selbst meine Gedanken übertönte.

»Du kommst dir wohl wie eine total große Nummer vor, weil du mit Berk, LJ und Keyton zusammenwohnst. Jede Wette, dass du den ganzen Schulkram für sie erledigst. Wahrscheinlich bläst du ihnen auch allen einen.«

Ich wich einen Schritt zurück, ballte die Fäuste an meinen Seiten und wartete darauf, dass jemand bemerkte, was hier los war, damit ich an diesem besoffenen Trottel vorbeikam.

»Sei kein Arsch, Chris. Du bist betrunken. Lass mich vorbei.« Ich versuchte mich an ihm vorbeizuschieben, doch obwohl er besoffen war, war er schneller als ich und versperrte rasch den schmalen Durchgang neben sich, den ich mir als Fluchtweg auserkoren hatte.

»Hey!«, rief ich und wedelte mit den Armen, um jemanden auf mich aufmerksam zu machen.

Ich hätte ihn besser nicht aus den Augen lassen sollen.

Er schubste mich mit der flachen Hand so heftig gegen die Brust, dass ich von den Füßen gerissen wurde und gegen die Wand hinter mir knallte. Zwar flog ich nicht weit, trotzdem presste mir der Aufprall sämtliche Luft aus der Lunge, als wäre ich eine leere Getränkedose, die jemand zertrat.

Ich schnappte gekrümmt nach Luft. »Du hast recht. Ich war ein Arsch. Tut mir leid«, keuchte ich so leise, dass ich es selbst kaum hören konnte. Sich zu entschuldigen war oft der einzige Weg, derart Betrunkene zu beschwichtigen. Indem man ihnen die Genugtuung gab, dass sie recht hatten, und sich selbst zurückzog, schaffte man es manchmal, sich ihrem durch Alkohol gesteigerten Geltungsdrang zu entziehen.

Sein verhangener Blick richtete sich auf mich. »Ich will keine Scheißentschuldigung von dir.« Als er sich näher zu mir herabbeugte, drang der scharfe Gestank seines Atems in meine Nasenlöcher. Galle stieg in meiner Kehle auf.

Ich wich so abrupt zurück, dass ich um ein Haar mit dem Kopf gegen die Wand knallte.

Er legte die Hände um meine Oberarme und packte fest zu.

Im selben Moment, in dem ich den Mund öffnete, um zu schreien, öffnete sich neben mir die Toilettentür. Das Licht, das durch sie in den Gang fiel, blendete mich. Im hell erleuchteten Türrahmen zeichneten sich zwei Silhouetten ab. »Hilfe«, presste ich verzweifelt hervor, während meine Kehle vor Panik wie zugeschnürt war.

Bevor ich ein weiteres Wort herausbringen konnte, war der schmerzhafte Griff an meinen Armen plötzlich verschwunden. Das Gleiche galt für Chris.

Eine Faust traf seine Nase.

LJ eilte zu mir, legte die Hände an meine Wangen und musterte mit wildem Blick mein Gesicht.

Absolute, tiefste Erleichterung überkam mich. Erst in diesem Moment konnte ich zulassen, dass ein kurzer Anflug von Angst in meinem Hirn aufblitzte, der Gedanke daran, was alles hätte passieren können.

»Bist du okay? Hat er dir wehgetan?« Seine Nasenflügel blähten sich. Er konzentrierte sich ganz auf mich, ohne die Schreie, die hinter seinem Rücken die dumpfen Beats übertönten, zu beachten.

Unterdessen beobachtete ich benommen über seine Schulter hinweg die sich anbahnende Schlägerei. Wieder kassierte Chris einen Treffer, der so heftig war, dass er mit dem Kopf gegen die Wand prallte. Weitere Schläge prasselten auf ihn ein. Das feuchte Schmatzen, das dabei entstand, drehte mir schier den Magen um.

Eine Erkenntnis schoss durch meinen Kopf. Ich versuchte zu begreifen, was sich vor meinen Augen abspielte und was mir um ein Haar zugestoßen wäre.

Keyton. Das war Keyton. Keyton, der so aussah, als wäre er kurz davor, Chris hier im Korridor vor den Toiletten den Garaus zu machen.

»Halt ihn auf.« Ich packte LJs Shirt.

Er riss den Blick von mir los und drehte sich um, achtete jedoch darauf, sich vor mir zu postieren.

»Keyton!« Ich schrie seinen Namen, versuchte ihn dazu zu bringen, von Chris abzulassen.

Seine Stimme setzte sich gegen die laute Musik weitaus besser durch, als meine es getan hatte. »Du wagst es, sie so anzufassen? Glaubst du etwa, du könntest sie einfach so anpacken, du elendes Stück Scheiße? Warum schlägst du nicht mich?«

Ich versuchte, LJ beiseitezuschieben und mich an ihm vorbeizudrängen. Binnen Sekunden hatte meine Angst eine vollkommen neue Richtung eingeschlagen. Sie galt nun nicht mehr mir selbst, sondern dem, was meinetwegen geschah.

»Er bringt ihn noch um.« Wieder drückte ich gegen LJs Arm, um ihn aus dem Weg zu schieben.

Die Muskeln in LJs Kiefer zuckten. Dann schritt er ein, packte Keytons Arm, um ihn davon abzuhalten, noch einmal zuzuschlagen.

Keyton fuhr zu LJ herum und schien nun ihm einen Hieb versetzen zu wollen. Erst in letzter Sekunde bremste er sich. In seinem Blick loderte eine Wut, wie ich sie noch nie zuvor bei ihm gesehen hatte.

Ich wich schwankend zurück und kämpfte darum, mich trotz des Adrenalins, das durch meine Adern rauschte, aufrechtzuhalten. Fast hätte er LJ geschlagen, ihn um ein Haar außer Gefecht gesetzt, als hätte er befürchtet, dass sich gleich alle auf ihn stürzen würden.

Gleich darauf klärte sich sein Blick wieder und fiel auf den schniefenden Chris, der blutend und lädiert am Boden lag. Er ließ die Arme herabhängen, ballte die Fäuste und seine Brust hob und senkte sich angestrengt, während er abwechselnd Chris und uns ansah. Die Zorneswolke, die sich über ihn gelegt hatte, verschwand, und sein wütender Gesichtsausdruck verwandelte sich in Entsetzen und Scham.

Ohne ein weiteres Wort wich Keyton zurück und rannte durch den Korridor in den Klub, wo er im Gedränge verschwand. Ich hatte nicht mal Gelegenheit, mich bei ihm zu bedanken.

Chris rappelte sich vom Boden auf. Er wischte sich die blutige Nase mit dem Handrücken ab und bedachte uns alle noch einmal mit einem vernichtenden Blick, bevor er ebenfalls abhaute.

Die Muskeln an LJs Hals spannten sich sichtlich. Er kochte vor Zorn und schien drauf und dran, dem flüchtenden Chris zu folgen.

Schnell schloss ich die Hand fester um seinen Arm. »Bring mich nach Hause, L.«

Er zuckte zusammen und starrte mich an.

Ich sah ihm tief in die Augen und bat ihn mit meinem flehentlichen Blick, mich hier wegzubringen.

Ich musste unbedingt zurück nach Hause. Ich musste ins Bett. »Scheiße, Liv! Sie ist ja auch noch hier.«

LJ schaute sich suchend um. Schließlich hob er die Hand und deutete zuerst auf mich und dann auf die Bar.

Ich spähte an ihm vorbei und entdeckte Liv, die mit Ford an der Theke saß.

Sie sprang von ihrem Hocker hoch, doch ich winkte sofort ab, tätschelte LJs Brust und schmiegte mich an ihn.

Ford musterte zuerst uns und dann Liv, die schon wieder auf ihrem Hocker Platz nahm.

LJ legte mir den Arm um die Schultern und führte mich nach draußen, wobei er alle um uns herum genaustens im Auge behielt, als wäre er mein persönlicher Bodyguard.

Mein Handy vibrierte in der Hosentasche.

Wahrscheinlich war das Liv, die mir gleich fünf Nachrichten auf einmal schickte.

Mein Wächter und ich absolvierten den Nachhauseweg schweigend. Ein Schaudern erfasste mich, und ich versuchte, nicht daran zu denken, wie schlimm dieser Abend hätte ausgehen können.

LJ nahm mich noch fester in den Arm. Derweil sah er sich immer wieder nach allen Seiten um, bereit, es mit jedem aufzunehmen.

Auf den letzten Metern des Weges drückte ich mich besonders eng an ihn. Mich an ihm festzuhalten half mir, nicht zu viel nachzudenken, nicht zu sehr darüber nachzugrübeln, was hätte passieren können, mich nicht zu sehr zu fürchten.

Zurück im Haus führte er mich in mein Zimmer, als würde ich ohne ihn den Weg nicht finden. Allerdings störte mich das absolut nicht.

»Geht es dir auch wirklich gut?«, fragte er und wich nicht von meiner Seite.

Ich angelte mir ein Langarmshirt aus dem vollen Wäschekorb und schnupperte prüfend daran. Sauber. Aus irgendeinem Grund wanderten meine Kleider stets direkt aus dem Trockner zurück in den Wäschekorb. LJs dagegen legte ich ordentlich zusammen. So mochte er es eben am liebsten, hasste es aber, es selbst zu erledigen. Das war wenigstens eine Sache, die ich für ihn tun konnte.

Ich zog mir mein Shirt über den Kopf und stand nun nur noch in Unterhemd und BH vor ihm.

LJ gab ein wütendes Zischen von sich.

»Risa.« Er drehte mich um und ließ seine Finger federleicht von meinen Schultern abwärts gleiten.

Sofort bekam ich am ganzen Körper eine Gänsehaut.

»LJ?«

»Ich hätte Keyton nicht davon abhalten sollen, ihn umzubringen. Ach was, ich hätte ihm sogar dabei helfen sollen.« Seine Finger zogen behäbige kleine Kreise auf meinen Armen.

Ich schaute nach unten und verzog das Gesicht. An beiden Armen zeichneten sich deutlich die Abdrücke von Chris' Fingern ab. »Ist schon okay.« Ich legte meine Hand auf seinen Handrücken.

»Gar nichts ist okay«, entgegnete er scharf.

»Ich meinte ja auch nicht, dass das, was er getan hat, okay war, sondern nur, dass ich okay bin. Die Stellen tun nicht weh.«

»Das hätte nicht passieren dürfen.«

»Das gilt für so einiges«, bemerkte ich und stupste ihn mit dem Ellenbogen an.

»Wir sollten die Campus-Security verständigen.«

»Nein, sollten wir nicht. Keyton war auch in die Schlägerei verwickelt. So wie Chris' Gesicht aussah, werden sie garantiert anfangen, Fragen zu stellen, und ich will nicht, dass Keyton wegen dieses Arschlochs suspendiert wird oder aus dem Team fliegt.«

»Aber …«

»Ich werde mich von Chris fernhalten und zukünftig darauf achten, mich nicht mehr allein auf dunklen Fluren herumzutreiben. Es geht mir gut. Und jetzt verschwinde aus meinem Zimmer, damit ich mich umziehen kann.«

Das Lodern in seinen Augen legte sich ein wenig und war nun kein flammendes Inferno mehr, sondern eher ein Lagerfeuer. »Warum denn? Früher haben wir uns doch auch immer voreinander umgezogen.« Er ließ die Hände sinken. Seine Lippe zuckte.

»Ja, als wir neun Jahre alt waren.« Den Erfahrungen aus den gemeinsam verbrachten Nächten im vorigen Semester nach zu urteilen würde ich, wenn er jetzt die Hose vor mir auszog, wahrscheinlich anschließend ein Industriegebläse brauchen, um mich wieder abzukühlen. »Na los, raus mit dir.« Ich schob ihn an den Schultern zur Tür hinaus.

Nachdem ich mich umgezogen hatte, schlüpfte ich ins Bett und wälzte mich hin und her. Das beklemmende Gefühl, das ich nach meinem Zusammenstoß mit Chris zu verdrängen versucht hatte, packte mich wieder mit voller Wucht.

Schließlich schlug ich frustriert auf die Matratze, warf die Decke beiseite und stand auf. Vorsichtig lugte ich in den Flur hinaus.

Im Haus war alles still. Auf Zehenspitzen schlich ich zu LJs Tür, die gleich neben meiner lag.

Keytons Tür stand offen, doch sein Zimmer war leer.

Ich klopfte behutsam bei LJ an, dann öffnete ich die Tür.

Er lag auf dem Rücken im Bett. Als ich eintrat, drehte er sich zu mir um.

Die Falten auf seiner Stirn vertieften sich. Wahrscheinlich ärgerte er sich noch immer, weil ich ihm nicht gestattet hatte, die Sache mit Chris zu regeln.

»Kannst du nicht schlafen?« Ich ging weiter ins Zimmer hinein. Die Dielen knarrten unter meinen nackten Füßen.

»Nein. Am liebsten würde ich mich wieder anziehen, losgehen und ihn zu Brei schlagen.« Volltreffer.

»Können wir bitte nicht über ihn reden?«

Er stützte den Kopf in die Hand und hob die Decke.

Ich ließ mich nicht lange bitten, legte mich neben ihn auf den Rücken und starrte an die Decke.

»Danke.«

»Jederzeit, Risa. Gute Nacht.« Die Matratze neigte sich ein wenig. Er rutschte ein Stück von mir weg, blieb aber zu mir gewandt auf der Seite liegen.

»Gute Nacht.« Ich schloss die Augen. Seine gleichmäßigen Atemzüge linderten meine Anspannung.

Nur für heute Nacht.

Das hier würde das letzte Mal sein, dass wir das Bett teilen.

II. KAPITEL

LJ

Nachdem ich die nächsten achtundvierzig Stunden damit zugebracht hatte, jeden, der mir über den Weg lief, anzuschnauzen und ruhelos in meinem Zimmer auf und ab zu tigern, traf ich schließlich eine Entscheidung und stürmte quer über den Campus zum Wohnheim für die Studenten im Abschlussjahr.

Da diese Woche ein Spiel anstand, würde Marisa einige Tage allein zu Hause sein.

Zwar hatte sie letzte Nacht nicht wieder in meinem Bett geschlafen, aber sie war lange wach geblieben und hatte das Licht angelassen.

Sie so zu erleben entfesselte ein Gefühl in mir, als würde ein wütendes Tier versuchen, sich mit Zähnen und Klauen aus meiner Brust zu befreien.

Im Wohnheim angekommen hämmerte ich mit der Faust an die Tür, sodass sie im Rahmen wackelte.

Gleich darauf wurde sie ein kleines Stück weit geöffnet, und Chris' zerschrammtes, verschorftes Gesicht erschien im Türspalt. »Was zum Teufel willst du hier?«

Ich warf mich gegen die Tür und drängte mich ins Zimmer. »Was denkst du denn, was ich will?« Auf dem Weg zu ihm hatte ich unablässig im Kopf durchgespielt, was ich ihm zu sagen hatte.

Marisa würde mir für meine Einmischung wahrscheinlich den Hals umdrehen, aber es musste sein. Da meine Zeit auf dem Spielfeld sowieso gegen null tendierte, würde selbst ein Rausschmiss aus dem Team für mich nicht mehr viel ändern.

Alle Farbe wich aus seinem Gesicht, wodurch sich die gelblichen Ränder der Blutergüsse noch deutlicher abzeichneten.

»Es war ein Fehler. Ich war betrunken.« Er leckte sich die Lippen. Als seine Zunge dabei über verletzte Haut glitt, verzog er schmerzerfüllt das Gesicht.

»Findest du, dass die Tatsache, dass du besoffen warst, eine Entschuldigung dafür ist, dass du Marisa wehgetan hast? Du hast mit deinen Fingern Blutergüsse auf ihren Armen hinterlassen.«

»Ich wollte sie doch nur ärgern, ihr ein bisschen Angst einjagen«, beteuerte er. Seine Stimme klang schrill und zittrig. Gut, sollte er sich ruhig vor mir fürchten.

Ich trat so abrupt direkt vor ihn, dass er rückwärts taumelte, stolperte und auf die Couch fiel. »Und das findest du in Ordnung? Hältst du dich deswegen für stark?«

Ich baute mich über ihm auf, hielt meinen Zorn jedoch, soweit ich konnte, im Zaum. Wenn ich ihn jetzt zusammenschlug, würde sich Marisa deswegen bloß schuldig fühlen, und das war das Letzte, was ich wollte. »Du kommst nicht in ihre Nähe. Du atmest nicht mal in ihrer Nähe. Hältst dich nicht mit ihr im selben Gebäude auf.«

Sein Kopf wippte auf und ab wie der eines Wackeldackels im Auto.

»Wenn sie bei einer Party auftaucht, in einem Café, in der Bibliothek oder wo auch immer, dann gehst du. Du packst nicht mal deinen Kram zusammen, sondern verschwindest, ohne ein Wort an sie zu richten oder sie auch nur anzusehen.«

»Ma… mache ich. Versprochen.«

»Das will ich dir auch geraten haben.« Am liebsten hätte ich ihm seinen dämlichen Kopf abgerissen. Stattdessen wich ich zurück und verließ sein Zimmer, ohne mir die Mühe zu machen, die Tür hinter mir zu schließen. Vielleicht hätte ich Keyton nicht stoppen sollen. Vielleicht hätte ich gemeinsam mit ihm die Fäuste sprechen lassen sollen.

Zu wissen, dass er sich auf dem Campus aufhielt, würde mir bestimmt keine Ruhe lassen, aber Marisa weigerte sich nun mal beharrlich, zur Campus-Security zu gehen.

Ich überquerte den Campus und kam etwas zu früh in der Umkleide an. Am Wochenende hatten wir ein Spiel. Nicht dass ich dabei auf dem Feld stehen würde.

In der Kabine ging es ruhig zu – oder zumindest so ruhig, wie es vor einem Training dort eben zugehen konnte. Einige Mitglieder des Trainerstabs studierten aufmerksam die Papiere auf ihren Klemmbrettern oder in ihren Schnellheftern, als wären sie Schatzkarten, die den Weg zum Heiligen Gral wiesen. Überall roch es nach Muskelsalbe, Tape-Verbänden und Schweiß.

Als ich meine Ausrüstung angelegt hatte, kamen auch die anderen Jungs in die Kabine.

Keyton traf im Schlepptau einer Gruppe Defensive Linemen ein. Als er mich bemerkte, blieb er wie angewurzelt stehen. In der Nacht, als Marisa zu mir ins Bett gekommen war, hatte seine Zimmertür offen gestanden. Am nächsten Morgen war sie jedoch geschlossen gewesen, und so war es auch in den vergangenen zwei Tagen geblieben. Es schien fast, als würde er immer erst abwarten, bis alle anderen weg waren, bevor er sein Zimmer verließ.

Doch anstatt mir aus dem Weg zu gehen, biss er sichtlich die Zähne zusammen und steuerte direkt auf mich zu. »Tut mir leid, dass ich neulich abends ausgerastet bin. Wie geht es Marisa?«, brach es in einem Schwall aus ihm heraus.

»Es geht ihr gut. Sie hat ein paar Blutergüsse an den Stellen, wo er sie gepackt hatte. Und es gibt nichts, wofür du dich entschuldigen müsstest. Ich war so darauf fixiert, mich zu versichern, dass Marisa nichts passiert ist, dass der Mistkerl wahrscheinlich einfach die Flucht ergriffen hätte, wenn du nicht gewesen wärst.«

Er schob das Kinn vor und zurück, und seine Nasenflügel blähten sich. Dann rieb er sich den Nacken. »Das letzte Mal ist schon eine Weile her ...« Er presste die Lippen zusammen. »Ich bin froh, dass es Marisa gut geht, aber es ist wirklich übel, dass sie blaue Flecken abbekommen hat.«

»Sehe ich auch so. Aber ich habe Chris einen kleinen Besuch abgestattet, damit er es nicht wagt, sich ihr noch mal zu nähern.«

Keytons verkrampfte Schultern entspannten sich ein wenig, als hätte er schon seit Dienstagnacht unter permanenter Anspannung gestanden. »Sag mir Bescheid, falls er sich nicht daran hält, dann komme ich mit, um ihm noch mal in den Hintern zu treten.«

Ich musste lachen und knuffte ihn gegen die Schulter. »Hey, es ist alles in Ordnung. Wegen so einer Sache musst du dich doch nicht vor allen verkriechen.«

Er atmete so erleichtert auf, als hätte er tagelang vor Anspannung die Luft angehalten. »Ich weiß. Es ist nur ... Ich mag es nicht, wenn ich derart die Kontrolle verliere, und ich will nicht, dass die anderen mich für eine tickende Zeitbombe halten.«

»Du bist doch der Ausgeglichenste von uns allen. Und es gab wohl kaum einen angemesseneren Zeitpunkt zum Austicken als Dienstagabend.«

In diesem Augenblick flog die Kabinentür auf, und Coach Saunders marschierte herein. »Ihr habt zwölf Minuten, dann steht ihr auf dem Spielfeld. Der Bus zum Flughafen fährt morgen um drei Uhr ab. Wenn ihr ihn verpasst, kauft ihr euch euer Flugticket nach Michigan selbst. Ich würde euch also raten, pünktlich auf der Matte zu stehen.

Wir trainieren heute die drei neuen Defensiv-Spielzüge, und ich will, dass sie anschließend jeder Einzelne von euch auswendig kennt und sie selbst im Schlaf anwenden kann. Offense, beim letzten Spiel gab es zwei Ballverluste. Ihr werdet also Pässe trainieren, bis sie euch ins Hirn eingebrannt sind. Los geht's.« Er schlug mit den Händen aufs Klemmbrett, und schon war er wieder durch die Tür verschwunden.

Keyton begann eilig damit, sich umzuziehen. Derweil folgte ich dem Coach aus der Kabine aufs Spielfeld und nahm meinen angestammten Platz auf der Ersatzbank ein.

Ich war als Erster fertig mit dem Umziehen. Als Erster bereit fürs Training. Und der Erste, der die komplette Saison auf der Bank zubringen würde.

Langsam trudelten auch die anderen Jungs am Rand des Spielfelds ein. Schließlich riefen die Coaches, die für Offensiv- und Defensivtraining zuständig waren, ihre jeweiligen Spieler zu sich.

Ich folgte den anderen Defensivspielern. Sechzig Jungs hatten sich um den Trainer versammelt und konnten es offensichtlich kaum erwarten, raus aufs Spielfeld zu kommen und sich in den zehn Spielen, die für uns in dieser Saison noch anstanden, zu beweisen.

»Die Spieler, die demnächst den Abschluss machen, will ich zuerst auf dem Feld sehen. Wir machen Videomitschnitte von euch, also baut keinen Mist.« Seine Worte ließen ein Feuer in meiner Brust auflodern. Trainingsmitschnitte waren zwar nicht ganz so gut wie die von richtigen Spielen, aber ich würde nehmen, was ich kriegen konnte, und heute alles geben.

Keyton joggte grinsend neben mir in Richtung der Offensive Line. »Wie ermutigend.«

Wir blieben in der Mitte des Feldes stehen und nahmen unsere Spielposition ein.

Wider besseres Wissen warf ich einen Blick zur Seitenlinie hinüber. Coach Saunders lief mit dem Headset auf dem Kopf und dem Klemmbrett in der Hand auf und ab.

Der Ersatzquarterback machte seine Ansage, und gleich darauf folgte der Snap.

Wir verteilten uns, deckten die Spieler, die das gegnerische Team verkörperten. Ich bemerkte eine Lücke in der Verteidigung, nutzte sie und erledigte den Receiver, bevor sie es schafften, die erforderlichen zehn Yards zurückzulegen.

Beim nächsten Spielzug fand ich wieder ein Schlupfloch, erwischte den Ball in der Luft und schmetterte ihn zu einem der Cornerbacks, der damit einen Touchdown hinlegte.

Beim nächsten Mal blockte ich, wodurch einer der Linemen Gelegenheit bekam, sich den Quarterback zu schnappen.

Als ich schließlich die Seitenlinie entlanglief, wurde mir so oft anerkennend auf den Helm geklopft, dass ich mir vorkam, als würde ich mit offenem Verdeck durch die Autowaschanlage fahren. Mein Grinsen war ungefähr fünfzig Yards breit, und ich war extrem zufrieden mit mir. Ich hatte den Jungs zeigen wollen, dass ich nicht auf der Ersatzbank saß, weil ich nichts draufhatte. Meine Fähigkeiten waren nach wie vor vorhanden, und ich wollte sie nur zu gern einsetzen, um uns zu unserem nächsten großen Sieg zu verhelfen.

Doch als ich das Feld verließ, bohrte sich Coach Saunders' durchdringender Blick wie eine Nadel in meine Blase aus Glückseligkeit und ließ sie platzen.

Das komplette Team versammelte sich, manche standen, andere gingen in die Knie.

»Ihr habt euch da draußen mächtig ins Zeug gelegt. Die Spielzüge sahen gut aus. Wenn ihr so weitermacht, werden diese Saison alle stolz auf euch sein. Aber bildet euch ja nichts darauf ein. Wir haben viel zu beweisen, und eine Menge Leute sind darauf aus, es uns ordentlich zu zeigen. Die STFU ist bereit, unsere Siegessträhne zu beenden, aber das werden wir nicht zulassen, oder?«

»Nein, Coach«, brüllte das gesamte Team sofort einstimmig. Ich spürte die Vibrationen der dröhnenden Stimmen bis in meine Brust.

»Werden wir selbstgefällig?« Seine Stimme wurde immer lauter, übertönte den Sprechchor des Teams.

»Nein, Coach!«

»Werden wir ihnen eine Chance geben?«

»Nein, Coach!«

»Das höre ich gern. Ab unter die Dusche, und bereitet euch für den Trip morgen vor. Wir werden Michigans Siegesserie ein Ende setzen und ihnen zeigen, was wir von der Fulton U draufhaben.« Aufgeputscht durch seine Worte sprangen alle auf und eilten in die Kabine.

Drinnen herrschte ein wildes Durcheinander aus Schweiß, Dampf und dem stetigen Prasseln der Duschen.

Ich hatte gerade meine Dusche beendet und stand mit einem Handtuch um die Hüften vor meinem Spind, um mir meine Klamotten zu holen, als Berk neben mich trat.

Er war ein wenig außer Atem, und der Schweiß stand ihm vom Duschen auf der Stirn. »Brauchst du eine Mitfahrgelegenheit nach Hause?« Sein Shirt klebte ihm am Körper.

»Du hast es aber eilig.«

»Jules bäckt heute etwas Neues, und sie hat mich gebeten, nach dem Training vorbeizukommen und es abzuholen.«

»Dann kann ich es dir nicht verdenken, dass du in Eile bist.

Aber nein, danke, ich bin mit meinem Wagen hier. Und ich werde Keyton fragen, ob ich ihn mitnehmen soll.«

»Cool, sehr gut.« Er joggte bereits rückwärts davon. »Danke!«

Das ganze Team war total heiß auf das Spiel am Samstag, und es kam mir so vor, als läge eine elektrische Spannung in der feuchten Luft.

In der regulären Saison standen noch zehn Spiele an, bei denen die Studenten im ersten und zweiten Semester die Chance haben würden, sich zu beweisen und sich einen Platz in der Startaufstellung zu sichern.

Noch zehn Spiele, bei denen die Studienabgänger ihre Spielstärke demonstrieren konnten, um ihre Aussichten beim Draft zu verbessern.

Noch zehn Spiele, bis ich erfahren würde, ob ich zukünftig womöglich nur noch in öffentlichen Parks Football spielen würde.

»*Alien* oder *Aliens?*«, rief Marisa mir vom Wohnzimmer aus zu, wo sie gerade meine Wäsche faltete.

Ich kann nicht behaupten, dass es mich störte, dass sie sich regelmäßig murrend meine Körbe mit Wäsche schnappte, auch wenn sie dabei etwas davon murmelte, dass sie den ganzen Kram eines Tages hinten im Garten abfackeln würde. Gleichzeitig nahm sie mir aber auch jedes Mal, wenn ich selbst Hand anlegen wollte, die Wäsche ab und behauptete, dass ich sowieso nicht wüsste, wie man es richtig machte. Allerdings überließ ich ihr diese Aufgabe in der Regel sowieso freiwillig.

Während die Zeitanzeige an der Mikrowelle ablief, zählte ich die Sekunden zwischen den einzelnen Plopps im Inneren und wartete darauf, dass sie langsam spärlicher wurden. In der Spüle lag noch eine weitere, versengte Tüte – Marisas Werk.

Ich zerrte den Reißverschluss meines Hoodies noch etwas höher. Es zog mächtig, weil die Hintertür und die Fenster an der Front des Hauses offen standen, damit der Gestank nach verbranntem Popcorn verschwand.

»Wie wäre es mit *Terminator*?«

»*Terminator, Terminator 2, Terminator 3: Rebellion der Maschinen, Terminator: Die Erlösung, Salvation, Genisys* oder *Dark Fate*?«

»Zum Schutz meiner geistigen Gesundheit kann ich höchstens die ersten beiden ernsthaft als brauchbare Filme anerkennen. Vielleicht auch noch *Salvation*, wenn ich vorher genug getrunken habe. Aber nur vielleicht.« Ich füllte das Popcorn in eine Schüssel.

»Du bist so ein Film-Snob.« Sie nahm zwei Plastikbecher und goss uns Limo ein.

»Nur weil ich mein Hirn vor diesen miesen Filmen mit unendlich vielen Handlungslöchern bewahren will, damit sie mir nicht zwei der besten Filme aller Zeiten ruinieren, bin ich noch lange kein Snob. Du stehst doch auf Gemälde des achtzehnten Jahrhunderts und griechische Stauen. Willst du mir ernsthaft weismachen, dass du *Terminator 3* den Vorzug vor *Terminator 2* geben würdest?«

»Nein, aber ich höre dir gern dabei zu, wie du dich über schlechte Filme aufregst.« Als sie die Küche verließ, versetzte ich ihr im Vorbeigehen einen Tritt in den Hintern.

»Du Vollpfosten. Beinahe hätte ich deinetwegen unsere Limo verschüttet.«

Sie verschwand im Wohnzimmer, doch ich blieb stehen. Mein Herz schlug so schnell, als hätte ich gerade einen gegnerischen Spieler zu Fall gebracht. In diesen gemeinsamen, unbeschwerten, fröhlichen Momenten mit ihr konnte ich mir ein Leben ohne sie kaum vorstellen. Der Gedanke daran, dass unsere donnerstäglichen Filmabende irgendwann vorbei sein würden, tat verdammt weh.

Ich setzte mich mit der überquellenden Popcornschüssel im Arm neben sie auf die Couch. »Nehmen wir *Aliens?*«

Sie sammelte das Popcorn auf, das auf meinen Schoß und die Couch gefallen war. »Da will wohl jemand vermeiden, dass ich ihm die Fingernägel in den Arm bohre.«

»Ich wäre beim Spiel am Samstag gern in der Lage, anständig zu blocken.«

»Ach, steht bei dir etwa ein Spiel an? Ist mir gar nicht aufgefallen.«

»Bist du wirklich sicher, dass du, wenn wir alle nicht da sind, allein klarkommst?« Ein dumpfes Gefühl der Unruhe machte sich in mir breit. Wegen Chris. Weil sie ganz allein sein würde. Weil sie auf die Idee kommen könnte, sich was zu kochen.

Sie steckte die Hand in die Popcornschüssel, die auf meinen Knien balancierte. »Das ist doch keine große Sache. Nix hat einen riesengroßen Edelstahlbehälter Fettuccine mit Hähnchen aus dem Restaurant mitgebracht. Mit Essen bin ich also versorgt.«

»Hat er den nicht schon letzte Woche mitgebracht?«

»Ja, und? Wo liegt das Problem?« Sie stopfte sich Popcorn in den Mund.

»Marisa mit dem Magen aus Stahl.«

»Die Nudeln sind bis dahin höchstens zwei Wochen alt. Das geht schon.«

»Bitte sieh zu, dass du am Ende nicht mit einer Lebensmittelvergiftung im Krankenhaus landest.«

»Wann habe ich denn jemals etwas nicht vertragen?«

Das stimmte allerdings. Nur die anderen Bewohner des Hauses wären ihretwegen beinahe im Krankenhaus gelandet. Sie dagegen schien alles runterkriegen zu können. Ich musste vor meiner Abreise unbedingt noch Aufschnitt besorgen oder Nix fragen, ob er noch etwas zu essen für sie vorbeibringen könnte.

»Genug geredet, fangen wir an!« Sie drückte auf die Fernbedienung, und schon erschien das düstere Raumfahrzeug auf dem Bildschirm, mit einer der krassesten Filmheldinnen aller Zeiten an Bord – Ellen Ripley.

Als die Aliens durch die Belüftungsschächte auf die Hauptfiguren, die mächtig in der Klemme saßen, zukrochen, versteckte Marisa sich hinter meinem Arm. Als Newt ins Wasser fiel und plötzlich überall von Aliens umgeben war, hakte sie ihren Arm fest bei mir ein.

Genau in dem Moment, in dem die Alienkönigin wieder auf dem Bildschirm auftauchte, flog krachend die Haustür auf. Marisa stieß einen Schrei aus und warf blindlings ihren Becher in die Richtung, aus der das Geräusch gekommen war.

Keyton steckte den Kopf herein.

Sie presste erschrocken die Hand gegen ihre Brust, die Finger in ihr Shirt gekrallt. Ich pausierte derweil den Film und lachte dabei lauthals, bis sie mich schließlich gegen den Arm boxte.

»Wie oft hast du den Film schon gesehen? Hast du tatsächlich geglaubt, die Alienkönigin wäre hier?«

»Halt die Klappe. Ich war eben ganz in den Film vertieft.«

Keyton kam schmunzelnd zu uns und gab ihr den Becher zurück.

»Möchtest du bei unserem Filmabend mitmachen?«

»Nein, danke. Der Film ist doch sowieso schon fast vorbei. Ich lasse euch jetzt besser in Ruhe zu Ende schauen«, meinte er mit einem zaghaften Lächeln. Dann ging er zur Tür, nahm die Tasche auf, die dort noch stand, und verschwand nach oben.

Marisa zog den Kopf ein. »War das eine Gitarrentasche?«

»Ich denke schon.«

Sie rammte die Hand blindlings in die leere Schüssel, und die Erschütterung setzte sich direkt bis zu meinem besten Stück fort. »Eines Tages wirst du ihn mal fragen müssen, was es damit auf sich hat, denn soweit ich weiß, spielt er gar nicht Gitarre.«

Ich brachte meine sich anbahnende Erektion wieder zur Räson. »Kann sein. Lass uns jetzt den Film zu Ende gucken.«

Sie zog die Beine neben sich auf die Couch hoch und hakte sich wieder bei mir unter.

Als schließlich der Abspann begann, wünschte ich, dass unser Filmabend noch nicht zu Ende wäre.

Sie gähnte hinter vorgehaltener Hand und schüttete sich anschließend noch die letzten Krümel Popcorn in die Handfläche.

»Möchtest du dir noch einen Film ansehen?« Obwohl sie sich die Augen rieb und ein weiteres Gähnen unterdrückte, nickte sie. »Klar, warum nicht.«

»Willst du aussuchen?«

»Mach du. Ich will nicht, dass du unter meiner Wahl leiden musst.«

»Wer bist du und was ist in dich gefahren?«

Sie schenkte mir ein schläfriges Lächeln. »Du wirst vier Tage weg sein. Dann habe ich genug Zeit, um mir all meine miesen Lieblingsfilme anzuschauen.«

Ich machte noch eine Tüte Popcorn, und Marisa kümmerte sich um die Getränke. Dann setzten wir uns wieder und ließen uns vom metallisch-stampfenden Rhythmus der *Terminator*-Titelmusik in eine trostlose, dystopische Zukunft begleiten.

Sie gähnte immer häufiger.

»Wir können auch aufhören.«

Marisa schüttelte den Kopf und riss die Augen in Horrorfilm-Manier weit auf. »Nein, alles gut. Das ist ein toller Film.« Wieder ein Gähnen.

Da ich auch keine Lust hatte, mich von der Couch wegzubewegen, legte ich die Füße gemütlich auf den Beistelltisch.

Während der Film weiterlief, sank ihr Kopf immer tiefer, bis er schließlich auf meiner Schulter lag.

Es könnte durchaus sein, dass ich mir verstohlen eine Träne aus dem Augenwinkel wischte, als Arnold schließlich in flüssigem Metall versank. Wenigstens bekam es niemand mit.

»Risa.« Ich hob die Schulter unter ihrem Kopf.

Sie gab eine Mischung aus Knurren und Grummeln von sich und kuschelte sich noch enger an mich.

»Marisa, wir müssen nach oben gehen.«

»Will nicht. Trag mich.« Sie hielt die Augen fest geschlossen und gähnte beim Sprechen verschlafen. Als ihre Finger über meinen Bauch glitten, sog ich scharf die Luft ein.

Morgen früh würde sie sich an nichts mehr erinnern. Ich hatte schon öfter Unterhaltungen mit ihr geführt, während sie im Schlaf so normal mit mir gesprochen hatte, dass man hätte glauben können, sie täte nur so, als würde sie schlafen. Diese Gespräche hatten sich vorrangig darum gedreht, dass wir am nächsten Morgen Zuckerstreusel kaufen müssten oder dass in der Waschmaschine ein Dachs wohnte. Wenn ich sie morgen früh auf unsere Unterhaltung ansprechen würde, würde sie mich nur verständnislos ansehen.

Ich würde mir einen Augenblick gönnen, nur einen einzigen, um sie bewundernd zu betrachten. Ich strich ihr die gewellten, dunklen Haarsträhnen aus dem Gesicht. Die Form ihrer Nase kannte ich ohnehin schon lange in- und auswendig. Sie war mir so sehr ins Gedächtnis eingebrannt, dass ich die leicht nach oben gerichtete Spitze und die kleine Kerbe an der Seite, die sie sich zugezogen hatte, als sie mit acht von einem Baum in unserem Garten gefallen war, über den halben Campus hinweg sofort überall ausmachen konnte.

Schließlich stand ich auf, legte ihren Arm über meine Schulter und schob meine Arme unter ihre Beine und hinter ihren Rücken. Dann hob ich sie von der Couch hoch und stützte ihren Kopf ab, während ich sie die Treppe hinauftrug.

»Ich werde dich vermissen, wenn ich in Michigan bin. Ich wünschte, du könntest mitkommen, aber dort ist es bestimmt arschkalt. Die Zeit verfliegt so schnell, und ich weiß nicht, was ich anfangen soll, wenn du für zwei Jahre nach Venedig gehst. Dann werde ich dich noch viel mehr vermissen.«

Oben angekommen legte ich sie auf ihr Bett und deckte sie zu.

Sie drückte sich grummelnd das Kissen an die Brust.

»Gute Nacht, Marisa.« Ich schaltete das Licht aus und ging in mein Zimmer nebenan. Dort setzte ich mich auf die Bettkante und raufte mir die Haare.

Wenn sie tatsächlich das Stipendium für Venedig bekäme, würde ich mich dafür verfluchen, dass mir diese Zeit mit ihr entging. Wenn aus uns tatsächlich ein Paar werden würde, würde ihr Vater mich höchstwahrscheinlich umbringen. Sie würde es vermutlich extra an die große Glocke hängen, nur um ihm eins auszuwischen.

Ich schlug die Faust ins Kissen und ließ dann den Kopf darauf fallen. Der Weg, der in meine Zukunft führte, würde sich bald teilen, doch ich klammerte mich an beide Möglichkeiten und wünschte, ich könnte die Zeit durch reine Willenskraft davon abhalten, so schnell zu vergehen.

12. KAPITEL

Marisa

Das Büro für die Praktikanten des Museums war kaum mehr als ein Kämmerchen und lag etwas abseits von den größeren Büroräumen der Kuratoren. Es war klimatisiert, und der Geruch, der in der Luft hing, war eine perfekte Mischung aus Feuchtigkeit, hundert Jahre alten Leinwänden, Papier und der Kaffeemischung für unsere French Press, an der wir uns den ganzen Tag über bedienten.

Die anderen waren zum Mittagessen gegangen, beinahe als hätten sie geahnt, dass ein Unwetter im Anmarsch war. Sie waren geflüchtet, ohne mich zu warnen.

Normalerweise hatte ich, wenn ich mich in diesen Räumen aufhielt, immer das Gefühl, Teil von etwas Größerem zu sein. Teil der Geschichte. Doch im Moment hätte ich mir lieber meinen eigenen Arm abgenagt, als noch eine Sekunde länger am Telefon zu bleiben.

»Das ist schon das dritte Mal diese Woche, dass du mich zum Abendessen einlädst. Warum?« Ich legte das handtellergroße, gerahmte Gemälde ab und drückte ein paar Tasten, um es dem Stiftungsinventar hinzuzufügen.

»Darf ich denn nicht den Wunsch verspüren, meine Tochter zu sehen?« Ein Außenstehender hätte glatt glauben können, dass sie traurig war, weil ihre Tochter bald das College abschließen und wegziehen würde. Ein Außenstehender hätte mich leicht für einen Fiesling halten können, weil ich meiner lieben Mutter einfach so eine Abfuhr erteilte. Ein Außenstehender wusste aber auch nicht, dass sie absolut unfähig war, nett oder liebevoll zu sein.

»Mom.«

Sie schnaubte, und ich konnte mir bildlich vorstellen, wie sie die Augen verdrehte.

Jaja, die komplizierte Marisa wollte doch tatsächlich wissen, weshalb sie sich in die Höhle des Löwen begeben und sich selbst auf einem Silbertablett servieren sollte.

Ihre Stimme klang gedämpft, und ich konnte hören, wie am anderen Ende der Leitung eine Tür geschlossen wurde.

»Ich bin mit jemand Neuem zusammen.«

»Ich will nicht …«

»Er ist nett. Ein netter, langweiliger Kerl, der mich gut behandelt. Und er hat Töchter in deinem Alter, na ja, ein bisschen älter als du, und wir haben schon zweimal mit ihnen gemeinsam zu Abend gegessen, und er fragt mich ständig, ob er dich kennenlernen kann.«

Wie so häufig ging es hier mal wieder nicht um mich. »Du willst also so tun, als wärest du eine hingebungsvolle, liebende Mutter, und du willst, dass ich dir dabei helfe.«

»Ich war eine verdammt gute Mutter. Ich hätte nie gedacht, dass dein Vater uns auf diese Art sitzen lassen würde. Tut mir leid, dass ich auch, nachdem ich ein Kind bekommen hatte, mein Leben noch genießen wollte.«

»Zwischen ›ein Leben haben‹ und ›mich mir selbst überlassen‹ besteht ein gewisser Unterschied.« Welches Kind außer mir hatte gezwungenermaßen eine Vorliebe für Thunfisch-Cornflakes-Sandwiches entwickelt? Die waren gar nicht mal so übel, wenn man salzig-süßen Fisch mochte.

»Ich habe den Eindruck, dass du es ganz gut getroffen hast.

Hast dir sogar einen Footballspieler geangelt. LJ wird sich bestimmt länger in der Profiliga halten als dein Vater.«

»LJ hat mit alldem nichts zu tun.« Die beiden hatten nichts gemeinsam. Dass sie so über die beiden redete, als bestünde zwischen ihrer Beziehung zu meinem Vater und meiner Freundschaft mit LJ auch nur die geringste Ähnlichkeit, machte mich stinkwütend. LJ wäre niemals dazu imstande, das zu tun, was Ron getan hatte.

Er würde niemals erst ein Kind in die Welt setzen und dann Reißaus nehmen und es anschließend zu wöchentlichen Abendessen zwingen, um irgendetwas zu beweisen. Was genau er damit beweisen wollte, würde ich wohl nie erfahren – und ich würde mich auch nicht anstrengen, es herauszufinden.

»Selbstverständlich hat er das. Du hättest ihn dir schon in der Highschool krallen sollen. Immerhin hast du seinem Vater das Leben gerettet.«

»Ich will ihn mir nicht krallen. Zum tausendsten Mal – wir sind Freunde.«

»Aber er wird beim Draft bestimmt verpflichtet werden, oder?«

Wenn es im Universum gerecht zuging, auf jeden Fall. »Ja, das sollte klappen.«

»Dann solltest du ihn dir besser jetzt unter den Nagel reißen, bevor die Football-Groupies ihn ins Visier nehmen.«

Ich drückte die Finger gegen meinen Nasenrücken. »Ich reiße mir gar nichts unter den Nagel. Und so ist er nicht.«

Ihr höhnisches Schnauben nagte an meinen Nerven wie eine Käsereibe, die über Stahlwolle schabte. »Sie sind alle so.«

»Warum führen wir überhaupt dieses Gespräch?«

»Ich meine doch nur: Wenn du es nicht auf eine langfristige Beziehung mit ihm abgesehen hast – Treue ist unter Profisportlern ja weiß Gott sowieso kein weitverbreiteter

Charakterzug –, könnest du ihn dir zumindest noch vor dem Abschluss angeln und dir ein kleines Abschiedsgeschenk von ihm sichern, das dich noch lange an ihn erinnern wird. Und wenn er euch erst mal verlassen hat, kommen die Schecks.«

Ich hatte das Gefühl, als hätte mir jemand eine Ohrfeige verpasst. Was sie da sagte, war weder witzig noch ironisch gemeint. Es war ihr voller Ernst. Wann immer ich glaubte, sie könnte mir nicht noch eindrücklicher demonstrieren, dass Wiedergutmachung eine Art kilometerlange, mit Glasscherben übersäte Straße war, kam sie an und kippte eine weitere Lastwagenladung zerbrochener Wodkaflaschen obendrauf.

»Gibst du mir etwa gerade den freundschaftlichen Rat, mich von meinem besten Freund schwängern zu lassen, um ihm anschließend Unterhalt aus den Rippen zu leiern?«

»Nun sei doch nicht so dramatisch, Marisa. Schließlich würdet ihr beide etwas davon haben. Und es wäre das Mindeste, was er für dich tun könnte.« Im Hintergrund klirrten Flaschen. »Also: Abendessen? Nächste Woche?«

In meiner Brust lieferte sich meine unbändige Wut ein Gefecht mit der tiefen Angst davor, dass ich auch nur ein Quäntchen ihrer manipulativen und betrügerischen Art geerbt haben könnte.

Ich beendete das Gespräch und ließ das Handy fallen, als hätte ich mich daran verbrannt.

Wieder einmal war ich in die Falle getappt, war geradewegs hineingelaufen wie eine Cartoonfigur, die einfach nichts dazulernte. Eine Nanosekunde lang hatte ich tatsächlich geglaubt, sie wollte sich mit mir versöhnen. Dass ihr vielleicht bewusst geworden wäre, dass ich inzwischen erwachsen war und dass sie so viel verpasst hatte.

Fehlanzeige! Sie wollte mich einem neuen Freund präsentieren, als Beleg dafür, was für eine tolle Mutter sie gewesen war. Lieber ließ ich mir ein Rudel Einsiedlerkrebse in den Badeanzug kippen.

Nachdem ich meine Schicht beendet hatte, stieg ich in den Bus zurück zum Campus. Die Worte meiner Mutter waren mir so schmerzhaft unter die Haut gegangen, als hätte ich mich in die Brennnesseln gesetzt. Der Gedanke, dass ich auch nur ein Fünkchen ihres Charakters in mir haben könnte, machte mir Angst – etwas, das mich unbemerkt infizierte und mich in etwas verwandelte, das ich niemals hatte sein wollen.

Woher um alles in der Welt sollte ich überhaupt wissen, wie man eine normale Beziehung führte, wenn meine Vorbilder ein abwesender Vater und eine narzisstische Mutter waren, die nur an sich selbst dachte?

Zurück im Puff war ich gerade halb die Treppe nach oben gejoggt, als mich eine Bewegung im Wohnzimmer innehalten ließ.

»Keyton.«

Er saß auf der Couch, und als ich ihn ansprach, löste sich die Anspannung in seinen verkrampften Muskeln sichtlich, als hätte er sich bemüht, ganz still zu sitzen, weil er dachte, dass ich ihn dann nicht sehen könnte.

»Hey Marisa.« Er nahm seinen Schreibblock und sein Lehrbuch von der Couch und hielt sie beide in einer Hand.

Ich ging die Treppe wieder nach unten, stellte mich vor ihn und versuchte, ihn dazu zu bewegen, mir in die Augen zu sehen. »Gehst du mir aus dem Weg?«

Die Sehnen in seinem Hals spannten sich. »Könnte sein.«

Wer könnte es ihm auch verdenken, dass er vermeiden wollte, in noch mehr Schwierigkeiten verwickelt zu werden? »Hör mal, was da neulich Abend passiert ist, tut mir leid«, sagte ich zerknirscht und fuhr dabei mit dem Finger den Kragen meines

Shirts entlang. Bedauern und Schuldgefühle darüber, dass er mir zur Rettung hatte eilen müssen, nagten an mir.

Er riss abrupt den Kopf hoch. »Wie zum Teufel kommst du auf die Idee, dich entschuldigen zu müssen?«

Ich biss mir auf meine aufgesprungene Unterlippe. »Es tut mir einfach leid, dass du mich retten musstest. Ich weiß, dass ihr Jungs für Prügeleien viel Ärger bekommen könnt.«

»Es gibt nichts, wofür du dich entschuldigen müsstest. Als ich gesehen hab, was los war, hatte ich einen Aussetzer. Ich hab die Kontrolle verloren.«

Das war die Untertreibung des Jahres. Wäre Liv urplötzlich mit einem schwarzen Gürtel um die Hüften im Korridor aufgetaucht und wäre mir mit fliegenden Fäusten zu Hilfe geeilt, hätte mich das weitaus weniger schockiert als das, was vorgefallen war.

»LJ und mich hast du jedenfalls total überrascht. Aber du weißt ja, was man sagt, oder? Stille Wasser sind tief.« Ich musterte verstohlen sein Gesicht und fragte mich, welche Geheimnisse er wohl noch vor uns verbarg.

Sein Mundwinkel zuckte.

Ich legte behutsam die Hand auf seinen Arm und drückte ihn sacht. »Jedenfalls möchte ich mich für das, was du an dem Abend getan hast, bedanken. Ganz ehrlich.« Da ihm überdeutlich anzusehen war, wie superunangenehm ihm dieses Gespräch war, verzichtete ich darauf, ihn zu umarmen. Ich wollte es nicht noch schlimmer für ihn machen.

»Mach dir keine Gedanken deswegen«, erwiderte er und zog ein wenig den Kopf ein. »Ich bin froh, dass LJ da war.«

Wahrscheinlich hatte allein seine Anwesenheit an jenem Abend mich einigermaßen aufrecht gehalten und verhindert, dass ich vollkommen zusammengebrochen war. Genau wie nach dem Brand. Seine Telefonnummer stand auf der Kurzwahlliste meines Handys ganz oben. Er war mein Fels in der Brandung. Der Mensch, auf den ich mich immer verlassen konnte. Doch bald schon würde sein Leben deutlich komplizierter werden, und andere Dinge würden seine Zeit in Anspruch nehmen. Wichtigere Dinge.

»Ich auch.« Er war für mich da gewesen, und wenn er mich im Arm hielt, trauten sich all die beängstigenden Was-wäre-Wenns nicht mehr an mich heran.

Keyton schob die Hände in die Hosentaschen. »LJ meinte, dass du die Campus-Security nicht informieren willst. Du solltest den Vorfall melden.« Er neigte den Kopf und musterte mich aus dem Augenwinkel.

Ich hatte viel über alles nachgegrübelt, es immer wieder im Kopf durchgespielt und überlegt, wie ich das Ganze am besten hinter mir lassen könnte. Die Campus-Security, der Uni-Ethikrat und dazu noch die Campus-Gerüchteküche – dass so viele Außenstehende in diese Sache mit hineingezogen wurden, wollten wir alle nicht und konnten es auch nicht gebrauchen. Nicht mitten in der Saison. LJ musste sich auf sein Spiel konzentrieren und nicht darauf, mich zu beschützen. Zweifellos würde er sich jederzeit und unter allen Umständen für mich einsetzen – selbst wenn es zu seinem eigenen Nachteil war. Er war eben ein viel zu guter bester Freund.

»Du hast mich beschützt. Mir ist durchaus bewusst, dass das, was er getan hat, übel war, aber ich möchte nicht, dass du Ärger dafür bekommst, dass du in eine Schlägerei verwickelt warst. Ich weiß, dass so was sehr strikt geahndet wird. Die Blutergüsse an meinen Armen sind schon fast wieder verschwunden. Wir sind mitten in der Saison.« Ich zuckte mit den Schultern. »Ich möchte deine Chancen in dieser Spielzeit nicht in Gefahr bringen.«

»Aber …«

»Ich kann nur hoffen, dass die Abreibung, die du ihm verpasst hast …«

Er verzog gequält das Gesicht, als müsste er den Zwischenfall dank meiner Worte noch einmal durchleben. Eine schlimme Erinnerung, die er offensichtlich lieber verdrängen würde. Seine Reaktion bestätigte mir, dass meine Entscheidung richtig war, Chris zukünftig einfach aus dem Weg zu gehen und Keyton und LJ bei den offiziellen Stellen nicht mit diesem Vorfall in Verbindung zu bringen.

Als ich weitersprach, schlug ich einen weniger scherzhaften Ton an. »Ich denke, er hat jetzt begriffen, dass er nicht unantastbar ist und dass er sich so was nicht noch einmal erlauben darf.«

Seine Miene wurde noch düsterer, und die Muskeln in seinem Hals spannten sich wieder, doch er sagte nichts mehr. Wenn ich nicht wollte, dass er mir auch noch für den kompletten Rest des Semesters aus dem Weg ging, wurde es wohl höchste Zeit, das Thema zu wechseln.

»Ihr fahrt heute Abend los, richtig? Was hältst du davon, wie eure Saison bisher gelaufen ist?«

»Es war oft bis zur letzten Minute ziemlich knapp.«

»Ja, bei manchen Spielen fiel es mir wirklich schwer zuzusehen. Aber ich bin mir sicher, dass ihr es den Michigan Wolverines so richtig zeigen werdet.«

Er grinste verschlagen. »Klar werden wir das. Hoffentlich darf LJ auch mal eine Zeit lang raus aufs Feld.«

»Ja, genau, was soll das eigentlich? Er wird viel seltener eingesetzt, als er sollte. Beim letzten Spiel durfte er nur zweimal ran, oder?« Das ergab keinen Sinn. Ron ging es immer nur um den Sieg. Deswegen war er auch von College zu College gezogen, bis er schließlich bei der Fulton U gelandet war und dort das extrem erfolgreiche Football-Programm aufgebaut hatte. Deswegen zwang er mich zu den montäglichen Abendessen. Entsprechend musste auch irgendeine Spielstrategie dahinterstecken, dass er LJ so lange zurückhielt, bis er am dringendsten gebraucht wurde.

In diesem Augenblick ging die Haustür auf. LJ kehrte, mit dem Rucksack über der Schulter, von seinen Nachmittagsvorlesungen zurück.

»Hey, LJ. Marisa hat mich gerade gefragt, weshalb du diese Saison eigentlich so verdammt wenig spielst.«

LJs Gesichtszüge entgleisten, als würde er in einen kilometertiefen Abgrund blicken. »Weil ich beim Training nachlässig war und so weiter. Ich schaffe es derzeit eben nicht, alles zu geben.«

»Aber du warst doch immer der Erste im Fitnessraum und der Letzte, der gegangen ist«, entgegnete ich und stakste mit verschränkten Armen auf ihn zu. Nachlässigkeit kam in seinem Vokabular gar nicht vor.

»Ich bin durch die anstehenden Abschlussprüfungen nicht richtig bei der Sache.« Er klang wenig überzeugend und wich meinem Blick aus.

Ablenkungsmanöver. Ausflüchte. Themenwechsel. Er gab sich ja schweigsamer als die Schildkröten im Zoo von Philly.

»Ich habe Kekse!«, verkündete er und reckte einen riesengroßen Plastikbehälter in die Höhe. »Jules hat mich auf dem Nachhauseweg abgepasst und mir diese Neukreation mitgegeben. Eigentlich sind sie für Berk, aber er hat bestimmt nichts dagegen, wenn wir sie essen.« Er wechselte über meine Schulter hinweg einen Blick mit Keyton.

Was hatte er vor? Und warum zog er Keyton mit hinein, genau wie an jenem Abend in der Bar?

Nachdem er den Behälter kurz geschüttelt hatte, nahm er den Deckel ab. »Probieren wir diese Schätzchen mal. Marisa, du könntest uns dazu was zu trinken machen.«

»Klar, aber um noch mal auf das zurückzukommen, was Keyt…« Ein Keks wurde mir in den Mund gesteckt und brachte mich zum Schweigen.

Der weiche Cookie setzte in meinem Mund eine wahre Erdnussbutter-Schokoladen-Geschmacksexplosion frei. Mit einem genüsslichen Stöhnen biss ich noch ein Stück ab. Irgendetwas stimmte nicht mit LJ. Aber ich wollte Keyton nicht noch länger mit unangenehmen Gesprächen quälen, und diese Cookies waren bei-einer-Ausstellungseröffnung-am-Kopf-der-Warteschlange-stehen-wunderbar.

»Meine Güte.« Ich starrte LJ an und nahm mir noch einen Keks aus dem Behälter. »Keyton, die musst du unbedingt probieren. Sie sind irre gut.« Während ich meinen Cookie mampfte, reichte ich ihm ebenfalls einen.

»Ich weiß ja nicht, ob …« Er biss hinein und bekam plötzlich große Augen. »Oh Mann.«

»Ja, nicht wahr?«

»Also, Marisa, was denkst du, welcher Drink passt zu diesen Götterkeksen?«, fragte LJ und schob mich in die Küche.

»Willst du heute Abend wirklich was trinken? Morgen sitzt du doch schon in aller Frühe im Flugzeug.«

»Ach, ein oder zwei Drinks schaden sicher nicht. Wir müssen diese Cookies gebührend feiern.« Er gab mir noch einen Keks. »Was würdest du dazu servieren?«

Ich ging im Kopf meine Kenntnisse über alkoholische Getränke durch. Üblicherweise gab hauptsächlich Liv mit ihrem Barkeeper-Wissen an, das sie sich im Internat angeeignet hatte. Doch wenn es um kreative Rezepte ging, war ich ein guter Ansprechpartner. »Vielleicht heiße Schokolade mit Haselnusslikör.«

Keyton steckte den Kopf in die Küche. »Hat hier jemand was von heißer Schokolade gesagt?«

»Ja, das könnten wir ausprobieren. Die Mischung wäre süß genug, dass sie gut zu den Keksen passt, aber trotzdem nicht zu stark. Außerdem schmeckt sie schön herbstlich.« Ich nahm mir noch einen Keks. »Berk sollte sich lieber beeilen, sonst sind die Cookies leer, wenn er kommt.«

»Perfekt. Ich gehe schnell in den Laden, und Keyton kann mich begleiten.« LJ wartete gar nicht erst auf unsere Zustimmung. Er schnappte sich noch einen Keks, stopfte ihn Keyton in den Mund und zog ihn mit sich zur Tür hinaus.

Wenn er ernsthaft glaubte, dass er mich mit Nachtisch, Drinks und seinen Ablenkungsmanövern davon abhalten konnte herauszufinden, weshalb er gerade seine letzte Saison in den Sand setzte, hatte er beim Training wahrscheinlich zu viele Treffer kassiert.

Kekse allein waren kein richtiges Abendessen, obwohl den ganzen Behälter für mich allein zu haben schon ziemlich verlockend war. Ihr Duft stieg mir in die Nase und schien wie ein Haufen cartoonartiger Tentakel durch den Raum zu wabern.

Ich knallte den Deckel auf den Behälter und wandte mich stattdessen dem Kühlschrank zu.

Pizzakartons, Reste von Essen, das Nix mitgebracht hatte, alte Chicken Wings und Bier.

Ich warf einen Blick ins Gefrierfach und entdeckte ein paar Packungen mit Tiefkühlhähnchen. Ich holte zwei heraus und legte sie auf die Arbeitsfläche. Sie waren steinhart gefroren.

Nachdem ich zuerst die Klötze aus gefrorenem Fleisch und dann die Mikrowelle gemustert hatte, entwickelte ich einen Plan. Beide Packungen kamen in die Mikrowelle. Ich stopfte sie hinein, wählte das Auftauprogramm, gab noch das Gewicht ein und drückte auf Start.

Der Timer zeigte fünfundzwanzig Minuten an.

Ich ging derweil nach oben und setzte mich an den Computer, um die Präsentation für mein Venedig-Stipendium fertigzustellen. Inzwischen hatte ich es unter den Bewerbern aus zwanzig verschiedenen Schulen unter die letzten drei geschafft. Als die E-Mail von Professor Morgan in meinem Posteingang erschienen war, hatte ich mich davor gefürchtet, sie zu öffnen, es aber trotzdem getan.

Sie hatte mir Informationen darüber geschickt, wie es nun mit meiner Bewerbung weitergehen würde. Unter anderem musste ich für eine Ausstellung, die gerade dort gezeigt wurde, einen Social-Media-Plan erstellen sowie ein Konzept für einen eintägigen Kurs für Besucher des Museums ausarbeiten.

Seit jenem Abend, als die Sprache zuletzt auf dieses Thema gekommen war, hatte LJ es mit keinem Wort mehr erwähnt. Es fühlte sich an wie eine scharfe Landmine in unserer Freundschaft. Da war es viel einfacher, so zu tun, als existierte das Ganze überhaupt nicht – genau wie meine Gefühle für ihn.

Meine Nase juckte, und ich griff mir schnell ein Taschentuch. Dann begannen meine Augen zu tränen. Ich warf einen Blick zum Fenster hinüber. Es war geschlossen. Was zum Teufel war denn los?

Kurz darauf hörte ich, wie die Haustür aufgerissen wurde und gegen die Wand knallte, gleich darauf tönte Berks laute Stimme zu mir hinauf. »Ach du Scheiße!«

Ich sprang vom Schreibtisch auf und rannte die Stufen hinunter. Sofort überfiel mich das allzu vertraute Gefühl des Grauens.

Berk eilte von der Hintertür, die er aufgerissen hatte, zurück zur Mikrowelle und öffnete sie. Dann nahm er sich zwei

Topflappen, zog sich das Shirt über die Nase und griff hinein. Eine unförmige Masse aus geschmolzenem Plastik und Styropor kam zum Vorschein.

Der Blick, mit dem er mich bedachte, war eine Mischung aus Fassungslosigkeit und Mitgefühl.

Mein Magen hob sich, als hätte ich verdorbene Milch getrunken. Ich hatte es schon wieder getan. »Tut mir leid.«

Eilig rannte ich zu den Fenstern und öffnete sie, damit der Gestank nach verbranntem Plastik abziehen konnte.

Er schmiss die geschmolzene Masse hinaus in den Garten hinterm Haus, kam wieder herein und entsorgte die Topflappen im Mülleimer.

»Tut mir leid. Ich war abgelenkt. Ich dachte, ich hätte nur die niedrigste Stufe eingestellt. Tut mir echt leid.« Ich stemmte die Handballen gegen das Fenster über der Spüle und drückte. Das blöde Ding bewegte sich nicht.

Berk trat neben mich, öffnete den Fensterriegel und schob es mit einer Hand auf.

»Angeber«, grummelte ich und trat einen Schritt zurück.

»Was hattest du denn eigentlich vor? Abgesehen davon, einen Küchenbrand zu verursachen?«

Ich öffnete die Haustür, damit noch mehr frische Luft hereinkam. »Ich wollte euch Abendessen machen. Jules hat LJ Cookies mitgegeben und …«

»Jules hat Cookies vorbeigebracht.« Plötzlich sah er aus, als stünde er auf dem Spielfeld. Er riss hektisch den Kopf hin und her, sodass seine dunklen Haare flogen, und hielt suchend nach den Keksen Ausschau. Als er schließlich den Behälter entdeckte, stürzte er sich darauf wie ein Bär auf Honig.

»Warum ist die Tür …« LJ und Keyton, die mit einer Plastiktüte vom Schnapsladen zurückkehrten, hatten kaum einen Fuß ins Haus gesetzt, als sie schon anfingen zu husten.

»Marisa, was ist passiert?« LJ neigte den Kopf und schaute mich an wie ein enttäuschter Vater in einer Sitcom.

»Sie hat versucht, dreieinhalb Kilo Hähnchenfleisch in der Mikrowelle aufzutauen – auf einen Schlag – inklusive Verpackung«, nuschelte Berk mit vollem Mund.

»Vielen Dank auch, dass du mich anschwärzt, Berk!« Ich zog zerknirscht den Kopf ein und stellte mich LJs kritischen Blicken. »Ups!«

13. KAPITEL

LJ

Ich griff nach einem Ofenhandschuh, holte das Blech mit der gebackenen Hähnchenbrust aus dem Ofen und stellte es auf dem Herd ab. Marisa war es inzwischen nicht mehr gestattet, sich unbeaufsichtigt in der Küche aufzuhalten. Sie hatte sich beschwert, dass ich sie während meines Aufenthalts in Michigan stündlich angerufen hätte. Na ja, es war eher alle zwei Stunden gewesen.

Weil Nix, das Kochgenie, nicht mehr da war, blieb uns nichts anderes übrig, als uns dabei abzuwechseln, größere Mengen vorzukochen, damit niemand verhungerte und Marisa nicht auf die Idee kam, uns zu helfen, indem sie uns vergif... Indem sie für uns kochte.

Keyton war auch kein übler Koch. Zu dritt schafften wir es ganz gut, dafür zu sorgen, dass unsere Mägen immer voll waren und wir genug Energie fürs Training hatten. Außerdem schauten wir hin und wieder in der Mensa vorbei und versorgten uns dort mit größeren Mengen Aufschnitt.

Wir hatten gegen die Wildcats gewonnen, und die beiden darauffolgenden Spiele ebenfalls. Die Saison war inzwischen zur Hälfte vorbei, doch ich hatte kaum genug Mitschnitte vorzuweisen, um in einer europäischen Football-Liga aufgenommen zu werden, geschweige denn in der Profiliga.

Als ich mit meiner Mom telefonierte, wurde mir wieder

einmal überdeutlich vor Augen geführt, dass ich dringend etwas an dieser Situation ändern musste.

»Ja, ich hab mein Vitamin-C-Pulver.« Ich wechselte das Handy ans andere Ohr.

»Du verträgst die Luft im Flugzeug doch nicht gut.«

»Ich kriege das schon hin, Mom. Und nächsten Donnerstag komme ich zu deinem Geburtstagsessen nach Hause.«

»Das ist doch nicht nötig. Ich weiß, dass du mit Training und Unterricht genug zu tun hast. Musst du nicht gleich am nächsten Tag bei Sonnenaufgang schon wieder im Flugzeug sitzen?«

»Deinen Geburtstag werde ich mir nicht entgehen lassen.«

»Solange dir klar ist, dass du das nicht tun musst.«

»Macht Dad wieder seine Käsemakkaroni mit Rinderbrust und Hummer?«

»Selbstverständlich.«

»Dann kann mich keiner davon abhalten zu kommen.«

»Nur du allein? Oder kommt Marisa auch mit?«

»Ich werde sie fragen. Im Museum eröffnet demnächst eine große, neue Ausstellung, und sie hat dort gerade viel zu tun. Außerdem musste sie auch noch an der Präsentation für ihre Stipendiumsbewerbung arbeiten. Dort gehe ich übrigens gleich nach unserem Telefonat hin.«

»Ich hoffe, sie arbeitet nicht zu hart. Was ist das denn für ein Stipendium, um das sie sich bewirbt?«

»Sie geht nach dem Abschluss vielleicht für zwei Jahre nach Venedig.« Meine Kehle wurde eng. Es fiel mir nach wie vor schwer, diese Worte laut auszusprechen, aber zumindest verfiel ich nicht mehr jedes Mal in Schockstarre, wenn ich bloß daran dachte. Irgendwie würde mir noch ein Weg einfallen, wie ich alles zusammenhalten konnte, obwohl ich gerade das Gefühl hatte, dass mir alles entglitt.

»Zwei Jahre …«

»Ich weiß! So habe ich auch reagiert.«

»Wie geht es dir dabei?«

»Ich freue mich für sie. Sie liebt Venedig, und Venedig scheint diese Liebe zu erwidern.« Bei jedem unserer Videochats hatte sie mir von neuen, aufregenden Entdeckungen berichtet, die sie dort gemacht hatte. Ein Gemälde, das sie endlich aus nächster Nähe hatte bewundern können. Dass die Pinselstriche ganz anders aussahen, als sie es sich vorgestellt hatte. Der Geruch im Raum, der sie so sehr begeistert hatte, dass sie mir anschließend einen fünfminütigen Vortrag über die Vorteile einer klimatisierten Umgebung bei der Konservierung von Kunstwerken gehalten hatte.

Dass sie den ganzen Sommer lang nicht da gewesen war, war schwer für mich gewesen, doch sie so glücklich zu erleben, hatte ein wenig geholfen. Sie hatte es verdient und verdiente noch so viel mehr.

»Das ist alles?«

»Was soll ich denn sonst noch dazu sagen?«

»Ihr beide seid seit der dritten Klasse quasi unzertrennlich. Und jetzt zieht sie womöglich für zwei Jahre ins Ausland.«

»Sie war ja auch den ganzen Sommer lang weg, und trotzdem haben wir sehr oft miteinander geredet.« Wenn auch nicht so oft, wie ich es gern gehabt hätte. Es gefiel mir nicht, dass ich diese Dinge nicht mit ihr zusammen erleben konnte. Und das Gerede über diesen Henri machte das Ganze auch nicht einfacher. Demnächst würde sie vielleicht ein ganzes Jahr mit ihrem Kunstfanatiker-Kumpel verbringen und mit ihm eine historische Sehenswürdigkeit nach der anderen abklappern.

»Aber du wirst so sehr mit Football beschäftigt sein.«

»Davor steht momentan noch ein großes Fragezeichen, Mom.« Ich hatte bestimmt nicht vor, meine Familie zu enttäuschen, aber ich wollte lieber nicht zu viel versprechen und ihre Erwartungen dann später übertreffen – besser als andersherum. Doch in Anbetracht dessen, wie wenig ich diese Saison gespielt hatte und dass mir mein Agent deswegen bei jeder sich bietenden Gelegenheit in den Ohren lag, wurde meine Furcht, es am Ende nicht zu schaffen, mit jedem Spiel größer. Zwar gab es auch noch den Plan B, mir alternativ einfach einen Bürojob zu suchen, aber damit würde ich nicht annähernd genug verdienen, um meiner Familie finanzielle Sicherheit zu bieten oder meine großen Pläne für Marisa und mich in die Tat umsetzen zu können.

»Dein Vater und ich wollten sowieso mit dir über dieses Thema reden, aber wir wussten nicht recht, wie wir es ansprechen sollten. Wieso wirst du diese Saison so selten eingesetzt? Bist du verletzt? Ist irgendetwas vorgefallen?«

Ich ging unruhig auf und ab und rieb mir den Nacken. »Der Coach und ich sind derzeit nicht ganz einer Meinung.«

»Mit dem Coach meinst du Marisas Vater, richtig?«, fragte sie und brummte dann nachdenklich.

»Was soll das nun schon wieder heißen?«

»Nichts«, behauptete sie, doch in ihrer Stimme schwang Besorgnis mit.

Ich würde eine Lösung finden. Irgendetwas würde mir einfallen, auch wenn die Zeit langsam knapp wurde.

»Deine Schwester arbeitet schon seit September an Gemälden für ihr Künstlerportfolio, und sie kann es kaum erwarten, sie dir zu zeigen.«

Dankbar, dass sie das Gespräch auf Quinn gelenkt hatte, stürzte ich mich auf den Themenwechsel. »Und ich kann es kaum erwarten, sie mir anzusehen.«

»Sie bewirbt sich um ein Stipendium an der RISD, aber die Plätze sind natürlich sehr begrenzt.«

Quinn träumte schon seit ihrem elften Lebensjahr davon, eines Tages die Rhode Island School of Design zu besuchen. Sie gehört zu den besten Kunstakademien des Landes, und die jährlichen Studiengebühren betragen in etwa so viel, wie ein Luxusauto kostet. Allerdings bietet sie auch ebenso viele Annehmlichkeiten wie eine Luxuskarosse.

»Hat sie sich Alternativen überlegt?«

»Ja, das Pratt Institute in Brooklyn oder das California Institute of Arts«, erwiderte sie mit einem kaum unterdrückten, leisen Lachen.

Ich stöhnte auf. Damit waren wir schon wieder bei dem Thema angelangt, wie wichtig diese Saison war. Ihre Träume und meine Träume waren miteinander verwoben. Meine Familie baute auf mich und meine Unterstützung, auch wenn sie stets das Gegenteil behaupteten.

Quinn hatte es verdient, diese Schule zu besuchen. Als sie noch klein gewesen war, war sie ständig zu den Krankenhausbesuchen meines Dads mitgeschleppt worden, hatte mit mir zu Hause gesessen oder, noch schlimmer, hatte mich zum Football-Training begleiten müssen. Während der Spiele hatte sie zusammen mit Marisa auf der Tribüne gesessen und sich mit ihr Snacks geteilt.

Von der Schule angenommen zu werden war das eine, aber hinterher dafür zu bezahlen, war noch einmal etwas ganz anderes. Wenn ich es nicht schaffte, einen richtig lukrativen Vertrag an Land zu ziehen, würde sie die Schule niemals besuchen können, nicht mal mithilfe eines Studienkredits.

»Eine vernünftige, pragmatische Auswahl.«

»Schätzchen, ich weiß, dass du gerade das Gefühl hast, dir eine Menge Verantwortung aufbürden zu müssen. So warst du schon immer.« Ihre Stimme klang plötzlich belegt, und ich spürte, wie sich mir die Kehle zuschnürte.

Das Weinen meiner Mutter gehörte für mich zu den drei schlimmsten Geräuschen überhaupt. Als mein Dad krank gewesen war, hatte sie das sehr oft hinter verschlossenen Türen getan, wenn sie gedacht hatte, dass alle anderen fest schliefen. Doch ich hatte sie gehört und mir damals geschworen, dass ich, wenn ich erst einmal älter wäre, dafür sorgen würde, dass sie nur noch Freudentränen vergießen würde. Und nun war ich älter.

»Aber ich möchte, dass du weißt, dass wir stolz auf dich sind. Ganz egal, was passiert. Du wirst deinen Schulabschluss in der Tasche haben, und du hast in den vergangenen Jahren immer großartig gespielt. Du warst viel zu früh eine Stütze für uns alle, und ich will, dass du mir versprichst, dass du vor dem Abschluss auch mal an dich denkst und noch ein bisschen Spaß hast.«

Momente voller Freude blitzen plötzlich vor meinem inneren Auge auf. Die Partys nach einem Sieg. Nerf-Gefechte in unserem Haus. Marisa in meinem Bett. Schnell schüttelte ich den Kopf und versuchte, das letzte Bild rasch wieder loszuwerden. Noch sieben Spiele bis zu den Play-offs. *Reiß dich zusammen.*

»Keine Sorge, Mom.«

Ich hörte ihr herzliches Lachen in der Leitung. »Mütter machen sich eben immer Sorgen. Sag Marisa, dass ich ihr bei ihrer Präsentation viel Glück wünsche und dass ich es kaum erwarten kann, sie wiederzusehen.«

»Mach ich. Hab dich lieb, Mom.«

»Ich hab dich auch lieb, mein Schatz. Bis in zwei Wochen und hab ein gutes Spiel am Samstag.«

Damit war unser Telefonat beendet. Mir blieb nicht mehr genug Zeit, um mein Essen aufzuwärmen und es rechtzeitig zu Marisas Präsentation zu schaffen. Also verschlang ich rasch meine inzwischen lauwarme Mahlzeit, schnappte mir meine Jacke, in deren Tasche die Überraschung steckte, und eilte zur Tür.

Das Franklin Building stand im älteren Teil des Campus. Noch war es nicht durch einen der eleganten Neubauten aus Stahl und Glas ersetzt worden, die hinter den zahlreichen Bauzäunen entstanden.

Ich folgte den Wegweisern zur Fakultät für Kunstgeschichte und fand schließlich die Tür, an der ein Hinweisschild klebte, dass dahinter die Präsentationen fürs Guggenheim-Stipendium stattfanden.

Als ich dagegen drückte, schwang sie vollständig auf und knallte gegen den Stuhl eines älteren Herrn, der gleich daneben saß. Alle Anwesenden im Konferenzraum drehten sich nach mir um.

»Entschuldigung«, sagte ich zerknirscht.

Marisa saß auf der anderen Seite des Raums. Sie schlug sich die Hand vor die Stirn, fing sich aber rasch wieder und konzentrierte sich auf die laufende Präsentation. Dann warf sie mir noch einmal einen verstohlenen Blick zu und versuchte dabei, sich das Grinsen zu verkneifen.

Die acht Stühle, die für die Zuhörer bereitgestellt worden waren, fanden gerade so in dem kleinen Konferenzraum Platz. An der Stirnseite leuchtete die Bildschirmpräsentation mit Kunstwerken, deren Namen mir Marisa bestimmt schon zwanzig Mal gesagt hatte, die ich mir aber dennoch nicht merken konnte.

Ich stieg über drei Leute in der zweiten Reihe hinweg und quetschte mich auf den letzten freien Stuhl in der ersten Reihe.

Der Studierende, der gerade seinen Vortrag hielt, sprach äußerst enthusiastisch über die Skulpturen auf seinen Fotos, bei denen es sich durchweg um Studien des weiblichen Körpers zu handeln schien. Wenn er nicht aufpasste, würde man ihn noch wegen unsittlichen Verhaltens von der Bühne zerren.

»Wie Sie sehen können, sind diese Formen einfach überwältigend«, sagte er und fuhr zur Untermalung mit den Fingern über die Konturen einer kopflosen Frauenskulptur. Die anderen Anwesenden waren offenbar genauso peinlich berührt wie ich. Dieser Typ war ja so was von daneben.

»Vielen Dank für Ihren Beitrag«, sagte Marisas Professorin schließlich, stand mit einem Räuspern auf und trat vor die Zuschauer, um der allgemeinen Verlegenheit ein Ende zu setzen, die so dicht im Raum zu hängen schien, dass es mich wunderte, dass man überhaupt noch etwas sehen konnte. »Eine faszinierende Präsentation. Es ist doch immer wieder schön zu sehen, wenn sich Studierende von ganzem Herzen für die Kunst begeistern.«

Wahrscheinlich war er nicht nur voller Begeisterung, sondern auch noch erregt.

»Als Nächste ist Marisa Saunders an der Reihe. Sie hat den vergangenen Sommer im Museum verbracht. Sie konzentriert sich bei ihren Studien vor allem auf den Bereich Konservierung und strebt einen Abschluss in den Fächern Chemie und Kunstgeschichte an. Eine recht ungewöhnliche, aber auch spannende Kombination, wie ich finde. Allerdings muss ich zugeben, dass ich in dieser Hinsicht aus persönlichem Interesse ein bisschen voreingenommen bin. Marisa?« Die Professorin bat Marisa mit einer Geste nach vorn. Sie trug ihr Museums-Outfit: ein blaues Hemd mit Knopfleiste, das ich gestern für sie gebügelt hatte, und dazu einen grauen Tweedrock. Es fehlten nur noch eine Brille und ein Jackett mit Flicken an den Ellenbogen, und sie hätte ausgesehen wie alle anderen im Raum.

Ich blieb sitzen. Ich hatte meine Lektion gelernt, nachdem ich einmal im zweiten Studienjahr bei einer ihrer Präsentationen aufgesprungen war und ihr johlend applaudiert hatte. Danach hatte sie eine Woche lang kein Wort mehr mit mir gewechselt. In der Kunstszene war man frenetischen Jubel nicht gewohnt. Wer hatte denn bitteschön etwas daran auszusetzen, dass jemand einen Sprechgesang anstimmte und zur Anfeuerung jeden einzelnen Buchstaben des Namens skandierte? Kunstliebhaber anscheinend schon.

Ich umklammerte meinen Stuhl.

Sie sah nicht mal halb so nervös aus, wie ich mich fühlte. Ich war aufgeregter als vor einem Spiel, wenn ich im Kabinentunnel stand und darauf wartete, aufs Feld zu laufen. Und hier, in der steifen Atmosphäre dieses Raums, war es auch leider nicht drin, wild gegen die Wände zu springen oder meinen Weggefährten einen aufmunternden Schlag auf den Helm zu verpassen.

Sie stand vor all diesen Kunstenthusiasten und zog mit ihrer bloßen Anwesenheit sämtliche Aufmerksamkeit auf sich, während sie begann, ihre Pläne für den Sommer vorzustellen. Das tat sie voller Freude und Lebhaftigkeit, jedoch gänzlich ohne dabei den Eindruck zu erwecken, dass sie am liebsten einen Andy Warhol oder Kandinsky besprungen hätte.

»Eine Möglichkeit für ein weiteres Projekt, um ein breiteres Publikum anzusprechen, besteht darin, die Besuchenden, die an einer Führung teilnehmen, dazu zu animieren, zusammenzuarbeiten und gemeinsam ihren eigenen Jackson Pollock zu kreieren. Wir könnten die Leinwände vor Beginn der Führung zur Verfügung stellen. Natürlich kleinere als die, die Pollock verwendet hat. Ich befürchte, dass die wenigsten Museumsbesucher ein knapp zwei Meter fünfzig mal sechs Meter großes Gemälde in ihrer Tasche unterbringen könnten. Wenn wir schnelltrocknende, wasserbasierte Farben verwenden, könnte der Museumsguide den Gästen zum Ende der Führung das fertige Gemälde präsentieren. Am Ende könnte ein Fotograf Gruppenbilder machen und sie den Gästen als Andenken mitgeben.« Als Marisa mir zum ersten Mal von dieser Idee erzählt hatte, war ich sofort begeistert gewesen. So konnte jeder selbst erleben, wie viel Anstrengung in diesen scheinbar mit Leichtigkeit hingekleeksten Gemälden steckte. Man begriff dadurch viel besser, dass Kunst nicht nur aus Ölschichten an der Wand bestand, sondern aus Werken, die von unfassbar talentierten Menschen geschaffen worden waren.

Ein Murmeln erhob sich unter den dicht zusammengepferchten Zuschauern. Es wurde darüber geflüstert, wie großartig ihre Idee war und dass man sie auch in anderen Museen ausprobieren könnte.

Ich platzte fast vor Stolz.

Als Marisa schließlich die Präsentation beendete, erhielt sie höflichen Applaus – und nicht den frenetischen Jubel und die wilden Touchdown-Freudentänze, die eigentlich angemessen gewesen wären.

Ihre Professorin sprach noch ein paar abschließende Worte, und dann wurde die ganze Gruppe zu Kaffee und Snacks nach draußen auf den Gang gebeten.

Ich wartete ab, bis die anderen – inklusive dieses merkwürdigen Skulpturen-Freaks – den Raum verlassen hatten.

Marisa kam hopsend auf mich zu und grinste von einem Ohr zum anderen. »Wie fandest du es?« Ihre Augen strahlten, als hätte sie gerade eine Meisterschaft gewonnen.

»Du warst perfekt.« Ich reckte die Hand, und sie sprang hoch und klatschte mich ab. Freudig zog ich sie an mich – etwas enger, als nötig gewesen wäre. Man muss eben jede Chance nutzen. »War der erste Bewerber genauso gruselig wie dieser Statuen-Fetischist?«

Sie riss die Augen auf und sagte flüsternd: »Das war echt bizarr, oder? Ich dachte schon, das wäre nur mir aufgefallen.«

»Man sollte sich die Kunstwerke, in deren Nähe er sich aufgehalten hat, wahrscheinlich lieber nicht unter Schwarzlicht anschauen.«

Sie verzog entsetzt und angewidert das Gesicht. »Oh Mann, wie ekelhaft.«

Ich lachte ungeniert.

»Nein, der erste Typ war so was von langweilig, dass ich mir, um wach zu bleiben, mit dem Bleistift in die Hand stechen musste«, erklärte sie und hielt die Hand hoch.

Ich nahm sie und strich mit dem Daumen über die kaum sichtbaren Einkerbungen zwischen ihrem Daumen und Zeigefinger. Ihre Haut war zart und weich, und es war schon länger her, dass ich einen Vorwand gehabt hatte, sie auf diese Art zu berühren.

»Deine Präsentation war wirklich klasse«, sagte ich mit einem etwas verwässerten Lächeln. Auch wenn ich wirklich stolz auf sie war, widerstrebte es mir irgendwie, dass sie sich so sehr auf diese Reise freute. *Und an der Fünfzig-Yard-Linie mit der Spielernummer eins sehen Sie: mich, das Oberarschloch.* Dass ich mir insgeheim ein wenig wünschte, dass sie dem Langweiler oder diesem geradezu kunstgeilen Typen das Stipendium geben würden, bewies überdeutlich, was für ein Vollidiot ich war.

Marisa hatte hart gearbeitet, und ich würde sie wie immer voll und ganz unterstützen.

»Komm, lass uns das Büfett plündern, furchtbaren Kaffee trinken und uns mit krümeligen Keksen vollstopfen.«

»Klingt nach einem hervorragenden Plan.«

Zwei Jahre.

14. KAPITEL

Marisa

Immer wenn ich nur noch einen Block von Rons Haus entfernt war, verkrampfte sich mein Magen, als würde ihn jemand wie einen nassen Putzlappen auswringen. Allein die Tatsache, dass ich unbedingt meinen Abschluss machen musste, trieb mich dazu, weiterhin zu ihm zu gehen. Vielleicht hätte ich Glück und er würde wieder einige Essensverabredungen absagen. Irgendwas kam ihm ja immer dazwischen.

Eine merkliche Kühle hing in der Luft, und es würde nicht mehr lange dauern, bis man wieder seinen Atem sehen könnte. An Halloween würden sich die armen Süßigkeitensammler wahrscheinlich so dick einpacken müssen, dass man unter den zahlreichen Kleidungsschichten die Kostüme nicht mehr sehen konnte.

Ich zog die langen Ärmel meines Shirts unter meinem Mantel über meine Hände. Vielleicht würde uns bald ein verfrühter Wintereinbruch eine Ausrede bieten, um uns vor einem Essen mit Ron zu drücken.

Obwohl es mir eigentlich egal war. Ich freute mich immer, wenn er absagte, schließlich zeigte er damit jedes Mal deutlich, wo seine Prioritäten lagen. Zwischen mir und dem Schulabschluss lagen noch achtundzwanzig Montage, von denen er bestimmt die Hälfte selbst canceln würde. Und ich würde ungeschoren davonkommen. Wer weiß, wenn er im Dezember erst mal meinen Studiengebührenerlass unterzeichnet hätte, wäre ich vielleicht plötzlich auch so furchtbar beschäftigt, dass ich die übrigen Termine komplett absagen müsste. Einem Mann dankbar sein zu müssen, den ich eigentlich für all das Leid, das er mir zugefügt hatte, hassen sollte, war ungefähr so schwer, wie Glasscherben zu schlucken. Andererseits hatte ich auch ein schlechtes Gewissen, weil ich es nicht angemessen würdigte, dass ich das College ohne nennenswerte Schulden abschließen würde. Das wiederum machte mich stinkwütend, weil er mich als Kind einfach im Stich gelassen hatte und deshalb meine Dankbarkeit und Wertschätzung eigentlich nicht verdient hatte.

Damals, als ich ihn wegen des Wechsels auf die Fulton U kontaktiert hatte, weil ich festgestellt hatte, dass er genau an der Uni gelandet war, die auch LJ besuchte, hatte ich eigentlich damit gerechnet, dass er überhaupt nicht antworten würde und ich mir etwas anderes einfallen lassen müsste. Doch er hatte Ja gesagt. Allerdings hatte die Sache einen Haken: die nicht-ganz-wöchentlichen Abendessen. Für ein paar Monate würde er die Fäden noch in der Hand halten. Aber dann wäre ich frei. Bei all diesen Abendessen hatte er sich gerade mal so viel Mühe gegeben, wie unbedingt nötig war. Außerdem hatte alles immer zu seinen Bedingungen geschehen müssen und so, wie es für ihn am bequemsten war.

Ein gutes Stück weit entfernt von Rons Haus blieb ich an einer Ecke stehen, um auf LJ zu warten. Die Abendessen ohne ihn durchzustehen war kein Spaß gewesen. Doch nach den ersten paar Malen hatte er darauf bestanden, mich zu begleiten. Wenn ich die Wahl hatte, etwas mit oder ohne LJ zu machen, musste ich nie lange überlegen, wofür ich mich entscheiden sollte.

Er war mein Fels in der Brandung und der Einzige, bei dem

ich mich darauf verlassen konnte, dass er zu mir hielt – auch wenn er anscheinend hin und wieder Probleme hatte, mir richtig zuzuhören. Allerdings hatte er derzeit auch viel um die Ohren.

Es ging mir gehörig gegen den Strich, wie sehr ich ihn brauchte. Ich hasste es, derart abhängig zu sein und dass ich mich deswegen so verletzlich fühlte.

Er ahnte nicht, dass ein einziges Wort aus seinem Mund genügte, um mich fertigzumachen. Der Kuss bei unserer Abschlussfahrt oder letztens, als mein Vater vor unserer Tür gestanden hatte. Ohne es zu wissen, hatte LJ mir praktisch die Faust in die Brust gerammt, mir das Herz herausgerissen und es mir in die Hand geklatscht.

Jetzt war der beste Zeitpunkt, um über meine Zukunft nachzudenken. Die Zukunft ohne ihn. Ich konnte in unserer Beziehung nicht für immer die nervige Klette bleiben. Ich brauchte nur noch ein paar Monate.

Ich warf einen Blick aufs Handy.

Keine Nachrichten von LJ.

Das Abendessen fing offiziell erst in fünfzehn Minuten an, und ich hatte garantiert nicht vor, zu früh zu kommen. Unruhig klopfte ich mit dem Handy gegen meine Handfläche und begann, auf dem Gehweg auf und ab zu laufen.

Eine Benachrichtigung über eine eingegangene E-Mail poppte auf. Sie kam von meinem Studienberater und hatte den Betreff: *Herzlichen Glückwunsch! Du wurdest ausgewählt.*

Hatte mal wieder einer der Professoren für Kunstgeschichte eine Phishingmail geöffnet, in der gedroht wurde, den kompletten Server lahmzulegen? Letzten Monat hatten wir alle eine Benachrichtigung über einen Lotteriegewinn erhalten.

Allen Ermahnungen der IT-Abteilung zum Trotz öffnete ich die Mail.

Dann stieß ich einen Schrei aus und hätte beinahe das Handy fallen gelassen. Ich fing es auf, schlug die Hand vor den Mund und las die Mail.

»Marisa! Geht es dir gut?«, rief mir LJ durch das Fenster der Beifahrertür zu.

»Großartig. Absolut großartig.« Ich verkniff mir einen Freudentanz und sprang stattdessen in sein Auto. Am liebsten hätte ich den Kopf zum Fenster hinausgesteckt und laut in die herbstliche Luft gebrüllt.

Er ließ den Wagen aufs Haus zurollen. »Du hast gerade ausgesehen wie ein Clickbait-YouTube-Thumbnail. Was ist denn los?«

Ich wollte es ihm sagen. Ich wollte herumhüpfen und vor Freude schreien, doch ich hielt mich zurück. Das war ein großer Schritt. Riesengroß.

Erst musste ich mir noch mal die aktuellen Unterlagen bezüglich der Finanzierung genau durchlesen, um sicherzugehen, dass ich das alles tatsächlich stemmen konnte. Ohne das Geld von der Versicherung, das ich wegen des Wohnungsbrandes bekam, wäre es schwierig geworden, mir in Italien überhaupt eine Unterkunft leisten zu können. Zwei ganze Jahre, in denen mir lediglich das Geld aus dem Stipendium zur Verfügung stehen würde – wenn ich nicht alles genau durchrechnete, konnte das durchaus mächtig schiefgehen. Aber ich wollte es. Ich wollte es wirklich unbedingt.

LJ parkte den Wagen. »Du willst es mir also nicht verraten?«

»Wir müssen uns doch nicht alles sagen«, neckte ich ihn.

»Na schön, dann verrate ich dir auch nicht, welches Geburtstagsgeschenk ich mir für meine Mom ausgedacht habe.« Er griff nach dem Türöffner, doch ich packte seinen Arm und hielt ihn zurück. Eigentlich hatten wir das Geschenk für sie immer gemeinsam eingekauft, doch dieses Jahr hatte er selbst etwas besorgen wollen. Noch ein Loch, das sich plötzlich in unserer fünfzehnjährigen Freundschaft auftat. Hoffentlich war es nicht schon wieder ein Football-Trikot.

»Was ist es?«

Er grinste und versuchte, meine Finger von seinem Arm zu lösen. »Zeigst du mir deins, zeig ich dir meins.«

Ich schubste ihn angewidert weg. »Du bist wirklich das Letzte. Weißt du das?«

»Zumindest behauptest du das immer.« Er stieg aus und lief ums Auto herum, um mir die Tür zu öffnen.

Na gut, vielleicht war er doch nicht so schlimm. Diese netten, kleinen Gesten würden mir, wenn wir erst mal unseren Abschluss hatten, bestimmt fehlen. In diesem Augenblick traf es mich wie ein Schlag: das Stipendium. Noch fünf Spiele bis zum Saisonende. Das Ende der deprimierenden Montagsessen.

Bald wäre es damit vorbei. Eigentlich hätte ich mich hundertprozentig darüber freuen sollen, doch diese Abendessen zu absolvieren beziehungsweise mich davor zu drücken war in meiner Zeit an der FU zu einer Art festen Größe geworden. Es wäre bestimmt seltsam, wenn das Ganze eines Tages plötzlich wegfiel.

LJ ging voraus. An der untersten Treppenstufe blieb er stehen, drehte sich um und sah mich fragend an.

»Sorry, ich hab nur nachgedacht.«

»Worüber denn?«

Bevor er mir noch weitere Fragen stellen konnte, wurde die Tür geöffnet. Diesmal freute ich mich zur Abwechslung darüber, Ron zu sehen, weil es bedeutete, dass LJ abgelenkt war und mich nicht mehr weiter löchern würde. Doch kaum hatten wir einen Fuß über die Schwelle gesetzt, da verpuffte dieses Gefühl auch schon wieder. Ron stand vor uns, mit gerötetem Gesicht, und blickte uns etwas linkisch und verlegen entgegen.

Heute war noch jemand zum Essen eingeladen worden. Auf meinem angestammten Platz am Tisch neben Ron saß eine Frau Ende dreißig. Ich schüttelte vorsichtshalber den Kopf, um sicherzugehen, dass ich nicht doppelt sah oder halluzinierte. Auf der Seite des Tischs, an der LJ üblicherweise allein saß, war heute Abend für zwei Personen eingedeckt. Ich blieb stehen und musterte die Frau. Sie trug die brünetten Haare zu einem Bob frisiert und hatte freundliche, mütterliche Augen mit kleinen Lachfältchen in den Augenwinkeln. Sie lächelte mir vom Esszimmer aus zu.

LJ hielt sich dicht an meiner Seite, als wäre mein Mantel mit Kleber bestrichen.

»Wer ist das?«, fragte ich und hatte das Gefühl, als läge mir ein Felsbrocken im Magen.

Schlagartig wurde mir klar, was es zu bedeuten hatte, dass Ron, als er uns die Tür geöffnet hatte, so anders gewirkt hatte als sonst. Roter Kopf, etwas betreten und bervös. So sah man aus, wenn man beim Rummachen erwischt worden war.

»Marisa und LJ, ich möchte euch Nora vorstellen.«

Er ging durch den Flur ins Esszimmer, ich dagegen blieb wie angewurzelt stehen.

Nora schob ihren Stuhl zurück und erhob sich ruhig und anmutig. Sie trug ein geschmackvolles, herbstliches Outfit – einen cremefarbenen Pullover, eine schwarze Hose und schwarze Schuhe, kombiniert mit einer schlichten, silbernen Halskette. Ein ganz normales, hübsches Outfit. Als sie um den Tisch herumging, waren ihre Schritte behutsam, als wolle sie sich nicht aufdrängen.

Zu spät.

»Wer ist sie?«, fragte ich Ron ungehalten.

Er ging zum Tisch und signalisierte uns, ihm zu folgen. »Kommt, ich stelle euch einander vor.«

LJ packte mich am Ärmel und zog mich hinter sich her.

Ich bewegte mich steifbeinig wie Frankensteins Monster und hatte das Gefühl, dass sich bei jedem Schritt unter meinen Füßen eine neue Falltür öffnete.

»Da wir beide bisher nicht so gut darin waren, uns darüber auszutauschen, was in unserem Leben passiert, habe ich mir gedacht, dass ich dich hieran teilhaben lassen möchte.« Er lächelte Nora zu. Dann trat er hinter seinen Stuhl und hielt sich an der Lehne fest, als würden wir uns einfach nur zu einem netten Familienessen zusammensetzen. Als wäre alles ganz normal.

»Ich freue mich so, dich endlich kennenzulernen, Marisa. Ron hat mir schon so viel von dir erzählt.« Sie tätschelte seinen Arm.

»Komisch, dich hat er mit keinem Wort erwähnt«, entgegnete ich und sah ihn scharf an.

LJ räusperte sich und reichte Nora die Hand.

Sie nahm sie. Ihr Lächeln wirkte ein klein wenig unsicher.

Alles Blut schien schlagartig aus meinem Kopf zu weichen. Ich wankte und musste mich an der Lehne meines Stuhls festhalten.

Ihr Lächeln war herzlich und ihre Augen ebenso freundlich. Erst als ihr Blick plötzlich unsicher wurde, bemerkte ich, dass sie mir schon die ganze Zeit über die Hand hinhielt.

Doch ich war nicht in der Stimmung für Höflichkeiten. Wortlos zog ich die Mütze vom Kopf und stopfte sie in meine Tasche. Benahm ich mich kindisch? Schon möglich, aber Ron hatte mich schließlich auch aus heiterem Himmel mit seiner neuen Freundin konfrontiert. Rücksichtslos, ohne vorher zu fragen oder mich vorzuwarnen.

Ich war immer davon ausgegangen, dass Football sein Leben war. Das war das Einzige, wofür er Zeit hatte und sich Zeit nahm. Doch nun stand der lebendige Beweis dafür vor mir, dass das nicht stimmte, und das weckte schlagartig eine ganz neue Wut in mir, von der ich bislang nicht gewusst hatte, dass sie da war.

Er hatte eine Freundin, und er hatte sie zum Abendessen eingeladen.

Ein seltsames Gefühl baute sich in meiner Kehle auf, stieg mir brennend in die Nase. Druck und Feuchtigkeit. Ich blinzelte irritiert und starrte den Tisch an. Heute Abend gab es keine Supermarkt-Lasagne. Alles auf dem Tisch sah selbst gemacht aus, inklusive der Brownies, die hübsch angerichtet auf einem Teller mit herbstlichem Motiv lagen.

LJ zog meinen Stuhl unter dem Tisch hervor. »Marisa, setz dich.« Mit eingezogenem Kopf flüsterte er mir ins Ohr: »Geht es dir gut?«

Anstatt ihm zu antworten, ließ ich mich auf meinen Platz fallen, ohne meinen Mantel auszuziehen oder ihn auch nur aufzuknöpfen.

Eine etwas gestelzte Unterhaltung kam um mich herum in Gang. Ich hörte das Klirren von Gläsern und das Schaben von Besteck auf den Tellern, während sich alle am Essen bedienten. Nachdem LJ mich mehrmals erfolglos aufgefordert hatte, mir auch etwas zu nehmen, schaufelte er mir kurzerhand selbst Roastbeef, Stampfkartoffeln und grüne Bohnen auf den Teller.

»Und die Kinder haben sich so gefreut, dass sie sich ihre Kostüme aussuchen durften.«

Ihre Worte trafen mich wie ein Blitz. »Kinder?«

Nora schaute erst Ron und dann mich an. »Ja, ich habe eine achtjährige Tochter und sechsjährige Zwillingsjungs. Ron war so lieb, mit ihnen Halloweenkostüme kaufen zu gehen.«

Ich riss den Kopf zu ihm herum.

Er lächelte ihr zu. Es war nicht dieses gezwungene, unsichere Lächeln, mit dem er mich immer bedachte, sondern richtig herzlich. Und so vertraulich. Die beiden waren nicht erst seit Kurzem zusammen. Das ging schon eine Weile so. Er spielte bereits seit geraumer Zeit für ihre Kinder den Vater. Er legte sein Besteck weg und wischte sich den Mund mit einer Serviette ab. »Das war doch keine große Sache. Das habe ich gern getan.« Er legte die Hand auf ihre.

Ich ballte im Schoß die Fäuste. »Du hast mit ihren Kindern einen Halloween-Einkaufsbummel gemacht?« Die Worte klangen verwaschen und gepresst. Das brennende, feuchte Gefühl war wieder da, breitete sich in meiner Nase aus und stahl sich in meine Augenwinkel. Ich räusperte mich.

»Es sind wirklich liebe Kinder.«

»Aha. Liebe Kinder«, wiederholte ich und schnappte nach Luft, als hätte mich jemand in ein Vakuum geworfen. Dann schluckte ich angestrengt und wandte mich wieder Nora zu. »Wie lange seid ihr beide schon zusammen?«

Sie warf Ron einen beunruhigten Blick zu. »Etwas über ein Jahr.«

Sie waren schon seit mehr als einem Jahr ein Paar. Auf mich war er sauer, weil ich ihm nichts von dem Brand erzählt hatte, aber er traf sich schon seit über einem Jahr mit dieser Nora. War er auch schon letztes Halloween mit ihren Kindern Kostüme kaufen gegangen? Als ich noch klein gewesen war, war ich an Halloween fast immer ein Gespenst oder ein lediglich im Gesicht geschminkter Zombie gewesen. LJs Eltern wären mit mir einkaufen gegangen, aber das wäre mir nicht recht gewesen, und meine Mutter hatte weiß Gott nicht genug Geld für ein Kostüm übrig gehabt – nicht, solange es noch irgendwo im Umkreis Alkohol zu kaufen gab. »Wow, fantastisch. Wie schön, dass du schon eine so gute Beziehung zu ihnen aufgebaut hast.«

Ihr Lächeln wirkte zerbrechlich wie mundgeblasenes Glas. »Es hat etwas gedauert, bis wir so weit waren, aber sie verstehen sich gut miteinander. Die Kinder vergöttern Ron, und ich habe mich sehr gefreut, dass ich vorbeikommen konnte, um dich endlich kennenzulernen.«

»Wieso dachtest du, dass das eine gute Idee wäre?«, fragte ich meinen Vater vorwurfsvoll und wischte mir mit dem Ärmel die Nase.

Er seufzte. »Ich wollte dir zeigen, dass ich nicht der furchtbar gemeine Mensch bin, für den du mich hältst.«

Das war wie ein Schlag ins Gesicht. Zu ihren Kindern war er offensichtlich wirklich nicht gemein gewesen. Aber aus seiner eigenen Familie war er sang- und klanglos verschwunden und hatte sein eigenes Kind einfach ignoriert. Mein Genick fühlte sich heiß an, und das Blut pochte in meinen Adern. Ich verknotete die Finger im Schoß und bemühte mich, nicht die Fassung zu verlieren.

»Das Einzige, was du mir damit demonstriert hast, ist die Tatsache, dass du diesen Kindern, die du kaum kennst, ein besserer Vater bist, als du mir gegenüber jemals warst«, sagte ich mit brüchiger Stimme.

LJ legte seine Hände auf meine.

Wenn ich ihn jetzt ansah, würde ich zusammenbrechen.

»Du glaubst wohl, du bist die Einzige, die viel durchgemacht hat«, entgegnete er und warf Nora einen beschwichtigenden, leicht beschämten Blick zu, nach dem Motto »Ich habe dir ja gesagt, dass sie übermäßig dramatisch ist« oder dergleichen.

Ich sprang kochend vor Wut von meinem Stuhl auf. »Du weißt rein gar nichts über mich oder mein Leben!«

»Und wessen Schuld ist das, Marisa? Wir sitzen hier jetzt schon seit fast zwei Jahren, und du weigerst dich beharrlich, mehr als ein paar Worte mit mir zu wechseln. Ich dachte, wenn Nora hier ist, dann ...«

»Weil ich nicht hier sein will. Weil du deine Chance hattest, mein Vater zu sein, und du einfach gegangen bist, ohne auch nur mit der Wimper zu zucken.« Nun bahnten sich die Tränen doch brennend ihren Weg. Dabei hatte ich mir geschworen, nie mehr seinetwegen zu weinen. Hatte mich für abgestumpft genug gehalten, jeden neuen Mist, den er abzog, anstandslos ertragen zu können. Offensichtlich hatte ich mich geirrt, und ich hasste es abgrundtief, dass ich diese alten Gefühle, die unvermittelt wieder hochkamen, nicht kontrollieren konnte und ich mich plötzlich wieder wie das kleine, im Stich gelassene Mädchen von damals fühlte.

Er schlug mit der Faust auf den Tisch. »So denkst du also? Du hast wirklich geglaubt, dass ich, nachdem ich euch verlassen hatte, nie wieder auch nur einen Gedanken an dich verschwendet hätte?«

»Klar, verdammt noch mal. So hat es sich zumindest immer angefühlt, wenn meine Mutter mir mal wieder die ganze Liste mit Gründen, warum du uns sitzen gelassen hast, vorgebetet hat. Wenn ich an meinem Geburtstag noch bis spät abends auf der Treppe vor dem Haus saß, in der Hoffnung, dass du vielleicht doch noch vorbeikommst. Wenn ich dem Weihnachtsmann zugeflüstert habe, dass ich mir zu Weihnachten nur wünsche, dass Ron kommt und mich rettet. Als meine Mutter einmal, als ich zwölf Jahre alt war, so besoffen war, dass ich uns vom Restaurant nach Hause fahren musste.« Meine Hände zitterten. Das alte Gefühl von Verrat und der Zorn kamen wieder hoch, sodass ich kaum noch klar denken konnte. Mir wurde etwas schwindelig, und meine Brust verkrampfte sich. Ich schniefte und bemühte mich, nicht zusammenzubrechen.

»Ich wollte für dich da sein.« Er sprang von seinem Platz auf.

»Aber das warst du nicht.« Ich wischte die brennenden Tränen weg, die natürlich im ungünstigsten Moment hatten auftauchen müssen. Sie kamen immer dann, wenn ich stark sein wollte, die Trauer und die Wut sich jedoch wie ein Gewitter in mir zusammenballten. »Und ich hatte eine alkoholabhängige Mutter am Hals, die es sich nicht nehmen ließ, mir an *jedem einzelnen Tag* zu erzählen, dass ich ihr Leben versaut habe.«

LJ fuhr so abrupt zurück, dass er beinahe mit dem Stuhl umkippte.

Ich starrte ihn an. Das Entsetzen und die Sorge in seinen Augen waren kaum zu ertragen.

»Marisa, warum hast du nicht …«

»Ich bin das alles so leid. LJ, ich habe dir nichts davon erzählt, weil die Vorstellung, furchtbare Eltern zu haben, in deiner Welt vollkommen abwegig ist. Am Tag, an dem wir uns kennengelernt haben, sollte deine Mutter dich abholen, doch sie kam zu spät, weil sie unterwegs einen Platten gehabt hatte. Sie hat sich damals hundertmal entschuldigt und uns, nachdem du ihr gesagt hast, dass ich auch noch warte, beide auf ein Eis eingeladen.«

Ich wischte mir die Tränen weg, die mir den Blick verschleierten. Es wäre besser, mich zurückzuhalten. Er brauchte das alles nicht zu wissen. Es war nicht seine Schuld. Aber im Augenblick konnte ich nichts anderes tun, als meinen Zorn rauszulassen. Das war alles, was mich noch aufrecht hielt.

»Könnt ihr euch vorstellen, was meine Mom gemacht hat, als ich schließlich nach Hause kam?«

Totenstille. Die dämliche Uhr im Wohnzimmer zählte tickend die Sekunden.

»Sie war nicht mal da. Um Mitternacht ist sie wiedergekommen, nachdem sie in irgendwelchen Casinos war.« Ein hysterisches, schluchzendes Lachen drang aus meiner Kehle.

Ich richtete den Blick auf Ron. »Mit solch einer Person hast du mich alleingelassen. Ich war ein acht Jahre altes, kleines Mädchen, genau wie Noras Tochter, aber mit mir bist du nicht für Halloween shoppen gegangen. Du warst immer unterwegs, bei Spielen oder beim Scouting, und irgendwann bist du gar nicht mehr nach Hause gekommen. Einfach so. Aber es ist wirklich schön zu wissen, dass du auch nett sein kannst.« Ich hatte geglaubt, der Schmerz über diese Enttäuschung hätte schon vor langer Zeit seinen Höhepunkt erreicht. Aber nein, es ging noch schlimmer. Ich wischte mir die Nase mit dem Ärmel ab. Mein Gesicht sah bestimmt furchtbar aus. »Wirklich toll, dass du offenbar auch so was wie einen Vaterinstinkt besitzt. Nur blöd, dass du ihn deinem eigenen Kind nie gezeigt hast.«

Es gab nichts mehr zu sagen. Meine Brust brannte, als stünde sie in Flammen, und mein ganzer Körper schmerzte.

Ich stürmte durch den Flur, riss die Tür auf und floh aus seinem Haus. Stampfend rannte ich über den gepflasterten Gartenweg und lief quer über die Wiese, um meine Flucht zu beschleunigen. Von Tränen geblendet hetzte ich kopflos und nach Luft schnappend die Straße entlang.

Diesmal sprang LJ nicht vor mich, sondern packte mich von hinten, hielt mich mit beiden Armen fest und drückte mich an sich.

Ich versuchte, seine Arme wegzuschieben. »Hör auf. Lass mich los.« Ich schlängelte mich aus seinem Griff und rannte weiter.

»Marisa!« Er hätte mich einfangen können – er war viel schneller als ich –, aber er tat es nicht.

Er ließ mich gehen.

Bei jedem Schritt wurde das Schluchzen, das meinen gesamten Körper schüttelte, heftiger.

Bei jedem Schritt wurde das Brennen stärker.

Bei jedem Schritt musste ich wieder daran denken, wie LJ mich angesehen hatte, als ich das größte Geheimnis ausgeplaudert hatte, das ich vor ihm verborgen hatte, seit wir Freunde waren.

Ron hatte eine Freundin, die Kinder hatte. Eine achtjährige Tochter. Zwillinge. Und er ging so toll mit ihnen um.

Ich hatte LJ gerade alles verraten, war mit dem Geheimnis herausgeplatzt, das ich ihm seit dem Beginn unserer Freundschaft verschwiegen hatte. Idiotisch. Ich war so blöd gewesen, einfach alles auszuplaudern.

Meine Füße hämmerten weiter auf den Boden, bis ich schließlich vorm Puff zum Stehen kam und mich am Verandageländer festhielt.

»Marisa!«, rief LJ. Ich hörte, wie die Tür seines Wagens zuknallte.

Ich hetzte die Treppe hinauf, rammte den Schlüssel ins Schloss, schmiss die Haustür hinter mir zu und rannte die Treppe hinauf, um einen auf Keyton zu machen, mich zu verstecken und nie wieder blicken zu lassen.

Doch die Haustür fiel gar nicht erst ins Schloss.

Gleich darauf donnerten auch schon LJs Schritte hinter mir auf der Treppe, genauso laut wie mein hämmerndes Herz.

Wir stürmten fast gleichzeitig durch die Tür meines Zimmers.

Er hielt mich am Arm fest und drehte mich zu sich um. »Hör auf wegzulaufen«, sagte er scharf, fast schon zornig.

Wieder war das brennende Druckgefühl da, pochte unerbittlich in meiner Nase.

Seine Miene glättete sich ein wenig, als er meine Arme festhielt. »Hör auf, vor mir wegzulaufen, Marisa. Bitte.«

»Warum sollte ich denn nicht davonlaufen? Vielleicht möchte ich zur Abwechslung mal diejenige sein, die abhaut. Erst mein Dad und dann auch noch meine Mutter, die die Flucht ergriffen hat, wann immer sich eine verdammte Chance ergeben hat.«

Er sah mich traurig und schockiert an. »Warum hast du mir das nie erzählt?« Er klang beinahe verzweifelt.

»Was? Dass meine Mutter – wenn man sie denn überhaupt so nennen kann – Alkoholikerin ist? Dass ich so viel Zeit bei dir verbracht habe, weil ich nicht allein zu Hause sein wollte? Weil ich nicht hungrig schlafen gehen wollte? Weil ich nicht dabei sein wollte, wenn sie mitten in der Nacht allein nach Hause getorkelt kam – oder auch nicht allein?«

»Ja, das alles«, flüsterte er mit solcher Intensität, dass mir ein Schauer über den Rücken lief.

Schon war das hässliche, krampfhafte Schluchzen wieder da, bahnte sich aus den Tiefen meines Herzens seinen Weg. Eine emotionale Detonation, wie nur er sie in mir auslösen konnte.

Er nahm mich in die Arme und drückte mich so fest an sich, dass ich kaum noch atmen konnte. Oder vielleicht hatte meine Lunge auch einfach vergessen, wie das ging.

Ich hielt mich an ihm fest, klammerte mich an ihn, und während die Tränen auf meiner Haut kalt wurden, beruhigte ich mich ein wenig. Trotzdem hatte ich noch immer das Gefühl, gleich aus der Haut fahren zu müssen.

Im Haus war es still. Meine Finger und meine Nasenspitze wurden langsam wieder warm und begannen zu kribbeln.

Die Kälte, die die frostige Luft draußen hinterlassen hatte, wich langsam aus meinem Körper. All die Dinge, die ich LJ verschwiegen hatte, wurden von einem Damm zurückgehalten, der nun kurz davor stand zu brechen. Das Wasser stand so hoch, dass es schon über die Kante der Mauer schwappte, die ich geschaffen hatte, um hinter ihr diesen Teil von mir vor ihm zu verstecken.

Ich zog den Mantel aus, warf ihn achtlos beiseite und setzte mich auf den Boden. Ich wollte es hinter mich bringen.

Seiner Miene nach zu urteilen würde er mir sowieso keine Ruhe lassen, bis wir über das Ganze geredet hatten.

Er zog ebenfalls die Jacke aus und hängte sie über meinen Stuhl. »Du hättest es mir sagen können.«

»Um deiner Familie als Sozialfall auf der Tasche zu liegen?« Ich rutschte ein Stück zurück und kreuzte die Beine.

Er setzte sich im Schneidersitz mir gegenüber. »Wie kommst du darauf? Wir hätten alles für dich getan. Damals wie heute.«

»Und ich wäre zum Schnorrer geworden oder zu jemandem, den ihr einfach nur aus Pflichtgefühl duldet? Nein, danke. Das ist nichts für mich.«

»Was zum Teufel ist nur mit dir los? Warum redest du so über dich selbst?«

Ich schüttelte den Kopf und wandte mich ab. »Du weißt nicht, wie es ist, ich zu sein …« Ich verstummte.

»Nein, sprich weiter. Ich bin seit der dritten Klasse dein Freund. Wie konntest du bloß glauben, dass ich das alles nicht wissen will?«

»Es gibt so einiges, was du nicht von mir wissen willst, LJ.« Meine Versuche, mit ihm darüber zu sprechen, hatten nur dazu geführt, dass ich verletzt worden war. Er wollte mein Ritter in glänzender Rüstung sein, aber ich war nicht seine Prinzessin im Turm. Ich war sein Kumpel.

»Was genau meinst du damit?«, bohrte er weiter.

»Zum Beispiel, dass die Narbe an meinem Handgelenk daher stammt, dass ich eines Tages versucht habe, selbst Suppe zu kochen, und meine Mutter hereinkam und alles verschüttet hat und ich wie eine Idiotin nach dem Topf gegriffen habe. Oder in der Woche, die ich im Sommer vor der neunten Klasse bei dir verbracht habe, da war meine Mutter nicht in Chicago, um eine Freundin zu besuchen. Ich habe keinen blassen Schimmer, wo sie sich herumgetrieben hat. Und ich weiß es bis heute nicht.« Ich war anstelle des kleinen Mädchens von damals zornig, das erfüllt von Angst und Einsamkeit ziellos im Haus herumgelaufen war, und spürte gleichzeitig wieder alles, was es damals empfunden hatte.

Er rutschte zu mir herüber, hielt mich fest, wiegte mich sanft, bis meine Tränen schließlich versiegten und meine Wangen von den salzigen Spuren juckten, die sie hinterlassen hatten.

»Warum hast du mir nie gesagt, dass es so schlimm war?«

»Was hättest du schon unternehmen können?«

»Keine Ahnung, irgendetwas.«

»Hättest du mich vielleicht in deinem Baumhaus einquartieren wollen? Wir waren noch Kinder.«

»Schon, aber meine Eltern hätten geholfen. Sie hätten dich bei uns wohnen lassen oder versucht, deinen Dad zu finden.«

»Ihr hattet doch auch so schon ein volles Haus und Probleme genug. Es wäre nicht okay gewesen, wenn ich euch auch noch zur Last gefallen wäre.«

»Pfeif auf okay. Meine Mutter liebt dich wie eine Tochter. Ich lie… Ich kann nicht fassen, dass du mir das alles so lange verschwiegen hast.«

»Was macht das schon? Und warum regst du dich überhaupt darüber auf? Sei doch froh, dass ich dich davor bewahrt habe, dich mit meinen Problemen auseinandersetzen zu müssen. Wir haben Videospiele gespielt, in deinem Zimmer und im Garten Junkfood gegessen, sind durch die Wälder gestreift und haben Zeit miteinander verbracht. Wir waren Kinder.«

»Und du warst ein Kind, das sich mit Dingen herumschlagen musste, mit denen es sich eigentlich nicht hätte befassen sollen.«

Ich zuckte mit den Schultern. »Das Gleiche könnte ich über dich sagen. Du musstest den Stress aushalten, unter dem du durch die Erkrankung deines Vaters standest. Du hast deine Mutter und Quinn unterstützt. Wir alle müssen manchmal mit schlimmen Umständen klarkommen.«

Er rieb sich das Gesicht. »Ich wünschte, du hättest es mir gesagt.«

»Dann lass mich rasch in meine Zeitmaschine springen und es nachholen. Es gibt gewisse Dinge, die du nicht wissen willst.« Ich starrte zu Boden und hatte das Gefühl, eine Flut zurückhalten zu müssen. Mir stand das Wasser ohnehin schon bis zum Hals. Es noch weiter steigen zu lassen war keine kluge Idee.

»Was ist da sonst noch? Sag es mir. Worüber kannst du nicht mit mir sprechen?«

Über Venedig und …

»Zum Beispiel darüber, wie sehr ich dich mag. Das war schon immer so, aber du empfindest offenbar anders für mich. So, da hast du's. Was sagst du zu diesen neuen Informationen?«

Er ließ den Kopf ein klein wenig sinken, und sein Blick zuckte hin und her, als würde er angestrengt nachdenken. Dann kniff er die Augen zu.

Wie dämlich. Ihm ausgerechnet meine Gefühle für ihn zu gestehen war ja wohl das Dämlichste, was mir einfallen konnte.

Ich wandte mich abrupt ab, starrte zum Fenster hinaus und fuhr mir mit den Händen übers Gesicht.

»Marisa …«

»Was?« Ich drehte mich wieder zu ihm um.

Sein Gesichtsausdruck war schmerzerfüllt, fast schon gequält.

Dann schlang er die Arme um mich, drückte mich fest an sich. Als er seine Lippen auf meine presste, fühlten sie sich an wie flüssiges Feuer.

15. KAPITEL

Marisa

Mein Blut rauschte durch meine Adern, und mein Herz hämmerte wie wild gegen meine Rippen. Ich zuckte schwer atmend vor ihm zurück und starrte ihn an. »Was ...?« Mein Zorn schlug in Verwirrung um.

Er legte die Hand an meine Wange, schob die Finger hinter meine Ohren, hielt mich fest und küsste mich noch einmal, tiefer. Seine Zunge berührte meine. Als ich wimmerte, stöhnte auch er auf. Ich verlor mich vollkommen in dem dumpfen Pochen des Blutes, das durch meine Adern schoss.

Dann ließ er mich wieder los und blickte mir tief in die Augen. In seinem Blick war keine Spur von Zweifel oder Verwirrung, nur Verlangen.

Auch meine Verwirrung legte den Rückwärtsgang ein und verwandelte sich in Leidenschaft. Das lodernde Feuer meiner Wut wurde zu Begehren. Alle Schleusen hatten sich geöffnet, doch diesmal strömte kein Wasser durch sie hindurch – sondern Feuer.

Meine geschwollenen, sehnsüchtig schmerzenden Lippen übermittelten ein Signal, das auch der Rest meines Körpers ausstrahlte. Das wilde Verlangen, das in mir erwacht war, schrie nach mehr.

»Das wollte ich schon seit so langer Zeit tun.«

Ich stieß in meinem Kopf einen Freudenschrei aus – *End-*

lich! –, und als ich ihn erhitzt und atemlos ansah, erkannte ich, dass seine Worte der Wahrheit entsprachen. Endlich stand es meinem Herzen frei, all diesen Gefühlen in mir freien Lauf zu lassen. Diese Erkenntnis trieb mir beinahe schon wieder die Tränen in die Augen. Sie war die absolut reine Glückseligkeit. »Warum zum Teufel hat das so lange gedauert?«

Er ließ die Hände über meine Ärmel abwärts gleiten, bis zu meinen Händen, und verschränkte seine Finger mit meinen.

»Jetzt, wo ich hier mit dir stehe …«, setzte er an, hob unsere verwobenen Hände hoch und drückte sie an seine Brust, »verstehe ich das auch nicht.«

Es gab so vieles, was wir miteinander klären mussten, doch in diesem Augenblick regierte allein das Verlangen. »Dann küss mich noch mal.«

Rasch trat er die Tür mit dem Fuß zu und stürzte sich auf meine Lippen. Der erste Kuss war kein Zufall gewesen, ganz und gar nicht.

Das hier war kein Tagtraum. Kein Fehlalarm. Es geschah tatsächlich.

Kurz darauf erfüllte erregtes Stöhnen das Zimmer. Es dauerte ganz schön lange, bis mir klar wurde, dass ich selbst diese Laute von mir gab.

Ich legte den Kopf auf seine Schulter und betete im Stillen darum, dass er nicht aufhören würde.

Seine Lippen glitten sacht über meinen Hals und fachten die Hitze in meinem Körper noch weiter an.

Ich strich mit den Händen seinen Rücken hinab, zerrte an seinem Pullover und dem Shirt, das er darunter trug.

Er bewegte sich plötzlich nicht mehr. Dann nahm er den Kopf zurück und legte die Hand an meine Wange. »Ich will dich, Marisa.« Kurz schloss er die Augen, dann sah er mich wieder an. »Ich brauche dich.«

In meiner Brust breitete sich auf einmal ein Gefühl von Leichtigkeit aus, wie ich es noch nie zuvor empfunden hatte. Er brauchte mich. Er wollte mich. Er würde mich bekommen.

»Und ich brauche dich«, erwiderte ich, trat einen Schritt zurück und zog mir in einer einzigen flüssigen Bewegung das Oberteil über den Kopf.

Sofort heftete er den Blick auf meine Brust.

Das Pochen zwischen meinen Schenkeln wurde stärker, und Fünkchen erwartungsvoller Vorfreude schossen prickelnd durch meinen Körper. Doch plötzlich bekam sie einen Dämpfer verpasst. »Oh, Mist, hast du eigentlich Kondome?«

Wortlos wandte er sich ab und eilte hinaus. Ich hörte, wie er drüben in seinem Zimmer eine Schublade zuknallte. Er bewahrte darin eine Schachtel Kondome auf. Als wir uns noch das Zimmer geteilt hatten, hatte ich sie zufällig entdeckt und bei ihrem Anblick einen Anflug von Eifersucht verspürt. Doch nun war ich froh, dass er sie hatte. Diesen Augenblick würde ich mir nicht durch Eifersucht verderben lassen.

Schon kam er wieder ins Zimmer gestürzt, doch als er die kleine, noch ungeöffnete Schachtel in seiner Hand in Augenschein nahm, stieß er plötzlich einen leisen Fluch aus.

Nein, nein, nein. Was, wenn er einen Rückzieher machte? »Was ist los?«, fragte ich und verteilte zarte Küsse auf seinem Hals, während ich meine Hand abwärts in Richtung der Knöpfe seiner Hose gleiten ließ.

»Die sind schon abgelaufen. Verflucht noch mal«, stöhnte er.

»Du machst wohl Witze.« Ich nahm ihm die Schachtel ab. Das konnte nicht wahr sein. Im Studentenzentrum wurden doch jede Woche massenweise Kondome verteilt. Aber tatsächlich: Laut des Datums, das auf der Packung aufgedruckt war, waren die Kondome schon über ein Jahr abgelaufen.

»Verdammt.«

»Ich bin gleich wieder da.« Er spurtete so schnell aus dem Zimmer, dass es mich nicht gewundert hätte, wenn er eine Staubwolke aufgewirbelt hätte.

Ich setzte mich aufs Bett. Warum waren seine Kondome abgelaufen? Für Grübeleien war jetzt eigentlich nicht der richtige Zeitpunkt. Bevor sich wieder Zweifel oder Ängste in mein Herz stehlen konnten, kehrte er glücklicherweise mit einem ganzen Streifen Kondome zurück.

»Das sind aber eine Menge Kondome.«

Er warf sie hinter mir aufs Bett und strich mir versonnen mit den Fingern übers Kinn. »So spare ich es mir, später Nachschub holen zu müssen.«

Die Funken in meinem Inneren verwandelten sich in lodernde Flammen.

»Du bist ja sehr vorausschauend.«

»Ich habe schon viel zu lange auf das hier gewartet.« Ich spürte seine Finger auf meinem Rücken, wie sie sich langsam unter mein Unterhemd und die Träger meines BHs stahlen.

Meine Haut prickelte erwartungsvoll.

Ich streichelte ihm ebenfalls über den Rücken. Meine Gefühle waren das Spiegelbild seiner Sehnsucht und seines Verlangens.

»Wie lange?«, fragte ich und hielt den Atem an.

Er strich seitlich über meinen Hals.

Sofort überzog eine Gänsehaut meine Arme, und das Pochen in meinem Schoß wurde noch begehrlicher. »Zu lange.«

Aber wie lange genau? Noch eine Sache, die wir auf später aufschieben mussten. Doch ich war mir sicher, dass er auf das hier unmöglich so lange gewartet haben konnte wie ich. Ich hatte ja schon beinahe die Hoffnung aufgegeben, ihn jemals so zu spüren wie jetzt, ihm jemals so nahe sein zu können, jemals mehr als seine Freundin zu sein.

Sein Duft machte mich ganz benommen. Er erinnerte mich an eine Wanderung an einem sonnigen Tag im Wald. Frisch. Erdig. Echt.

Ich unterbrach kurz den Körperkontakt mit ihm, den eigentlich keiner von uns beiden verlieren wollte, und zog ihm das Oberteil über den Kopf.

Er drehte uns um, hakte die Finger in die Gürtelschlaufen meiner Jeans ein und zog mich ein Stückchen mit. Dann glitten seine Finger über den Bund meiner Hose. Weiter aufwärts unter mein dünnes Unterhemd, und ließen sich Zeit – wirklich verdammt viel Zeit – damit, den Stoff langsam hochzuschieben.

Als ich seine rauen Hände spürte, wie sie über meine Seiten glitten und schließlich behutsam den Verschluss meines BHs öffneten, wurde mir vor Lust ganz schwindelig.

Nun waren wir beide von der Taille aufwärts nackt und standen uns in meinem Zimmer gegenüber. Mein Herz hämmerte so wild, dass es mich nicht gewundert hätte, wenn sich sein Umriss bei jedem Schlag auf meiner Brust abgezeichnet hätten.

»Du bist wunderschön. Und bist du dir bei dieser Sache auch wirklich sicher?« Musste er denn immer so ernsthaft und so verdammt süß sein?

Dann wurde mir allerdings etwas klar. Das hier würde alles verändern. Es war nicht nur ein Kuss. Kein missglückter Beinahe-Handjob. Sondern Sex. Ein bedeutsames erstes Mal. Und vielleicht markierte es auch gleichzeitig ein letztes Mal. Das Ende von allem, was wir uns in unserer fünfzehnjährigen Freundschaft aufgebaut hatten. Doch ich konnte jetzt nicht mehr aufhören.

Und ich würde es auch nicht tun. Ich musste es wissen.

»Lass mich dir zeigen, wie sicher ich mir bin.« Ich zog meine Jeans herunter und kickte sie weg. Anschließend öffnete ich die Knöpfe seiner Hose und zog sie ihm über seine schmale Hüfte und seine muskulösen Beine.

Sie landete neben meiner auf dem Boden.

Er hielt die Augen geschlossen, als würde er spontan meditieren, doch sein Schwanz war alles andere als entspannt, sondern ragte mir hoch aufgerichtet entgegen. Er sagte etwas, doch seine Lippen bewegten sich lautlos.

Mein ganzer Körper bebte vor Erwartung. Ein Anflug von Sorge wurde schnell von Hoffnung und Verlangen erstickt.

Ich zögerte kurz, doch dann riss er die Augen auf. »Ich versuche nur, mich zu beruhigen. Eigentlich hatte ich gedacht, ich wäre bereit dafür, dich so zu sehen, aber … meine Güte, Marisa.«

Ich lachte leise. Seine Worte machten mich ein bisschen stolz. »Wenn dir das, was du siehst, gefällt, dann komm und hol mich.« Ich breitete die Arme aus.

Er schoss auf mich zu und wirbelte mich im Kreis, bis ich schließlich auf dem Bett landete.

Meine Haare flogen mir ins Gesicht.

Sein warmer, schwerer Körper legte sich auf mich.

Ich öffnete die Schenkel, um ihn einzulassen. Ihn näher an mich heranzulassen. Die Nervosität und die Besorgnis, mit denen ich gerechnet hatte, waren nicht da. Ich fühlte nichts außer nicht gerade dezentem, erwartungsvollem Prickeln. Mein Herz pochte so schnell wie das eines Kolibris, sodass die Schläge beinahe nahtlos ineinander überzugehen schienen, und meine Haut war gerötet und glühte förmlich.

Ich konnte sehen, wie angespannt seine straffen Muskeln waren, als müsse er all seine Kraft aufbringen, um sich zu beherrschen.

Aber ich wollte nicht, dass er sich noch länger zurückhielt.

Er senkte den Kopf und leckte über eine meiner Brustwarzen, während er die andere sanft zwischen seinen Fingern zu rollen begann. Die Art, wie er dabei gemächlich seine heiße Erektion an meiner empfindsamsten Stelle rieb, entlockte mir ein tiefes Stöhnen.

Ich legte die Hände an seinen Kopf.

Das, was er da mit Zunge und Zähnen anstellte, bewirkte bei meinen Brüsten wahre Wunder. Ich hatte gar nicht gewusst, dass sie so empfindsam waren. Offenbar war ihnen eben bisher nicht der richtige Mann begegnet. LJ war der Richtige. In meinem Bauch ballte sich bebende Hitze zusammen.

Die elektrischen Ladungen, die durch meinen Körper zu jagen schienen, wurden immer stärker, und die Geräusche, die dort entstanden, wo seine Hüften sich an meinen rieben, waren fast schon obszön. Jede Spur von Zurückhaltung war wie weggeblasen. Ich wollte es. Ich wollte ihn.

Suchend tastete ich auf dem Bett herum, bis ich die Kondome erwischte. »Hier, LJ.« Ich riss eines ab und gab es ihm.

Er hielt inne und schaute mich mit geröteten Wangen etwas verwirrt an. »Ach ja.« Schmunzelnd stemmte er sich hoch und rollte es sich über.

Dann legte er sich wieder auf mich, und als ich seine Härte an meiner Mitte spürte, seufzte ich freudig auf.

Er strich mir die Haare aus dem Gesicht und sah mir tief in die Augen.

Wenn es einen Augenblick gab, in dem er sich nicht unbedingt wie ein Gentleman hätte gebärden müssen, dann war es dieser. Aber so war LJ nun mal, und dafür liebte ich ihn. Aufreizend strich er immer wieder über meine feuchte Mitte.

»Na los, L«, sagte ich auffordernd und riss alle Grenzen zwischen uns nieder. Mein Herz schien ins Stolpern zu geraten.

Er stürzte sich wie ausgehungert auf meine Lippen.

Ich klammerte mich an ihn.

Als er in mich drang, rollten sich meine Zehen ein. So viel Druck. Er schien mich vollkommen auszufüllen. Unwillkürlich öffnete sich mein Mund zu einem tonlosen Schrei.

Der Kopf seines Schafts glitt tiefer, dehnte mich. Das Gefühl war so intensiv, dass ich keuchte, fest die Augen schloss und versuchte, trotz des ziehenden Schmerzes weiter zu atmen.

Er sah mich an, betrachtete mich genau. »Bist du okay?«

»Mhmmm.« Ich nickte, denn ich traute meiner Stimme nicht. Das stechende Ziehen ließ nach, bis es nur noch ein leichtes Pochen war, und auch das Gefühl, ausgefüllt zu sein, verwandelte sich mehr und mehr in Lust. Vorsichtig begann er, sich zu bewegen, steigerte ganz langsam seine Stöße, sank dann immer schneller und tiefer in mich. Seine Bewegungen waren genau bemessen. Methodisch. Und trieben mich schier in den Wahnsinn.

Nach der langen Wartezeit machte er mich mit seiner aufreizenden Zurückhaltung ganz verrückt. Der Schmerz war inzwischen komplett verschwunden. Das sinnliche Prickeln in meinen Körper wurde immer stärker, und ich schnappte nach Luft.

»Spann mich nicht so auf die Folter«, sagte ich und neigte ein wenig die Hüften, um ihn dazu zu bringen, tiefer, schneller, vollständig in mich einzudringen.

Jede seiner Bewegungen war eine lustvolle Qual. Dann versank er schließlich mit einem einzigen Stoß ganz in mir.

Ich schrie auf und bäumte mich vom Bett hoch. Lust brach wie eine Woge über mich herein, machte mich vollkommen hilflos und raubte mir den Atem. Aber ich brauchte noch mehr.

Er löste den Blick von der Stelle, an der sich unsere Körper vereinigten und schaute mich an. Seine Pupillen waren riesig, und er erschauerte so sehr, dass ich ebenfalls bebte.

Als er sich wieder hochstemmte, blieb sein Blick fest auf meine Augen gerichtet. Ich neigte die Hüfte, öffnete die Beine weiter für ihn.

Wieder sank er allmählich in mich, und es verschlug mir den Atem. Langsam und beharrlich drang er in mich, so tief, dass glühend heiße Lust durch meinen Körper rollte und ekstatische Wonne tief in meinem Inneren erblühte, mich laut aufstöhnen ließen. Ich wollte, dass es niemals aufhörte.

»Alles okay?« Er strich mir eine Haarsträhne aus dem Gesicht. Auf seiner Stirn standen Schweißperlen. Wie er sich unter Kontrolle hielt, sich um mich sorgte, darauf achtete, nicht weiter zu gehen, als ich es wollte, machte es mir unmöglich, mein Herz davon abzuhalten, sich ihm ganz und gar zu öffnen. Er betrachtete mich, als wäre ich das Wertvollste in seinem ganzen Leben.

»Es ginge mir besser, wenn du aufhören würdest, dich zurückzuhalten«, sagte ich mit einem schiefen Grinsen und bewegte auffordernd die Hüften.

Er warf den Kopf in den Nacken und stieß ein scharfes Zischen aus, als litte er Schmerzen. Die höllischen Qualen dieses Verlangens, von dem er nicht genug bekommen konnte und vor dem es kein Entrinnen gab.

Mein Bett begann, hin und her zu wackeln, und knallte dabei unentwegt gegen die Wand. Es klang, als würden wir das Haus einreißen.

Er hatte es aufgegeben, sich zu zügeln, und es dauerte nicht lange, bis wir beide schweißgebadet waren.

Hätte in diesem Augenblick jemand das Haus betreten, hätte derjenige wahrscheinlich gedacht, dass eine Marschkapelle durch mein Zimmer zog, aber wir hörten trotzdem nicht auf.

Ich strich mit den Fingern über seine Wange, genoss das Kitzeln seiner Bartstoppeln an meinen Fingerspitzen, bevor ich sie durch seine Haare gleiten ließ. »Ich gehöre dir allein, L«, rutschte mir plötzlich heraus. Rasch bewegte ich die Hüften ein wenig, um von meinen Worten abzulenken. *Konzentrier dich auf den Augenblick.*

Damit stachelte ich ihn noch mehr an. Seine rollenden, kraftvollen Stöße und das Geräusch unserer Körper, die aufeinanderprallten und gemeinsam dem Höhepunkt entgegenstrebten, der schon in greifbarer Nähe war, ließen jede Berührung, jeden Geruch und jeden Geschmack noch intensiver erscheinen.

Mit jedem Stoß rasten lustvolle Wellen heran, schlugen über mir zusammen, zogen mich hinab in die Tiefen der Glückseligkeit, sodass ich nur noch fühlen konnte und sonst nichts mehr.

Dann wurde aus meinem Stöhnen ein Schrei, und der Höhepunkt packte mich mit brutaler Kraft. Ich drückte das Gesicht in seine Halsbeuge und hielt mich an ihm fest, während mein Inneres um ihn herum zuckte.

LJ gab ein Zischen von sich und machte weiter. Seine Stöße wurden immer härter und unrhythmischer. Wieder bewegte er die Lippen, als er sein leises Mantra sprach, doch diesmal rieb sich sein stoppeliges Kinn an meiner Wange, und ich konnte die Worte verstehen. »So verdammt wunderschön. Sorg dafür, dass es gut für sie wird. So verdammt wunderschön.« Er wiederholte es immer wieder.

Um ein Haar hätte ich leise gelacht. So etwas LJ-Typisches hatte bestimmt noch nie jemand beim Sex gesagt. Ich ritt auf den Wellen, ließ mich von ihnen wieder und wieder in die Höhe heben, bis er schließlich in mir anschwoll und mir einen weiteren Höhepunkt bescherte.

Diesmal schlang ich all meine Glieder um ihn und versuchte, den Augenblick herauszuzögern. Er war zu viel. Er war zu viel, und wenn das so weiterging, würde es womöglich mein Tod sein.

Als er sich schließlich ermattet auf mich fallen ließ, genoss ich es, sein Gewicht und seine Hitze zu spüren. Nachdem wir so oft das Bett miteinander geteilt hatten, stellte ich fest, dass das hier meine absolute Lieblingsposition war. Erhitzt, erschöpft und überglücklich hielt ich ihn umschlungen und wünschte, diese Gefühle würden niemals vergehen.

Anstatt von mir herunterzurutschen, schob er die Arme unter mich und drückte mich an sich. »Das war …«

Ich musste lachen und drückte ihn ebenfalls. »Oh ja, das war es.«

Rasch sprang er aus dem Bett und entledigte sich des Kondoms. Dann kehrte er wieder zu mir zurück.

Diesmal legte er seine muskulösen Beine um meine, schmiegte sich eng an meinen Körper und schlang die Arme um mich.

Sein Schwanz, der deutlich weniger schlaff war, als ich es unter diesen Umständen erwartet hätte, ruhte in den Härchen an meinem Schoß.

Er hüllte mich vollkommen ein mit seinem Körper, seiner Kraft, seiner Lie…

Nein, das war jetzt nicht richtige Zeitpunkt, um mit irgendwelchen hochtrabenden Worten um sich zu werfen. Aber irgendwie gab es auch kein Zurück mehr. Urplötzlich bekam ich Panik, ob uns nicht doch unten im Haus jemand gehört haben könnte, und die Vorstellung traf mich wie ein Ellbogen in die Magengrube.

»Ist noch jemand zu Hause?«

Er nahm den Kopf ein wenig zurück und legte die Finger seitlich an meinen Hals. »Es ist niemand da. Die anderen kommen erst in ein paar Stunden wieder.« Seine Finger glitten weiter über meine Schulter. Sofort bekam ich eine Gänsehaut.

Doch dann heizte sich meine Haut ganz schnell wieder auf, denn zwischen uns regte sich sein bestes Stück.

»Dann haben wir ja noch Zeit für eine weitere Runde«, sagte ich, legte eine Hand an seinen Hintern und drückte seine Pobacke.

»Ich würde sagen, sogar für mindestens zwei Runden, wenn du möchtest.«

Ich schnappte mir den Kondomstreifen, der halb unter meinem Kreuz eingeklemmt war, und wedelte damit vor seiner Nase. »Wie viele davon schaffen wir wohl, bevor einer der anderen zurückkommt?«

Seine Lippen zuckten. »Keine Ahnung, aber von mir aus kann das Rennen sofort starten.« Er nahm mir den Streifen aus der Hand. »Es geht los: Fünf …«

»Vier …« Ich aalte mich unter ihm heraus und kniete mich aufs Bett.

»Drei?« Er hockte sich ebenfalls auf die Knie und riss ein Päckchen auf.

»Zwei.« Ich schubste ihn vor die Brust und er landete auf dem Rücken.

»Eins.« Er streckte die Beine aus.

Ich schwang die Beine über seine, setzte mich rittlings auf ihn und ließ mich auf ihn hinabgleiten.

»Zündung.«

16. KAPITEL

LJ

Marisa hob und senkte die Hüften, ließ sie kreisen und ritt mich. Es fühlte sich an, als würde mir beinahe unerträgliche Lust direkt in die Adern injiziert.

Ich legte die Hände auf ihre Brüste, spielte mit ihren Brustwarzen. Sie fand ihren Rhythmus, und ich passte meine eigenen Stöße daran an, um ihr noch mehr leidenschaftliches Keuchen und Seufzen und überraschte Blicke zu entlocken.

Nachdem ich mich so lange beherrscht hatte, konnte ich mich nun einfach nicht mehr zurückhalten. Und ich wollte es auch gar nicht. Nicht wenn sie sich so gut anfühlte und Laute ausstieß, die eine Art niederen, urtümlichen Instinkt in mir ansprachen und in mir das Verlangen weckten, sie jetzt, da wir endlich zusammen waren, nie wieder gehen zu lassen.

Nachdem wir das richtige Tempo gefunden hatten, dauerte es nicht lange, bis ich meinen Fokus von dem Wunsch, das Ganze für sie zu einem wunderbaren Erlebnis zu machen, darauf verlagern musste, mich selbst zu beherrschen. Das war alles viel zu gut. Ihr zuzusehen machte es mir noch schwerer, mich im Zaum zu halten.

Erneut stimmte ich mein leises Mantra an und schloss fest die Augen, riss sie jedoch einen Moment später schon wieder auf. Den Anblick ihrer leicht geöffneten Lippen und ihres verhangenen Blicks wollte ich keine Sekunde lang verpassen.

Sie schaute auf mich herab, als wäre ich ein Superheld, der mit einem Korb voller Orgasmen unter dem Arm erschienen war und sie nun großzügig austeilte. Oh Mann, ich hatte nicht übel Lust, aufs Dach zu klettern und auszutesten, ob ich tatsächlich fliegen konnte.

Ich fasste sie an den Hüften und zog sie tiefer auf mich, grub mich in sie hinein.

Das war zu viel für sie. Sie warf den Kopf in den Nacken und schrie meinen Namen, bevor sie ermattet auf meine Brust sank.

Verschwitzt, sextrunken und gesättigt drückte ich sie an meine Brust, strich ihre Haare zur Seite und massierte die Abdrücke, die die BH-Träger auf ihren Schultern hinterlassen hatten.

Leider ließ das Sex-High schneller nach, als mir lieb war. In meinem Hinterkopf formierten sich rasch wieder die alten Bedenken und Hindernisse und schickten sich an, mir das erste Mal mit ihr zu verderben.

Marisa küsste mich mit einem zufriedenen Seufzen auf die Wange.

Am liebsten hätte ich mich nicht vom Fleck gerührt, aber ich musste das Kondom loswerden.

Als ich wieder zu ihr ins Bett zurückkehrte, machte sie ein nachdenkliches Gesicht.

Schon waren die altbekannten Vorbehalte wieder da und stellten sich in meinem Kopf brav in einer Reihe auf.

»Deine Kondome waren abgelaufen.«

»Ja.« Eigentlich hatte ich gehofft, dass sie das schon wieder vergessen hätte. Und nach unserer zweiten Runde hatte ich nicht mehr genug funktionierende Gehirnzellen übrig, um mir eine plausible Ausrede einfallen zu lassen.

»Aber sie sind normalerweise ungefähr fünf Jahre haltbar.«

Ich zog die Decke zu mir hoch. Wieder schlug mein Herz wie wild, diesmal allerdings aus einem gänzlich anderen Grund als noch gerade eben. Eigentlich müsste sie doch Bescheid wissen. Falls ich es nicht geschafft hatte, sie zufriedenzustellen, hatte ich damit zumindest eine gute Entschuldigung.

»Ja.«

»Hast du die Schachtel von jemand anderem bekommen?«

»Nein«, meinte ich schmunzelnd. »Ich habe sie selbst gekauft.«

Sie bewegte sich unter ihrer eigenen Decke, und die kleinen Rädchen in ihrem Kopf ratterten noch heftiger. »Wann?«

»Im letzten Highschool-Jahr.« Ich stützte den Kopf auf den Arm und sah sie direkt an. Einerseits wünschte ich, ich hätte wieder einen Keks parat, um sie abzulenken, aber andererseits wollte ich mich auch nicht mehr länger vor ihr verstecken.

»Wie bitte?« Ihre Stirn legte sich in tiefe Falten. Dann schnappte sie plötzlich nach Luft und starrte mich mit offenem Mund an.

Ich widerstand der Versuchung, ihn ihr wieder zuzuklappen.

Mein Hals und mein Kopf waren vor Scham ganz heiß. Wahrscheinlich leuchtete ich so knallrot, dass ich als Leuchtfeuer für Flugzeuge am Himmel hätte herhalten können.

»Du bist noch *Jungfrau?*« Es klang aus ihrem Mund wie ein Wort aus einer fremden Sprache, die sie nicht beherrschte. Sie setzte sich so abrupt auf, dass ihr die Decke vom Oberkörper rutschte. »Ist das dein Ernst?«

Mein Kopf glühte vor Beschämung, als hätte mir jemand den Mund mit Kerzen vollgestopft und alle Dochte auf einmal angezündet. »Könntest du es vielleicht noch lauter rausposaunen, damit es auch alle hören? Außerdem bin ich es inzwischen nicht mehr.« Ich setzte mich auf, behielt die Decke jedoch über dem Schoß, als könnte ich meine Verlegenheit unter dem weichen Stoff verstecken. War es nicht offensichtlich gewesen? Warum hatte ich mir nicht einfach eine Ausrede einfallen lassen?

»Was ist mit dem Mädchen, mit dem du im ersten Jahr auf dem College zusammen warst?« Sie rutschte zu mir und setzte sich, eingehüllt in ihre eigene Decke, rittlings auf meinen Schoß und legte mir die Arme über die Schultern.

Ich nahm verwundert den Kopf zurück und fragte mich, was für eine Vorstellung sie von meinem Leben hatte. »Ich war im ersten Jahr mit niemandem zusammen.«

Sie schürzte die Lippen. »Du brauchst nicht zu lügen. Ich habe doch online die Fotos gesehen. Eine hübsche, supergroße Brünette mit Pixie-Haarschnitt.«

Ich zermarterte mir das Hirn, welche mysteriöse Frau sie damit meinen konnte – was mir mit Marisa auf dem Schoß nicht gerade leichtfiel. Wenigstens waren im Moment zwei Decken zwischen uns. Andernfalls hätte ich wahrscheinlich sogar Schwierigkeiten gehabt, mich an meinen eigenen Namen zu erinnern.

»Sie war groß und schlank und mit dir zusammen auf unzähligen Fotos. Bei jedem Spiel, sogar bei den Auswärtsspielen, war sie dabei.«

»Tara?« Ich musste lachen, riss mich jedoch schnell wieder zusammen, als ich Marisas missbilligenden Blick sah. Sie meinte es tatsächlich ernst.

»Okay, Tara also. Was lief mit *ihr*?«

»Wir hatten *keinen* Sex. Sie war das Maskottchen.«

»Das Maskottchen.«

»Ein riesengroßer Cartoon-Ritter.«

»Verkörpert von einer Frau.«

»Ja. Sie ist mit dem Team zu den Spielen gereist und so weiter. Als ich im ersten Jahr war, hat sie bereits ihren Abschluss gemacht.«

Nun hielt sie ihre Decke nicht mehr so krampfhaft fest. Sie glitt ihr vom Rücken. »Und was war im zweiten College-Jahr mit dieser Frau mit der Faux-Hawk-Frisur?«

»Meine Partnerin bei einem Projekt für die Uni. Sie hat ein paar Nächte hier geschlafen, weil ihre Mitbewohnerin irgendwie durchgeknallt war und ihr ständig die Unterwäsche geklaut hat.«

»Was ist mit …«

Ich unterbrach sie bei ihrer Aufzählung, indem ich ihr den Finger auf die Lippen legte. Wilde Spekulationen über mich und meine Schlafzimmeraktivitäten waren gerade so ziemlich das Letzte, was ich aus ihrem Mund hören wollte. Es hatte keinen Sinn mehr, um den heißen Brei herumzureden. Sie musste Bescheid wissen.

»Ich habe mit keiner anderen geschlafen – noch nie.« Ich legte die Hände um ihre Taille und strich mit den Daumen über die geschmeidige Haut an ihrem Rücken.

In ihrem Gesicht zeichneten sich mindestens zehn verschiedene Emotionen ab, bevor sie mich schließlich verwundert ansah.

»Warum nicht?«, fragte sie und rutschte noch weiter auf meinen Schoß.

Wenigstens glaubte sie mir. Aber wollte ich ihr wirklich die ganze Wahrheit sagen? Würde mich das erbärmlich und dumm dastehen lassen? Andererseits hatte ich den Ball schon so weit nach vorne gebracht, da würden ein paar weitere Yards bestimmt auch nicht mehr schaden.

Ich neigte den Kopf und blickte ihr in die Augen, die so wundervoll schokobraun waren, dass ich bei ihrem Anblick jedes Mal Lust auf Brownies bekam. »Weil diese Frauen nicht du waren.«

»LJ ...« Sie musterte mich fragend und mit durchdringendem Blick. »Mit niemandem?«

Ich verkniff mir ein Lächeln. »Damit will ich nicht behaupten, dass ich noch nie geküsst worden wäre oder so. Aber mehr schien mir einfach nicht richtig zu sein.« Es war ein echter Balanceakt, vor ihr weder als Aufreißer noch als Nonne dazustehen. Und dieses Gespräch ausgerechnet jetzt, in dieser Position zu führen, war denkbar ungünstig. Es gab keine Möglichkeit zu flüchten. Sich zu verstecken. Ich hatte keine Lust darauf, mit ihr in allen Einzelheiten zu besprechen, wie weit ich mit wem gegangen war, und wollte auch lieber nicht genauer darüber nachdenken, dass ihre Erfahrungen in dieser Hinsicht meine bestimmt bei Weitem übertrafen.

Oder über die Männer, mit denen sie schon zusammen gewesen war.

Ihre Hände hörten auf, quälend-verführerische kleine Kreise auf meinen Rücken zu malen. Sie senkte den Kopf und starrte auf den Punkt auf meiner Brust, den sie immer fixierte, wenn sie es nicht schaffte, mir in die Augen zu sehen.

Verdammt, hatte ich es versaut? War ich womöglich grottenschlecht gewesen, und nun hatte sie die Erklärung dafür bekommen? Ich schämte mich so sehr, dass meine sich anbahnende Erektion binnen Sekundenbruchteilen in sich zusammenfiel. Dachte sie gerade an alles zurück und erkannte, was los gewesen war? Ich hätte einfach den Mund halten und behaupten sollen, dass ich nicht wüsste, weshalb die Kondome abgelaufen waren. Allerdings wäre es mir schwergefallen, sie in dieser Hinsicht zu belügen. Mehr als eine dicke, fette Lüge aufrechtzuerhalten schaffte ich nicht.

»Ich auch nicht«, flüsterte sie.

»Was meinst du?«, presste ich hervor, weil mein Herz so heftig schlug, dass es mir die Kehle zuschnürte.

Sie spähte verstohlen zu mir auf, bevor sie den Kopf wieder senkte und über ihre vollen Lippen leckte, die ich unbedingt noch einmal schmecken musste. »Ich … ich bin auch noch Jungfrau. Na ja, ich war es …« Ihre Mundwinkel zuckten.

Ich fuhr vor Verblüffung so abrupt zurück, dass sie beinahe von meinem Schoß gefallen wäre.

Sie riss die Hände hoch und hielt sich an meinen Schultern fest. Ich starrte ihr fassungslos in die Augen und konnte es kaum glauben, weder das, was sie mir gestanden hatte, noch die Tatsache, dass ich mich jahrelang mit der Eifersucht auf den vermeintlichen Mann herumgequält hatte, der mehr gedurft hatte, als nur neben ihr zu schlafen.

Sie begann, mich verspielt mit den Fingern im Nacken zu kitzeln, woraufhin ich sofort am ganzen Körper eine Gänsehaut bekam. »Es schien mir einfach nicht richtig zu sein.«

»Was? Warum hast du mir das nie gesagt?«

Sie pikte mich mit dem Finger in die Brust. »Warum hast du es *mir* nie gesagt?«

Lieber Himmel, Marisa war eine Jungfrau. Ich hatte sie entjungfert. Die Worte explodierten förmlich in meinem Schädel. »Ich hätte doch darauf geachtet, es langsamer angehen zu lassen, oder …«

»Wenn du es noch langsamer angehen gelassen hättest, wäre ich, bis wir es endlich getan hätten, wahrscheinlich schon fünfzig gewesen«, witzelte sie und knuffte mich spielerisch.

Vor Erleichterung, dass manche Dinge zwischen uns noch immer waren wie eh und je, stahl sich ein Lächeln auf meine Lippen.

»Ich hab mich bemüht, rücksichtsvoll zu sein. Und mir Zeit

zu lassen. Und nicht schon nach drei Stößen zu kommen«, erklärte ich und kitzelte sie an der Seite.

Sie kreischte und versuchte, sich von meinem Schoß zu winden. Doch dann wurde sie wieder ernst. »Wie war es?«, fragte sie und sog ihre Unterlippe halb in den Mund.

Ich legte einen Finger unter ihr Kinn, hob ihren Kopf und sah sie fest an. Ich wollte sichergehen, dass sich, wann immer sie an das dachte, was wir gerade getan hatten, keinerlei Zweifel oder Bedenken in ihren Kopf stahlen. »Ich sollte dich das Gleiche fragen. Ist es normalerweise nicht so, dass die Jungs den Mädels das erste Mal versauen?«

Sie strich versonnen mit den Fingern über meine Brust, folgte den Umrissen der Muskeln.

Mein Schwanz reagierte sofort und war bereit, mein kühnes Vorhaben, den ganzen Streifen Kondome aufzubrauchen, in die Tat umzusetzen.

»Schon möglich, aber ich kann mich nicht beklagen. Es war fantastisch«, sagte sie mit einem Hauch von Erstaunen in der Stimme.

Der Atem, den ich angehalten hatte, entwich meiner Lunge. Meine Wange zuckte. »Ich weiß. Ich hätte schon vor Jahren damit anfangen sollen.«

Sie kniff erbost die Augen zusammen, schnappte sich ein Kissen und drosch damit auf mich ein. »Zu spät. Jetzt habe ich mir die erste Kerbe an deinem Bettpfosten gesichert.« Triumphierend reckte sie die Arme in die Luft und stieß überzogene Jubelschreie aus.

»Hab ich dir eigentlich schon mal gesagt, dass du wirklich furchtbar bist?« Ich lehnte mich entspannt gegen die Wand, beobachtete, wie sie siegesfroh strahlte. Dabei war mir noch immer äußerst bewusst, dass wir nackt waren. Ich konnte einfach nicht aufhören, sie anzusehen. Das alles fühlte sich kein bisschen seltsam oder peinlich an. Es fühlte sich an wie immer, wenn wir unter uns waren, nur noch viel besser. Ich wollte mehr davon. Noch viel mehr. »Gebührt mir denn nicht der gleiche Ehrenplatz?«

Sie grinste frech. »Ich denke, das geht in Ordnung.« Sie rutschte von meinem Schoß, angelte sich ein T-Shirt – mein T-Shirt – und zog es über. Dann kam sie wieder ins Bett, setzte sich neben mich und lehnte sich ebenfalls mit dem Rücken an die Wand. »Wir sind schon ein verrücktes Paar – zwei zweiundzwanzig Jahre alte Jungfrauen.«

»Vielleicht gibt es dort draußen mehr von unserer Sorte, als wir glauben.« Ich stupste sie mit dem Ellbogen an und hatte endlich nicht mehr das Gefühl, der Einzige zu sein oder dass es verrückt gewesen war, auf sie zu warten. Nicht, nachdem wir das hier gemeinsam erlebt hatten.

»Könnte sein …«, überlegte sie und knabberte wieder an ihrer Lippe.

»Bereust du es?« Mein Magen zog sich schmerzhaft zusammen. Oh Gott, hoffentlich nicht. Das hier war die schönste Nacht meines ganzen Lebens.

»Nein! Du vielleicht?«

»Kein bisschen.« Unvermittelt spürte ich wieder das Gewicht der Realität und der Verantwortung auf meinen Schultern. Nach der Auseinandersetzung mit ihrem Vater vorhin war Marisa nicht gerade in bester Verfassung gewesen. Ihre Emotionen waren in Aufruhr gewesen.

Ohne diesen Zwischenfall in seinem Haus hätte sie womöglich niemals mit mir geschlafen.

Ich wollte nicht, dass sie das, was zwischen uns geschehen war, benutzte, um ihrem Vater mal wieder eins auszuwischen – um ihretwillen, der Beziehung zu ihrem Vater zuliebe, bei der sich vielleicht noch etwas retten ließ, und auch um meinetwillen. Allein so zu denken ließ ein unangenehmes, nagendes Gefühl in meiner Magengrube aufkeimen. Die Saison dauerte keine sechs Wochen mehr, und ich musste retten, was noch zu retten war. »Aber vielleicht erzählen wir vorerst niemandem etwas davon.«

Sie straffte die Schultern und ließ die Lippe zwischen den Zähnen herausrutschen. »Wir sollen es für uns behalten.«

Ich war mir nicht sicher, ob sie es als Frage meinte, aber um unserer beider Willen ließ ich mich nicht beirren, sondern fuhr fort. »Willst du wirklich den Jungs – ach was, allen, die jemals behauptet haben, dass wir scharf aufeinander sind – diese Genugtuung gönnen? Sie werden uns keine Ruhe mehr damit lassen und wahrscheinlich jedes Mal, wenn wir miteinander allein sind, davon ausgehen, dass wir Sex haben. Und dann sind da noch die anderen Jungs im Team. Wenn wir uns offen zueinander bekennen, könnte es dort Schwierigkeiten geben …«

Sie zog die Knie an die Brust. »Und dann würden uns alle über unsere Zukunftspläne löchern. Was wir nach dem Abschluss vorhaben. Es ist ja nicht so, dass wir ein Paar sind«, meinte sie schulterzuckend. »Außerdem hab ich ja das Guggenheim-Stipendium bekommen und gehe zwei Wochen nach dem Abschluss sowieso nach Venedig.«

Mein Stolz und die Sehnsucht danach, glücklich zu sein, lieferten sich in meinem Inneren ein erbittertes Gefecht und fuhren schwere Geschütze auf, um meine Unsicherheit, meinen Schmerz und meinen Hass auf eine gewisse europäische Stadt niederzukämpfen.

»Du hast es geschafft.« Diese Tatsache hatte sich in den vergangenen Stunden wie eine Glasscherbe in mein Gehirn gebohrt.

»Ich habe es geschafft.« Sie setzte sich aufrechter hin. In ihrem Gesicht rangen Stolz und Furcht um die Oberhand. »Also, was diese Wir-sagen-es-niemandem-Sache angeht, da bin ich ganz deiner Meinung. Das würde viel zu viele Fragen provozieren.« Sie hielt ihren ausgestreckten, kleinen Finger hoch.

Ich hakte meinen kleinen Finger ein. Dann zog ich sie an mich und strich mit dem Mund sacht über ihren, bevor ich mit der Zunge aufreizend über den Spalt zwischen ihren leicht geöffneten Lippen leckte und verlangte, eingelassen zu werden.

Sie seufzte auf, und ich küsste sie fordernder, entschlossen, in den kommenden sieben Monaten die Erinnerung an mich so tief bei ihr einzuprägen, um ihr damit über die Zeit, die wir getrennt sein würden, hinwegzuhelfen.

In diesem Augenblick wurde die Haustür geöffnet, und schwere Schritte ertönten.

Ich wich zurück und sprang vom Bett. »Das ist Berk.« Hastig sammelte ich meine Klamotten ein und suchte nach meinen Schuhen. Dann sprang ich geradezu in meine Boxershorts hinein.

»Wahrscheinlich merkt er gar nicht, dass du hier drin bist.«

»Hey, LJ, bist du da? Ich hab draußen dein Auto gesehen.«

Verflixt! Er konnte jede Sekunde hier oben sein. »Mein T-Shirt«, sagte ich und deutete auffordernd auf sie.

Sie zögerte nur einen Augenblick, bevor sie es sich über den Kopf zog und mir zuwarf.

Ich schlüpfte hinein und schnappte meine Schuhe.

Die Treppenstufen quietschten.

Eilig hastete ich zum Bett und drückte ihr einen Kuss auf, bevor ich aus dem Zimmer flitzte. Im Rennen ließ ich meine Schuhe neben meiner Zimmertür fallen und zog mir die Jeans an. Dann ließ ich mich so schwungvoll auf meinen Schreibtischstuhl fallen, dass er vom Schreibtisch wegrollte und gegen das Bett knallte.

Ich stemmte die Fersen auf den Boden, rollte mich wieder zurück zum Tisch, stütze den Kopf auf die Hand auf und schlug einen Schreibblock auf. Schon wieder hatte mein Herz einen neuen Grund, wild zu hämmern. Ich schluckte und bemühte mich, ganz natürlich zu wirken. Ich verbrachte einfach nur einen ganz normalen Abend zu Hause. Mit lernen.

Berk steckte den Kopf zur Tür herein. »Da bist du ja. Warum hast du, als ich gerade reingekommen bin, nichts gesagt?«

»Ich habe gelernt. Wahrscheinlich habe ich deshalb nichts mitbekommen. Was gibt's?«

»Dein Schreibblock steht auf dem Kopf.«

Ich warf einen Blick auf den linierten Block, und das Herz rutschte mir in die Hose. Hektisch drehte ich ihn richtig herum.

»Das mache ich manchmal, wenn ich mich selbst im Kopf abfrage. Damit ich die Antworten nicht lesen kann.«

»Okay, das ist echt schräg, aber gut. Kann ich kurz mit dir reden? Es geht um Alexis.« Er fuhr sich mit den Fingern durch die Haare.

Was für eine Erleichterung. Berk schien so sehr von seinen eigenen Gedanken eingenommen zu sein, dass er sich gar nicht großartig für meine Ausrede interessierte. Bedauerlicherweise war das, was ihn beschäftigte, Alexis. Seine Schwester.

Ächzend ließ ich mich gegen die Stuhllehne fallen. »Mann, nachdem sie versucht hat, mir die Geldbörse zu klauen, weiß ich jetzt schon, dass ich, egal was sie von dir verlangt, dagegen bin. Ich werde das Verbot nicht zurücknehmen. Solange du hier bist, kann sie sich auch im Haus aufhalten, aber du lässt sie hier auf keinen Fall allein.«

»Ach, komm schon, so schlimm ist sie auch wieder nicht«, entgegnete er und ließ die Schultern hängen.

Schlimmer ging's gar nicht. Sie war Berks Pflegeschwester, und obwohl sie sich andauernd Ärger einhandelte, behütete er sie wie eine Glucke. Aber heute würde ich nachsichtig mit ihm sein.

Nachdem mein bisheriger Abend so wunderbar verlaufen war, hatte ich keine Lust, mit ihm noch einmal all die üblen Dinge durchzugehen, die sie sich in den dreieinhalb Jahren, die ich ihn nun schon kannte, geleistet hatte. Lieber wollte ich dieses wohlige Gefühl in meiner Brust so lange wie möglich genießen.

»Worum geht es denn?«

Beck rieb sich den Nacken. »Machst du dir Sorgen wegen des Drafts? Und ob du es schaffst, verpflichtet zu werden?«

Jeden Tag. »Manchmal schon. Aber wir können nichts anderes tun, als diese Saison alles zu geben.«

Er trommelte mit den Fingern gegen sein Bein. »Schwer vorstellbar, dass wir in sieben Monaten entweder mit Football nichts mehr zu tun haben und uns einen normalen Job suchen müssen oder aber in großen Stadien spielen und mehr Geld auf der Bank haben werden, als wir ausgeben können.«

Beim Gedanken an die erste Möglichkeit zog sich mein Magen schmerzhaft zusammen. »So weit kommt es nicht. Wir spielen diese Saison spitzenmäßig. Abgesehen vom ersten Spiel gegen STFU haben wir uns nicht vom Kurs abbringen lassen. Reece wurde beim Draft in der ersten Runde verpflichtet. Mit dem Bonus, den er allein für die Vertragsunterzeichnung bekommt, steht er schon gut da.«

»Ja.« Er hätte kaum weniger überzeugt klingen können. Warum machte er sich ausgerechnet jetzt über dieses Thema Sorgen? Bisher hatte ich immer den Eindruck gehabt, dass er derjenige von uns war, der seine Zukunftsplanung am entspanntesten sah und sich nicht kirre machen ließ.

»Wie klappt es mit deinem Agenten?«

»Ganz gut. Er ist ein etwas schleimiger Typ, aber das trifft wohl auf die meisten Agenten zu.« Traurigkeit flackerte kurz in seinem Blick auf. »Wenn diese Saison erst einmal zu Ende ist, wird ein ziemlicher Druck auf uns lasten. Eine Menge Leute werden etwas von uns wollen. Uns anders behandeln.«

»Worüber genau machst du dir Sorgen?«

»Ganz ehrlich? Dass ich nach dem Draft nur noch von Menschen umgeben sein werde, die sich an mich hängen, weil ich ihnen nützlich sein kann.«

»Das ist eine verdammt zynische Art, die Dinge zu betrachten.« In diesem Augenblick wurde mir etwas über ihn klar – über das Einzelkind, das in Pflegefamilien aufgewachsen war. »Und noch ein Grund dafür, dass du Alexis immer wieder den Hals rettest. Sie ist für dich das, was einer Familie am nächsten kommt.« Und er stand auf Jules, tat aber gern so, als würde das nicht stimmen.

»Alexis ist meine Schwester. So ist es eben. Und es geht nicht nur im sie.«

»Wir können nur versuchen, uns ausschließlich mit Menschen zu umgeben, denen wir etwas bedeuten.«

»Da hast du recht.« Er massierte sich den Nacken. »Tut mir leid, dass ich dir die Ohren vollheule.«

»Dafür sind Freunde doch da, oder?«

Er nickte. »Stimmt. Es ist toll, dass du Marisa hast, die immer für dich da sein wird. Solche Freunde findet man nicht oft. Ihr beide könnt euch wirklich glücklich schätzen.«

»Verdammt glücklich.«

17. KAPITEL

Marisa

LJ legte die Hände auf meine Pobacken. Ich rieb mich an seiner wachsenden Erektion und brachte uns damit beide auf Touren. Die Scheiben des Autos waren inzwischen von innen beschlagen.

Meine Lippen waren ganz geschwollen und pochten, doch davon würde ich mich nicht aufhalten lassen. »Wir kommen zu spät.«

Er ließ nicht von meinen Lippen ab. »Ich weiß, aber das macht nichts. Ich erzähle ihnen einfach, dass viel Verkehr war.« Er schob die Finger in meine Haare. Obwohl wir den Fahrersitz so weit wie möglich nach hinten geschoben hatten, war es für mich zwischen seiner Brust und dem Lenkrad, das sich in meinen Rücken bohrte, ziemlich eng. Trotzdem konnte ich nicht aufhören zu grinsen.

Seine Finger stahlen sich aufreizend unter mein T-Shirt und kitzelten mich.

Eine Sackgasse fünf Blocks entfernt von seinem Elternhaus war zwar nicht gerade meine erste Wahl als Parkplatz für eine kleine Nummer im Auto, aber die vergangenen beiden Wochen waren wirklich vertrackt gewesen. Ich hatte oft bis spät in die Nacht Videokonferenzen mit Venedig geführt, um über mein Stipendium zu sprechen und abzuklären, was ich für die Einschreibung fürs Masterstudium alles brauchte.

Ich wiegte mich auf seinem Schoß hin und her, während mich das Verlangen, ihn wieder in mir zu spüren, beinahe um den Verstand brachte. Die vierzehn Tage waren so schnell vergangen, und nie hatten wir genug Zeit für uns gehabt oder für die befriedigende Zweisamkeit, nach der wir uns sehnten.

LJ hatte jeden Tag Football- und Krafttraining. Bei einer besonders anstrengenden Trainingssession hatte er sich einen Oberschenkelmuskel gezerrt und anschließend einige Tage bandagiert mit Kühlpacks auf der Couch verbracht. Das gehörte eben zum Football dazu. Was er seinem Körper Saison für Saison zumutete, war wirklich brutal, aber bisher hatte er Glück gehabt. Noch hatte er keine Operationen über sich ergehen lassen müssen oder ernsthafte Verletzungen davongetragen – im Gegensatz zu einigen der anderen Jungs aus dem Team, die schon Kreuzband- und Schulter-OPs oder noch Schlimmeres hinter sich hatten.

Dass er in der laufenden Spielzeit bislang kaum auf dem Feld gestanden hatte, setzte ihm zwar zu, bewahrte ihn aber andererseits auch davor, bei den noch anstehenden Spielen auszufallen. Was noch mehr Reisen zu Auswärtsspielen bedeutete. Ich versuchte, es nicht zu sehr an mich heranzulassen. Es war eben, wie es war. Trotzdem sehnte ich mich danach, mehr Zeit mit ihm allein zu verbringen.

Da mein Bett so verdammt laut war, gab es leider keine Möglichkeit, miteinander Spaß zu haben, während sich noch jemand im Haus aufhielt. LJs Zimmer war das erste gleich neben der Treppe, und sein Bett war auch nicht viel leiser als meins. Außerdem ließen wir üblicherweise immer alle die Zimmertüren offen, damit wir uns jederzeit über den Flur etwas zurufen konnten. Unsere beiden Türen nun plötzlich zu schließen war nicht gerade der erfolgversprechendste Weg, um das, was wir taten, geheim zu halten.

Sogar die verdammten Fußböden waren hellhörig. Das hatten wir auf die harte Tour gelernt, als wir gerade zugange gewesen waren und Berk nach oben gekommen war, um zu fragen, ob wir Möbel rücken würden.

Zudem hatten zwei Auswärtsspiele stattgefunden, zu denen er hatte reisen müssen, was bedeutet hatte, dass er immer von Donnerstag bis Dienstag weg gewesen war. Wenigstens hatte ich mir deswegen keinen Kopf über die gemeinsamen Abendessen mit Ron machen müssen, aber mit LJ zu telefonieren, wobei wir uns jedes Mal gemeinsam ausmalten, was wir alles miteinander anstellen würden, wenn wir endlich wieder einen Augenblick für uns hätten, trieb mich schier in den Wahnsinn.

Die Zwischenprüfungen waren hart gewesen. Zwar konnte ich die Chemiekurse, die ich belegt hatte, gut für meine Arbeit im Museum gebrauchen, aber, oh Mann, sie waren trotzdem verdammt anspruchsvoll.

Bei seinem und meinem Terminpensum konnte es gut sein, dass wir, wenn wir diesen Augenblick jetzt nicht nutzten, erst wieder in drei Monaten Gelegenheit hätten, miteinander zu schlafen.

Die Aussicht machte mich durchaus etwas stinkig.

Sein Handy vibrierte im Getränkehalter.

Wir ließen voneinander ab, und ich angelte mir das störende Ding. Schwer atmend strich ich mir die Haare aus dem Gesicht und las die Nachricht.

Meine Lippen zuckten, und Verlegenheit überkam mich. »Das war deine Mutter. Sie will wissen, wie lange wir noch brauchen.« Perfektes Timing. Wenigstens klopfte sie nicht ans Fenster, um uns zu fragen, was da so lange dauerte.

LJ warf den Kopf gegen die Kopfstütze. »Ich hab dir doch gesagt, dass wir eine halbe Stunde früher aufbrechen sollten.«

Er war so ein verantwortungsbewusster Kerl. Mein verantwortungsbewusster Kerl. »Ich war nicht diejenige, die, nachdem wir festgestellt haben, dass kein Toilettenpapier mehr da ist, darauf bestanden hat, sofort neues zu kaufen, anstatt Servietten zu benutzen.«

»Du saßt auf dem Klo und hast nach mir gerufen. Was sollte ich denn bitteschön tun?«

»Jaja.« Ich stieg von ihm herunter und ließ mich auf meinen Sitz plumpsen. »Mach mal die Fenster auf. Das sieht ja aus, als würden wir diese Szene aus *Titanic* nachspielen.«

Er startete den Motor und ließ die Fenster herunter.

Ich erschauerte. Rasch klappte ich die Sonnenblende herunter, um einen kurzen Blick in den Spiegel zu werfen. »Was hast du denn nur mit meinen Haaren angestellt?« Ich kramte in meiner Tasche nach einer Bürste und einem Haargummi.

»Als ich dir vorhin die Kopfhaut massiert hab, hast du dich nicht beschwert.«

»Aber jetzt beschwere ich mich. Ich werde sie mir flechten müssen. Das sieht ja aus, als wäre ich in einen Hurrikan der Stufe fünf geraten.«

»Lass mich das machen. Dreh dich zur Seite.«

Mit einem leicht genervten Blick tat ich, worum er mich gebeten hatte, und drehte mich um, sodass ich auf die Beifahrertür blickte.

Seine Finger gingen eifrig ans Werk, teilten einzelne Strähnen ab und arbeiteten sich von meinem Scheitel zu meinem Nacken. Mit schnellen Bewegungen flocht er die eine Seite, während ich die andere übernahm.

Nach einem letzten, prüfenden Blick in den Spiegel, fixierte ich die Enden mit Haargummis. »Seitdem ich Quinn damals zum ersten Mal mit einer deiner Monsterfrisuren gesehen habe, bist du deutlich besser geworden.«

»Wie viele fünfzehnjährige Jungs gab es wohl außer mir noch, die es überhaupt in Erwägung gezogen hätten, einer Elfjährigen die Haare zu flechten?«

Ich lehnte den Kopf an die Kopfstütze und betrachtete den Mann, der seit einem der schlimmsten Jahre, die ich je erlebt hatte, fest zu mir gehörte. Er war in dem Moment, als ich ihn am meisten gebraucht hatte, in mein Leben getreten – als mein Vater uns verlassen hatte. »Keine.«

Er ließ den Motor aufheulen und verließ die Sackgasse. »Was hast du gesagt?«, fragte er und spähte zu mir herüber.

»Nichts. Danke, dass du mir mit meinen Haaren geholfen hast.«

»Wenn du bei meinen Eltern mit einer Petting-Frisur auftauchst, dürfte das garantiert zu einigen unangenehmen Fragen führen.« Jene Fragen, die alle aufmerksamen, liebevollen Eltern in einer solchen Situation stellen würden. Die Fragen, die meinen Eltern nie in den Sinn gekommen waren. Bei LJ zu Hause zu sein war eine zweischneidige Angelegenheit. Es gab mir Gelegenheit, mit einer Familie zusammen zu sein, die ich von ganzem Herzen liebte und bei der ich gleichzeitig das Gefühl hatte, niemals richtig dazuzugehören.

LJ parkte in der Auffahrt hinter Jills burgunderrotem Wagen. Das zweistöckige Haus im Cape-Cod-Stil besaß weiße Fensterrahmen und eine graue Außenverkleidung. Die Garage hatte einen neuen Anstrich bekommen, nachdem LJ und ich eines Tages eine Dose mit roter Sprühfarbe entdeckt hatten. Obwohl wir uns für total raffiniert gehalten hatten, waren wir erwischt worden. Wahrscheinlich, weil wir genialerweise auf die Idee gekommen waren, unser Kunstwerk zu signieren.

LJ blickte zu dem Kranz hinüber, der an der Haustür hing. In diesem Augenblick schaltete sich das Licht über der Tür ein. Alle Fenster waren erleuchtet, und der Rasen vorm Haus war für Halloween dekoriert. Selbst in den Büschen neben dem gepflasterten Weg, der zum Haus führte, hingen künstliche Spinnweben.

Er nahm meine Hand und drückte sie kurz, bevor er ausstieg.

Er schaffte es nur halb ums Auto herum, bis ich die Tür aufriss und ihm die Zunge herausstreckte.

Entnervt riss er die Hände hoch. »Du bist so eine Nervensäge.«

»Manches ändert sich eben nie.«

Als wir Seite an Seite zur Tür liefen, berührten sich unsere Finger. Ein Kribbeln schoss durch meinen Körper, und meine Mundwinkel zuckten.

Einen Schritt von der Vordertreppe entfernt hakte er seinen kleinen Finger in meinen ein.

»Lass das.«

»Was denn?«, tat er überrascht und schaute mich entrüstet an. Nun verwandelte sich mein unterdrücktes Grinsen in lautes Gelächter.

Ich schubste ihn weg und eilte zur Tür.

In diesem Moment ging sie auf, und Jill blickte uns entgegen. Sie musterte uns kopfschüttelnd und verdrehte die Augen. »Also wirklich, ihr beiden. Manchmal komme ich ehrlich in Versuchung, einen Blick auf eure Geburtsurkunden zu werfen, um mich zu versichern, dass ihr tatsächlich schon zweiundzwanzig seid und nicht erst zehn.«

»Herzlichen Glückwunsch zum Geburtstag, Mom.« Er gab ihr einen Kuss auf die Wange und reichte ihr die Geschenkschachtel, die in blau-gelbes Papier eingepackt und mit gekräuseltem Geschenkband dekoriert war.

Sie gab ihm einen spielerischen Klaps auf die Schulter, bevor er an ihr vorbei ins Haus ging.

»Herzlichen Glückwunsch, Jill.«

Sie nahm mich in die Arme und drückte mich fest. »Ich bin so stolz auf dich, mein Schatz.«

Ihre mütterliche Anerkennung traf mich wie ein Schlag vor die Brust.

Ich drückte sie ebenfalls ganz fest an mich und atmete den Duft ihres klassischen, blumigen Parfums ein.

Sie begleitete mich nach drinnen. »LJ hat uns von Venedig erzählt.«

In den zwei Jahren, die ich fort wäre, würde ich auch sie nicht sehen. Keine Geburtstagsessen. Wenn es nach LJ ging, würden sie, bis ich wiederkam, vielleicht schon gar nicht mehr in diesem Haus wohnen. Er wollte, dass sie in ein besseres, brandneues Haus umzogen. Vielleicht sogar in einen anderen Bundesstaat. In ein brandneues Leben.

Das Wohnzimmer und das Esszimmer lagen zur Rechten und Linken des schmalen Hausflurs, der gerade genug Platz für einen Garderobenschrank und ein Schuhregal bot. Die Küche befand sich geradeaus hinter einer quietschenden Schwingtür. Nach den Düften zu urteilen, die uns daraus entgegenwaberten, war Charlies Spezialgeburtstagsessen fast bereit, aus dem Ofen geholt zu werden.

Geburtstagsfeiern im Hause Lewis waren herzliche, fröhliche Familienfeste, wie ich sie mir auch immer für mich und meine Familie gewünscht hatte.

Ein Korken knallte. Jill schrie auf und klammerte sich an meinen Arm. »Charlie, du willst wohl, dass ich einen Herzinfarkt bekomme.«

»Ich hab dir doch gesagt, dass ich den Champagner öffne, sobald die beiden da sind«, entgegnete er mit der Flasche in der Hand, die in ein Handtuch gewickelt war und aus der der Schampus auf den Holzboden tropfte.

»Ich bin davon ausgegangen, dass du wenigstens wartest, bis alle am Tisch sitzen, oder zumindest, bis LJ und Marisa den Mantel ausgezogen haben«, entgegnete sie.

»Quinn ist noch unter der Dusche. Wenn wir schnell austrinken, kann sie uns auch nicht damit nerven, dass sie einen Schluck abhaben will.«

LJ streifte den Mantel ab und legte ihn über die Lehne des Sofas. Anschließend holte er zwei Champagnerflöten aus dem Esszimmer und hielt sie Charlie hin, damit er sie füllen konnte. Und das tat er ausgesprochen gewissenhaft, wartete immer wieder, bis der Schaum sich gesetzt hatte und goss nach, bis die Gläser schließlich fast randvoll waren.

»Jill.« Er reichte ihr ein Glas, bevor er mir seine leere Hand hinhielt. »Ich tausche mit dir – ein Mantel gegen ein Glas Champagner.«

»Im Gegensatz zu gewissen anderen Anwesenden«, setzte ich lachend an und warf LJ einen vielsagenden Blick zu, »weiß ich, wo der Garderobenschrank steht.« Ich knöpfte meinen Mantel auf, öffnete den Schrank hinter mir und hängte den Mantel auf einen Bügel, bevor ich das Glas entgegennahm.

»Na, wenigstens einer von euch«, bemerkte Jill und nahm einen Schluck aus ihrem Glas.

Charlie stellte sich neben Jill und legte den Arm um sie. »Einen Toast auf die wundervollste Ehefrau, die ein Mann nur haben kann. Eine, die mir sagt, wie blöd ich in meiner neuen Hose aussehe, sich deswegen aber trotzdem nicht davon abhalten lässt, mir, während ich ihr Geburtstagsessen zubereite, in den Hintern zu kneifen.«

LJ und ich stöhnten auf.

Die beiden taten schockiert. »Auf Jill und ihren neunundvierzigsten Geburtstag.« Er hob das Glas noch höher.

»Auf Mom.«

»Auf Jill.«

Wie stießen miteinander an und tranken unseren Champagner. Manchmal, wenn ich bei LJs Familie Augenblicke wie diesen erlebte, erwartete ich beinahe, dass im Hintergrund das Studiopublikum zu applaudieren begann. Obwohl ich im Lauf der Jahre so oft eingeladen worden war und so viele besondere Moment miterlebt hatte, fühlte ich mich noch immer wie ein Außenseiter, der ihnen zusah und sich fragte, wie sie das alles nur machten. Wie konnten sich zwei Menschen nach so vielen gemeinsamen Jahren noch immer lieben?

Ich ging ins Wohnzimmer, holte LJs Mantel und hängte ihn neben meinen. Bei LJ zu Hause war es immer viel einfacher, Ordnung zu halten. Hier hatte alles seinen Platz, und ich wollte auf keinen Fall jemandem zur Last fallen, sondern half stets, wo immer ich konnte.

Nachdem ich mein Glas ausgetrunken hatte, stellte ich es auf dem Esstisch ab.

Donnernde Schritte kamen die Treppe herunter. »Marisa!« Quinn bog um die Ecke und warf sich mir an den Hals. Dabei hätte sie mich um ein Haar umgeworfen. Sie war fast so groß wie LJ, was bedeutete, dass sie mich, obwohl sie vier Jahre jünger war als ich, um fast vier Zentimeter überragte.

»Quinn, die Badenixe!«

Den Spitznamen hatte sie bekommen, weil sie schon seit Langem praktisch jeden Sommer größtenteils im örtlichen Schwimmbad verbrachte. Als Jill und Charlie noch oft ins Krankenhaus gemusst hatten und LJ gleichzeitig Football-Training gehabt hatte, war ich mit ihr hingegangen. Ich schwöre, in einem Sommer hatte ich so viele Chlordämpfe eingeatmet, dass es mir die Nasenhaare weggeätzt hatte.

»Habe ich den Toast verpasst?«, fragte sie, als sie die leeren Champagnergläser bemerkte, und ließ den Kopf hängen. »Ihr beiden habt ja ewig auf euch warten lassen. Ich hatte schon befürchtet, dass ihr irgendwo herumsitzt und euch gegenseitig die Nägel lackiert oder so.«

Im Esszimmer landete eine Gabel klirrend auf einem Teller. Ich verzog das Gesicht. Er würde uns noch verraten. Ein peinliches Essen mit meiner Nicht-Familie, bei dem uns alle löcherten, was zwischen uns lief, konnte ich nun wirklich nicht gebrauchen.

Sie ließ mich los und grinste. In ihren blauen Augen glitzerte es schelmisch.

»Bekommt dein großer Bruder denn keine Umarmung, Badenixe?«, rief LJ aus dem Wohnzimmer.

Sie spähte an mir vorbei und kniff die Augen zusammen. »Ich hatte dich doch gebeten, mich nicht so zu nennen.«

Er gab ein theatralisch-entrüstetes Stöhnen von sich.

Ich überspielte mein Lachen rasch mit einem Husten.

»Was soll das denn? Ich bin doch dein Bruder.«

»Nur durch Blutsverwandtschaft.« Sie verschränkte die Arme und verdrehte die Augen.

»Wie ich sehe, bist du bereit fürs College.« Ich hakte mich bei ihr ein. »Komm schon, sei nicht so streng mit ihm. Er hat sich so darauf gefreut, dich zu sehen.«

»Da wäre ich von allein nicht draufgekommen. Er war doch schon seit Monaten nicht mehr zu Hause.« In ihrem Teenager-Trotz schwang Traurigkeit mit. Auch wenn sie ihn gern ärgerte, liebte sie ihn. Das galt für sie alle. Sie liebten einander, und genau deswegen wollte LJ so dringend gewährleisten, dass seine Familie sich nie mehr Gedanken ums Geld machen musste.

Das konnte ich verstehen. Sehr gut sogar.

»Ich habe ihn auch kaum zu Gesicht bekommen, und ich lebe immerhin unter einem Dach mit ihm. Die Saison verlangt ihm extrem viel ab. Du weißt doch, wie das ist.«

Mit einem Nicken ließ sie meinen Arm los, ging hinüber zu LJ und drückte ihn. »Du hast mir gefehlt, Blödmann.«

Er grinste mir über die Schulter hinweg zu, bevor er sie ebenfalls fest umarmte. »Du hast mir auch gefehlt.«

Sofort wand sie sich aus seinem Griff und schubste ihn weg. »Du bist echt ein Vollidiot.«

»Das sage ich ihm auch andauernd.«

Ich ließ die beiden allein und ging in die Küche. Die Schwingtür quietschte, als ich eintrat.

Jill und Charlie, die beide vor dem Herd standen, fuhren erschrocken auseinander. Da bekam jemand offenbar schon vorzeitig seinen Geburtstagskuss.

Ich versuchte erst gar nicht, mir das Grinsen zu verkneifen. LJ und ich waren offensichtlich nicht die Einzigen, die heute beim Knutschen unterbrochen worden waren. Es war so schön zu sehen, dass die beiden selbst nach fünfundzwanzig Ehejahren noch so verrückt aufeinander waren. Das war ein Beweis dafür, dass nicht jede Beziehung zwangsläufig in einer Katastrophe enden musste. Die meisten, aber nicht alle.

»Kann ich helfen?«

»Nein!«, riefen die beiden im Chor und so laut, dass ich vor Schreck einen Satz machte. Eigentlich hätte mich diese Reaktion, selbst von LJs Familie, inzwischen nicht mehr überraschen sollen.

Charlie öffnete das Band seiner Schürze. »Wie wäre es, wenn ...« Er rieb sich nachdenklich das Kinn. »Was ist mit ...«

Jill gab das Hummerfleisch in den Topf mit Käsemakkaroni. »Sie könnte den Keksteig aufs Blech löffeln.«

Er beugte sich zu ihr und flüsterte ihr etwas ins Ohr.

Sofort erschauerte sie. »Das hatte ich völlig verdrängt. Wie wäre es mit ... den Getränken? Sie könnte den Wein ausschenken.«

Meine absolute Spezialität. Ich würde wohl nie so sein wie LJs Eltern, mit jemandem in der Küche stehen und etwas Leckeres kochen. Egal, wie sehr ich mich auch bemühte, am Ende kam bei mir meistens eine ungenießbare Monstrosität heraus.

»Ja, genau!« Er gab ihr einen Kuss auf die Wange und wandte sich an mich. »Du weißt ja, wo der Korkenzieher ist. Das Geburtstagskind trinkt einen Weißwein. Ich nehme Roten. Frag doch LJ, was er möchte, und nimm dir auch, worauf du Lust hast. Und behalte Quinn im Auge – sonst stibitzt sie dein Glas.«

In diesem Haus machten sich die Eltern darüber Gedanken, dass ihr Kind einen Schluck Wein trinken könnte. Quinn konnte sich wirklich glücklich schätzen, dass sie in einer so liebevollen Umgebung aufwuchs. Ich holte mir den Korkenzieher und entkorkte zwei Flaschen.

LJs Eltern begannen derweil wieder, flüsternd miteinander zu flirten.

Da ich das Gefühl hatte, bei diesem zweisamen Augenblick zu stören, verließ ich lieber die Küche und ging ins Esszimmer hinüber.

LJ kam kurz nach mir ins Zimmer und trat hinter mich. Wir standen mit dem Gesicht zur Tür.

Sein Atem kitzelte verführerisch meine Nackenhärchen. »Wir müssen das, was wir im Auto begonnen haben, unbedingt noch zu Ende bringen.«

Ein Schauer überlief mich. Ich wandte den Kopf und legte das Kinn auf meine Schulter. »Aber nicht in den nächsten Stunden.«

Er strich mit dem Finger an der Innenseite meines Arms entlang.

Prompt zuckte ich zusammen und verschüttete etwas Weißwein. »Verflixt.«

Ich reckte mich nach dem Stapel Servietten in der Mitte des Tischs, stieß jedoch gleich darauf einen spitzen Schrei aus, als LJ vorwitzig die Hand in meine Gesäßtasche schob und meine Pobacke drückte.

»Was machst du da?«, flüsterte ich nicht gerade leise und warf einen hektischen Blick zur Tür. Mein Herz schlug dreimal schneller als sonst. Wenn jetzt jemand hereinkäme, würde das garantiert einige Fragen nach sich ziehen – sogar eine ganze Menge Fragen.

»Ich denke an dich«, sagte er leichthin, doch auf seinen Lippen spielte ein lüsternes Grinsen.

Ich bemühte mich, ihn nicht ebenfalls anzustrahlen, schubste ihn weg und machte mich daran, den Weinfleck aufzuwischen. »Ich warne dich, ich setze mich auf die andere Seite des Tischs.«

Er trat zurück, schürzte dabei jedoch anzüglich die Lippen.

Unwillkürlich musste ich daran denken, wie es wäre, wenn mich seine Lippen an jenen Stellen berühren würden, auf denen momentan nur seine Blicke ruhten, und sofort wurde mir ganz heiß, und ich errötete.

In diesem Moment kam Charlie mit einer riesigen Platte Rinderbrust herein.

Jill trug die Käsemakkaroni, und Quinn brachte Gemüse und Brötchen.

Ich füllte rasch die letzten Gläser. Quinn bekam Limonade, was sie schmollend zur Kenntnis nahm. Anschließend setzte ich mich und trank auf den Schrecken, dass wir um ein Haar erwischt worden wären, erst einmal einen Schluck aus meinem Glas.

Und schon bekam ich die Quittung dafür, dass ich Quinn keinen Wein eingeschenkt hatte. Sie sprang von ihrem Platz auf. »Ich setze mich neben Mom, und du sitzt neben LJ. Ihr zwei zankt euch doch sowieso die ganze Zeit, da will ich nicht ins Kreuzfeuer geraten. LJ, tausch mit mir.«

Er grinste triumphierend. Meine Miene wurde dagegen noch finsterer.

»Na gut, dir zuliebe lasse ich mich breitschlagen. Aber vergiss meine Großzügigkeit nicht.«

LJ nahm seinen Platz ein. Wenn er es wagen sollte, sich an mich ranzumachen, solange wir noch am Esstisch saßen, würde er sein blaues Wunder erleben. Oder vielleicht würde ich ihm auch einfach mit einem Präventivschlag zuvorkommen.

Quinn begann, mir ihre College-Pläne zu erläutern. Fünf Kunstakademien, die übers ganze Land verteilt lagen, standen auf ihrer Liste. LJ, Jill und Charlie wechselten immer wieder vielsagende Blicke, während Quinn mir die neuen Werke zeigte, die sie ihrem Portfolio hinzugefügt hatte. Es waren nicht nur Gemälde, sondern auch einige hervorragende Multimedia-Arbeiten. Sie war wirklich talentiert, und ihre künstlerischen Ambitionen waren durchaus berechtigt. Die Schulgebühren für die RISD waren allerdings astronomisch hoch, und mir war durchaus bewusst, wie viel von LJs zukünftiger Karriere abhing.

Sie würde es schaffen, und er ebenfalls.

Abgesehen von einigen misslungenen Versuchen, miteinander zu füßeln, verlief das Abendessen ohne Zwischenfälle. Es wurde viel gelacht und gescherzt, das Essen war fantastisch, und ich war mit vier meiner liebsten Menschen auf der ganzen Welt zusammen – nein, streichen wir das. Mit meinen liebsten Menschen überhaupt.

Schließlich setzten wir unsere Pappkrönchen auf und sangen viel zu laut und mit extra viel Schmiss *Happy Birthday.*

Jill blies die Kerzen auf ihrem Cupcake aus, und dann stürzten wir uns alle auf den traditionellen Lewis-Familien-Nachtisch: warme M&M-Chocolate-Chip-Cookies mit Vanilleeis. Es war eine mächtige Sauerei. Das Eis schmolz auf den warmen Keksen und lief mir seitlich über die Hand.

Ich leckte sie ab und spähte dabei zu LJ hinüber.

Er sah mich mit einem derart intensiven Blick an, dass es mir den Atem verschlug.

»Gebt der Armen doch mal eine Serviette.« Jills amüsierte Aufforderung riss mich aus meinen Gedanken und setzte dem sinnlichen Schauer, der mir über den Rücken lief, ein jähes Ende.

Nachdem wir den Nachtisch vernichtet hatten, holten wir unsere Mäntel. Die drei Mitglieder der Lewis-Familie, die nicht im Aufbruch begriffen waren, umarmten uns zum Abschied. LJs Vater drückte mich als Letzter.

»Danke, dass du es möglich gemacht hast, dass ich heute hier dabei sein kann.«

Meine Kehle schnürte sich zu, und ein Brennen breitete sich in meiner Nase aus.

Er rieb mir den Rücken und drückte mich noch einmal, bevor er mich losließ.

Draußen blieb ich am Ende der Betontreppe noch einmal stehen und warf einen Blick zurück auf das Haus, mit dem ich so viele schöne Erinnerungen verband. Wie oft hatte ich mir in meiner Jugend gewünscht, eines Tages eine Familie wie diese zu haben.

LJ berührte meine Hand und zog mich hinter sich her zum Auto. Doch nach wenigen Schritten ließ er mich wieder los, ging um den Wagen herum und öffnete mir die Tür.

Vielleicht war es wirklich eine gute Idee, alles für uns zu behalten. Wenn die Sache zwischen uns eines Tages vorbei wäre, bestand so wenigstens noch die Möglichkeit, dass ich trotzdem weiterhin in diesem Haus willkommen sein würde, das zu meinem zweiten Zuhause geworden war. Oder besser gesagt, zu meinem einzigen wahren Zuhause.

18. KAPITEL

LJ

Auf der Rückfahrt war Marisa sehr still. An der Brücke, die zurück in die Stadt führte, reichte sie mir das Geld für die Brückenmaut und starrte anschließend schweigend aufs Wasser hinaus.

»Was hat mein Vater zu dir gesagt?«

Sie zuckte zusammen. »Nichts. Er hat sich nur bedankt, dass ich gekommen bin und dich mitgeschleppt habe.« Ihre Augen funkelten belustigt.

Ich fand es schön, wie gut sie sich mit meiner Familie verstand. Wie nahtlos sie sich schon immer bei uns eingefügt hatte. Als sie den Sommer über weg gewesen war, hatte ich ihre Abwesenheit überdeutlich gespürt. Es hatte sich merkwürdig angefühlt. Aber wir würden uns daran gewöhnen müssen. Immerhin würde sie ganze zwei Jahre fort sein. In die Freude über ihren Erfolg mischte sich ein bittersüßes Gefühl.

Ich schuldete ihr viel mehr, als ich ihr jemals zurückgeben konnte. Das war nicht der einzige Grund dafür, dass ich sie liebte, aber sie war immer für mich da gewesen, so wie ich für sie. Damals, als mein Dad in meinem vorletzten Jahr an der Highschool krank geworden war, hatte ich mich eigentlich schon fest darauf vorbereitet, an einer Summer League teilzunehmen, und auch bereits Einladungen von Talentsuchern bekommen. Doch bedingt durch die Operationen, die Chemotherapie-Behandlungen und Besuche bei diversen Fachärzten waren meine Eltern kaum noch zu Hause gewesen. Marisa hatte ein Stipendium für einen Sommer in Paris aufgegeben, um uns zu helfen und sich um Quinn zu kümmern.

Sie verdiente diese Zeit in Venedig mehr als jeder andere. Welche andere Sechzehnjährige hätte ihren Traumsommer geopfert, um ein zwölfjähriges Mädchen zu beaufsichtigen, mit dem sie noch nicht einmal verwandt war? So etwas tat nur Marisa. Und sie würde immer für mich und meine Familie da sein.

»Beschäftigt dich sonst noch irgendwas?«

»Ich überlege nur, wie ich es dir heimzahlen kann, dass du mir kurz vorm Abendessen an den Hintern gepackt hast«, meinte sie mit einem sehnsüchtigen, verschlagenen Unterton.

Sie hatte die Münze geworfen, und ich joggte bereits zur Line of Scrimmage, bereit, das Spiel, das wir vor einigen Stunden unterbrochen hatten, wieder aufzunehmen.

Ihr im Wohnzimmer meiner Eltern an den Po zu fassen, obwohl wir uns eigentlich darauf geeinigt hatten, uns nichts anmerken zu lassen, war nicht gerade eine meiner besten Ideen gewesen. Aber sie zu beobachten und zu wissen, dass ich ihr nah sein, sie auf mehr als nur freundschaftliche Art berühren konnte, machte es schwer, der Versuchung zu widerstehen.

Die sich anbahnende Erektion, mit der ich anschließend zu kämpfen gehabt hatte, war die Quittung dafür gewesen.

»War Eiscreme von deiner Hand abzulecken nicht schon Rache genug?« Immerhin hatte ich mir deswegen eine Serviette auf den Schoß legen müssen, um mich nicht komplett zu blamieren.

»Das habe ich nur gemacht, weil mir die Eiscreme zu schade war, um sie an eine Serviette zu verschwenden. Ich bin eben gierig. Aber nicht nur auf Eis, sondern auch darauf, das von letzter Woche noch mal zu wiederholen.« Sie legte den Kopf auf die Seite und bedachte mich mit einem Blick, der mein Blut zum Kochen brachte.

»Sobald ich dich in die Finger kriege …« Ich knallte frustriert den Kopf gegen die Kopfstütze. »Wahrscheinlich sind die anderen alle zu Hause, und außerdem muss ich morgen früh um Viertel nach sechs im Mannschaftsbus sitzen.«

»Und anschließend bist du bis Montag weg. Was ist mit heute Nacht?«

»Wo …«

Sie warf einen Blick auf meine Rückbank. Dort hinten war es eigentlich schon allein zum Sitzen viel zu eng, ganz zu schweigen für das, was ich mit ihr vorhatte.

»Du und dein blöder Zweitürer.« Sie seufzte. »Außerdem ist mein Bett so laut wie ein Nebelhorn. Wenn wir irgendwas versuchen, während die anderen zu Hause sind, fragen sie sich bestimmt, ob wir in meinem Zimmer die Wände einreißen.«

»Mein Zimmer liegt zu nah bei der Treppe. Wir hätten nicht genug Vorwarnzeit.«

Sie rieb mit dem Daumen über ihre Unterlippe.

»Badezimmer!«, riefen wir gleichzeitig. Mit jedem Kilometer, den wir uns dem Haus näherten, wuchs meine prickelnde Vorfreude.

Marisa strich über meinen Oberschenkel und drückte dann so unerwartet zu, dass ich zusammenzuckte. »Aber nur, wenn die anderen zu Hause sind. Falls nicht, springen wir so schnell aus unseren Klamotten wie ein Verwandlungskünstler voller Killerbienen.«

»Wie um alles in der Welt kommst du nur immer auf so was?«

»Obwohl wir uns schon so lange kennen, weißt du das immer noch nicht?«

Ich stellte den Wagen in der Nähe des Hauses ab. Keytons und Berks Autos parkten direkt davor. Dann würde es also das Badezimmer werden. Das Waschbecken und der Waschtisch hielten einiges aus – ihre Stabilität würde jedenfalls, sobald wir es die Treppe hinaufgeschafft hatten, auf eine harte Probe gestellt werden. Hoffentlich hielt sich Keyton nicht in seinem Zimmer auf, und vielleicht war Berk ja drüben bei Jules.

»Verdammt.«

Als ich die Tür öffnete, hörte ich Musik, die hinten aus dem Garten kam. In das dumpfe Wummern der Bässe mischte sich Gelächter. Sie waren draußen. Dann ließ sich unser Plan doch noch in die Tat umsetzen. Wir konnten es schaffen.

»Ist deine Tasche schon gepackt?«, rief Keyton mir von der Tür aus zu, die hinaus in den Garten hinterm Haus führte. In einer Hand hielt er ein mit Alufolie abgedecktes Tablett und in der anderen eine Grillzange.

»Noch nicht.«

»Berk und Jules sind draußen. Berk ist schon wieder am Verhungern, obwohl wir vorhin erst zu Abend gegessen haben. Ich habe Steaks, Burger und Würstchen zum Grillen. Wenn du noch vor dem Essen packen willst, hast du etwa zwanzig Minuten, bis es fertig ist.«

»Also, eigentlich habe ich schon gegess…« Ich sah mich nach Marisa um.

Sie schob sich langsam rückwärts in Richtung der Treppe.

»Super Idee. Ich gehe schnell packen.«

Sie setzte den Fuß auf die untere Treppenstufe. »Und ich geh mich mal eben umziehen.«

Das klang ja überhaupt nicht verdächtig …

Keyton deutete mit der Grillzange auf uns. »Es wird auch noch einiges für dich übrig bleiben, Marisa. Während wir weg sind, musst du dir also keine Gedanken ums Essen machen.«

»Danke, Keyton! Du bist der Beste.« Sie legte die Hand aufs Treppengeländer und formte mit den Lippen das Wort »Badezimmer«.

Er schüttelte schmunzelnd den Kopf, als würde sie übertreiben, aber für mich war er in diesem Augenblick wirklich ein Held, weil er die anderen davon abhielt, ins Haus zu kommen. Er trat ebenfalls durch die Tür nach draußen und ging die Treppe in den Garten hinab.

Wir reckten beide den Hals, um ihn dabei zu beobachten, wie er über den Rasen zum Grill marschierte.

Ich begann in aller Ruhe, die Treppe hinaufzusteigen. Marisa folgte mir. Doch sobald wir wussten, dass unsere Füße von unten nicht mehr zu sehen waren, nahmen wir die letzten Stufen im Eiltempo.

Marisa schlüpfte ins Bad. »Uns bleiben höchstens zehn Minuten, bis jemand zurück ins Haus kommt.«

Die Tür war noch nicht ganz geschlossen, als sie mich schon an der Schulter packte und an sich zog.

Dann streckte sie den Arm an mir vorbei und drehte die Dusche auf. Das Rauschen übertönte die Musik von draußen fast komplett und würde hoffentlich auch den Lärm dämpfen, den wir gleich produzieren würden.

Hektisch knöpfte ich meine Hose auf, während sie sich schon aus ihrer herausschälte.

In meiner Brust erwachte wieder die Begierde, die mich immer packte, wenn sie mich mit diesem Blick ansah, der mir verriet, dass sie mich genauso sehr wollte wie ich sie.

Ich zerrte die Geldbörse aus meiner Gesäßtasche, riss sie auf und fummelte so ungeschickt darin herum, dass ich beinahe das Kondom fallen gelassen hätte.

Marisas Hände waren überall, auf meiner Brust, unter meinem Shirt, in meinen Haaren.

Mit zusammengebissenen Zähnen zog ich das Kondom über. Das drängende Verlangen, endlich in ihr zu sein, war überwältigend.

Marisa setzte sich neben dem Waschbecken auf den Waschtisch.

Als ich sie forschend mit den Fingern streichelte, stellte ich fest, dass sie schon klatschnass war. »Verdammt noch mal, Marisa.«

»Ich weiß, du solltest deswegen dringend etwas unternehmen«, erwiderte sie und biss sich auf die rosige, glänzende Unterlippe.

Ich stütze mich mit einer Hand ab und sank in sie hinein. Sofort umfing mich ihr warmes, samtiges Inneres, und sie stieß einen Schrei aus.

Ein Schauer packte mich. Ich versuchte, mich zu beherrschen. Meine Muskeln spannten sich unwillkürlich an, weil sie sich so herrlich anfühlte und weil ich die Befürchtung hatte, dass gleich jemand nach oben gestürmt kommen könnte, weil es sich anhörte, als würde Marisa von jemandem angegriffen.

»Dieser Winkel. Meine Güte, L.«

Ich drang tiefer in sie ein, so weit, wie es nur ging.

Sie wurde mit dem Rücken gegen die Wand gedrückt, und meine Oberschenkel prallten gegen den Schrank unter dem Waschbecken, doch das verursachte zum Glück keinen großen Lärm. Auf Marisa traf das allerdings nicht zu.

»Oh Gott. Mach das noch mal.«

Ich lachte mit fest zusammengebissenen Zähnen.

Sie hatte die Beine so eng um mich geschlungen, dass ich mich nicht richtig bewegen konnte. Sie rieb sich an mir und stöhnte und klammerte sich dabei so fest an meine Schultern, dass es fast wehtat.

Plötzlich rissen die dröhnenden Vibrationen der Musik im Fußboden ab. Just in diesem Moment schrie Marisa auf und verkrampfte sich in meinen Armen.

Schnell legte ich ihr die Hand auf den Mund, doch sie fasste es eher als Einladung auf, noch lauter zu werden. Dann setzte die Musik wieder ein.

Ich stieß nun immer schneller zu, meinem eigenen Höhepunkt entgegen, und auch sie kam noch einmal. Das prickelnde Gefühl war unfassbar intensiv, breitete sich in meinem ganzen Körper aus, schien bis in jede einzelne meiner Zellen vorzudringen und machte es mir schier unmöglich, mich noch länger zurückzuhalten.

Dank der Musik von draußen und dem Lärm, den die Stufen immer beim Treppensteigen verursachten, hatten wir wohl eine gewisse Vorwarnzeit, doch wir näherten uns rasend schnell dem Punkt, von dem ab es unmöglich wäre, die lustvolle Explosion, die sich in meinem Inneren zusammenballte, noch aufzuhalten.

Schließlich entlud sich mein Höhepunkt mit voller Wucht. Ich stützte mich mit den Händen neben ihren Hüften auf dem Waschtisch ab und legte die Stirn an ihre Schulter.

»Das war fantastisch«, sagte sie lachend, und ich spürte ihren Atem an meinem Hals.

»Das war es.« Ich leckte mir die Lippen und trat mit wackligen Beinen einen Schritt zurück. Anschließend streifte ich das Kondom ab, warf es in den Abfalleimer und knöpfte mir die Jeans wieder zu.

Marisa kniete sich vor den Schrank unter dem Waschbecken, wühlte kurz darin herum und hielt schließlich eine Damenbinde in der Hand. Sie packte sie aus, knüllte sie zusammen und legte sie zusammen mit etwas Toilettenpapier auf das Kondom. »Das ist, als läge Plutonium im Abfalleimer. Da schaut niemand genauer hin.« Nachdem sie ihre Hose wieder angezogen hatte, begutachtete sie ihre Haare im Spiegel. »Sieh dir das an, die Zöpfe haben gehalten. Vielleicht sollte ich das für ein Weilchen zu meiner Standardfrisur machen.« Ich konnte im Spiegel sehen, wie ihre Augen amüsiert glitzerten.

Ein Gefühl von Zufriedenheit breitete sich in mir aus, als hätte ich mich gerade ins wohlig-warme Wasser einer vollen Badewanne gelegt.

»Aber dann kann ich nicht mehr mit den Fingern hindurchfahren«, wandte ich ein und kitzelte sie im Nacken, wo sich ein paar widerspenstige Härchen kräuselten.

Sie fuhr herum und sah mich an. »Vielleicht schleiche ich mich heute Nacht in dein Bett.« Sie strich mit dem Finger über meine Brust.

Ein Ruf von unten gebot der Hitze, die sich schon wieder auf meiner Haut ausbreitete, jäh Einhalt. »Leute, ein Teil vom Essen ist schon fertig. Nur, falls ihr Hunger habt.«

»Wir sollten runtergehen.« Ihr Blick blieb auf meine Brust geheftet.

»Was ist los?« Ich legte den Finger unter ihr Kinn und hob es an.

»Nichts.« Ihr Grinsen war breit, doch es erreichte ihre Augen nicht. Sie gab mir zur Ablenkung einen flüchtigen Kuss, öffnete die Tür und schaute sich prüfend in beide Richtungen um, bevor sie auf den Flur hinaustrat.

»Pack schnell deine Tasche und komm dann nach.«

Ich hielt sie am Arm fest und konnte mir das Grinsen nicht verkneifen. »Ich gehe zuerst runter. Das gerade war mir schon packend genug.«

Schnell gab ich ihr ein Küsschen auf ihren offen stehenden Mund und eilte die Treppe hinunter.

»Ganz schön frech«, flüsterte sie mir hinterher.

Auf dem Weg durch die Küche holte ich noch zwei Becher Limo für Marisa und mich und ging anschließend nach draußen.

»Hey Berk. Hey Jules.«

Jules winkte mir mit ihrem Becher zu und legte die Hand vor den Mund. »Hey LJ. Wo ist Marisa?«

»Was meinst du damit? Wieso gehst du davon aus, dass ich weiß, wo sie ist?« Hatten sie sie gehört? Verdammt, wir waren aufgeflogen.

Alle schauten mich fragend an. Okay, vielleicht war meine Reaktion etwas zu vehement ausgefallen.

»Na, weil Keyton gesagt hat, dass ihr gemeinsam nach Hause gekommen seid.«

Ich lachte erleichtert auf und durchbrach das verwunderte Schweigen. »Oh, ach so, also seitdem ich rauf in mein Zimmer gegangen bin, habe ich sie nicht mehr gesehen.«

Berk stopfte sich den letzten Bissen seines Burgers, der mit ziemlicher Sicherheit gerade eben noch vollkommen unangetastet gewesen war, in den Mund und machte sich nicht die Mühe, sich beim Sprechen die Hand vorzuhalten. »Dann seid ihr schon seit geschlagenen dreizehn Minuten getrennt. Das muss ein neuer Rekord für euch beide sein.«

Berk schob die Platte mit dem gegrillten Fleisch in meine Richtung. Daneben stand ein Teller mit Brötchen.

»Ich bin vom Essen bei meiner Mutter noch ziemlich satt. Heute kein Fleisch für mich.«

»Oh Mann, wenn ich das gewusst hätte, hätte ich nicht so viel auf den Grill geschmissen.«

»Mach dir deswegen mal keine Gedanken. Marisa braucht doch für die nächsten vier Tage was zu essen. Da wird bestimmt nichts verderben.«

Jules stellte ihren Becher neben sich ins Gras. »Sie kocht nicht?«

»Nein!«, schrien wir alle gleichzeitig.

Sie zuckte so erschrocken zusammen, dass ihr das Würstchen vom Teller ins Gras fiel.

Berk hob es auf, warf es im hohen Bogen in den Mülleimer neben der Hintertür und gab ihr ein neues. »Zum Schutz aller lebenden Wesen im Umkreis versuchen wir, die Zeit, in der sich Marisa in der Küche aufhält, auf ein Minimum zu beschränken.«

Keyton klappte den Grill zu. »Sie ist die schlechteste Köchin auf der ganzen Welt, und ich gehe mal davon aus, dass sie einen Magen aus Stahl hat oder eine teilweise künstliche Lebensform ist.«

Ich hob mein Getränk an die Lippen. »*So* schlimm ist es nun auch wieder nicht.«

»Was ist nicht so schlimm?« Marisa kam angeflitzt und gesellte sich zu uns in unseren Stuhlkreis.

Am liebsten hätte ich sie auf meinen Schoß gezogen, ihre Hand gehalten und sie geküsst, wie Berk es mit Jules tun konnte.

Während ich ihr ihren Becher reichte, wechselte ich mit den anderen vielsagende Blicke. »Nichts. Morgens früh aufstehen.«

»Schon alles gepackt?« Sie setzte sich auf den Gartenstuhl aus Plastik neben mir. So dicht neben mich, dass sich unsere Finger kurz berührten. Ich widerstand der Versuchung, meinen kleinen Finger in ihren einzuhaken.

Keyton hob seinen Becher in meine Richtung. »Berk hat angeboten, uns morgen früh zum Bus zu fahren und auf dem Weg noch Frühstück zu besorgen. Es sei denn, du möchtest lieber selbst fahren.«

Marisa hatte den Becher zum Mund führen wollen, erstarrte jedoch mitten in der Bewegung.

Das ganze Haus nur für uns allein.

»Wahrscheinlich brauche ich morgen wieder eine Weile, um aus dem Bett zu kommen. Ich fahre selbst.«

Marisas Lippen zuckten, und sie schnippte gegen den Rand ihres Bechers. Mit einem kurzen Seitenblick ließ sie mich wissen, dass unser Plan für morgen früh stand. Jetzt mussten wir nur noch die nächsten acht Stunden durchstehen, bis endlich alle das Haus verließen.

Frische, klare Luft. Raschelndes Laub unter den Füßen. Ein Reisetag konnte gar nicht besser beginnen.

Die Stelle an meiner Brust, an der sie mich gebissen hatte, bevor sie meinen Namen geschrien hatte, pochte. Ich rieb mit der Hand über das Mal und freute mich, eine Erinnerung an unseren gemeinsamen Morgen mitnehmen zu können.

Nachdem Keyton und Berk von unten gerufen hatten, dass sie losfuhren, hatten wir ganze drei Minuten abgewartet, bis wir losgespurtet waren, uns auf dem Flur in die Arme gelaufen und zurück in ihr Zimmer getaumelt waren.

Auf dem Parkplatz, auf dem schon die Autos der anderen Spieler parkten, warteten drei Busse. Ich lud meine Tasche in einen davon und stieg ein. An der Seite war der FU-Trojaner aufgemalt, der mit seinem Schwert in Richtung unseres nächsten Sieges wies.

Im Innenraum des Busses war es schummrig. Einige der Jungs hatten sich die Kappen vors Gesicht gezogen, andere hatten Handys in der Hand und Kopfhörer in den Ohren. Da es noch so früh am Morgen war, fiel der übliche Krawall, der sonst im Bus herrschte, heute flach. Ein Luxus-Charterbus war zwar nicht gerade die unangenehmste Art zu reisen, aber auf stundenlangen Fahrten wurde es selbst in ihnen irgendwann unerträglich. Wenigstens waren es heute nur zwanzig Minuten bis zum Flughafen.

Ich setzte mich hinter Keyton und Berk.

»Sieh mal an, wer doch noch beschlossen hat, sich zu uns zu gesellen.« Keyton drehte sich zu mir um und musterte mich misstrauisch und mit einer erhobenen Augenbraue.

»Die Schlummertaste von meinem Wecker kann wirklich süchtig machen«, behauptete ich lahm. Theaterspielen war wirklich nicht meine Stärke.

Berk meldete sich durch den Spalt zwischen den Sitzen zu Wort. »Wie schätzt du deine Chancen ein, diesmal auf dem Feld zu stehen?«

Und schon war meine scheinbar unerschütterlich gute Laune dahin.

Der Defensive Line Coach ging mit dem Klemmbrett durch den Mittelgang und hakte unsere Namen ab. Coach Saunders stand ganz vorne im Bus. Sein Blick schweifte über die Sitzreihen, und als er auf mich fiel, wurde er besonders bohrend. »Vermutlich nicht besonders groß.«

19. KAPITEL

Marisa

»Wie lange verschweigst du mir eigentlich schon, dass du mit LJ schläfst?«

Ich verschluckte mich an meinem Wasser. Es brannte in meiner Lunge und tropfte mir aus dem Mund. Hektisch wedelte ich mit den Armen und warf dabei auch noch meinen Notizblock vom Esstisch in Fords Wohnung, in der Liv und ich uns heute Abend zum Lernen getroffen hatten.

»Du Arsch. Ich bin schon seit zwanzig Minuten hier, aber du hast extra darauf gewartet, mir diese Frage zu stellen, bis ich etwas zu trinken im Mund habe«, schimpfte ich und wischte mir das Kinn mit dem Ärmel ab.

»Das stimmt – und du hast dir ewig Zeit gelassen, deine Wasserflasche zu öffnen.«

Ich hob den Block auf und schlug damit nach ihr. »Und das ist total verrückt. Wieso fragst du so was?«

»Ach bitte, ich bin die Königin der Fang-ja-nichts-mit-diesem-Typen-an-Beziehungen. Schon vergessen?« Livs älterer Bruder hatte mit ihr und Ford ein ernsthaftes Problem gehabt, weil Ford sein bester Freund war. Inzwischen allerdings nicht mehr. Soweit ich wusste, hatten sie, seitdem Ford und Liv beschlossen hatten, dass ihnen seine Meinung egal war und dass sie zusammen sein wollten, kaum noch miteinander gesprochen. Wäre es für LJ und mich doch auch so einfach gewesen.

»Außerdem hast du in den zwanzig Minuten, die du hier bist, bereits mindestens zwanzig Mal auf die Uhr gesehen. So war es bei mir auch immer, wenn Ford bei einem Auswärtsspiel war.«

Fragen dieser Art zu kontern und ihnen auszuweichen war mir inzwischen in Fleisch und Blut übergegangen. Es war ein Überbleibsel aus den Zeiten, als ich um jeden Preis verhindern wollte, dass jemand mitbekam, dass ich mich nach meinem besten Freund verzehrte, und diese Angewohnheit behielt ich bei, vor allem nachdem LJ gesagt hatte, dass wir die Sache zwischen uns besser für uns behalten sollten. »Das ist doch kein Argument. Er ist mein bester Freund. Natürlich will ich wissen, ob er schon angekommen ist.«

»Ich dachte, ich wäre deine beste Freundin?«

Ich bedachte sie mit einem bösen Blick. Und da behauptete LJ, ich wäre eine Nervensäge.

»Außerdem klebt hinten an deiner Jeans ein benutztes Kondom.«

Ich sprang auf. »Verdammt noch mal. Das hatte ich doch weggeworfen.« Ich drehte mich wild im Kreis und versuchte, das widerliche Latexding zu finden.

Liv hockte auf der Kante der Couch, und ihre Lippen zuckten, als würde sie gleich losprusten.

Erbost schnappte ich mir ein dickes Sofakissen und warf es nach ihr. »Du bist wirklich das Letzte«, kreischte ich so laut, dass man es wahrscheinlich bis New Jersey hörte.

»Oh, mein Fehler. Es war nur ein Stück Klebeband.« Sie brach in schallendes Gelächter aus, zog den Klebstreifen von meiner Jeans ab und wedelte damit vor mir herum. »Soso, ihr schlaft also nicht miteinander, ja?«

Ich ließ mich auf den gepolsterten Hocker neben mir fallen und stierte zur Zimmerdecke mit ihren freiliegenden Deckenbalken hinauf. So viel zu meinen Bemühungen, meine Tarnung aufrechtzuerhalten. Als Undercoveragentin wäre ich ein Reinfall gewesen. Aber irgendwie fühlte es sich gar nicht so beängstigend an, sich jemandem anzuvertrauen. Liv hatte schon immer den Verdacht gehegt, dass etwas zwischen uns lief, sogar als ich es selbst nicht für möglich gehalten hätte.

Ich sah mich um, warf einen Blick über die Schulter, als wäre außer uns beiden noch jemand im Raum. »Wir schlafen seit ungefähr drei Wochen miteinander. Genau genommen waren wir bedingt durch seinen blöden Football-Trainingsplan allerdings bisher nur ein paarmal miteinander im Bett, aber trotzdem haben wir definitiv die Grenze von Freundschaft zu mehr als Freundschaft übertreten. So, bist du jetzt zufrieden?« Alles war in einem Wortschwall aus mir herausgebrochen, und dass nun endlich noch jemand über uns Bescheid wusste, war eine unsagbare Erleichterung.

»Und wie«, sagte sie strahlend. »Ihr habt ja schon immer so sehr miteinander geflirtet, dass ich mir sowieso sicher war, dass du früher oder später stolpern und auf seinem besten Stück landen würdest.«

»Wir haben nicht miteinander geflirtet.«

»Ach nein?«, fragte sie, nickte und beäugte mich, als wäre ich eine Idiotin mit Wahnvorstellungen. »Ihr beide seid schon seit mindestens einem Jahrzehnt beim Vorspiel.«

»Igitt. Damals waren wir zwölf.«

»Dann warst du also nicht schon als Teenie in ihn verknallt?«

»Nein, das fing alles erst auf der Highschool an. Im ersten Sommer nach dem Football-Camp, als er sein Oberteil ausgezogen hat und plötzlich keine Hühnerbrust mehr hatte.« Kurz bevor er in den Pool gesprungen war. Ich schwöre, als er wieder aus dem Wasser aufgetaucht war und seine straffen Muskeln in der Sonne geglänzt hatten, wäre ich beinahe an meinem Kaugummi erstickt.

»Wissen es die Jungs? Habt ihr beiden sie mit euren stundenlangen Sexspielen aus dem Haus vergrault?«

»Bäh, also bitte.« Hätte ich Bedenken gehabt, ob es richtig war, die Tatsache, dass wir miteinander schliefen, nicht an die große Glocke zu hängen, wären sie spätestens jetzt restlos ausgeräumt gewesen. »So wie Ford und du, als ihr euch im Schutz der Dunkelheit getroffen habt und, ähm, ach ja: das Ganze ins Internet gestellt habt.«

»Das waren nur ein paar Stunden.« Sie zog den Kopf ein und schielte finster zu mir herüber.

Hoppla, da passte es wohl jemandem nicht, dass ich das Voyeur-Sex-Video von Liv und Ford ins Spiel brachte, das sie dabei zeigte, wie sie Livs einundzwanzigsten Geburtstag im Mai feierten.

»Nein, wir haben es noch niemandem gesagt. Und du darfst es auch nicht verraten«, befahl ich mit erhobenem Finger.

Liv konnte Geheimnisse sehr gut für sich behalten. Das war auch einer der Gründe dafür, dass das Verhältnis zwischen ihr und ihrem Bruder in die Binsen gegangen war. Es stellte sich nämlich heraus, dass Brüder es nicht sonderlich mögen, wenn sich die Schwester hinter ihrem Rücken mit deren bestem Freund trifft. Wenn es also jemanden gab, der verstand, wie wichtig es war, diese Information für sich zu behalten, und außerdem Schweigen konnte wie ein Grab, dann Liv.

»Dein Geheimnis ist bei mir sicher. Heißt das also, dass ihr ein Paar seid?«, fragte sie und machte dabei ein so verzücktes Gesicht, dass ich kurz davor war, ihr noch einmal eins mit dem Kissen überzubraten.

»Im Moment ist alles in der Schwebe. Wir genießen einfach die gemeinsame Zeit, aber darüber hinaus haben wir eigentlich keine wirklichen Pläne. Für ihn steht im April der Draft an, und ich gehe für zwei Jahre nach Venedig«, erklärte ich schulterzuckend. »Momentan ist es sinnlos, langfristige Pläne zu schmieden.«

»Also bitte!« Sie schlug beide Hände auf das Kissen auf ihrem Schoß. »Da scharwenzelt ihr nun schon so lange umeinander herum, und jetzt, wo ihr endlich in der Kiste gelandet seid, heißt es plötzlich: ›Ach, wir wollen nichts Festes.‹«

»Was soll ich denn sonst tun? Ich kann Italien nicht sausen lassen, und er wird den Football nicht aufgeben. Unser Leben wird total hektisch und unbeständig sein. Wie passen da Erwartungen an eine ernsthafte Beziehung dazu?« Ich hatte alles schon hundertmal in meinem Kopf durchgekaut. Von einem von uns zu verlangen, seine Träume aufzugeben, würde nur zu Groll und Feindseligkeiten führen. Es war besser, für den Moment an dem festzuhalten, was wir hatten, und es, wenn irgendwann die Zeit gekommen war, loszulassen, als sich krampfhaft daran festzuklammern und einander zu zerstören.

»Weil ihr beide euch viel bedeutet.«

»Wir sind schon lange Zeit Freunde, aber ich habe oft genug schlechte Erfahrungen damit gemacht, von den Menschen in meinem Leben zu viel zu erwarten. Wenn man nicht viel erwartet, wird man auch nicht enttäuscht.« Bisher hatten wir ernsthafte Beziehungsgespräche immer vermieden, und das wollte ich auch beibehalten. Dann konnte ich wenigstens weiter so tun, als würde ich mich nicht gerade in ihn verlieben und wüsste deshalb nicht, wie ich die zwei Jahre in Venedig ohne ihn durchstehen sollte.

»Dann sieht euer Plan also so aus, dass du nach Italien gehst und er Profi wird. Und wie weiter? Ihr seht euch nie wieder, oder was?«

Ich zuckte nur mit den Schultern, denn ich wollte diese Frage nicht beantworten, die mir selbst schon seit meiner Landung im August ständig im Kopf herumging.

»Mal ernsthaft. Glaubst du wirklich, dass er beim Draft verpflichtet wird und anschließend kein Wort mehr mit dir redet?«

»Das Leben als Profi ist hektisch. Er wird andauernd unterwegs sein. Ständig im Mittelpunkt der Aufmerksamkeit stehen. Und ich werde nicht da sein. Wie könnte ich von ihm erwarten, dass er sich nicht vollkommen von dieser Welt des Profi-Footballs vereinnahmen lässt?«

»Ich weiß, Ford spielt Hockey und nicht Football, aber trotzdem haben wir die Höhen und Tiefen, die seine ständigen Reisen mit sich bringen, bisher ganz gut gemeistert.«

»Das ist was anderes.«

»Inwiefern? Wir kennen uns seit meiner Kindheit. Ich habe ihn schon immer aus der Ferne angehimmelt. Wir haben uns geküsst, und dann hat er mir das Herz gebrochen. Er war so ein sturer Bock, wenn es darum ging, dass wir zusammenkommen könnten, und brauchte quasi die Holzhammermethode.«

»Aber seitdem ihr zusammengezogen seid, seid ihr unzertrennlich. Außerdem ist Ford älter und eher der süße, stille Typ. LJ genießt es, im Mittelpunkt zu stehen. Er liebt das, tut aber so, als wäre es nicht so. Wenn er erst mal längere Zeit in der Profiliga gespielt hat, werden die Kinder in Trikots mit seinem Namen drauf herumlaufen. Und auch wenn ich ihn gern wegen seines Aussehens aufziehe, ist mir klar, dass er total heiß ist. Die Frauen werden ihn umschwärmen.«

»Mag sein. Aber du vertraust ihm.«

Wieder musste ich an die täglichen Vorträge meiner Mutter denken, und daran, wie wundervoll ihre College-Romanze mit Ron gewesen war. Doch als er dann beim Draft verpflichtet worden war, hatte das für ihn mehr Reisen bedeutet, mehr Aufmerksamkeit der Fans, bis er sich schließlich verletzt hatte und erst zur Talentsuche und schließlich zur Arbeit als Coach gewechselt hatte.

Lange Reisen. Lange Abwesenheit von zu Hause. Und eine lange Liste gebrochener Versprechen obendrauf.

»Es wird sich einiges ändern. Wenn er diese Saison erst einmal öfter bei den Spielen zum Einsatz kommt, wird er auch stärker im Rampenlicht stehen.«

»Warum spielt er gerade so selten?«

»Er hat sich eine Oberschenkelmuskelverletzung zugezogen, und außerdem behauptet er, er hätte beim Training geschlampt.« Im Hinterkopf wusste ich, dass das eine Lüge war – eine, die ich bisher nicht weiter infrage gestellt hatte. Seitdem ich auf die FU gewechselt hatte, war Football für mich ein Tabuthema. Wenn ich mich mit ihm über Football unterhielt, riskierte ich, dass wir irgendwann auf Ron zu sprechen kamen. Zwar sah ich mir natürlich LJs Spiele an und wünschte mir für ihn, dass er es auf dem Spielfeld allen zeigte, aber inzwischen besuchte ich ihn nicht mehr beim Training oder nervte ihn beim Krafttraining, so wie ich es früher getan hatte.

»Er muss sich endlich mal zusammenreißen.«

»Das tut er ja.« Wir beendeten unsere Lern-Session. Für Liv sah es inzwischen nicht mehr so finster aus wie noch im letzten Semester, aber dass ihr Bruder nicht mehr mit ihr redete, belastete sie noch immer sehr. Es war bestimmt schön gewesen, als Kind einen großen Bruder zu haben, der auf einen aufpasste, aber das bedeutete noch lange nicht, dass in ihrem Leben immer alles eitel Sonnenschein gewesen war.

Das wusste ich von allen am besten. Manchmal, wenn ich von meiner Mutter oder Ron anfing, schaute sie mich an, als wollte sie sagen, dass ich dankbar sein sollte, dass ich überhaupt noch Eltern hatte – ihre waren schon gestorben, als sie noch sehr jung gewesen war. Meine hatten mir dagegen immer und immer wieder demonstriert, dass sie nur, weil sie am Leben waren, noch lange keine Eltern waren.

»Wann kommt Ford zurück?«

»In einer Woche.« Sie ließ sich gegen die Rückenlehne der Couch fallen. »Es ist echt blöd, wenn er so lange weg ist. Diesmal ist er zwölf Tage unterwegs.«

»Das muss hart sein.«

»Wenigstens kann ich mich so besser auf meinen Abschluss konzentrieren. Dass ich im fünften Semester noch einmal das Hauptfach gewechselt habe, macht es deutlich schwieriger, vor unserem Abschluss alles noch irgendwie unterzubringen.«

Das Problem kannte ich: Es war ein ständiger innerer Kampf zwischen dem Wunsch, jede Minute mit LJ zu verbringen, und dem Gedanken, dass es besser wäre, sich nicht zu sehr daran zu gewöhnen. Die Uhr tickte, und bald war es Mai. Eigentlich war mir Italien als der perfekte Fluchtplan erschienen. Ich konnte zu meinen Bedingungen weggehen, einen Job machen, von dem ich immer geträumt hatte, und meine Karriere ins Rollen bringen.

Aber trotzdem gab es einen Teil von mir, der einfach nur die ultimative Footballer-Freundin sein wollte. Ich wollte ihn alles regeln lassen und endlich aufhören, so verdammt erbittert darum zu kämpfen, für Abstand zwischen uns zu sorgen und meine Unabhängigkeit aufrechtzuerhalten. Einfach nachgeben. Und allein dafür, dass ich das in Erwägung zog, hasste ich mich. Es fühlte sich an, als hätte sich meine Mutter tief in meine DNA eingebrannt: Nur ein kleiner Ausrutscher, und schon würde ich mich, wenn irgendetwas schiefging, in sie verwandeln und verbittert und zornig enden.

Dennoch verabschiedete ich mich in der Sekunde, als die Nachricht kam, dass sein Flugzeug gelandet war, von Liv und machte mich auf den Heimweg. Als ich den Puff betrat, herrschte noch immer Stille im Haus. Es war besser, bei ihm zu sein, als von ihm getrennt zu sein und die ganze Zeit darüber nachzugrübeln, was das Zusammensein mit ihm bedeutete.

Selbstverständlich saß ich nicht an meinem Schreibtisch und lauschte konzentriert darauf, ob unten die Tür aufging. Oh nein, und ich hatte auch absolut nicht immer wieder die gleichen fünf Sätze gelesen und mir dabei genau ausgerechnet, wie lange es dauerte, aus dem Flugzeug zu steigen, das Gepäck abzuholen, es in den Bus zu laden und hierherzufahren.

Berk rannte als Erster die Treppen hoch und lud seine Sachen im Zimmer gegenüber von LJs ab. Gleich darauf steckte er den Kopf in mein Zimmer. »Hey Marisa. Schön, dass das Haus noch steht. Ich geh rüber zu Jules. Wir sehen uns. Bis dann.« Und schon war er wieder weg, bevor ich auch nur ein Wort hatte sagen können.

Als Nächstes schaute Keyton vorbei. »Hey Marisa. Alles in Ordnung?«

»Keine Brandflecken an der Decke. Also alles bestens.«

Er lächelte kaum merklich. »Freut mich, das zu hören.«

Sein Blick huschte zur Treppe. »LJ kommt auch gleich rauf. Er ist von dem Trip noch ein bisschen überreizt.« Seinem Tonfall nach zu urteilen bedeutete das nicht, dass LJ gleich schräge FU-Jubelhymnen grölen und im Wohnzimmer Rad schlagen würde.

Er trommelte mit den Fingern auf den Türpfosten und setzte dazu an, noch etwas zu sagen, schloss den Mund jedoch wieder und verschwand in sein Zimmer, das meinem gegenüberlag.

Die letzten Schritte, die nun die Treppe heraufkamen, klangen leiser, müder und erschöpfter. Ich hatte heute keine Gelegenheit gehabt, mir das Spiel anzusehen, sondern hatte mir nur die Highlights durchgelesen. Hatte er vielleicht einen Spielzug vermasselt, der dort nicht erwähnt worden war?

Ich wartete darauf, dass er den Kopf zur Tür hereinsteckte. Und wartete.

Er schaute nicht in meinem Zimmer vorbei. Gleich darauf hörte ich hinter der Wand, die unsere Zimmer voneinander trennte, gedämpfte Geräusche, die so klangen, als würde er auspacken. Dabei sagte er kein Wort und machte auch keinerlei Anstalten, noch einmal in den Flur zu gehen.

Schließlich legte ich die nagenden, beunruhigenden Gedanken, die mir im Kopf herumspukten, an die Leine, ging selbst zu ihm hinüber und lehnte mich an den Türrahmen. Wäre ich talentierter gewesen, ich hätte einen Marmorblock herangekarrt und eine Skulptur von ihm gehauen. Stattdessen begnügte ich mich damit, den Anblick zu betrachten, den er mir bot – schließlich hatte ich gelernt, jede Art von Kunst wertzuschätzen. Selbst in Form eines schlecht gelaunten Football-Spielers, der täuschend echt einen Brummbären imitierte.

Seine zusammengefalteten Kleider lagen in mehreren Stapeln auf dem Bett. Es war immer wieder schön zu wissen, dass es zumindest einen Bereich im Haushalt gab, in dem er gegen mich abstank und ich ihm helfen konnte.

Er riss die gebrauchten Kleider aus seiner Reisetasche und stopfte sie so erbost in den leeren Wäschekorb, als hätte er eine Fehde mit ihnen begonnen.

»Weißt du denn nicht, dass du eigentlich nur so wütend sein solltest, wenn ihr verliert?« Ich hob eine Socke auf, die neben meinen Füßen gelandet war.

Er stand über seine Tasche gebeugt und schüttelte den Kopf. »Ich brauche ein paar Minuten für mich.«

Doch ich ging nicht darauf ein, sondern warf stattdessen einen schnellen, prüfenden Blick in den Flur. Keytons Zimmertür war geschlossen. Hatte ich nicht eigentlich noch vor weniger als einer Stunde darüber schwadroniert, dass wir beide besser ein wenig auf Distanz gehen sollten? Nachdem ich LJs Tür geschlossen hatte, setzte ich mich neben seinem Schreibtisch auf den Boden.

»Möchtest du darüber reden?«

»Nein.«

»Soll ich es aus dir herauspressen?«

»Nein.«

»Soll ich es aus dir herauskitzeln?«

Sein eiskalter Blick war die einzige Antwort, die ich bekam. Er nahm die Tasche und stopfte sie in seinen Schrank.

Ich stand auf, nahm seinen Mantel vom Haken an der Tür und reichte ihn ihm. »Gehen wir.«

Er drehte sich um, verschränkte jedoch die Arme und blieb wie angewurzelt stehen.

»Komm schon. Wie lange kennen wir uns jetzt? Glaubst du ernsthaft, dass du das aussitzen kannst?«

»Du bist immer so mies drauf, wenn du Hunger hast«, sagte ich und leckte mir Marshmallow-Reste vom Finger.

»Ich war nicht hangry.«

»Sagt der Mann, der gerade sein fünftes S'More verputzt hat.«

Meine Nase war in der eiskalten Novemberluft schon ganz taub geworden und lief wahrscheinlich inzwischen auch. Zwar war hier montagabends nicht viel los, trotzdem hatte ich lieber draußen sitzen wollen. Das *Fire & Ice* lag nicht weit vom Campus entfernt, allerdings weit genug weg, damit sich LJ während unseres schweigenden Fußmarsches dorthin darüber klar werden konnte, was eigentlich mit ihm los war.

Zwischen uns auf dem Tisch stand eine Servierplatte mit Schokolade, Graham-Crackern, Marshmallows und Spießen, und in der Mitte brannte sogar ein kleines Feuer.

Unsere Knie stießen unter dem Tisch gegeneinander, allerdings nicht auf eine sinnliche Art und Weise wie beim Füßeln, sondern eher auf die Wir-sitzen-an-einem-Kindertisch-Art-und-Weise. Allerdings fand ich es nicht unangenehm, und auch die Wärme, die das kleine Feuer spendete, war wohlig – im Gegensatz zu den eiskalten Metallstühlen.

Ich drückte einen Peanut-Butter-Cup auf meinen Graham-Cracker, holte meinen Marshmallow aus dem Feuer und legte am Ende einen zweiten Cracker obendrauf. Dann streckte ich LJ die Leckerei über den Tisch hinweg entgegen und sah ihn auffordernd an. »Na los, L. Ich weiß doch, dass du diese Kombi am liebsten magst.«

Seine Anspannung hatte auf dem Weg hierher ein wenig nachgelassen, trotzdem schien ihn noch immer etwas zu beschäftigen. Er kam mir so verschlossen und aufgewühlt vor. Als er nach dem S'More griff, zog ich es ein Stück weg, damit er sich weiter zu mir herüberbeugen musste.

Er erhob sich ein Stück von seinem Platz, um nach der Schokoladen-Erdnussbutter-Bombe zu schnappen.

Im selben Augenblick beugte ich mich ebenfalls vor und küsste ihn. Eigentlich war es nur ein Küsschen. Es überraschte mich selbst, wie unbekümmert ich es getan hatte und wie logisch es mir erschien. Früher hätte ich ihn jetzt angeraunzt oder einen Witz gerissen, doch dieser Kuss fühlte sich ganz natürlich an.

Und ich wollte mehr.

Seine Lippen drückten sich fest und gleichzeitig weich auf meine. Sie waren so warm, so köstlich. Ich wollte sie noch länger spüren. Aber nicht hier. Nicht jetzt.

Prüfend warf ich einen Blick über die Schulter. Unsere unmittelbare Umgebung und die Straße waren nach wie vor menschenleer. Trotzdem riss LJ erschrocken die Augen auf, bevor er schließlich lachen musste. Nun fiel auch der letzte Rest Anspannung von ihm ab.

»Was war das denn?«, fragte er und schaute sich genau wie ich suchend um, bevor er den S'More aus meiner Hand stibitzte.

»Das war eine Methode, um dich dazu zu bewegen, den Kopf aus dem Hintern zu ziehen.«

»Dann werde ich ihn da zukünftig wohl noch öfter hineinstecken müssen.« Sein Blick wurde hitzig, und als er geistesabwesend in die Cracker biss, versaute er sich prompt die Finger. »Mann, schmeckt das gut.«

»Danach gibt es aber nur noch einen. Wir wollen doch nicht, dass du wieder wie damals in der sechsten Klasse in den Garten kotzt.«

»Das war es wert.«

»Verrätst du mir vielleicht jetzt, was los ist?«

»Ich war beim Spiel kaum im Einsatz, und mein Agent dreht deswegen völlig durch, weshalb ich ebenfalls durchdrehe.«

»Warum lässt Ron dich nicht spielen?« Seit der Unterhaltung mit Liv war das nagende Gefühl in meinem Hinterkopf stärker geworden. Ich hatte ihn gebeten, mir zu sagen, wenn es Probleme gab. Ich hatte ihn schwören lassen, dass es ihm nichts ausmachte, mich zu den gemeinsamen Abendessen zu begleiten, und ich hatte ihm versichert, dass er nicht mitkommen musste, aber er hatte darauf bestanden. Ich musste darauf vertrauen, dass er mir die Wahrheit sagen würde – früher oder später.

»Findest du es eigentlich nicht seltsam, dass du deinen Vater Ron nennst?«

»Lenk nicht vom Thema ab. Warum lässt er dich nicht spielen?«

Er quetschte sein S'More zusammen. »Ich weiß es nicht.«

»Vielleicht hättest du es beim Abendessen ansprechen sollen. Kein anderer aus dem Team kommt jede Woche eine Stunde lang in den Genuss von Coach Saunders' ungeteilter Aufmerksamkeit.« Seit dem Abendessen mit Nora war ich nicht mehr dort gewesen, und ich bereute es kein bisschen. Irgendwann würde ich wieder zu ihm gehen müssen, damit ich keine Probleme mit den Studiengebühren fürs nächste Semester bekam, aber ich wollte den richtigen Augenblick abwarten und noch ein bisschen Zeit schinden, bis ich mir das abendliche Theater bei meinem Vater erneut antat.

»Eigentlich ist seine Aufmerksamkeit nicht wirklich ungeteilt und normalerweise auf dich gerichtet.«

»Wir sollten uns nicht den Nachtisch verderben, indem wir über ihn sprechen.« Es war schon schlimm genug, dass ich ihn bei LJs Spielen immer an der Seitenlinie stehen sah. Da musste er mir nicht auch noch mein Dessert vermiesen.

»Du hast doch von ihm angefangen.« Seine verbalen Ausweichmanöver waren bei Weitem nicht so schnell wie die, die er auf dem Spielfeld hinlegte.

»Und jetzt höre ich wieder damit auf«, entschied ich und ahmte das Geräusch nach, das beim Zurückspulen einer Videokassette entstand. »Du hast dich bei dem Spielzug, an dem du beteiligt warst, gut geschlagen. Die anderen haben wirklich brutal geblockt. Wie lief es denn in den drei Vierteln davor?«

Er leckte sich Schokolade von den Fingern.

»Es war die ganze Zeit sehr knapp. Spannend bis zur letzten Minute.« Er schnaubte missmutig. »Es sind nur noch drei Spiele bis zu den Play-offs«, sagte er mehr zu sich selbst als zu mir.

»Dann musst du beim Training zeigen, was du kannst, damit der Defensive Coach keinen Grund hat, dich zurückzuhalten.

Vielleicht will er vor allem den Erst- und Zweitsemestern eine Chance geben, weil bald so viele Seniors abgehen. Du weißt doch noch, wie schwer ihr es im ersten Jahr hattet.«

»Ja, wahrscheinlich hast du recht.« Er wandte den Blick ab und hielt wieder einen Marshmallow ins Feuer. »Ich bin froh, dass du mich heute Abend dazu gebracht hast, hierherzukommen Risa.«

Hatte ich behauptet, dass es eiskalt war? Der Blick, mit dem er mich ansah, schien bis tief in meine Brust zu dringen und entfachte in meinem Herzen ein Minifreudenfeuer.

20. KAPITEL

LJ

»Die spielfreie Woche ist immer die beste Woche der ganzen Saison.« Keyton zündete ein Stück Zeitungspapier an und steckte es im Grill im Garten zwischen die Kohlen. Im Frühling und Sommer waren die Gärten an den Wochenenden immer voll mit Studenten, die die Sonne genossen.

Aber inzwischen hatte die Novemberkälte zugeschlagen, und so hatten wir uns in unserem Haus aufs Wintergrillen verlegt.

»Noch drei Spiele bis zu den Play-offs.« Noch drei Mal hoffen, dass unsere Glückssträhne nicht abriss und wir die Play-offs dieses Jahr nicht verpassten. Mein Magen zog sich zusammen.

»Und du sitzt diese Saison aus, ohne zu spielen? Du gibst einfach auf, als wäre es keine große Sache.«

»Ich weiß, dass es sehr wohl eine große Sache ist. Und vielen Dank auch, dass du von diesem Thema anfängst, wenn ich versuche, mich mal fünf Sekunden zu entspannen«, blaffte ich etwas schärfer als beabsichtigt.

Doch Keyton zuckte nur mit den Schultern und ging einfach darüber hinweg, dass ich ihn so angefahren hatte. »Hat Marisa ihren Vater noch nicht darauf angesprochen?«

»Ich habe ihr nichts davon erzählt.«

Keyton blieb wie angewurzelt stehen. »Warum zum Teufel?«

»Es gibt Wichtigeres.«

269

»Ach so, dann ist es dir also egal, ob du gedraftet wirst, und die fetten Schecks bedeuten dir wohl auch rein gar nichts. Ich wusste ja nicht, dass du es genauso machen willst wie Nix.«

»Nix' Vater hat fast ein Jahrzehnt in der Profiliga gespielt. Er hat sich sein ganzes Leben lang noch nie Gedanken ums Geld machen müssen. Bei mir ist das anders. Glaubst du etwa, auf mich würde irgendwo ein dickes Erbe warten, und ich rackere mich nur zum Spaß ab?«

»Warum tust du dann nicht alles, was du kannst, um endlich zum Zug zu kommen? Du musst Marisa sagen, dass sie mit ihm darüber reden soll.«

»Ich kriege das auch allein hin.« Ich drängte mich an ihm vorbei und ging zurück ins Haus.

»Ja, genau, weil dir das bisher ja auch schon so hervorragend gelungen ist«, grummelte er, während er hinter mir die kleine Treppe, die vom Garten ins Haus führte, hinaufstieg.

»Wir können den Alkohol draußen auf der Veranda lagern, damit er kalt bleibt.«

»Wir haben in zwei Tagen ein Spiel, jetzt ist nicht der richtige Zeitpunkt, um sich volllaufen zu lassen.«

Ich drehte mich auf der obersten Stufe um und breitete die Arme aus. »Ich darf doch sowieso höchstens einen Spielzug machen. Welche Rolle spielt das also?«

»Wenn du Marisa nicht darum bittest, mit ihrem Vater zu reden, wirst du es nie schaffen, lange genug auf dem Spielfeld zu stehen.«

»Das werde ich ihr nicht zumuten. Ich habe echt schwere Zeiten durchgemacht, in denen sie immer für mich da war. Da werde ich es ja wohl schaffen, diese wöchentlichen Abendessen durchzustehen, damit sie ihre College-Gebühren bezahlen kann.«

»Auf Kosten deiner Zukunft?«

»Was geht auf Kosten deiner Zukunft?« Marisa kam aus der Küche. In der Hand hielt sie einen Krug mit einem farbenfrohen alkoholischen Getränk.

Keyton schüttelte den Kopf und ließ den Blick durch den Raum schweifen.

Meine Muskeln verkrampften sich. Ich kniff die Augen zusammen und hatte plötzlich ein flaues Gefühl im Magen.

An seinem Kiefer zuckte ein Muskel. *Tu es nicht.*

»Will es denn sonst keiner sagen? Echt? Also gut. Dein Vater hat LJ bei unseren Spielen neunzig Prozent der Zeit auf die Ersatzbank verbannt … und zwar deinetwegen.« Keyton spuckte die Worte geradezu aus, als wäre er endgültig mit seiner Geduld am Ende.

»Ich hatte doch gesagt, du sollst deine verdammte Klappe halten«, fauchte ich und ging auf Keyton los. Doch Berk hielt mich auf und legte mir den Arm um den Hals, damit ich Keyton nicht an die Gurgel gehen konnte.

»Meinetwegen.« Trotz des überwältigenden Drangs, Keyton zum Schweigen zu bringen, drang Marisas Stimme zu mir durch.

Ich hörte auf, mich gegen Berk zu wehren, und fuhr herum.

Der Ausdruck in ihren Augen verriet, wie sehr das Ganze sie getroffen hatte. »Er tut das nicht deinetwegen, sondern weil er ein uneinsichtiger Arsch ist.«

»Meinetwegen.« Sie sah mich schmerzerfüllt an. »Weil ich wollte, dass du zu seinen Abendessen mitkommst.«

Ich machte einen Schritt auf sie zu und streckte die Hand nach ihrem Arm aus. In meiner Magengrube schien ein Felsblock zu liegen. Nun holten mich all meine Lügen ein. »Ist doch keine große Sache.«

»Es ist sehr wohl eine große Sache, wenn es dich vom Spielen abhält.« Sie wich zurück und verschränkte die Arme vor der Brust. Man merkte ihr deutlich an, wie stinksauer sie war.

»Aber du hast für mich noch viel mehr getan.« Ich ließ den Arm wieder sinken, näherte mich ihr aber weiter.

»Hier geht es um deine Zukunft. Um das, was dir schon immer wichtig war. Um das, was du dir schon seit deinem zehnten Lebensjahr gewünscht hast.« Sie warf die Arme in die Luft und schüttelte den Kopf, als würde das alles absolut keinen Sinn ergeben. Das hatte ich bereits vor längerer Zeit festgestellt.

»Und es wird auch alles klappen.« Ich musste daran glauben, dass es klappen würde. Dass ich aus meiner begrenzten Zeit auf dem Spielfeld das Beste machte, um meinen Traum zu verwirklichen.

»Nicht wenn du bei den meisten Spielen gar nicht auf dem Feld bist. Du hast behauptet, der Grund dafür wäre, dass du in der Vorsaison das Training vernachlässigt hättest, aber in Wirklichkeit verhindert er, dass du diese Saison richtig durchstarten kannst, weil ich dich Woche für Woche zu ihm nach Hause schleppe.«

»Na und? Dafür hole ich aus der Zeit, die ich auf dem Feld stehe, das Beste raus. Jetzt ist es an mir, für dich da zu sein. Nach all dem, was du für mich und meine Familie getan hast, ist es doch selbstverständlich, dass ich das für dich tue.«

»Wie oft habe ich dir schon gesagt, dass du mir nichts schuldest? Es gibt nichts, was du wiedergutmachen müsstest. Es existiert kein Konto mit deinen Schulden.«

»Das ist mir völlig egal. Wenn du nicht gewesen wärst, wäre mein Vater nicht mehr am Leben. Ich werde dir verdammt noch mal überallhin folgen, wohin du auch willst.«

»Ich bin nicht … Ich will nicht, dass du mir überallhin folgst und tust, was immer ich will, weil du glaubst, in meiner Schuld zu stehen. Wir sind doch eigentlich Freunde – ich will nicht, dass du das Gefühl hast, dass du dich wegen einer Sache von mir herumkommandieren lassen musst, die ich sowieso in jedem Fall getan hätte, um Charlie zu helfen.«

Sie drückte Berk so schwungvoll den Krug in die Hand, dass sein Inhalt überschwappte und sich auf seine Brust ergoss.

Dann stampfte sie wutentbrannt die Treppe hinauf, sodass das Haus unter ihren Schritten zu erbeben schien, und knallte ihre Tür zu.

»Was zum Teufel ist denn jetzt los?« Ich starrte die leere Treppe an. »Was hab ich Falsches gesagt?«

Berk wischte sich über die nasse Brust und legte mir eine Hand auf die Schulter. »Vielleicht befürchtet sie, dass du dich nur aus diesem Grund noch mit ihr abgibst. Oder dass du sie als eine Art Rückversicherung betrachtest, für den Fall, dass dein Vater noch mal krank wird.«

»Frauen haben nicht gern das Gefühl, dass man nicht um ihrer selbst willen mit ihnen zusammen ist«, meldete sich Jules aus dem Wohnzimmer zu Wort, wo sie mit Alexis zusammensaß. Na toll. Noch mehr Leute im Haus, die Zeuge dieser Auseinandersetzung geworden waren.

Rasch begann ich, zurückzurudern und ausweichend klarzustellen, dass Marisa und ich nie mehr als Freunde gewesen waren. Noch mehr Leute, die ihre Ansichten über unsere Beziehung kundtaten – oder darüber, ob wir überhaupt eine Beziehung miteinander hatten –, waren momentan das Letzte, was wir gebrauchen konnten.

Ich blickte frustriert zur Decke auf und hatte das Gefühl, als hätte sie mir den Krug über den Kopf gekippt. Furcht und Verzweiflung streckten ihre kalten Finger nach mir aus. Ich hatte nie gewollt, dass sie den Eindruck bekam, dass meine Gefühle für sie irgendetwas damit zu tun hatten, dass sie meinem Vater das Leben gerettet hatte.

Ich eilte die Treppe hinauf, nahm dabei immer zwei Stufen auf einmal. Dann stand ich vor ihrer Tür und klopfte an. Sie würde zu ihrem Vater gehen. Ich war mir hundertprozentig sicher, dass sie drauf und dran war, ihrem Vater den Marsch zu blasen. Aber das wäre für keinen von uns eine gute Lösung.

Sie hatte von meinen Lügen erfahren und ich, wie sie über die Stammzellentransplantation dachte – nach diesem doppelten Tiefschlag musste ich sichergehen, dass bei *uns* alles in Ordnung war.

Auf mein Klopfen erhielt ich von jenseits der Tür, die uns trennte, feindselige Stille zur Antwort. »Können wir reden?«

Nichts.

»Ich weiß genau, dass du da drinnen bist.« Ich stürmte uneingeladen in ihr Zimmer.

»Verschwinde.« Sie zerrte an ihren Haaren herum und band sie zu einem schludrigen Pferdeschwanz zusammen.

»Wir müssen uns unterhalten.«

»Jetzt willst du also reden? Ich hab dich gefragt, warum du diese Saison kaum spielst, und du hast mir mehrmals direkt ins Gesicht gelogen.«

Schuldgefühle packten mich. »Was hätte ich denn sagen sollen?«

»Na, zum Beispiel: ›Marisa, dein Dad ist ein Riesenarschloch, und er schiebt mich auf die Ersatzbank ab, weil wir Freunde sind und ich weiterhin zu den montäglichen Abendessen gegangen bin, obwohl ich dir eigentlich versprochen hatte, damit aufzuhören, falls es für meine Position im Team von Nachteil ist.‹«

»Aber dann hättest du ihm niemals eine Chance gegeben.«

»Wieso bist du nur so davon besessen, dass ich ihm auch nur eine Sekunde meiner Zeit widme? Du hast mir angeboten, mich zu den Abendessen zu begleiten, damit ich nicht allein gehen muss, damit ich auch wirklich hingehe und nicht so viel reden muss. Ich will ihn nicht näher kennenlernen. Und dieses ganze Theater hast du so lange getrieben, dass in der regulären Saison jetzt nur noch zwei Spiele übrig sind. Hast du den Verstand verloren?«

»Wenn du nicht zu ihm zum Abendessen gegangen wärst, hätte er deine Befreiung von den Studiengebühren nicht abgesegnet, und dann hättest du womöglich noch mal die Uni wechseln müssen oder sogar deinen Abschluss nicht machen können.« Wie bei einem letzten verzweifelten Hail-Mary-Pass hatte ich alles darangesetzt, dass sie auf der Uni bleiben konnte und ich nicht noch einmal eine so lange Zeit ohne sie durchstehen musste wie damals im ersten Semester. Ich hatte mir einfach nur gewünscht, noch drei weitere Jahre mit ihr verbringen zu können, bevor wir offiziell erwachsen waren.

»Das hier ist *dein Leben*. Hör auf, mich so zu behandeln, als hätte ich durch das, was ich getan habe, noch immer etwas gegen dich in der Hand.«

»Ich hab nur versucht, dich zu beschützen.«

»Weder brauche ich deinen Schutz, noch habe ich jemals darum gebeten.«

»Als ob du ihn bei der Sache mit Chris nicht nötig gehabt hättest.«

Das war ein fieser Schlag unter die Gürtellinie. Aber es musste gesagt werden. Manchmal brauchte sie eben doch Hilfe und einen Beschützer, und ich wollte, dass ich derjenige war, an den sie sich in diesem Fall wandte.

Sie wich taumelnd vor mir zurück. »Das war wirklich unterste Schublade«, spie sie mir verächtlich entgegen.

»Hier geht es ums wahre Leben. Und nicht darum, was auf dem Spielfeld passiert.« Ich raufte mir die Haare. »Lass mich doch versuchen, eine Lösung zu finden.«

»Das hast du ja bisher so hervorragend hinbekommen«, meinte sie genervt. »Zwei Spiele. Bis zu den Play-offs sind nur noch zwei Spiele übrig. Du kannst von Glück sagen, dass das Team bisher eine so gute Saison hingelegt hat und sich dir deswegen hoffentlich noch die eine oder andere Gelegenheit bieten wird, dich zu beweisen.«

»Ich schaffe …«

»Und was, wenn du es eben nicht schaffst? So wie du es auch schon in den vergangenen zwei Spielzeiten nicht auf die Reihe bekommen hast? Was ist dann? Was ist mit den Arztrechnungen deines Dads? Dem Haus für deine Eltern? Quinns College? So viele große Pläne. Bist du bereit, sie alle aufs Spiel zu setzen, nur damit ein dahergelaufenes Arschloch, das genauso gut bloß ein Samenspender hätte sein können, noch eine Chance bekommt?«

Sie marschierte zur Tür, doch ich stellte mich ihr in den Weg.

»Wir sind noch nicht fertig.«

»Oh doch, das sind wir sehr wohl.« Sie stieß mich beiseite und stürmte aus dem Zimmer. Ich konnte hören, wie sie die Treppe hinunterstampfte.

Ernüchtert setzte ich mich auf die Kante ihres Bettes und starrte den leeren Türrahmen an. Ihre Worte hallten in meinem Kopf wider. Hatte sie das alles ernst gemeint?

21. KAPITEL

Marisa

Ich rannte so schnell die Straße zu seinem Haus entlang, dass ich unter meinem Mantel völlig verschwitzt war. Die Hitze stieg aus dem Mantelkragen nach oben und erwärmte mein Kinn, während sich die Haut meiner Wangen dank der Kälte unangenehm zusammenzog.

Als ich noch ein Haus von Rons entfernt war, kam mir ein Kind auf einem Fahrrad entgegengesaust, dick eingepackt mit Knie- und Ellbogenschützern und einem Helm auf dem Kopf.

»Levi, komm zurück«, rief ihm ein älteres Mädchen nach, das genauso gut gepolstert war wie er.

Er drehte um und fuhr wieder zu ihr zurück.

Hinter dem Mädchen entdeckte ich einen weiteren kleinen Jungen, der genauso aussah wie der erste. Er saß ebenfalls auf einem Fahrrad und hatte zum besseren Halt ein Handtuch um die Taille geschlungen. Neben ihm rannte Ron.

Seine aufmunternden Worte drangen an mein Ohr. »Sehr gut, Landon. Du machst das super.«

Die schwelende Wut in meinem Inneren loderte erneut auf und detonierte in meinem Kopf wie Napalm.

Meine Haut kribbelte, als stünde ich unverhofft einem Rudel Löwen gegenüber, das nur darauf wartete, mich in Stücke zu reißen. Allerdings war ich in Wirklichkeit keiner körperlichen

Bedrohung ausgesetzt, sondern einer seelischen, die urplötzlich alte Wunden wieder aufriss, von denen ich mir eingeredet hatte, sie wären längst verheilt. Ich wollte die Flucht ergreifen, doch das war unmöglich.

Landon strampelte nach Leibeskräften auf seinem Rad, und erst, als die beiden nur noch wenige Meter von mir entfernt waren, hob Ron plötzlich den Kopf. Er blieb stehen und packte rasch das Handtuch, das um Landon geschlungen war. Das Fahrrad kippte um, doch der kleine Junge wurde von dem Handtuch gehalten. Ron ließ ihn nicht fallen.

Er zuckte zusammen und legte besorgt die Stirn in Falten, was meinen Hass auf ihn nur noch steigerte. »Marisa, was machst du denn hier? Stimmt etwas nicht?« Er ließ Landon sanft zu Boden, bis der Junge wieder sicher auf seinen Beinen stand, und kam dann auf mich zu.

»Mit dir stimmt etwas nicht«, presste ich mühsam zwischen zusammengebissenen Zähnen hervor.

Er schaute zuerst mich und dann Landon an, bevor er in die Hocke ging und den kleinen Jungen zu sich umdrehte. »Geh mal rüber und spiel ein bisschen mit deinem Bruder und deiner Schwester, Landon. Ich muss mich mit Marisa unterhalten.« Seine Stimme klang so liebevoll, sanft und freundlich.

Das Blut kochte in meinen Adern. Es brachte mich nicht nur auf die Palme, dass er so herzlich mit einem Kind umging, das ich überhaupt nicht kannte, sondern auch, dass er ein Kind so behandelte, das nicht einmal sein eigenes war.

Der kleine Junge musterte Ron und mich und nickte.

»Möchtest du reinkommen?«, fragte Ron und streckte die Hand nach mir aus. Was für eine schwachsinnige, pseudofreundliche Scheiße.

Ich riss den Arm weg und wich zurück.

Überdruss und eine tiefe Erschöpfung spiegelten sich auf seiner Miene. Tja, Pech für ihn. »Was habe ich denn jetzt schon wieder verbrochen?«

»Die Liste ist ziemlich lang. Fangen wir doch damit an, dass du LJ meinetwegen nicht spielen lässt.« Das altbekannte Brennen war wieder da und breitete sich hinten in meiner Nase aus. »Was fällt dir eigentlich ein? Seine Zukunft steht auf dem Spiel. Es geht um seine Karriere und darum, ob er für seine Familie sorgen kann.«

Er hob seine Fulton-U-Kappe an, als wäre es ihm darunter zu heiß geworden. »Ich hab mich schon gefragt, wie lange es dauern würde, bis er klein beigibt.«

»Sollte das Ganze etwa ein Test sein? Eine Art krankes Psychospielchen?« Die Kinder hinter ihm drehten sich um und beobachteten uns. Vielleicht war es gut, wenn sie sahen, was für ein Mensch er in Wirklichkeit war und dass er ihnen nur etwas vorgespielt hatte.

Er wandte kurz den Blick ab, bevor er mich wieder ansah und die Arme über seinem Fulton-U-Trainer-Poloshirt verschränkte. »Im Leben geht es um Entscheidungen. Darum, was wir wertschätzen und was nicht.«

In diesem Augenblick öffnete sich die Haustür. »Das Mittagessen ist fertig.« Nora stand lächelnd auf der Schwelle und winkte die Kinder zu sich. Als sie mich bemerkte, erstarrte sie mitten in der Bewegung und wirkte mit einem Mal beunruhigt.

Was für eine perfekte, kleine Familie. Er durfte hier Vater-Mutter-Kind spielen, während er gleichzeitig versuchte, das Einzige in meinem Leben, was einem Zuhause am nächsten kam, zu zerstören.

Ich ballte meine herabhängenden Hände zu Fäusten, funkelte ihn wütend an und bemühte mich erfolglos, meine Atmung unter Kontrolle zu bekommen. Den sich anbahnenden Zusammenbruch zurückzudrängen.

»Er hat mich zu diesen Abendessen begleitet, weil er mein Freund ist. Ich brauchte Rückendeckung, und er war für mich da. Er war immer da, wenn ich Unterstützung gebraucht habe, und du hast diese Freundschaft gegen ihn ausgespielt.« Meine Stimme brach. Wie sehr ich es hasste, dass plötzlich Tränen in meinen Augen brannten. Wie sehr ich es verabscheute, dass ich mir immer, wenn ich ihn ansah, wünschte, nichts zu fühlen. Und wie sehr ich ihn dafür verachtete, dass er mich gegen LJ ausgespielt hatte.

»Ich habe doch nur versucht …«

»Du hast versucht, mir den einzigen Menschen wegzunehmen, der mich jemals wirklich geliebt hat, weil du *eifersüchtig* bist. Ich dachte eigentlich, ich würde dich sowieso schon hassen, aber mit dem, was du dir da geleistet hast, bist du in meinen Augen so tief gesunken wie nie zuvor.«

Er mahlte mit dem Kiefer, und das Blutgefäß seitlich an seinem Hals trat deutlich hervor. »Das hat nichts mit Eifersucht zu tun. Mir ging es nur darum, zu verhindern, dass ihr beide die gleichen Fehler macht wie deine Mom und ich. Football darf niemals wichtiger sein als die Menschen, die man gern hat.«

»Bei dir war es aber so!« Ich ging wieder einen Schritt auf ihn zu und hielt ihm den ausgestreckten Zeigefinger vors Gesicht. »Du bist weggegangen. Du hast mich bei ihr zurückgelassen und bist nie wieder zurückgekehrt. Verdammt, Football ist doch noch immer das Wichtigste in deinem Leben.« Die Tränen auf meinen Wangen brannten im kalten Winterwind. »Wir hatten verabredet, uns wöchentlich zum Abendessen zu treffen – außer wenn ein Spiel anstand oder wenn du beim Scouting warst oder beim Combine oder wie auch immer es dir sonst in den Kram passte. Oder wenn du mit Nora und den Kindern beschäftigt warst. Für sie scheinst du ja eine Menge Zeit zu haben.«

»So ist es nur an jedem zweiten Wochenende. Wenn die Kinder bei Nora sind.« Er presste die Lippen aufeinander und ließ den Kopf hängen.

Hoffentlich schämte er sich gerade in Grund und Boden.

»Und ja, Football ist ebenfalls wichtig für mich. Ich habe eben einen Job und viele Menschen, die auf mich zählen.«

»Das Gleiche gilt auch für ihn«, schrie ich so laut, dass meine Stimme über die leere Straße hallte. Meine Kehle pochte und fühlte sich wund an. »Warum zum Teufel glaubst du denn, dass er sich so abrackert? Denkst du ernsthaft, er würde das nur aus Egoismus tun?«

»Er muss wissen, dass …«

»Nein! Er muss verdammt noch mal überhaupt nichts wissen. Er muss beim Draft eine faire Chance bekommen. Du wirst ihn für den Rest der Saison in jedem Spiel einsetzen, damit seine Aussichten beim Draft nicht noch schlechter werden, als sie ohnehin schon sind.«

»Du wirst mir nicht vorschreiben, wen ich einsetze und wen nicht, Marisa«, entgegnete er knapp.

»Wenn du mich nach dem heutigen Tag jemals wiedersehen willst, dann wirst du den besten Inside Linebacker des Teams bei den letzten beiden Spielen vor den Play-offs aufs Feld schicken. Und wir wissen beide, dass das LJ ist. Dafür hat er gearbeitet, und er hat es verdient.«

»Und wenn ich es nicht tue?«

»Dann bin ich fertig mit dir«, entgegnete ich, bereit, meinen Worten Taten folgen zu lassen. Sie waren keine Drohung, sondern die Wahrheit. »Ich hab genug von dir. Ich hab genug von dir und deinem Getue, dass ich dir etwas bedeuten würde. Ich bin ein für alle Mal fertig mit dir. Du kannst mit deiner neuen

Freundin und ihren Kindern heile Familie spielen und vergessen, dass du mich jemals gekannt hast. Du kannst vergessen, dass ich überhaupt existiere, weil du nun mal ein egoistischer Mistkerl bist, der sich um nichts und niemanden schert, außer um sich selbst, und das sollten Nora und die Kinder unbedingt auch erfahren.«

Die Haustür stand noch immer einen Spalt breit offen. »Hast du das gehört, Nora? Hau lieber ab.« Ich bedachte ihn mit einem vernichtenden Blick und konnte es nicht fassen, dass ich LJ auch nur eine Sekunde lang glauben gemacht hatte, dass ich Ron ernsthaft als meinen Vater betrachtete.

»Was ist mit deinem letzten Semester? Ich habe die notwendigen Formulare bisher noch nicht ausgefüllt.« Wie lange hatte er schon darauf gewartet, sein Ass im Ärmel auszuspielen?

Ich stieß ein verächtliches, fassungsloses Lachen aus. »Ich bezahle selbst dafür. Ich werde das Geld benutzen, das ich eigentlich für mein Stipendium gespart hab. Mir egal, ich habe genug davon, nach deiner Pfeife zu tanzen. Wenn du die Chance haben willst, jemals eine Art von Beziehung zu deiner eigenen Tochter zu haben – deiner echten Tochter –, dann wirst du das Richtige tun.« Damit wandte ich mich zum Gehen.

»Weiß er, dass du hier bist – dass du deine Zukunft für seine aufs Spiel setzt?«

»Nein.« Entrüstet fuhr ich herum und marschierte wieder auf ihn zu. Wut und Trauer überkamen mich bei dem Gedanken, dass er sich anscheinend nicht vorstellen konnte, dass ich alles, was ich hatte, für jemanden opfern könnte, der mir etwas bedeutete. »Und wenn er es wüsste, würde er mich aufhalten. Er wollte mir partout nicht verraten, weshalb er die ganze Zeit nicht gespielt hat«, sagte ich und schlug mir mit der Hand vor die Stirn, »weil er aus irgendeinem völlig irrsinnigen Grund nicht wollte, dass ich *dich* hasse. Er wollte, dass ich mir eine eigene Meinung bilde, ohne seine Einmischung. Er hat versucht, *dir* eine Chance zu geben, und du hast sie mit diesem machohaften ›Ich beschließe mal eben spontan, dass ich dein Vater bin‹-Mist einfach weggeworfen.«

»Ich *bin* dein Vater.«

»Seit wann? Seit du abgehauen bist, als ich acht war? Ich habe dich nicht zu sehen bekommen. Ich habe nichts von dir gehört. Ich habe kein einziges Geschenk von dir bekommen, keinen Brief, keine Nachricht, kein Leuchtsignal – gar nichts. Du hast mich bei ihr zurückgelassen. Deinetwegen musste ich mich allein durchschlagen, und ich werde niemals zulassen, dass du jemandem, den ich liebe, wehtust.«

Ich putzte mir die Nase mit dem Mantelärmel ab.

»Er ist mein Freund. Mein bester Freund. Der beste Freund, den man nur haben kann.«

Nach seinem Gesichtsausdruck zu urteilen war er alles andere als überzeugt. Na schön, wenn er sich nicht für mich am Riemen reißen konnte, dann vielleicht für die eine Sache, von der ich wusste, dass er sie liebte.

»Du weißt, dass das Team genau das braucht und dass es die richtige Entscheidung ist. Vielleicht könntest du dich nur ein einziges Mal wie ein anständiger Mensch verhalten.«

Ich unterdrückte ein Schluchzen und wischte mir die Tränen von den Wangen. »Dieses eine Mal kannst du dich dafür entscheiden, mir ein richtiger Vater zu sein«, sagte ich und hielt einen Finger hoch – allerdings nicht den, den ich ihm am liebsten gezeigt hätte. »Und das Richtige tun. Oder du kannst mit Nora deine neue Familie gründen und so tun, als hätte es mich nie gegeben, weil du dann nämlich für mich gestorben bist.«

Ich wirbelte herum und rannte los, bis zum Ende des Blocks und um die Ecke, außer Sichtweite. Dort blieb ich endlich stehen und sank in Tränen aufgelöst gegen einen Zaun.

Mit jedem Schritt, den LJ mir nähergekommen war, hatte sich die Tür zu der Zukunft, von der er schon sein ganzes Leben lang geträumt hatte, ein Stück mehr geschlossen. Immer wieder hatte er davon erzählt, wie fantastisch es wäre, seinen Eltern ein neues Haus zu kaufen, für Quinns College zu bezahlen, zu wissen, dass er beim nächsten Mal, wenn sein Dad, seine Mom oder Quinn etwas brauchten, sich darum kümmern konnte, ohne groß nachdenken zu müssen.

Und das alles hätte er um ein Haar verloren, weil er einfach viel zu stur war.

Nach einer Weile rappelte ich mich auf und machte mich auf den Heimweg. Als der Puff in Sichtweite kam, ging ich langsamer. Jeder Schritt fühlte sich an, als hingen Bleigewichte an meinen Knöcheln, als hätte mir jemand all meine Energie abgezapft.

Auf der obersten Stufe der Verandatreppe saß LJ.

Ich klammerte mich haltsuchend ans Geländer. Mein Gesicht fühlte sich nass und heiß an. Ich sah bestimmt furchtbar aus.

»Du warst bei ihm und hast mit ihm geredet«, stellte er mit verkniffener Miene fest.

»Ja, hab ich.« Ich lief an ihm vorbei und öffnete die Haustür. Als ich das Haus betrat, rechnete ich eigentlich damit, die fröhlichen Geräusche der anderen zu hören, wie sie grillten und tranken und lachten, doch offensichtlich war die Party vorbei. Noch etwas, das meinetwegen ruiniert worden war.

Ich hörte seine Schritte hinter mir. »Ich hab dir doch gesagt, dass du es nicht tun sollst.«

»Und ich hab dir gesagt, dass du kein Idiot sein sollst.«

»Was hast du zu ihm gesagt?« Er eilte an mir vorbei, stellte sich auf die Treppe und versperrte mir den Weg.

Ich packte zähneknirschend das Geländer. Ich durfte ihm also nicht helfen, aber ihm war es gestattet, alles für mich zu opfern? »Ich hab ihm die Wahrheit gesagt und ihm klargemacht, dass er, wenn er jemals wieder ein Wort mit mir wechseln will, das einzig Richtige tun wird.«

»Risa.« Er stieß einen tiefen, gequälten und enttäuschten Seufzer aus. »Er ist dein Vater.« Er setzte sich wieder hin, genau in meinen Weg.

»Wann begreifst du endlich, dass es hier nicht nur um ein verpasstes Football-Spiel geht, oder darum, dass er einmal vergessen hat, mich von der Schule abzuholen? Hier geht es darum, dass er nie für mich da war. Meine Eltern waren niemals für mich da. Meine Mutter kann sich nicht mal um sich selbst kümmern, geschweige denn um mich, und Ron hat sich gerade, als ich alt genug war, um ihn zu vermissen, aus dem Staub gemacht. Meine Eltern sind nicht deine Eltern, und nicht alle Eltern verdienen eine zweite Chance – oder überhaupt irgendeine Chance. Manchmal ist eine deutliche Grenze zu ziehen das Beste, was man tun kann, um sich selbst zu schützen.« Gerade als ich gedacht hatte, keine Tränen mehr zu haben, flossen sie erneut.

Doch diesmal kauerte ich nicht auf einem eiskalten Gehweg. Ich sank auf der Treppenstufe vor ihm zusammen.

LJ legt die Arme um mich und drückte mich an seine Brust.

Ich klammerte mich an ihn, als hinge mein Leben davon ab.

Er schmiegte das Gesicht an meine Haare und streichelte meinen Hinterkopf, bis mein Schluchzen nachließ und von beschämtem Schluckauf abgelöst wurde. Schließlich sagte er leise: »Du bist der stärkste Mensch, den ich kenne.«

»Das bin ich nicht. Wirklich nicht. Wenn es so wäre, dann wäre ich nicht an die Fulton U gegangen, um Ron für meine

College-Ausbildung bezahlen zu lassen.« Ich sah zu ihm auf. »Und weil ich es so furchtbar fand, in New York und von dir getrennt zu sein.«

»Du hast ja nur drei Jahre gebraucht, um dir endlich einzugestehen, dass du mich total unwiderstehlich findest.« Ein zärtliches Lächeln spielte auf seinen Lippen.

Ich lachte mit Tränen in den Augen. »Obwohl du dich immer wieder wie ein Vollidiot aufführst.«

Er brachte mich in sein Zimmer und kickte die Schuhe von den Füßen.

Ich schlüpfte ebenfalls aus meinen und folgte ihm in sein Bett.

Seine starken Finger knöpften entschlossen meinen Mantel auf.

Ich legte die Hand auf seine und schaute ihm in die Augen. »Du hättest mich nicht belügen sollen. Du hättest es mir nicht verschweigen dürfen.«

Er nickte ernst, während er mir den Mantel von den Schultern zog. »Ich weiß. Ich wollte verhindern, dass du ihn hasst oder dass du nicht mehr in der Lage bist, deine College-Gebühren zu bezahlen. Ich wollte nicht, dass du wieder weggehen musst.« Als ich seinem Blick begegnete, kehrten die Tränen aufs Neue zurück, diesmal jedoch aus einem gänzlich anderen Grund. Allein mit der Art, wie er mich ansah, gab er mir so sehr das Gefühl, begehrt zu werden, wie ich es noch nie zuvor erlebt hatte und wahrscheinlich auch nicht wieder tun würde. Es war Furcht einflößend zu sehen, wie tief seine Gefühle für mich gingen, und gleichzeitig zu wissen, dass das hier womöglich nicht für immer sein würde.

Wir legten uns zusammen ins Bett, Arme und Beine ineinander verschlungen und mit dem Kopf auf demselben Kissen.

Er fuhr mit den Fingern durch meine Haare, löste die Strähnen, die wegen meiner Tränen an meinem Gesicht klebten.

»Ich liebe dich, Marisa.«

Es war nicht das erste Mal, dass er es sagte, doch diesmal fühlte es sich anders an. Atemberaubend und überwältigend anders.

22. KAPITEL

LJ

Keyton lehnte sich neben mir gegen einen Spind und stützte sich mit dem Arm ab. »Hör mal, es tut mir leid. Ich weiß, dass du nicht wolltest, dass sie es erfährt, aber manchmal bist du einfach viel sturköpfiger, als gut für dich ist.«

Meine Muskeln fühlten sich verkrampft an, doch das hatte nichts mit dem harten Training zu tun, oder damit, dass ich die Dehnübungen übersprungen hatte. Ich legte meine Schulterpolster an und zog mein Trikot darüber.

»Es lässt sich sowieso nicht mehr ändern.« Über uns rumorte das Stadion, die Tribünen voller halb durchgefrorener Fans.

»Wie geht es Marisa?«

»Ich bin saurer auf dich, weil du sie verärgert hast, als auf den Coach.« In meiner Wange zuckte es.

Marisa und ich hatten uns in den vergangenen Tagen in unsere eigene kleine Welt zurückgezogen, uns auf dem Campus verschwiegene Stellen gesucht, wo wir uns verkriechen konnten. Ich hätte mir für mein letztes Jahr am College wirklich eine eigene Wohnung suchen sollen.

Er reichte mir die Hand. »Alles wieder in Ordnung?«

Ich neigte den Kopf und betrachtete ihn nachdenklich. Wie oft hatte ich so etwas schon Marisa zuliebe getan? Manchmal mussten wir den Menschen, die uns etwas bedeuteten, eben einen kleinen Schubs geben. Dafür waren Freunde da. Ich nahm seine Hand, zog ihn zu mir und klopfte ihm mit der Faust auf den Rücken. »Alles okay.«

Er nickte, lächelte schief und atmete hörbar auf. »Danke. Ich hatte schon befürchtet, du würdest mich aus dem Haus werfen oder so was.«

»Nie im Leben. Wenn ich das tun würde, würde Berk sofort versuchen, Alexis in dem freien Zimmer einzuquartieren.«

»Sie führt irgendwas im Schilde, oder?«

»Tut sie das nicht immer? Aber damit muss Berk allein klarkommen.«

Coach Saunders betrat die Umkleidekabine, und sofort verstummten alle Gespräche.

Ich richtete mich kerzengerade auf und bemühte mich, ihn nicht allzu bitterböse anzustarren. Marisa hatte mir alles über den kuscheligen Familienaugenblick erzählt, in den sie hineingeplatzt war, als sie ihn zur Rede gestellt hatte. Kaum zu glauben, dass ich ernsthaft geglaubt hatte, er hätte es verdient, dass sie ihm noch eine Chance gab.

Der Coach nahm das Klemmbrett zur Hand und musterte es. »Kleine Änderung in der heutigen Startaufstellung. Lewis wird eingewechselt und kommt in die Startaufstellung. Der Rest bleibt wie gehabt.« Er würdigte mich keines Blickes. »In zehn Minuten geht's los.«

Der Atem schien aus meiner Lunge gepresst zu werden, und ich schaffte es kaum, wieder Luft hineinzusaugen. Ich war beim Spielstart mit dabei. Zum ersten Mal seit vierundzwanzig Spielen.

Die Assistenztrainer folgten ihm in den Fitness- und Erholungsraum, der neben der Umkleide lag.

Unverhofft traf mich ein Schlag, der mich fast von den Füßen holte, doch ich landete nicht auf dem Boden, sondern prallte gegen einen gepolsterten Oberkörper. »Du bist dabei«, brüllte Berk so laut, dass mir beinahe das Trommelfell platzte.

»Nicht wenn ich deinetwegen taub werde und die Ansagen nicht mehr hören kann.« Trotzdem strahlte ich mit den Zahlen auf der Anzeigetafel um die Wette.

Berk warf mir einen Blick über die Schulter hinweg zu. »Ich bin froh, dass der Coach endlich zur Vernunft gekommen ist.«

»Da sind wir schon zwei.«

Wir liefen durch den Kabinentunnel. Die kalte Novemberluft, die uns am anderen Ende entgegenschlug, fühlte sich nach der überheizten Kabine und in voller Montur noch viel eisiger an. Die Ersatzspieler begannen, an der Seitenlinie auf und ab zu joggen, um sich warm zu halten. Wir Übrigen wussten, dass uns schon sehr bald richtig heiß werden würde.

Unser Atem kondensierte in der kalten Luft und bildete eine Art Fulton-U-Nebel. Zwar waren Heizgeräte aufgestellt worden, doch sobald ich mich nicht mehr in ihrer unmittelbaren Nähe aufhielt, spürte ich wieder die Eiseskälte auf der Haut.

Unser Quarterback lief für den Münzwurf in die Mitte des Spielfeldes. Der donnernde Jubel des Publikums ging mir bis in die Knochen.

Der Schiedsrichter verkündete die Entscheidung – die Defense war zuerst am Start.

Als ich aufs Feld hinauslief, schloss ich kurz die Augen, denn ich wusste auch ohne zu sehen genau, wo meine Position war. Bei diesem Spiel würde es erst gar nicht so weit kommen, dass wir in Rückstand gerieten und ihn erst zum Ende des letzten Viertels wieder aufholten. Wir würden siegen, und ich würde allen zeigen, wie gut ich jede sich bietende Gelegenheit nutzen würde, die gegnerischen Spielzüge zu vereiteln.

Ich lief hinter den Linemen auf und ab, fand mein Ziel und ging im Kopf noch einmal die stundenlangen Videoaufnahmen durch, die wir uns angesehen hatten, um unseren Gegner zu studieren. Meine Aufgabe war simpel: niemanden an mir vorbeilassen.

Aufhalten. Unterbrechen. Abwehren.

Der Ball wurde übergeben, und plötzlich schien alles in Zeitlupe abzulaufen. Lücken taten sich auf, und ich nutzte jede gnadenlos aus, weil ich wusste, dass jede Minute, die ich auf dem Feld stand, uns auch dem Sieg eine Minute näher brachte. Jeder Block verbesserte die Position der Offense. Jeder Atemzug ließ meine Aussicht auf eine Profikarriere ein Stück realer werden.

Heimspiele bedeuteten, dass im Anschluss auch zu Hause gefeiert wurde. Und diesmal gab es eine extrawilde, ohrenbetäubend laute Party, die den Adrenalinspiegel in schwindelerregende Höhen trieb und bei der die anderen uns wohl am liebsten auf die Schultern gehoben und durchs Wohnzimmer getragen hätten.

Erfreulicherweise hatten wir nicht selbst für den nötigen Alkohol sorgen müssen. Diverse Bierfässer waren einfach unaufgefordert aufgetaucht, und die Musik dröhnte aus Boxen, die uns nicht gehörten, und ließ den Boden zittern.

Die Erst- und Zweitsemester, die sich selbst zu uns eingeladen hatten, würde ich mir morgen schnappen, damit sie die Sauerei von der Party beseitigten.

Doch jetzt genoss ich erst einmal die großartige Stimmung nach dem Fast-zu-null-Spiel. Diesmal feierten wir ein Spiel, bei dem ich bei jedem Spielzug der Defense auf dem Feld gewesen war. Diesmal stand Marisa lachend in der Küche und unterhielt sich fröhlich mit Jules, zumindest bis Berk sich dazugesellte.

Doch jetzt waren die beiden plötzlich verschwunden. Wahrscheinlich hatten sie sich zum Rummachen verzogen. Seit dem Back-Bitch-Zwischenfall mit Jules gab Berk sich verdammt zugeknöpft. *Jemand* hatte die unanständigen Briefe gefunden, die er und Jules sich anonym geschrieben hatten. Nun ja, eigentlich war es nur Jules gewesen, die anfänglich anonym gewesen war. Berk war schier durchgedreht, weil er unbedingt hatte herausfinden wollen, von wem diese Nachrichten kamen, und – wer hätte es gedacht – am Ende hatte sich herausgestellt, dass sie von unserer zuckersüßen, kurvigen, zurückhaltenden Nachbarin von gegenüber verfasst worden waren. *Jemand* hatte also diese Briefe entdeckt und sie irgendwie mit Jules in Verbindung gebracht. *Jemand* hatte sie während Jules' Internet-Backsendung gepostet, was dazu geführt hatte, dass sie von irgendwelchen Vollidioten in einem unfairen Shitstorm online fertiggemacht worden war. *Jemand* war ein Riesenarschloch, das, laut Marisa, einen gehörigen Tritt in den Allerwertesten verdient hatte.

Doch wenn es um Alexis ging, war Berk völlig uneinsichtig. Und ich war der Letzte, der ihm dieses Verhaltens wegen Vorwürfe machen durfte.

Ich hatte Marisa schon seit Ewigkeiten direkt vor meiner Nase gehabt und trotzdem erbittert gegen meine Gefühle angekämpft. In diesem Augenblick wäre ich jedoch am liebsten zu ihr gelaufen, hätte sie mir über die Schulter geworfen und mir mit ihr ein ruhiges Plätzchen gesucht, um etwas Spaß zu haben. Allerdings hätte ich von ihr für den Versuch wahrscheinlich vernichtende Blicke und einen Schlag in die Magengrube kassiert.

Dass wir die Sache zwischen uns geheim halten sollten, hatte ich aus rein egoistischen Gründen vorgeschlagen. Inzwischen hätte ich am liebsten laut hinausgebrüllt, was los war, doch das ging nicht.

Marisa wollte nicht riskieren, dass hinter unserem Rücken darüber getuschelt und gemutmaßt wurde, weshalb ich plötzlich spielen durfte. Die anderen könnten dafür sie und ihren Vater als Grund ausmachen, und meine harte Arbeit wäre plötzlich bedeutungslos. Ich war derjenige gewesen, der angestoßen hatte, dass wir alles für uns behielten, und jetzt ging meine Idee nach hinten los.

Ich schob mich durch die Masse der Feiernden, kam aber nur langsam voran, weil ich zwanzig Mal abklatschen und zehn Mal nachstellen musste, wie ich den Ball aus der Luft gefangen und uns damit den Sieg gesichert hatte. Es fühlte sich gut an, endlich die gebührende Anerkennung für meine harte Arbeit zu bekommen. Es war eine Sache, das Ergebnis auf der Anzeigetafel neben dem Spielfeld zu sehen, aber eine ganz andere, all die Leute um mich herum zu erleben, die die Hände nach mir ausstreckten, mich frenetisch feierten und all meine Spielzüge aus dem Gedächtnis aufzählen konnten. Ihre Begeisterung war ansteckend. Sie hatte mir in der langen Zeit, die ich auf der Ersatzbank zugebracht hatte, sehr gefehlt. Hoffentlich würde ich im nächsten Jahr noch mehr davon erleben.

Ich kam nur schrittweise voran und reckte immer wieder den Kopf über die Menge, um nach Marisa Ausschau zu halten.

Aus dieser Entfernung konnte ich ihr Lachen zwar nicht hören, aber ich konnte es sehen. Dieses Lachen, das tief in mein Gehirn eingebrannt war. Bestimmt würde sie mich wieder den ganzen Abend lang damit aufziehen, dass ich mich in der Aufmerksamkeit der Fans gesuhlt hatte.

Fünfzehn Minuten später hatte ich es endlich geschafft, mich zu ihr durchzuschlagen.

Ihre Augen begannen zu strahlen, und sie belohnte mich mit einem Lächeln, das so süß war wie Eiscreme. »Na, erfreust du dich an der Bewunderung deiner hingebungsvollen Fans?«

»Die sind ganz okay«, meinte ich schulterzuckend.

»Quatsch keinen Blödsinn. Du genießt jede Sekunde.« Sie streckte den Rücken durch, winkte wie die Queen und drehte dabei den Oberkörper hin und her.

»Tue ich nicht.«

Einer der Feiernden rempelte mich von hinten an. Ich stieß mit Marisa zusammen. Unsere Lippen waren plötzlich nur noch wenige Zentimeter voneinander entfernt.

Sie riss die Augen auf.

Ich wusste nicht, ob vor Schreck oder vor Lust. Die Versuchung war enorm groß, die Lücke zu schließen und endlich allen zu zeigen, wie nah wir uns in Wirklichkeit standen. Doch bevor ich eine Entscheidung treffen konnte, wurde sie mir abgenommen. Jemand zerrte an meinem Arm und versuchte, mich umzudrehen.

Ich streckte die Hand nach Marisas Taille aus, damit sie nicht hinfiel, aber sie wich abrupt zurück.

»Der Fußboden ist rutschig«, behauptete sie und senkte den Blick suchend auf den leeren, trockenen Boden.

Jemand drückte mir ein Bier in die Hand. Die bernsteinfarbene Flüssigkeit schwappte über den Becherrand. »Diese Interception war der Hammer. Dafür muss ich dir unbedingt ein Bier ausgeben. Noch ein Spiel, und wir sind wieder bei den Play-offs mit dabei.«

»Danke.« Während ich mein Bier trank, beobachtete ich sie aus dem Augenwinkel.

Sie erwiderte ab und zu meinen Blick, jedoch nie zu lange. Fast hatte es den Anschein, als würde sie nicht einmal wollen, dass die anderen merkten, dass wir befreundet waren, und natürlich schon gar nicht, dass wir vielleicht sogar mehr waren als das. Wobei wir bisher noch gar nicht genau festgelegt hatten, was dieses »mehr als das« eigentlich war.

»Beerpong. Wir sind dran!« Marisa klopfte mit dem Handrücken gegen meine Brust. »Zeigen wir den anderen mal, wie man das richtig spielt.« Sie trank ihren Becher in einem Zug aus und spazierte ohne Jacke nach draußen in den Garten hinterm Haus, obwohl dort stellenweise noch einige armselige, gräuliche Schneehäufchen von dem Schneesturm lagen, der uns unerwartet vor Halloween getroffen hatte.

»Willst du deinen Mantel?«

»Ich will den anderen eine Lektion in Sachen Beerpong erteilen. Komm, los geht's.« Sie lächelte, und ihre Zurückhaltung war wieder verschwunden. Es waren nur die stillen, intimen Augenblicke in Gegenwart der anderen, die sie verunsicherten. Wenn es darum ging, vor den anderen lautstark auf den Putz zu hauen, war sie anscheinend noch immer ganz die Alte. Was auch immer wir gerade sein mochten – wenigstens gab es einen Teil davon, der mich nicht mehr verwirrte.

Jetzt musste ich nur noch den Rest verstehen.

23. KAPITEL

Marisa

Meine Finger schwebten über der Tastatur wie angriffsbereite Spinnen. Meine Zunge lag schwer in meinem Mund, und meine Kehle und meine Brust fühlten sich wie zugeschnürt an. Das hier war eine Kapitulation, aber es gab keine andere Möglichkeit.

»Tu das nicht, Marisa. Warte einfach noch ein bisschen. Ich werde mir was einfallen lassen.«

LJ hockte auf der Kante meines Schreibtischs und hatte sich über mich gebeugt.

»Die letzten Zahlungen für Venedig sind im Mai fällig. Sie müssen mir dort eine Unterkunft besorgen, und das können sie nur, wenn ich bezahle. Aber ich würde es nicht mal schaffen, bis dahin genug Geld aufzutreiben, wenn ich sieben Tage die Woche als Nachhilfelehrerin arbeite.«

»Aber ich werde das Geld bis Ende April haben. Spätestens Anfang Mai.«

»Dein Geld. Das Geld für dich und deine Familie.« Ich würde es nicht so weit kommen lassen, dass LJ sich verpflichtet fühlte, für mich zu sorgen. Ich kümmerte mich schon lange um mich selbst.

»Sei doch nicht so verdammt stur. Oder warte wenigstens noch ein wenig damit, die Schulgebühren zu bezahlen.«

»Wenn ich jetzt nicht bezahle, kann ich mich nicht für die

neuen Kurse einschreiben, und im Frühjahr wird nur ein einziger Kurs in Museumsmanagement angeboten, den ich für meinen Abschluss unbedingt brauche. Wenn ich warte, bekomme ich keinen Platz mehr.«

»Vielleicht … Verdammt. Ich bitte dich. Warte einfach noch.«

»Wozu noch warten?«

»Kacke. Dann hole ich uns jetzt zumindest Kekse, um den Schock ein wenig abzumildern. Ich mache sie warm, und wir können sie in Milch tunken. Okay?«

»Dazu sage ich nicht Nein«, erwiderte ich mit einem leichten Lächeln.

Seine Miene wirkte ernüchtert und bedrückt.

»Schau doch nicht so, als wärst du derjenige, der am Ende des Sommers nicht nach Italien kann.« Es laut auszusprechen tat weh. Meine Lippen wurden plötzlich taub, und ich atmete bebend ein. Vielleicht würde ich ja eine Stelle in einem Museum oder einer Galerie vor Ort finden. Meine Hände fühlten sich klamm an und zitterten.

Wenigstens würde ich LJ weiterhin sehen können. Aber was, wenn er in einem Team landete, für das er Tausende Kilometer weit wegziehen müsste? Mein Magen krampfte sich zusammen, als hätte ich erst ein Thunfisch-Cocoa-Puffs-Sandwich gegessen und anschließend im Handstand ein Fässchen Bier geleert.

»Ich weiß, wie sehr du dir das gewünscht hast.« Er beugte sich zu mir, und seine Lippen glitten über meinen Hals. Seine Nasenspitze kitzelte meine Haut. Ich zog den Kopf ein und schubste ihn weg.

»Los, geh und hol meine Kekse, damit ich meinen Kummer in Zucker, Vanille und Schokolade ertränken kann.«

Er nahm meine Hand und rieb sanft über meine Fingerknöchel. »Es wird schon nicht so schlimm werden. Ich weiß, wie gern du nach Venedig gegangen wärst, aber ich werde dafür sorgen, dass der Sommer toll wird. Wir können verreisen, irgendwo hinfahren, wo es richtig schön ist. Penthouse Suite. Alles erster Klasse.«

Die Vorstellung war äußerst verlockend. So verlockend, dass ich mich am liebsten darauf gestürzt und all meine Probleme vergessen hätte, aber leider musste ich ihn wieder auf den rechten Kurs bringen. »Hör auf, Geld zu verpulvern, das du gar nicht hast.«

»Du hast das Spiel doch gesehen. Drei Interceptions, und wir haben mit so großem Vorsprung gewonnen wie in der gesamten Saison noch nicht.«

»Da hat aber jemand ein ziemlich großes Ego.«

Er warf einen raschen Blick über die Schulter, bevor er meine Hand auf seinen Schritt legte. Und, nein, er hatte weder ein Handy noch eine Fernbedienung in der Tasche. »Also, ein gewisses Etwas ist tatsächlich recht groß.« Der tiefe, honigsüße Klang seiner Stimme ließ mein Herz schneller schlagen. Ich stieß ein spöttisches, angewidertes Schnauben aus. »Los jetzt, hol mir meine verdammten Kekse.«

Er hopste lachend von meinem Schreibtisch und verschwand eilig im Flur.

Der Cursor blinkte in der Suchleiste meines Browsers. Ich gab die Adresse der Webseite meines Studienkontos ein und loggte mich ein. Mit jedem Tastendruck lösten sich meine großen Träume von Italien mehr und mehr in Luft auf.

Von Ron hatte ich, seitdem ich ihn geschlagene fünfzehn Minuten lang angebrüllt hatte, nichts mehr gehört.

Da ich nicht vorhatte, die Montagsessen wieder aufzunehmen, war ich auf mich allein gestellt.

Ich wischte mir die Hände an meiner Jeans ab und klickte mich durch das Finanzportal. Rasch kramte ich in der Schublade nach dem noch unbenutzten Scheckbuch, damit ich meine Kontonummer und die Bankleitzahl in die altertümliche Webseite eintragen konnte. Sie sah aus wie die erste Webseite der Menschheitsgeschichte.

Als ich mich zum letzten Mal eingeloggt hatte, war mir beim Anblick der Zahl, die in fetter Schrift unter meinem Konto prangte, die Galle hochgekommen.

Während ich nun genau diese Summe eintippte, war ich froh, dass LJ nicht dabei war und sah, wie meine Finger zitterten.

Ich gab alle notwendigen Informationen ein und klickte auf Abschicken. Sofort erschien eine große, rote Fehlermeldung.

Fehler: Überzahlung nicht möglich.

Die Zahl, die sich mir eingeprägt hatte, während ich über einen Ausweg aus meiner Misere nachgegrübelt hatte, war nicht mehr da. Stattdessen stand unter meinem Konto in fetter Schrift: 0 $.

Ich überprüfte die Kontobewegungen und sah, dass es sich beim letzten Eintrag um einen bewilligten Personal-Studiengebührenerlass handelte, der am Vortag verrechnet worden war.

Er hatte es getan. Ron hatte ihn eingereicht.

Ich sank auf meinem Stuhl zurück und starrte den Bildschirm an, verblüfft und gleichzeitig schockiert. Mein Herz raste. Das musste ein Fehler sein. Ungläubig lud ich die Seite zweimal neu.

Plötzlich hörte ich LJs Schritte auf der Treppe.

Ich wurde hektisch, schaffte es jedoch nicht schnell genug, mich auszuloggen. Also klappte ich stattdessen hastig den Laptop zu.

»Vielleicht könnten wir nach dem Abschluss erst mal einen Roadtrip einlegen.« Er kam mit zwei Gläsern Milch und einem mit Keksen beladenen Teller ins Zimmer.

»Einen was?«

Er stellte den Teller und die Gläser ab und drehte mich schwungvoll auf meinem Bürostuhl um.

»Einen Roadtrip. Wir könnten runter nach Florida fahren oder rauf zu den Niagarafällen. Oder nach Kalifornien.«

»Wie kommst du bloß auf solche Ideen?« Mein Blick fiel auf den Laptop, und ich öffnete die Lippen, um ihm alles zu erzählen. Ich war noch immer so fassungslos, dass alles andere in den Hintergrund trat.

Er strahlte, und seine Augen glitzerten fröhlich. »Wenn du nicht nach Italien kannst, dann sorge ich dafür, dass das ein Sommer wird, den du niemals vergisst. Wenn alles läuft wie geplant, werde ich viel Zeit haben, und mehr Geld, als ich ausgeben kann.«

»Man soll den Tag nicht vor dem Abend loben.« Es war sinnlos, ihm sofort alles zu erzählen. Zuerst musste ich herausfinden, ob der Kontostand tatsächlich stimmte. Wenn das der Fall war, könnte ich doch nach Italien reisen. Ich könnte, wie mit dem Venedig-Komitee vereinbart, die notwendige Summe bezahlen und für die nächsten zwei Jahre nach Europa gehen.

»Außerdem bedeutet es, dass du zu meinen Spielen kommen kannst. Vielleicht kannst du sogar schon in der Vorsaison dabei sein.« Je weiter er seine Pläne schmiedete, umso fröhlicher wurde er. Pläne, die darauf aufbauten, dass ich nicht nach Italien ging. Pläne, bei denen wir zusammen waren. Aber was wäre, wenn sich das alles änderte und ich nicht die ganze Zeit an seiner Seite wäre? Was, wenn ich zwei Jahre fortginge und er Profi-Footballer wurde und mich vergaß?

»Marisa!«, töne LJs Stimme die Treppe herauf.

»Ich bin in meinem Zimmer. Diese Führungen mit Zehnjährigen sind wirklich brutal anstrengend.« Ich hatte die Schuhe in die Ecke gekickt und saß nun auf der Bettkante und massierte mir die Fußsohlen. Mein Standardoutfit für Führungen, das aus meinem einzigen Rock und einer weißen Bluse bestand, war knittrig und musste gewaschen werden. Mittwochs war ich immer an der Reihe, die Schülerführungen zu übernehmen, und wenn ich nicht einen Zeh verlieren wollte, musste ich mir dringend neue Schuhe besorgen. Da ich mein Konto wider Erwarten nicht für die Begleichung meiner Schulgebühren hatte plündern müssen, konnte ich das sogar. Ich hatte mich bei der Finanzverwaltung erkundigt, und dort hatte man mir versichert, dass die Zahlung nicht wieder rückgängig gemacht werden konnte.

LJ kam geräuschvoll die Treppe herauf. »Wie waren die Führungen?«

Ich massierte mir mit dem Daumen das Fußgewölbe. »Was glaubst du denn, wie sie waren?«

»Ich dachte, du wolltest dir neue Schuhe kaufen.« Er ging in die Knie und nahm meinen Fuß in seine Hände. Seine kräftigen Daumen gruben sich in meine verkrampften Muskeln.

Schmerzhafte Wonne durchströmte meinen Körper, und ich ließ mich rückwärts aufs Bett fallen und umklammerte die Laken. »Wag es ja nicht aufzuhören.«

»Warum trägst du diese Dinger denn immer noch?«

Seine Finger wirkten derweil weiter ihren quälenden Zauber.

Ich stöhnte und ächzte, während er mich immer kräftiger durchknetete. »Das Krafttraining bewährt sich bei dir wirklich.«

Er wechselte den Fuß. »Es ist niemand zu Hause.« Seine kecken Finger wanderten von meinem Fuß aufwärts zu meinem Knöchel und meiner Wade.

»Also, ich bin schon zu Hause.« Ich stützte mich auf die Ellenbogen und versuchte, die Kraft aufzubringen, den Kopf zu heben.

Was er da Zauberhaftes mit seinen Fingern anstellte, war schon fast obszön.

»Risa, hör doch zu«, sagte er und hörte mit der Massage auf. Ich knurrte. Ich knurrte ihn tatsächlich an und bleckte dazu die Zähne.

Die Massage war zu Ende, doch seine Finger bewegten sich wieder. Sie stahlen sich meine Beine hinauf, über meine Knie zur Innenseite meiner Schenkel. »Es ist niemand außer uns hier. Berk ist bei Jules, und Keyton hat eine Vorlesung.«

»Oh.«

Er presste die Finger in meine Schenkel, spreizte sie, fuhr über die empfindsame Haut. »Was bedeutet, dass wir ein bisschen Zeit für uns haben.«

»Das letzte Mal ist schon ein Weilchen her«, sagte ich schwer atmend. Meine Nervosität kämpfte gegen die Begierde, die in meinem Körper erwachte und sich pochend zwischen meinen Beinen zusammenballte.

Seine Finger glitten noch höher, und da ich ihm eine stets hilfsbereite Freundin war, hob ich die Hüften, damit er mir das Höschen herunterziehen konnte. »Viel zu lange her.«

Fast zwei Wochen. Ich hatte den Eindruck, dass sich durch meine Schichten im Museum und die Nachhilfe sowie LJs Trainings- und Spielplan unsere Wege immer seltener kreuzten. Man sollte doch meinen, dass es nicht besonders schwierig wäre, Gelegenheit zu finden, mit seinem Mitbewohner zu schlafen, doch wenn man versuchte, diese Stelldicheins geheim zu halten und dazu Betten hatte, die mehr Lärm verursachten als eine Großbaustelle, war das plötzlich gar nicht mehr so einfach.

Abgesehen von ein paar diskreten Spielchen unter der Decke während unseres Filmabends am Donnerstag und dem einen Mal, als er mich in der Kunstgeschichtlichen Fakultät abgepasst und wir uns klammheimlich zu einem schnellen Nümmerchen in die Ecke mit den Renaissance-Repliken verkrümelt hatten, war die Durststrecke lang und hart gewesen.

Er schob meinen Rock hoch.

Noch nie hatte ich mich so darüber gefreut, dieses Teil im Schlussverkauf erstanden zu haben, wie in diesem Augenblick, als LJs Hände über meine Beine glitten.

Versonnen strich er mit dem Daumen über die Stelle zwischen meinen Schenkeln, den Preis, auf den er es fraglos abgesehen hatte.

»Das sollte ich unbedingt öfter machen«, murmelte er. Sein Atem strich über meinen Schoß.

Sofort spannten sich meine Muskeln voller Vorfreude. Das Pochen wurde noch stärker, und in meinem Magen kribbelte es.

Die erste Berührung seiner Zunge schickte eine Flut von Lust durch meine Adern. Dann brachte er die Finger ins Spiel. Ich bäumte mich vom Bett hoch. Dieses Zusammenspiel und die besondere Aufmerksamkeit, die er dabei meiner empfindsamsten Stelle schenkte, lösten einen regelrechten Lust-Tsunami aus. Ich stöhnte, und das Blut rauschte mir so laut in den Ohren, dass ich nichts anderes mehr wahrnahm.

Ich krallte die Finger in seine Haare. Sein Kopf ruhte derweil zwischen meinen Schenkeln – oder besser gesagt hatte ich ihn dort eingeklemmt.

Schließlich fiel ich keuchend und erhitzt aufs Bett zurück. Vor meinen Augen tanzten kleine Punkte, und ich war vollkommen erledigt.

LJ lachte leise. Er kniete auf dem Bett, und ich hörte seinen Gürtel klirren.

»Hey Leute!« Keytons Stimme setzte meinem Sexrausch und der Hoffnung auf eine zweite Runde ein jähes Ende. »Habt ihr meinen Geldbeutel ... gesehen.«

Einen Eimer Eiswasser über den Kopf zu bekommen wäre angenehmer gewesen.

Wir starrten uns mit großen Augen an.

Keytons Mund stand offen. Seine Schlüssel baumelten noch an seinem Finger.

LJ kniete zwischen meinen Schenkeln.

Ich lag mit hochgeschobenem Rock und vom Sex geröteten Wangen auf dem Bett.

Dann meldeten sich die schnellen Footballer-Reflexe. Keyton schlug die Hände vor die Augen wie ein Sechsjähriger, der unfreiwillig Zeuge eines Kusses geworden war.

LJ sprang auf und warf die Decke über mich, während er sich gleichzeitig vor mich stellte und zur Tür umdrehte.

»Tut mir leid!« Keyton wandte sich ab. »Ich habe nur mein Portemonnaie gesucht. Ich hab nichts gesehen.«

Er hatte alles gesehen. Eigentlich hätte ich entsetzt sein sollen, aber dass wir uns nun schon zwei Monate in Geheimniskrämerei übten und trotzdem nicht auf die Idee gekommen waren, die Tür zu schließen, war einfach unfreiwillig komisch.

Ein panisches, überdrehtes Lachen stieg in mir hoch.

Drüben in Keytons Zimmer wurden hektisch Schubladen geöffnet und wieder zugeknallt.

LJ angelte sich mein Höschen und reichte es mir.

Ich schlüpfte unter der Decke hinein. Dabei schlug mir das Herz bis zum Hals. Am liebsten wäre ich auf der Stelle tot umgefallen. Oder hätte mich von einem Blitz treffen lassen. Vielleicht könnte ich mir ja den Schädel an der Schranktür einschlagen oder mich einfach im Schrank verkriechen und nie wieder herauskommen. Er hatte alles gesehen. Hätte mir die

Panik nicht den Atem verschlagen, hätte ich laut losgelacht. Monatelang waren wir vorsichtig gewesen – und dann legte ich mich einfach mit gespreizten Beinen vor meine offene Zimmertür.

Dieser verdammte LJ mit seinen flinken Fingern und seiner geschickten Zunge. Seinetwegen hatte ich nicht gehört, wie die Haustür aufgegangen war und die Treppenstufen gequietscht hatten.

LJ steckte vorsichtig den Kopf aus meinem Zimmer.

Ich schleppte mich aus dem Bett und umklammerte seinen Arm, teilweise um mich hinter ihm zu verstecken, teilweise damit ich nicht umkippte.

Keyton kam wieder aus seinem Zimmer. Er blieb wie angewurzelt stehen und schob bedächtig den Geldbeutel in die Gesäßtasche. Dunkle Schamröte breitete sich von seinem Kragen aufwärts über sein Kinn aus.

Sie hatte den gleichen Farbton wie meine.

LJ näherte sich ihm vorsichtig, als wäre er ein Pferd, das er nicht scheu machen wollte. »Es war …«

»Er hat sich eine rote Stelle angeschaut. Einen Stich. Ich wurde von einer Biene gestochen.« Wow, ich war so was von brillant. Da hatte ich, während ich meine Unterwäsche wieder angezogen hatte, so viel Zeit gehabt, mir eine Ausrede auszudenken, und etwas Besseres war mir nicht eingefallen? Ein Bienenstich. Im November. Eine Woche vor Thanksgiving.

Keytons nervöses Gelächter hallte durch den Flur. »Wenn du das sagst.«

Ich trat nun ebenfalls in den Flur hinaus und stellte mich vor Keyton. »Könntest du das für dich behalten?« Meine Stimme klang ein klein wenig panisch. »Bitte?«

So sollten die anderen nicht unbedingt von LJ und mir erfahren. Außerdem waren da ja noch der Draft, unser Abschluss und die ganze Italien-Sache. Je mehr Leute über uns Bescheid wussten, umso mehr Leute gab es auch, die eine Meinung dazu hatten, was wir tun sollten, und dabei wusste ich selbst noch nicht, was ich eigentlich machen wollte – oder was LJ wirklich wollte.

»Keine Sorge. Ich sage kein Wort. Aber nächstes Mal solltet ihr vielleicht die Tür zumachen.« Damit drehte er sich um, eilte die Treppe hinunter und verschwand durch die Haustür.

Als ich ihn die Flucht ergreifen sah, als wäre er im Flur einem wilden Bären begegnet, musste ich lachen. Es war ein Lachen der Erleichterung, wie es sich eben drei Minuten später einstellt, wenn man von seinem Mitbewohner, mit dem man nichts hat, von der Taille abwärts nackt gesehen wurde.

»Warum wolltest du es ihm nicht sagen?« Ein Anflug von Enttäuschung schwang in der Frage mit.

Ich fuhr ihm mit den Fingern durch die Haare. »Dass du mich geleckt hast?«

»Nein, das mit uns.«

»*Du* warst doch derjenige, der wollte, dass wir es für uns behalten.«

»Das ist schon Monate her.« Er rieb sich den Nacken. »Aber seitdem …«

»Seitdem sind wir LJ und Marisa plus Sex. Dieses Semester hatten wir so viel um die Ohren wie noch nie. Und es wird noch stressiger werden. Willst du, dass Berk es weiß? Reece und Nix? Ihre Schadenfreude wäre schon schlimm genug. Und dazu noch die ganzen Fragen, wie lange wir schon zusammen sind und wie es weitergeht – diesen zusätzlichen Druck können wir gerade nicht gebrauchen.«

Er seufzte und kam einen Schritt näher. »Du hast recht.« Es klang allerdings nicht hundertprozentig überzeugt. Vielleicht ergab es für ihn momentan noch keinen Sinn, aber in fünf Monaten, nach unserem Abschluss, würde er es verstehen – sobald die reale Welt in unserem Leben Einzug hielt und wir begannen, uns voneinander zu entfernen.

Ich streichelte mit den Fingern über seine Arme. Die Härchen kitzelten an meinen Fingerspitzen. »Jetzt sind wir wieder allein, oder?«, fragte ich und spähte nach unten zur Haustür.

»Das sind wir.«

Ich zog ihn zurück in mein Zimmer und schloss die Tür hinter ihm. »Bringen wir zu Ende, was wir angefangen haben.« Das kühle Metall seines Hosenknopfs und des Reißverschlusses drückte sich gegen meine Haut.

Uns blieb nicht mehr viel Zeit. Wir mussten unseren Hunger aufeinander stillen, solange wir konnten.

24. KAPITEL

LJ

Das letzte Spiel der Saison. Thanksgiving. Weihnachten. Playoffs. Eine weitere Meisterschaft.

Während sich einige Monate im Schneckentempo dahingezogen hatten, waren andere vorbeigerast, als wären wir mit einer Kanone in die Zukunft geschossen worden. Doch die ganze Zeit über hatte es einen Anker gegeben, der mich in der Gegenwart festgehalten hatte: Marisa.

Da Keyton als Einziger über uns Bescheid wusste, war der Arme zwischenzeitlich öfter unfreiwillig Zeuge unserer Wirhalten-es-nicht-mehr-aus-und-stürzen-uns-aufeinander-Nümmerchen geworden. Berk verbrachte immer mehr Zeit bei Jules.

Außerdem war der Dickschädel in Sachen Alexis endlich zur Vernunft gekommen. Was genau los gewesen war, wussten wir anderen nicht, aber er und Jules wirkten glücklicher als jemals zuvor. Mit mir und Marisa war es ähnlich.

Niemand wusste, dass wir inzwischen mehr waren als nur Freunde. Nachdem die Saison zu Ende gegangen war, war ich wie selbstverständlich davon ausgegangen, dass wir es allen erzählen würden, aber Marisa schob es immer wieder auf. Ständig fand sich noch ein Grund dafür, es weiterhin geheim zu halten, und plötzlich fühlte sich das, was ich im Oktober aus Selbstschutz angestoßen hatte, wie eine bleischwere Bürde an.

Morgen würde ich zum letzten Combine vor dem Draft

aufbrechen. Ich hatte die ersehnte Einladung bekommen. Als ich meinen Agenten angerufen hatte, um es ihm zu erzählen, hatte er vor Begeisterung so laut gejubelt, dass mir beinahe das Trommelfell geplatzt war.

Coach Saunders würde auch dort sein, ebenso wie Keyton, Berk und noch einige andere Jungs aus unserem Team.

Und zu alldem kam auch noch der normale Unterricht.

»Jules ist die beste Nachbarin, die es gibt.« Marisa trat die Haustür mit dem Fuß zu. In den Händen hielt sie eine durchsichtige Frischhaltedose, auf der auch noch ein Becher mit Soße balancierte. Sie trug ihr Museumsoutfit, was unter anderem ein Grund dafür war, dass ich den Plan, den ich geschmiedet hatte, problemlos in die Tat umsetzen könnte, ohne zu früh ihr Misstrauen zu erregen.

»Was hat sie uns denn diesmal gezaubert?«

»Churros mit Schokoladensoße. Ich hätte nicht gedacht, dass ich sie noch mehr lieben könnte, aber das tue ich. Oh ja, und wie.«

Jules liebte sie, aber zu mir hatte sie das Wörtchen seit meiner Liebeserklärung damals im November noch immer nicht gesagt.

Zu behaupten, dass das nicht schmerzte, wäre gelogen gewesen. Er fühlte sich an wie ein Glassplitter, der tief in meiner Haut steckte. Doch ich war fest entschlossen, sie zur Einsicht zu bringen. Sie dazu zu bewegen, es zu sagen.

Es wurde Zeit, dass ich ihr klarmachte, dass das hier keine Highschool-Liebelei war, sondern eine tiefe Ich-kann-nicht-ohne-dich-leben-Liebe.

»Ich hab eine Überraschung für dich.«

»Ach ja?« Sie sah mit einem halben Churro im Mund zu mir auf. Dann stellte sie den Behälter ab, nahm einen weiteren und ließ ihn zwischen den Fingerspitzen vor mir baumeln.

Ich schnappte mir schnell ihr Handgelenk, damit sie stillhielt, und biss ab. »Wir gehen aus.«

»Tun wir das?« Sie leckte sich den Zimtzucker von den Fingern.

Unwillkürlich blähte ich die Nasenflügel, doch ich riss mich sofort wieder zusammen, damit ich mir nicht selbst meinen schönen Plan verdarb und stattdessen den armen Keyton dazu nötigte, sich Kopfhörer aufzusetzen. »Ja, lass uns gehen.«

»Ich trage doch noch immer meine Museumsklamotten. Muss ich mich nicht umziehen?«

»Nö.« Ich schnappte mir unsere Mäntel und zog sie mit mir zur Tür.

»Wohin gehen wir?«, fragte sie, während sie sich anschnallte. Ich fuhr los.

»An einen ganz besonderen Ort.«

Da der Berufsverkehr schon vorbei war und das Nachtleben noch nicht richtig begonnen hatte, ging die Fahrt durch die Stadt schnell.

»Was ist denn der Anlass?«

»Wir sind zusammen.« Ich legte die Hand auf ihr Knie, strich mit den Fingern über den Stoff.

Sie lachte. »Das war ja eine fantastische Antwort. In Sachen Liebeswerben kann dir echt keiner das Wasser reichen.«

»Ich tue mein Bestes.«

Gefühle mit Witzen überspielen. Wir verfielen immer so schnell in unsere üblichen albernen, antagonistischen Verhaltensmuster. Doch heute Nacht wollte ich mehr. Schließlich stellte ich den Wagen auf einem großen Parkplatz ab und öffnete ihr die Tür.

»Kommst du?«

»Was führst du nur im Schilde?«, fragte sie und runzelte misstrauisch die Stirn.

»Komm doch einfach mit und finde es heraus.«

Sie schob ihre Hand in meine.

Nachdem ich mich noch einmal versichert hatte, dass die Adresse stimmte, gingen wir durch eine Gasse, und als wir auf der anderen Seite wieder herauskamen, standen wir mitten im Stadtteil Northern Liberties auf einer belebten Straße voller Geschäftsgebäude und Läden.

»Da sind wir«, verkündete ich, blieb stehen und schaute sie an.

»Ernsthaft?« Sie warf sich auf mich und schlang mir die Arme um den Hals.

Ich vergrub lächelnd das Gesicht in ihren Haaren und erwiderte die Umarmung. Mein Plan ging auf. Insgeheim hatte ich befürchtet, dass sie mir bei unserer Ankunft hier eröffnen würde, dass sie ausgerechnet diesen speziellen Künstler nicht leiden konnte. »Ich hab die Flyer in der Kunstgeschichtlichen Fakultät auslegen sehen.«

»Und da hast du mich einfach zur Eröffnung gebracht?« Sie presste die Hände vor die Brust und sah mich an, als stünde ich mit einem Diamantarmband vor ihr.

»Irgendwie hatte ich den Eindruck, dass du was für Kunst übrighast.«

Drinnen in der Galerie gingen Kellner mit Tabletts herum und servierten Wein, Champagner und erlesene Häppchen.

Nachdem wir unsere Mäntel an der Garderobe abgegeben hatten, begannen wir unseren Rundgang durch die wilde Welt aus moderner Kunst. »Wie bist du nur an die Tickets gekommen? Professor Morgan konnte nur zwei ergattern, und bis ich ihre E-Mail gesehen hatte, waren sie schon längst vergeben.«

Ich beugte mich zu ihr, um es ihr ins Ohr zu flüstern – und weil ich mich so sehr danach sehnte, mit den Lippen ihren Hals zu berühren, ein verschwiegenes Eckchen zu finden und ihr zu zeigen, wie sehr ich sie vermisst hatte. Da ich nach der Meisterschaft nicht mehr zu Auswärtsspielen hatte fahren müssen, hatte ich fast schon wieder vergessen, wie furchtbar es war, von ihr getrennt zu sein.

Aber so würde es nicht mehr sein. Wir hatten den ganzen Sommer für uns. Vielleicht würden wir sogar nach Italien reisen. Zwar wären es nicht die zwei Jahre, die sie geplant hatte, aber ich würde es wiedergutmachen. Wenn sie wollte, könnten wir von mir aus die gesamte Saisonpause in Venedig verbringen.

Gondelfahrten, gutes Essen und herrliche, gemeinsame Nächte, die wir eng umschlungen verbrachten.

Ich legte ihr die Hand aufs Kreuz, und die Versuchung, einfach auf die Kunst zu pfeifen und schnurstracks wieder nach Hause zu fahren, war plötzlich immens groß. »Nix' Restaurant macht das Catering. Er hat bei den Organisatoren ein gutes Wort für uns eingelegt.«

Dieser Abend war nur für sie. Ich konnte nicht dafür sorgen, dass sie doch nach Italien gehen konnte, aber ich konnte mit ihr hier in dieser Galerie herumlaufen und so tun, als wüsste ich, was diese Kunstwerke darstellen sollten – für sie.

Das Essen, die Getränke und ihre angenehme Gesellschaft machten diesen Abend zu einem der schönsten seit Langem.

»L, das ist einfach großartig.« Sie stand vor einem dezent angestrahlten Kunstwerk in der Mitte des Raumes.

Mir sagten diese ganzen seltsamen Objekte nichts, aber ich liebte es, ihr dabei zuzusehen, wie sie sie begeistert betrachtete. »Ich wollte schon so lange mal herkommen.«

»Warum hast du es nicht getan?«

Sie zuckte mit den Schultern. »Die Arbeit im Museum. Nachhilfestunden. Vorlesungen. Außerdem dauert die Fahrt mit dem Bus ewig.«

»Du hättest dir doch mein Auto leihen können.«

Sie fuhr herum und stakste auf mich zu. »Wer bist du, und was hast du mit LJ angestellt?«

Ich lachte laut auf. »Wann hab ich mich jemals dagegen gesträubt, dir etwas von meinen Sachen zu leihen?«

»In der neunten Klasse in Biologie.«

»Ich wollte nicht, dass du von meinem Suspensorium einen Abstrich für eine Bakterienkultur machst. Entschuldige bitte, dass ich mir zumindest ein bisschen Würde bewahren wollte.«

»Das war für die Wissenschaft!«, entgegnete sie lachend und grinste. Wenn sie mich so ansah, löste sich der Nebel, der die Zukunft verhüllte, einfach auf, und alles Verschwommene und Ungewisse wurde mit einem Mal kristallklar. Ich hatte das Gefühl, als müsste ich mir um nichts mehr Sorgen machen. Und das alles bewirkte sie mit nur einem Lächeln. Einem Lachen. Einem Blick.

»Ja, genau, es wäre auch wirklich toll gewesen, wenn du unserer ganzen Bio-Klasse verkündet hättest: ›Seht nur, in dieser Petrischale hat sich eine ganz merkwürdige, unbekannte Zellkultur entwickelt.‹«

»Aber immerhin war damit deine Dusch-Verweigerungsphase zu Ende, nicht wahr?« Jeder Junge hatte eben schräge Phasen. Und in diesem Moment hätte ich durchaus eine Dusche gebrauchen können – gemeinsam mit ihr.

Wir spazierten weiter durch die Galerie. Ihre Begeisterung war heute noch genauso ansteckend wie damals, als wir zum ersten Mal gemeinsam mit der Schule das Philadelphia Museum of Art besucht hatten und am Ende zu spät zum Bus gekommen waren, der uns nach dem Ausflug wieder nach Hause bringen sollte.

Auf dem Weg zurück zum Auto legte ich ihr den Arm um die Schultern.

Sie entzog sich mir nicht, sondern hielt sich an meinem Mantel fest und schmiegte sich noch enger an meine Seite. »Danke für diesen Abend. Er war perfekt.«

»Gern geschehen, jederzeit wieder.« Für immer. Wenn ich erst mal meinen Namen unter einen Vertrag gesetzt hatte, würde ich mit ihr jede Kunstausstellung besuchen, die sich finden ließ.

Als wir zurückkamen, war es still im Haus. Nicht Alle-sind-oben-in-ihren-Zimmern-still. Alle-sind-weg-still.

Da bei Jules noch Licht brannte, schloss ich, dass Berk die ganze Nacht dort verbringen würde.

Keytons Tür stand offen, und in seinem Zimmer war es dunkel.

Marisa blieb im Flur stehen und streckte die Hände aus, als könnte sie so besser lauschen. »Es ist niemand zu Hause.«

Ich trat hinter sie und drückte die Brust an ihren Rücken. »Ich weiß.«

Sie erschauerte. Jedoch nicht vor Kälte. Die Heizung im Haus war voll aufgedreht. Sie drehte den Kopf und legte das Kinn an ihre Schulter. »Dann sollten wir vielleicht etwas unternehmen.«

Wir taumelten in mein Zimmer.

Ihre raue, volle Stimme schickte Wellen der Lust durch meinen Körper und direkt in meinen Schwanz, der dazu entschlossen schien, sich nicht mehr länger ignorieren zu lassen. Ich stolperte rückwärts und setzte mich schwungvoll auf mein Bett. Marisa landete auf meinem Schoß. Sie drückte sich gegen meine Hüften, und mein bestes Stück rieb sich qualvoll aufreizend an meiner Jeans.

Ich fuhr mit beiden Händen durch ihr Haar, presste die Finger auf ihre Kopfhaut und teilte ihre dicken, weichen Strähnen.

Stöhnend legte sie den Kopf zurück und ließ sich von mir massieren. »Streich, was ich vorhin gesagt habe. Das hier ist perfekt.«

Ich senkte den Kopf und ließ meine Lippen über ihr Schlüsselbein und weiter aufwärts zu ihrem Hals wandern.

Sie grub die Hände in meine Schultern, knetete und streichelte sie.

Ich folgte der sanften Rundung ihres Halses weiter nach oben zu ihrer Wange, verharrte nicht eher, bis ich dort angelangt war, wo ich hinwollte – bei ihren Lippen.

Jedes Mal, wenn ich sie schmeckte, war es viel zu kurz und weckte nur den Hunger nach mehr. Wie ein Dieb in der Nacht stahl sie mir den Atem und raubte mir all meine Selbstbeherrschung.

Aber ich brauchte noch mehr. Und ihr ging es offensichtlich genauso.

Sie öffnete leicht die Lippen, und schon vereinten sich unsere Zungen in kaum gezügelter Gier. Sehnsüchtig, verlangend, brennend heiß.

Mein Herz gebärdete sich in meinem Brustkorb so wild wie ein Tier, das sich auf seine Beute stürzen wollte, doch noch hielt ich die Zügel in der Hand.

Ich legte eine Hand in ihren Nacken, ließ sie abwärts über ihren Hals gleiten, meine Finger über ihre zarte Haut tanzen.

Sie unterbrach unseren Kuss. Ihre Lippen waren rot und geschwollen. »Mehr, L. War ich nicht schon lange genug geduldig?« Sie rutschte von meinem Schoß, zog sich die Bluse über den Kopf und warf sie auf den Boden. Die sanfte Wölbung ihrer Brüste zeichnete sich über ihrem BH ab. Behutsam ließ ich die Fingerspitzen darüberhgleiten.

Sofort bekam sie eine Gänsehaut und erschauerte wieder. Ihr Blick war verschleiert, und in ihren Augen brannte ein Verlangen, das ebenso drängend war wie meine Lust, die ich noch immer zu zügeln versuchte. Ich wollte, dass es nicht zu schnell vorbei war. Ich wollte, dass es niemals endete. Ich wollte mich in ihr Gedächtnis einbrennen, sie mit der gleichen sehnsüchtigen Gier erfüllen, gegen die ich mich nicht mehr wehren konnte.

Ihre Pupillen waren so geweitet, dass sie die schokobraune Iris beinahe vollständig verschluckten.

Meine Finger wanderten weiter, über ihre Schulterblätter abwärts zu dem Stoffband, das sich quer über ihren Rücken zog. Ihr Dekolleté befand sich nun genau auf meiner Augenhöhe. Nur ein schneller Handgriff, und schon fiel der BH von ihr ab, sodass sie entblößt vor mir stand. Ihre Brustwarzen wurden hart, und sie schnappte nach Luft, als ich den Kopf senkte und den Mund zuerst auf die eine und dann auf die andere drückte.

Als sie die Arme senkte, rutschte der BH komplett herunter und landete auf dem wachsenden Kleiderhaufen zu unseren Füßen.

Genüsslich legte ich die Hände um ihre Brüste, rollte die Brustwarzen zwischen den Fingerspitzen, neckte sie mit der Zunge, mit meinen Zähnen.

Ihr Keuchen und Stöhnen wiesen mir den richtigen Weg.

Meine Erregung wuchs schnell und heftig, und meine Erektion drückte sich fordernd gegen den Reißverschluss meiner Hose. Sie zu berühren war in diesem Augenblick eine echte Herausforderung. Ich wusste, wenn ihre zarte Haut auch nur flüchtig mein bestes Stück streifen würde, wäre es um mich geschehen, und ich würde mich wahrscheinlich zum Narren machen. Nach so vielen Monaten fühlte es sich manchmal trotzdem wieder an wie das erste Mal.

Ich packte sie sanft an der Hüfte und manövrierte sie aufs Bett, bis sie ausgestreckt vor mir lag.

Endlich gehörte sie mir.

Ihre Hände waren überall, an meinem Hals, auf meinem Rücken, meinen Schultern. Sie fuhr mit den Fingern durch meine Haare, drückte mich an ihre Brust. Als ich begann, mich langsam weiter abwärts zu bewegen, erschauerte sie am ganzen Körper.

Schließlich berührte ich mit der Nase das gelockte Fleckchen Haare. Nun verharrten ihre Hände plötzlich regungslos. Gemächlich brachte ich meine Zunge ins Spiel und leckte mit der Zunge langsam über ihre feuchte Hitze. Sie zitterte und bebte am ganzen Leib, während ich genüsslich die Zungenspitze um ihre empfindsamste Stelle kreisen ließ, mir Zeit nahm, um ihren Duft zu genießen, und das Gefühl, wie sich ihr Körper an mich presste.

»Wieso?« Kurz stützte sie sich auf die Ellenbogen hoch, legte jedoch gleich wieder wohlig den Kopf in den Nacken. »Wieso *zum Teufel* kannst du das nur so verdammt gut?« Schon stahl sich wieder ein Stöhnen über ihre Lippen.

Ich schmunzelte, ließ mich durch ihre Worte jedoch nicht von meinem obersten Ziel ablenken: dafür zu sorgen, dass es für sie genauso schön war, wie es für mich sein konnte. Obwohl mein Schwanz protestierend pochte und mir ein wenig schwindelig war, sodass ich mich kaum noch zurückhalten konnte, ließ ich mir bewusst Zeit.

Während ich die zarten Innenseiten ihrer Schenkel streichelte, bedachte ich jeden Millimeter ihres Schoßes mit sinnlichen Liebkosungen. Schmeckte sie, berührte sie, weidete mich an ihr.

Ich schob behutsam einen Finger in sie hinein, dann noch einen. Sofort krallte sie die Finger fester in mein Haar.

Das Zittern ihrer Schenkel verriet mir, wie nah sie dem Höhepunkt war. Ihr atemloses Keuchen wurde immer wilder. Es klang wie Musik in meinen Ohren. Noch einmal leckte ich über ihre empfindsamste Stelle, und schon war es um sie geschehen. Sie kam hemmungslos, schrie meinen Namen. Dabei klemmte sie meinen Kopf so fest zwischen ihren Beinen ein, dass ihre Schreie nur gedämpft an meine Ohren drangen.

Es waren die befriedigendsten Laute, die ich mir vorstellen konnte, und es machte mich unendlich stolz, dass ich sie ihr entlockt hatte.

Langsam ließ die Umklammerung ihrer Schenkel nach, sodass ich den Kopf heben konnte. Als die Front meiner Jeans dabei zuerst das Laken und dann ihren heißen Schoß berührte, biss ich gequält die Zähne zusammen.

Als ich mich mit den Ellenbogen neben ihr abstütze, sah sie strahlend zu mir auf.

»Dieser Abend hat wirklich ein unerwartetes Ende genommen«, meinte sie und lachte, als hätte jemand einen Witz erzählt, der nur für sie bestimmt war.

Das fordernde Pochen meiner Erektion ließ ein klein wenig nach. »Enden Besuche in noblen Galerien denn in der Regel nicht mit heißem Sex?«

Sie blickte mich mit großen Augen an. Dann schlang sie die Beine um meine Taille und stemmte die Fersen in meinen Po. »In der Regel wohl nicht, aber eigentlich sollten sie das. Das war absolut fan-fucking-tastisch. So großartig wie der Trickspielzug bei der Meisterschaft im zweiten Studienjahr.«

Sie rieb auffordernd mit den Händen über meine Schultern, damit ich näher kam, mich auf sie legte und uns beiden das gab, was wir uns so lange verwehrt hatten. Damit wir uns endlich einander hingeben konnten, als gäbe es kein Morgen mehr.

Sie war wunderschön. Perfekt. Alles, was ich mir jemals gewünscht hatte.

Ich zerrte mir die Jeans herunter und tastete ungeschickt auf dem Bett herum, bis ich das glatte, metallische Päckchen fand. Rasch riss ich es mit den Zähnen auf und stemmte mich hoch, brachte gerade so viel Abstand zwischen unsere Körper, dass ich das Kondom überziehen konnte, bevor ich mich wieder zwischen ihre Schenkel sinken ließ. Ich brachte mich in Position und fühlte mich so bereit für sie.

Sie zog mich auffordernd an sich, und ich nahm die Einladung nur allzu gern an.

Ich war nie mit einer anderen Frau zusammen gewesen. Ich hatte keine Ahnung, ob es mit einer anderen vielleicht noch besser gewesen wäre, und ich hatte keinerlei Interesse daran, es jemals herauszufinden.

Verschwitzt und in die Laken verschlungen fiel ich schließlich ermattet auf sie. Ihre geschmeidigen Arme und Beine rieben über die Härchen auf meiner Haut. Tiefste Zufriedenheit erfüllte mich, und ich hätte einfach ewig hier so liegen bleiben können. In diesem Augenblick formten sich plötzlich die Worte in meinem Kopf.

»Ich liebe dich, Marisa.«

Sie küsste meine Brust, und ihr Lächeln wurde noch strahlender. »Ich hab dich auch lieb.« Es klang so wie immer, wenn sie diese Worte zu mir sagte.

Ich hätte es durchgehen lassen können, es einfach so stehen lassen können, als wäre es nichts Weltbewegenderes, als zu einem Freund »Hallo« oder »Bis bald« zu sagen. Aber ich wollte, dass sie es verstand. Ich strich ihr eine Haarsträhne aus dem Gesicht, fuhr mit dem Daumen unter ihrem Kinn entlang und blickte ihr dabei fest in die Augen.

»Nein, ich meine, ich liebe dich, Marisa. Ich liebe dich wirklich.«

Sie versteifte sich und sah mich verwundert an, als wäre dieses Gefühl nicht absolut unvermeidlich. Als wäre es nicht völlig unmöglich, nicht so zu empfinden.

»Und wenn ich erst mal wieder aus Chicago zurück bin und beim Draft ausgewählt wurde, habe ich schon große Pläne für uns. Pläne, bei denen du eine wichtige Rolle spielst.«

Ihre Lippen öffneten sich leicht, doch sie sagte nichts. Stattdessen kuschelte sie sich an meine Seite und schmiegte sich noch enger an mich.

Ich war bisher der Einzige, der Pläne für die Zeit nach unserem Abschluss geschmiedet hatte. Sie hatte sich ganz auf die Gegenwart konzentriert. Aber ich wollte, dass sie begriff, dass das mit uns auch nach dem Abschluss nicht vorbei sein würde. Doch was, wenn ihre Pläne für uns beide an dem Punkt endeten, an dem wir bei der Abschlussfeier die Bühne betraten?

25. KAPITEL

Marisa

LJ hatte sich den ganzen Tag vor seiner Abreise seltsam benommen. Er hatte mir seine Liebe gestanden – keine Wir-sind-schon-lange-Freunde-Liebe, sondern eine Liebe, die etwas tief in meinem Inneren berührte, bis zu einem Furcht einflößenden Ort vordrang, wo Zukunftspläne Gestalt annahmen und Erwartungen gestellt wurden.

Dies war das Niemandsland, das ich mein ganzes Leben lang zu vermeiden versucht hatte. Die Landminen, die dort verborgen lagen, hatten die Angewohnheit, mit riesiger Wucht zu detonieren. Ich hätte ihm so gern gesagt, wie sehr ich ihn ebenfalls liebte und dass ich es kaum erwarten konnte, die verrückten Pläne, die er sich ständig für uns ausdachte, in die Tat umzusetzen, doch die Worte waren mir im Halse stecken geblieben.

Wir durften nach wie vor nichts überstürzen, denn sein Leben würde sich in den kommenden drei Monaten auf eine Art verändern, wie er es sich nicht vorstellen konnte. Da war es besser, gewisse Dinge ungesagt zu lassen, gewisse Schutzmechanismen aufrechtzuerhalten. Besser, sich eine Fluchtmöglichkeit offenzuhalten.

Am Tag vor seiner Abreise war er sehr still gewesen. Früh am Morgen hatte er mit seiner Mutter telefoniert und war anschließend spazieren gegangen. Er hatte nicht mal Witze über die Sandwiches gerissen, die ich uns zum Mittagessen gemacht hatte. Und er war früh zu Bett gegangen, was durchaus Sinn ergab.

Am nächsten Morgen war er bereits um fünf Uhr in der Früh zusammen mit Berk, Keyton, Ron und einigen anderen Jungs aus dem Team abgeflogen. Doch den ganzen Tag davor hatte es keine verstohlenen Küsse, Berührungen oder auch nur Blicke zwischen uns gegeben.

Das ungute Gefühl in meiner Magengrube wurde immer stärker. Die ganze Zeit über hatte ich mich unterschwellig auf das Ende gefasst gemacht, aber trotzdem war ich noch nicht bereit dazu. Wahrscheinlich würde ich das nie sein. Und es machte mir Angst. Die Erkenntnis, wie schwer es werden würde, ihn zu verlassen, oder, noch schlimmer, ihn gehen zu sehen, erschütterte mich bis ins Mark.

Der Anruf, der mich später am Tag erreichte und beim Lernen für die Abschlussprüfungen unterbrach, half auch nicht gegen die schwelende Angst, die mich gepackt hatte – ganz im Gegenteil. Bei der Fahrt über die Brücke stand ich schon so sehr unter Stress, dass sich meine Schultern und Hände verkrampften und ich mit dem Kiefer mahlte. Ich stellte LJs Auto, das ich mir spontan hatte ausleihen müssen, auf dem Krankenhausparkplatz ab, atmete noch einmal tief durch und wappnete mich dafür, was mich im Inneren erwartete.

Der durchdringende Gestank nach Desinfektionsmitteln war um ein Vielfaches unangenehmer als der Geruch im Restaurierungsraum des Museums. Hier war es nicht nur sauber. Es war Kipp-einen-Eimer-Bleiche-drüber-und-schrubb-ordentlich-sauber.

Eine untersetzte Krankenschwester, die wirkte, als hätte sie das Krankenhaus schon tagelang nicht mehr verlassen, machte sich eifrig ans Werk und suchte die Informationen über die

Aufnahme meiner Mutter für mich heraus. »Ihre Mutter wurde in eines der Patientenzimmer verlegt. Sie sollte inzwischen ihre Schiene bekommen haben. Es war ein glatter Bruch, der nicht operiert werden muss. Zimmer fünf, hier den Gang entlang.« Sie deutete hinter sich.

»Vielen Dank.« Das Krankenhaus hatte zweimal angerufen, bevor ich mich endlich überwunden hatte, doch herzukommen. Als das Telefon geklingelt hatte, hatte ich schon mit dem Schlimmsten gerechnet. Doch das Allerschlimmste war, dass ich selbst nicht genau wusste, ob ich darüber, dass sie nur gefallen war und sich ein Bein gebrochen hatte, nun erleichtert war oder nicht.

Vor ihrem Zimmer blieb ich stehen und bereitete mich psychisch darauf vor einzutreten. Ich atmete tief durch, jedoch nicht so tief, dass mir der Gestank der Reinigungsmittel in der Nase brannte. Schutzwälle hoch. Nachdem ich fast zwei Monate keinen Kontakt mehr mit ihr gehabt hatte, rief ich mir noch einmal bewusst ins Gedächtnis, dass ich damit rechnen musste, dass sie es wieder schaffen würde, mir mit ihrem Verhalten und ihren verbalen Spitzen unter die Haut zu gehen.

Und im Moment war ich ohnehin schon dünnhäutiger als üblich.

»Meine Tochter wird gleich hier sein. Seien Sie doch so lieb und fragen Sie, bevor sie kommt, den Arzt noch einmal, ob er mir noch etwas von den Medikamenten verschreiben könnte.«

»Ma'am …«

»Mom, ich bin da.«

Die Schwester nutzte die Gelegenheit, um aus der Tür zu verschwinden. »Der Arzt kommt in wenigen Minuten mit Ihren Entlassungspapieren.«

Sie saß auf dem Krankenhausbett und sah aus, als wollte sie gleich um die Häuser ziehen. Oder vielleicht war sie auch von einer Kneipentour zurückgekehrt. »Es wird langsam Zeit, dass du kommst. Ich warte schon ewig.«

»Was ist passiert?«

»Dieser dämliche Eddie musste zurück zu seiner Frau fahren, deswegen war ich ganz allein zu Hause. Ich hab versucht, an die Gewürze im Schrank neben dem Herd ranzukommen.«

Gewürze – oder wohl eher an ihren Schnapsvorrat.

»Dabei bin ich gefallen, und jetzt bin ich hier«, sagte sie und präsentierte mit einer ausladenden Geste ihr geschientes Bein.

Ich rechnete schon seit langer Zeit damit, eines Tages einen Anruf zu bekommen, weil sie einen Unfall gehabt hatte, sich mit dem falschen Kerl eingelassen hatte und verletzt worden war oder sonst etwas ihrer bisherigen Glücksserie mit Schnaps und Männern ein Ende gesetzt hatte. Dass sie das Krankenhaus nur mit einem gebrochenen Bein verließ, grenzte schon an ein kleines Wunder.

»Lass uns nach Hause fahren. Hast du was zu essen da?«

»Selbstverständlich habe ich Essen.«

»Genießbares Essen?«

»Du warst beim Essen schon immer furchtbar wählerisch.«

Ich ließ die Bemerkung von mir abprallen.

Ein Pfleger brachte einen Rollstuhl.

Obwohl sie meckerte und motzte, schafften wir es, sie in den Rollstuhl zu setzen. Ihre zehn Kilo schwere Handtasche stellte sie sich auf den Schoß.

Ich sammelte noch rasch ihre übrigen Habseligkeiten im Zimmer ein und stopfte sie in ihre Tasche. »Können wir gehen?«

»Warum hetzt du mich so? Hast du denn noch was Besseres vor?«

So ziemlich alles wäre besser gewesen. Wirklich alles.

Ich hätte gar nicht erst kommen sollen. Als das Krankenhaus angerufen und mir mitgeteilt hatte, dass meine Mutter mich als Notfallkontakt angegeben hatte, hätte ich einfach behaupten sollen, dass sie sich verwählt hätten.

Stattdessen hatte der tadelnde Unterton, den der Krankenhausmitarbeiter auf meine Frage hin angeschlagen hatte, ob es noch eine andere Möglichkeit gäbe, sie nach Hause zu schaffen, die letzten Reste meines töchterlichen Pflichtgefühls wiedererweckt.

Mein Ziel war simpel: rein und gleich wieder raus.

»Ich muss lernen. Die Zwischenprüfungen stehen an. LJ ist heute beim Combine in Chicago, und ich muss bis drei Uhr zu Hause zu sein, damit ich mir sein Spiel im Fernsehen anschauen kann.«

»An Weihnachten lässt du dich kaum blicken, rufst mich am Neujahrstag nicht mal an, und jetzt kannst du mich gar nicht schnell genug aus dem Krankenhaus bekommen.«

Ich war ihr fast die ganzen Winterferien lang aus dem Weg gegangen, und von ihrem lallenden Anruf an Silvester um elf Uhr nachts abgesehen hatte ich auch nicht den Eindruck gehabt, dass sie mich hatte sehen wollen. Wahrscheinlich hatte sich dieser Mann mit Kindern, den sie sich angelacht hatte, verdünnisiert. Gut für ihn.

Ich erkundigte mich im Schwesternzimmer, wie es weitergehen würde.

»Die Entlassungspapiere sind gleich fertig. Sie können sie mit dem Rollstuhl nach draußen vors Gebäude bringen, ihre Medikamente abholen und dann Ihren Wagen holen und sie einsteigen lassen.«

»Braucht sie die Medikamente denn unbedingt?« Alkohol und Tabletten zu mischen war keine gute Idee. »Einige ihrer anderen Medikamente …«

Die Schwester blätterte in der Krankenakte. »Von anderen Medikamenten hat sie nichts erwähnt. Ihr wurde hochdosiertes Ibuprofen verschrieben. Das Risiko für Wechselwirkungen ist in diesem Fall nur minimal, aber wenn Sie mir die Bezeichnungen der anderen Medikamente geben, kann ich das gern vorsichtshalber noch einmal überprüfen.«

»Nein, schon gut. Das bekommen wir hin.« Erleichterung darüber, dass sie nichts Stärkeres verordnet bekommen hatte, besänftigte meine Sorge ein wenig. Wenn sie sich von Alkohol auf Tabletten verlegen würde, wäre der nächste Anruf, den ich bekam, wahrscheinlich nicht mehr so harmlos.

Die Schwester, die für die Entlassung zuständig war, erläuterte mir die übrigen Formulare, die ich noch ausfüllen musste.

Ein Pfleger schob meine Mutter im Rollstuhl. Ihr geschientes Bein lag auf einer Fußstütze. Pfeile und Hinweisschilder wiesen den Weg zur Medikamentenausgabe.

»Ich hole ihre Schmerzmittel ab und komme dann zu Ihnen nach draußen.« Der Mann nickte, drehte um und schob sie in die entgegengesetzte Richtung.

Vor dem Ausgabefenster wartete nur eine weitere Person. Dann würde es wenigstens schnell gehen.

Meine Muskeln waren völlig verspannt, hinter meiner Stirn machte sich ein leichtes Pochen bemerkbar, und mein Magen war verkrampft, als würde er sich auf einen Schlag in die Magengrube gefasst machen. Nie mehr wieder.

Von Tag zu Tag freute ich mich mehr darauf, nach Venedig zu gehen. Ich hatte noch immer nicht mit LJ darüber gesprochen. Ich hatte mich davor gedrückt, weil ja durchaus noch etwas schiefgehen könnte, und auch, weil ich noch nicht bereit war, uns aufzugeben. Schon als ich noch ein kleines Mädchen gewesen war, hatte ich davon geträumt, in dieser Stadt herumzuschlendern, dieses Land zu besuchen, wie eine Prinzessin, die in einem Turm eingesperrt war – nur dass mein Turm aus leeren Wodkaflaschen errichtet worden war. Der eine Sommer dort hatte nicht mal ansatzweise genügt, aber für länger wegzugehen … Was würde geschehen, wenn ich ging?

Als LJ mir vor Kurzem seine Liebe gestanden hatte, hatte es mir Angst gemacht. Das waren Worte, die man nicht einfach ignorieren konnte. Sie bargen große Versprechungen in sich, doch ich war in meinem Leben schon so oft enttäuscht worden, dass es mir schwerfiel, daran zu glauben, dass sie aufrichtig gemeint sein könnten.

Und dass sie auch auf Dauer ihre Bedeutung nicht verlieren würden. Was zum Teufel sollte *für immer* überhaupt bedeuten? Ich schaffte es kaum, weiter als bis zu unserem Abschluss zu denken.

»Marisa?« Eine vertraute Stimme drang durch meine grüblerischen Gedanken.

»Jill.« Wie ein Sonnenstrahl, der die dunklen Wolken, die über mir hingen, durchbrach, kam sie auf mich zu und umarmte mich.

»Was tust du denn hier? Ist alles in Ordnung?« Ihr Lächeln war herzlich, doch ihr Blick verriet ihre Sorge.

»Es geht um meine Mutter.« *Von der ich auf keinen Fall will, dass sie auch nur in deine Nähe kommt.* Wann immer LJs Familie und meine Mutter aufeinandergetroffen waren, war es schnell so oberpeinlich geworden, dass ich jedes Mal dafür gesorgt hatte, dass das Ganze ein rasches Ende nahm. »Sie hat sich das Bein verletzt.«

Nun erschien auch Charlie und trat hinter Jill. »Hey Marisa.« Seine Umarmung war kräftig und angenehm, väterlich. Er kam in meinem Leben einem Vater am nächsten. Als ich ihn wieder losließ, überkam mich kurz Traurigkeit.

Jill bekam große Augen und spähte an mir vorbei. »Terri, was ist denn passiert?«

Ich drehte mich um – und tatsächlich war da der Pfleger, der meine Mutter auf uns zuschob. Nein. Nein. Nein. Ich musste hier weg.

Der Pfleger sah äußerst angesäuert aus. Keine Ahnung, was sie getan hatte, um ihn dazu zu bewegen, sie wieder zurückzubringen, damit sie nachsehen konnte, wieso ich so lange brauchte. Immerhin hatte sie fünf endlose Minuten warten müssen, während ich mich angestellt hatte, um ihre Medikamente zu holen.

Meine Muskeln, die sich gerade noch ein wenig entspannt hatten, wurden augenblicklich wieder steinhart.

»Ich bin gestolpert, als ich Waisenkinder aus einem brennenden Haus retten wollte«, sagte meine Mutter in dem sarkastischen, arroganten Tonfall, den sie gegenüber jedem anschlug, der ihres Erachtens nach auch nur ansatzweise netter, zufriedener oder freundlicher war als sie selbst – also bei so ziemlich jedem.

Jill lachte verdutzt auf. Diesmal bekam ich ein anderes Lächeln von ihr zu sehen. Es war dünn und höflich und gänzlich anders als das, mit dem sie mich immer bedachte. »Tut mir leid, dass du dich verletzt hast.«

Meine Mutter öffnete wieder den Mund, doch ich schnitt ihr das Wort ab. Ich hatte sicher nicht vor, sie noch eine ihrer Spitzen anbringen zu lassen.

»Ist bei euch alles in Ordnung?«, fragte ich. Die dumpfe Furcht in meiner Magengrube steigerte sich zu einer grauenvollen Vorahnung.

Jill zupfte an ihrem Ohrläppchen. »Wir sind hier, weil nach

Charlies letztem Halbjahres-Check ergänzende Tests nötig geworden sind. Es gab damals ein paar Unklarheiten. Einige der Untersuchungsergebnisse waren nicht eindeutig, weswegen sicherheitshalber weitere Tests gemacht werden sollten«, erklärte sie, und in ihrem Blick lag Unsicherheit.

Mein Gesichtsfeld schien plötzlich zusammenzuschrumpfen, als wäre ich in einem Tunnel. »Weitere Tests?«

Beim letzten Mal hatte es Charlie und Jill so schwer getroffen. Sie waren beide so stark geblieben, hatten sich so sehr angestrengt, ihre Familie über Wasser zu halten, während sie gleichzeitig mit so viel zu kämpfen gehabt hatten. Er war so zerbrechlich und blass gewesen, und seine Schmerzen waren ihm deutlich in sein hageres Gesicht geschrieben gewesen, während er sich bemüht hatte, tapfer zu bleiben. Das Grauen wurde schlimmer, und mein Magen schmerzte.

»Weiß LJ Bescheid?« Mein Mund war auf einmal staubtrocken.

Er würde sich furchtbar aufregen. Als sein Vater das letzte Mal krank geworden war, waren wir in der zehnten Klasse gewesen. Ich hatte an jenem Tag die Pause zwischen der dritten und vierten Stunde auf der Tribüne verbracht. Er hatte mich dort gefunden, hatte sich zu mir gesetzt, den Kopf auf meinen Schoß gelegt und war völlig zusammengebrochen. Seine Tränen waren eine ganze Weile geflossen, doch ich war für ihn da gewesen. Nun machte ich mich innerlich darauf gefasst, vielleicht bald wieder für ihn stark sein zu müssen.

»Ich habe es ihm gestern gesagt. Eigentlich wollte ich das gar nicht, weil er doch nach Chicago musste, aber er hat mir das Versprechen abgenommen, dass ich ihm immer Bescheid gebe, wenn wir zum Arzt müssen.«

Ich fühlte mich benommen und schwindelig. Vor dem Abflug war er so schweigsam gewesen und auf Distanz gegangen.

Ich hatte gedacht, der Grund dafür wäre Nervosität, weil er sich vor den Augen sämtlicher Profi-Scouts des Landes gegen all die anderen Topspieler beweisen müsste. Aber jetzt verstand ich ...

»Hoffentlich wird alles gut.«

Ihre Miene hellte sich wieder auf, und sie drückte die Schultern durch. »Ganz bestimmt. Mach dir keine Sorgen. Ich lasse euch beide jetzt mal nach Hause fahren.«

Seine Distanziertheit. Er hatte sich Sorgen gemacht und kein Wort darüber verloren. Er hatte es mir nicht gesagt. Warum hatte er nicht darüber gesprochen? Ich war doch immer für ihn da gewesen, aber er hatte es mir verschwiegen. Die Abwärtsspirale drehte sich schneller. Langsam lief alles aus dem Ruder.

»Melde dich bitte, wenn du Hilfe brauchen solltest, Jill.«

Sie tätschelte meine Schulter und nickte.

All die Pläne, die er geschmiedet hatte, bauten wahrscheinlich darauf, dass die Marisa-Magie auch weiterhin ihre Wirkung tat. Wenn Charlie etwas passierte – würde er mich dann überhaupt noch um sich haben wollen? Würde er mich verstoßen? Wie könnte er mir überhaupt noch einmal in die Augen sehen? Obwohl meine Lippen sich ganz taub anfühlten, rang ich mir ein Lächeln ab und räusperte mich.

Dass ich mich in solch einer Situation auch noch selbst bemitleidete, ließ meine Sorgen in Selbsthass umschlagen.

Am liebsten wäre ich dageblieben. Hätte sie unterhalten und zum Lachen gebracht, während sie warteten. Ich wollte keine weitere Minute mit meiner Mutter verbringen müssen.

Der Pfleger schob den Rollstuhl hinaus vors Gebäude. Ich trottete mit der Medikamententüte nebenher.

»Wow, kannst ja wirklich ganz schön großherzig sein, was? Bietest einfach deine Hilfe an, ohne zu murren und ohne dass man dich darum bitten muss. Wie oft musste dich das Krankenhaus eigentlich anrufen, damit du herkommst und mich holst?«

Mein Kiefer tat weh, weil ich die Zähne so fest zusammengebissen hatte. »Hör auf.«

»Was denn?«, tat sie unschuldig, riss sogar entrüstet die Augen auf und legte die Hand auf die Brust.

Ich ließ sie beim Ausgang zurück und ging hinüber zu den Kurzzeitparkplätzen, um LJs Auto zu holen. Am liebsten wäre ich einfach direkt auf den Highway gefahren, anstatt umzudrehen und vorm Krankenhaus zu halten.

Beim Ausgang standen Mütter, die ihre Neugeborenen in den Armen wiegten, Menschen auf Krücken – und meine Mutter mit ihrer Beinschiene im Rollstuhl, die ihre alkoholselige Verbitterung versprühte.

Während ich darauf wartete, dass vorm Ausgang ein Parkplatz frei wurde, tippte ich rasch eine Nachricht an LJ.

Ich: Viel Glück heute. Ich denke an dich. Ich schaue dir um drei zu!

Sofort erschien die Sprechblase mit den drei kleinen Punkten als Zeichen dafür, dass er schrieb, verschwand jedoch gleich darauf wieder.

Meine Kehle schnürte sich zu, meine Knie wurden weich, und mein Herz zog sich zusammen, als hätte jemand eine Faust darum geschlossen.

Nachdem ich ihr in den Wagen geholfen hatte, fuhr ich beim Lebensmittelgeschäft vorbei und kaufte ihr genug Aufschnitt und Brot für eine ganze Woche. Leider dauerte es länger als geplant, und der Countdown bis drei Uhr lief rasch ab. Eigentlich hatte ich vorgehabt, mir den Combine zu Hause allein anzusehen, damit sich niemand an meinen Jubelschreien störte. Ihn mir gemeinsam mit meiner Mutter anzuschauen hatte ich definitiv nicht geplant. Mit jeder Meile, die wir in LJs Auto zurücklegten, drehte sich das Sorgenkarussell in meinem Kopf schneller. Fast schon zwanghaft checkte ich an jeder roten Ampel das Handy, aber es war jedes Mal falscher Alarm.

Das Haus meiner Mutter zu betreten – mein Zuhause konnte ich es nun wirklich nicht mehr nennen – fühlte sich wieder genauso merkwürdig an wie damals an Weihnachten, als ich kurz bei ihr vorbeigeschaut hatte. Es sah noch genauso aus wie früher, roch noch genauso wie früher, aber es war kein Zuhause mehr. Ich hatte kein Zuhause.

Ich packte die Einkäufe aus, stapelte die Sachen hektisch auf der Arbeitsfläche, damit ich sie anschließend rasch wegräumen konnte. In meinen Ohren rauschte es, und eine leichte Panik überkam mich.

»Das hast du für mich gekauft?«, fragte sie und kam auf Krücken in die Küche gehumpelt.

Ich stopfte die Lebensmittel in ihren kärglich gefüllten Kühlschrank, in dem nur ein halb volles Glas Oliven und einige Hotel-Ketchupfläschchen herumrollten. »Ach, entschuldige bitte. Lass mich nur schnell diesen Rostbraten und den Caesar Salad beiseiteräumen, damit Platz für die Einkäufe ist, die ich von meinem Geld bezahlt habe.«

»Ich bin doch nicht mehr in der Grundschule. Was soll ich mit dem ganzen Aufschnitt?«

»Das ist immer noch besser als das Zeug, das du mich als Kind hast essen lassen«, blaffte ich und war kurz davor, die Beherrschung zu verlieren.

Ich erhielt ein abschätziges Schnauben zur Antwort. »Es ging dir doch gut. Du musstest nur zu LJ nach Hause laufen, und schon hat man sich um dich gekümmert.«

Die Muskeln in meinem Hals spannten sich, Wut brodelte in mir hoch, und meine Ohren klingelten. Ich knallte die Tür des Kühlschranks mit solcher Wucht zu, dass sein Inhalt klirrte. »Vielleicht wäre es mir aber lieber gewesen, dass sich meine Mutter um mich kümmert.«

»Du warst sehr gut in der Lage, dich um dich selbst zu kümmern.« Wieder eine Abfuhr.

»Ich war ein Kind.«

»Dein Vater ist verschwunden, hat sein Leben gelebt und getan, was auch immer er verdammt noch mal wollte. Warum hätte ich es nicht genauso machen sollen?«

Diese Unterhaltung ließ alte Gefühle wieder hochkommen, riss tiefe Narben auf, von denen ich gedacht hatte, sie wären längst verheilt. »Tut mir leid, dass ich so eine Last für dich war.«

»Nun sei mal nicht dramatisch.«

Meine Wangen wurden heiß. Was hatte es überhaupt für einen Sinn zu versuchen, sie zu ändern? »Brauchst du noch irgendwas, bevor ich gehe?«

Nun klang ihre Stimme sanfter. »Du willst schon fort? Wir hatten doch kaum Gelegenheit, uns zu unterhalten.«

Ich biss mir auf die Zunge, damit mir kein »Warum zum Teufel sollte ich bleiben wollen?« herausrutschte, oder eine Bemerkung darüber, wie viel Überzeugungsarbeit vonnöten gewesen war, um mich dazu zu bewegen, sie abholen zu kommen.

Nachdem ich die Waschmaschine vollgeladen, ihr auf der Couch im Wohnzimmer ein Bett gerichtet und ihr ein Grundschüler-Sandwich gemacht hatte, hatte sie alle Vorwände, um mich zum Bleiben zu bewegen, ausgereizt.

Ein Blick auf die Uhr verriet mir, dass ich es nicht mehr schaffen würde, rechtzeitig zum Combine zu Hause zu sein. *Verdammt.*

Ich ließ meine Mutter in der Küche zurück, ging hinüber ins Wohnzimmer, schaltete den Fernseher an und setzte mich auf den Couchtisch.

Die Stimmen der Kommentatoren überlagerten die Geräusche des nahezu leeren Sportstadions, auf dessen Spielfeld sich die Spieler für die Tests aufstellten, anhand derer sie ihre Geschicklichkeit und Spielstärke unter Beweis stellen würden.

»Als Nächstes sind die Linebacker dran. Es sind einige talentierte Kandidaten am Start, und selbstverständlich herrscht ein heftiger Konkurrenzkampf.«

Acht andere Teilnehmer absolvierten ihre Tests. Ihre Namen und Zeiten wurden am unteren Bildschirmrand eingeblendet.

Meine Mom rumorte im Haus herum, klirrte mit Flaschen und murmelte in sich hinein. Sollte sie beim Versuch, sich einen Drink zu genehmigen, noch einmal stürzen, hätte ich nicht übel Lust, sie einfach liegen zu lassen.

Dann tauchte LJs Name auf dem Bildschirm auf. Trotz der dunklen Wolke, die über meinem Kopf zu hängen schien, platzte ich schier vor Stolz, während ich zusah und die Kommentatoren aufzählten, was er in den zurückliegenden vier Spielzeiten alles erreicht hatte. Normalerweise wäre ich jetzt auf und ab gesprungen und hätte ihn lauthals angefeuert. Ich wünschte ihm diesen Erfolg so sehr, mehr als alles, was ich mir jemals für mich gewünscht hatte. Weil ich ihn liebte.

Ich umklammerte die Tischkante und hielt den Atem an.

Wie zuvor bei den anderen Spielern begannen nun seine Tests. Seine Zeiten wurden zusammen mit denen der anderen Jungs eingeblendet. Zwar lag er bei keinem der Tests auf der Spitzenposition, kam jedoch stets konstant unter die ersten drei, während die Leistungen der anderen von Disziplin zu Disziplin stark schwankten.

Schließlich ertönte ein schriller Pfiff, und er war fertig. Nun joggte er schweißüberströmt zur Seitenlinie. Atemlos und ausgepowert gesellte er sich, wie all die anderen Spieler zuvor, zu dem dort wartenden Reporter.

Obwohl ich ihn auf dem Bildschirm sah, checkte ich wieder das Handy, als könnte er mir in diesem Moment eine Nachricht schicken.

»Das waren hervorragende Zeiten, die Sie abgeliefert haben. Mit welchem Gefühl blicken Sie dem Draft entgegen?«

LJ hatte erhitzte rote Flecken im Gesicht. Er wischte sich den Nacken mit einem Handtuch ab. »Genauso optimistisch wie die anderen Jungs hier. Die Konkurrenz ist wirklich stark, und ich hoffe einfach, dass ich da draußen auf dem Spielfeld meine Fähigkeiten demonstrieren konnte.«

»Du warst Spitzenklasse, L«, rief ich dem Bildschirm zu. Stolz loderte hell und heiß in meiner Brust.

Er hatte so hart gearbeitet. Im Gespräch mit dem Reporter gab er sich gar nicht so albern wie sonst. Kein schelmisches Grinsen, kein Zwinkern. Seine Miene war völlig ernst.

Ich beugte mich vornüber, schlang die Arme um meine Taille und starrte sein überlebensgroßes Bild auf dem Schirm an. Ein unheilvolles, trostloses Gefühl stahl sich in mein Inneres.

»Es steht einiges für Sie auf dem Spiel, und bald ist auch das College zu Ende. Freuen Sie sich schon darauf, den Abschluss in der Tasche zu haben?«

Er rieb sich das Gesicht mit dem Handtuch trocken, und obwohl er noch immer außer Atem war und die leichten Polster, die er trug, sich stetig hoben und senkten, behielt er seine professionelle Miene bei.

»Ja und nein. Ich werde vieles zurücklassen müssen, aber ich bin bereit, ein neues Kapitel aufzuschlagen.«

»Es gibt ganz sicher einige Teams, die Ihnen dabei gern behilflich wären.«

»Hoffentlich. Ich bin bereit, hart zu arbeiten und zum Erfolg des Teams, in dem ich spiele, meinen Beitrag zu leisten.«

»Im April steht der Draft an. Wer wird Sie an diesem Abend begleiten? Vielleicht eine Freundin, die sich mit Ihnen freut, dass Sie in die Profiliga aufsteigen?«

»Nein, eine Freundin gibt es bei mir nicht.« Er sagte es, ohne zu schmunzeln oder auch nur andeutungsweise zu lächeln. Nichts. Er schüttelte nur den Kopf, sodass Schweißtropfen spritzten. »Meine Eltern werden dabei sein. Ich werde sie stolz machen.«

Ich starrte wie versteinert auf den Bildschirm, während der Reporter zur nächsten Frage überging. Ich bekam keine Luft mehr, meine Lunge brannte, der Raum geriet ins Wanken, und alles verschwamm vor meinen Augen. Ich wusste selbst nicht, welche Antwort ich von ihm erwartet hatte, aber diese ganz sicher nicht.

»Sieht aus, als wäre er dir durch die Lappen gegangen.« Mom kam auf Krücken aus dem Flur zur Couch geschlurft. »Wie schade. Bis zum Ende des Semesters kann er sich bestimmt vor Football-Groupies kaum noch retten. Ach was, wahrscheinlich scharren schon jetzt einige mit den Hufen und sind sicher nicht abgeneigt, sich einen Profispieler zu krallen, bevor er seinen Scheck bekommt.«

»So ist er nicht«, entgegnete ich scharf.

»Das galt auch mal für deinen Vater, aber er war so oft unterwegs, dass er irgendwann vergessen hat, wer zu Hause auf ihn wartet. Du wirst schon sehen. Sobald er wieder hier ist, wird er von Studentinnen umschwärmt werden, die bereit sind, alles zu tun, was er will.«

Noch immer starrte ich auf den Bildschirm, obwohl die nächsten Tests bereits begonnen hatten.

Meine Haut fühlte sich an, als wäre sie verbrannt.

»Und sein Vater ist bestimmt wieder krank. Du hättest dir deinen Platz sichern sollen, solang es noch ging. Sobald die Chemo wieder losgeht, hat es sich mit ihrer Herzlichkeit ganz sicher erledigt. Außer natürlich, sie möchten praktischerweise noch mal auf dein Knochenmark zurückgreifen. Diesmal solltest du aber dafür kassieren. Er hat ja schon bald genug Geld.« Sie deutete in die grobe Richtung des Fernsehschirms, auf dem LJ schon längst nicht mehr zu sehen war.

Ohne ein weiteres Wort zu verlieren, stand ich auf, verließ das Haus, stieg in den Wagen, der nach LJ roch, und machte mich auf den vertrauten Rückweg zum Puff. In meinen Augenwinkeln brannten Tränen, doch ich blinzelte sie weg. In meiner Brust wütete ein tiefer, dumpfer Schmerz, der sich anfühlte, als würde ich gerade einen Teil von mir verlieren.

Während der Rückfahrt pochte mein Kopf unangenehm, weil so viele Ängste und Unsicherheiten darin herumwirbelten. Als ich die Brücke überquerte, verwandelte sich das dumpfe Pochen in hämmernde Schmerzen. Doch ich behielt die Hände am Lenkrad auf zehn und zwei Uhr und schaffte es, die Fahrt weitestgehend ohne Zwischenfälle hinter mich zu bringen – abgesehen von dem kurzen Zwischenstopp, als ich etwa fünf Minuten von unserem Haus entfernt an den Straßenrand fahren musste. Dort fiel ich mehr oder weniger aus dem Auto, kauerte auf Händen und Knien und erbrach die Reste des Sandwichs, das ich rasch verschlungen hatte, bevor ich zum Krankenhaus aufgebrochen war.

Danach blieb ich auf dem Boden sitzen, lehnte mich erschöpft gegen den Wagen, wischte mir den Mund ab und schnappte zitternd nach Atem, während ich versuchte, mich wieder zu fangen. Nachdem ich es geschafft hatte, wieder Luft zu bekommen, stieg ich ins Auto und kehrte zum Haus zurück. Als ich es betrat, musste ich sofort gegen den starken Drang ankämpfen, die Flucht zu ergreifen. Oben in meinem Zimmer lief ich unruhig auf und ab, während ich mir mit zitternden Fingern das Handy ans Ohr presste und darauf wartete, dass am anderen Ende der Leitung jemand abnahm. Doch ich landete sofort auf der Mailbox, und im Gegensatz zu den meisten Menschen unter fünfzig, die ich kannte, hinterließ ich eine Nachricht.

Dann setzte ich mich hin und versuchte, das Telefon mit Blicken dazu zu animieren, endlich zu klingeln. Die Worte meiner Mutter hallten ohrenbetäubend laut durch meinen Kopf, zerrissen mir schier den Schädel.

Anstelle eines Rückrufs ging eine Nachricht ein.

LJ: Ist gerade kein guter Zeitpunkt. Morgen komme ich zurück.
Dann können wir reden.

Das war's.

Mit nur einer Nachricht hatte er alles, was ich ihm jemals gegeben hatte, zerstört. Meine Freundschaft. Mein Vertrauen. Meine Liebe.

Ich sank aufs Bett, umklammerte das Handy und versuchte, wieder zu Atem zu kommen.

Mein Blick verschleierte sich, Adrenalin schoss durch meinen Körper, und das Schluchzen blieb mir im Halse stecken.

Der Augenblick war da. Der Augenblick, in dem er wegging.

Selbst wenn er am Freitag wiederkäme, hatte sich etwas verändert, und anstatt mir etwas vorzumachen, hätte ich so klug sein sollen, mich darauf vorzubereiten.

26. KAPITEL

LJ

Direkt, nachdem ich das Spielfeld verlassen hatte, meine Nachrichten zu checken, war ein Fehler gewesen. Ich hatte eine von Marisa bekommen und eine von meiner Mom. Sie würden die Testresultate in einigen Tagen erfahren.

Ich saß in meinem Hotelzimmer in Chicago und war kurz davor, die Bilder von den Wänden zu reißen. Er durfte nicht krank sein. Heute auf dem Feld hatte ich wesentlich mehr aus mir herausgeholt, als ich selbst für möglich gehalten hätte. Es konnte durchaus sein, dass das Leben meines Dads davon abhing, wie viele Nullen auf meinem Vertrag stehen würden.

Ich wollte – nein, ich musste ihnen alle Geldsorgen nehmen, die ihnen womöglich noch ins Haus standen. Ich musste mich um Quinn kümmern und dafür sorgen, dass Marisa trotz allem ihren Europatrip machen konnte. Ich musste mich um sie alle kümmern, und das war die einzige Art, wie ich das schaffen konnte.

In diesem Augenblick mit einem von ihnen zu reden würde alles noch viel schlimmer machen. Wenn ich jetzt mit Marisa telefonierte, würde mich sofort die Sehnsucht packen, bei ihr zu sein, und ich wäre sicherlich schwer in Versuchung, meine Kreditkarte bis zum Limit auszureizen und noch heute Abend in ein Flugzeug zu steigen, statt erst morgen früh um sieben zusammen mit den anderen Jungs vom Team und ihrem Dad zurückzufliegen.

Vorhin hatte er neben dem Reporter an der Seitenlinie gestanden, zusammen mit den anderen Jungs, die sich darauf vorbereitet hatten, aufs Feld zu gehen.

Ich hatte die Zähne zusammengebissen, damit mir keine Bemerkung über Marisa herausrutschte.

Er hatte seine Meisterschaft gewonnen und Marisa die Chance ihres Lebens vermasselt. Sie hatte recht gehabt. Er verdiente keine zweite Chance. Er verdiente keine Sekunde ihrer Aufmerksamkeit oder Zuwendung.

Ich hatte glauben wollen, dass sie sich irrte, aber das tat sie nicht. Scheiß auf ihn.

Sie hatte mich angerufen, als ich gerade in der Umkleidekabine gewesen war, aber ich hatte auf einen Anruf meiner Mom gewartet, und außerdem war ihr Dad gerade bei uns gewesen, um mit uns die finalen Ergebnisse des Tages noch einmal durchzusprechen.

Nun brütete ich in der trocknen Heizungsluft meines Hotelzimmers vor mich hin und versuchte, mich wieder einigermaßen zu beruhigen. Wenigstens musste ich mir das Zimmer mit niemandem teilen. Doch wahrscheinlich hätte ich bis morgen früh eine Scharte in den Teppich gelaufen.

Ein Klopfen an der Tür durchbrach die Sturzflut an Gedanken in meinem Kopf.

Ich riss sie auf. Draußen auf dem Flur stand Keyton.

»Wir gehen was essen. Auf geht's.«

»Ich habe eigentlich keinen …«

»Das war keine Bitte. Hol Schuhe und Geldbörse und dann los. Berk treffen wir unten. Er telefoniert gerade mit Jules.«

Wir fuhren schweigend mit dem Aufzug hinunter zum Hotelrestaurant. Unten angekommen musste ich mich in die

Sitznische setzen, während Keyton auf einem Stuhl mir gegenüber Platz nahm. Er musterte mich, als befürchte er, dass ich jeden Moment wieder aufspringen und nach oben in mein Zimmer verschwinden könnte. Und damit hatte er gar nicht mal so unrecht. Während er die Speisekarten studierte, überlegte ich die ganze Zeit, wie ich mich am schnellsten verdrücken konnte.

Das Restaurant war eher eine Art Sportbar. An den Wänden hingen gerahmte Trikots, und es roch nach frittiertem Essen und Fassbier. Auf diversen Fernsehbildschirmen lief gerade ein Bericht über die Ergebnisse des heutigen Combines.

Ich kauerte mich auf meinem Platz zusammen.

Keyton legte die Speisekarte weg. »Muss ich Marisa anrufen?«

»Das hat nichts mit Marisa zu tun.«

»Du bist eigentlich immer nur dann eine so furchtbare Nervensäge, wenn irgendwas mit Marisa los ist«, sagte er, ohne mich dabei anzusehen. Bislang hatten wir Gespräche über Marisa und mich und darüber, wobei er uns ertappt hatte, auf ein Minimum beschränkt. Bestimmt hatten unsere höllisch lauten Betten uns hin und wieder verraten, aber im Großen und Ganzen hatten wir uns sehr zurückgehalten. Zu sehr.

»Es geht wirklich nicht um Marisa.«

Allerdings wünschte ich mir in diesem Moment so sehr, dass sie hier wäre. Ich wollte, dass sie bei mir war und mir versicherte, dass alles gut werden würde und dass ich erst mal nicht durchdrehen, sondern abwarten sollte, bis alle Testergebnisse da waren. Dass ich sie nicht sehen, nicht berühren konnte, machte alles noch viel schlimmer.

»Machst du dir darüber Sorgen, wie es heute gelaufen ist?«

Das Gefühl einer sich anbahnenden Katastrophe wurde noch stärker. Zu meiner Angst, dass mein Dad womöglich wieder krank sein könnte, gesellte sich nun auch noch die Furcht, dass den Profi-Scouts meine heutigen Ergebnisse nicht genügen könnten. Mein Magen, der heute ohnehin kaum an so was wie Nahrungsaufnahme interessiert gewesen war, hob sich nun vehement bei dem Gedanken, Essen auch nur in den Mund zu nehmen.

»Du hast das super gemacht. Wir haben alle gesehen, wie du dich da draußen geschlagen hast.«

»Wen meinst du? LJ?«, fragte Berk und setzte sich neben Keyton. »Mann, du hast den Draft jetzt schon in der Tasche. Auswahl in der ersten oder zweiten Runde – garantiert. Du hast keine schmutzige Vergangenheit. Keine Probleme, Leistung zu bringen. Und du warst nicht zu spät dran und hast die erste Hälfte des wichtigsten Spiels der Saison verpasst oder so.« Er schüttelte lachend den Kopf und trank das Wasserglas, das vor ihm stand, aus.

Wenigstens war ich nicht der Einzige mit einer vermurksten Saison. Berk wäre wegen einer Prügelei mit einem gegnerischen Spieler beinahe aus dem Team geflogen, doch inzwischen war die Sache im Sande verlaufen, und er hatte diesen Zwischenfall nie wieder erwähnt.

»Was sagt ihr zu meiner Leistung?«, fragte Keyton.

»Du spielst eben als Tight End. In dieser Position muss man sich schon mehr anstrengen, um es zu bringen«, sagte Berk, legte eine Pause ein und betrachtete uns auffordernd, doch keiner von uns hatte Lust mit »That's what she said« zu antworten. Völlig falscher Zeitpunkt für solche Witzchen, Berk.

»Wahrscheinlich kommst du in der dritten oder vierten Runde zum Zug.«

Keyton ließ ein wenig die Schultern hängen, allerdings nicht aus Enttäuschung, sondern aus Erleichterung. »Mit der vierten wäre ich auch zufrieden. Im Grunde ist es mir egal. Hauptsache, ich kann spielen.«

Berk schnippte mit dem Finger gegen die laminierte Speisekarte und ließ sie auf dem Tisch kreisen. »Du willst also nicht mit deiner geheimen Rockband auf Tour gehen?«

»Wie bitte?«

»Die Gitarre. Ein Instrument dieser Größe lässt sich nicht unbemerkt aus dem Haus und wieder zurück schmuggeln.«

»Ich spiele nicht Gitarre.«

»Was steckt dann dahinter?«

Der Kellner kam an den Tisch und nahm unsere Bestellung auf. Ich wählte einen Burger mit Fritten, obwohl ich bestimmt kaum einen Bissen runterbekommen würde.

Berk trank einen Schluck von seiner Limo. »Wir werden dieses Thema nicht einfach unter den Tisch fallen lassen. In etwas mehr als zwei Monaten machen wir unseren Abschluss, und du hast uns immer noch nicht verraten, was Sache ist. Wir hören dich abends nie spielen. Ist es eine E-Gitarre? Oder spielst du nur, wenn niemand zu Hause ist?«

Keyton warf mir einen Blick zu. »Ich spiele nicht. Ich bewahre sie nur für jemanden auf.«

»Du schleppst für irgendjemanden eine Gitarre auf dem Campus herum.«

»Genau. Mehr steckt nicht dahinter.«

Berk beugte sich über den Tisch. »Das bezweifle ich stark.«

Trotzdem ließ er es damit bewenden. Ich wäre ihm bei seinem nervigen Verhör sowieso keine gute Unterstützung gewesen.

Das Essen wurde gebracht, und ich schob es lustlos auf meinem Teller herum.

»Wenn du es nicht essen willst, mache ich das. Die ganzen Snacks, die Jules für mich gemacht hat, sind schon weg«, sagte

Berk und zog, ohne meine Antwort abzuwarten, meinen Teller zu sich.

Keyton lachte leise. »Soll das etwa heißen, die beiden riesigen Beutel mit Keksen sind schon aufgefuttert?«

Berk zuckte lediglich mit den Schultern. »Wenn ich unter Stress stehe, esse ich eben.«

»Meine Freundinnen und ich haben uns gefragt, ob ihr vielleicht die Jungs seid, die da oben zu sehen sind.« Eine Blondine im College-Alter stand zusammen mit zwei Freundinnen an unserem Tisch und deutete auf einen der Fernseher, der gerade eine Wiederholung der Combine-Highlights zeigte.

»Das sind wir.«

»Wie cool. Wir sind für ein nationales Verbindungstreffen in der Stadt. Unser Football-Team ist so schlecht, dass wir noch nie einen unserer Spieler im Fernsehen gesehen haben.«

»Na ja, einmal gab es einen Beitrag über die schlechtesten Spiele der Saison. In den hat es unser Team gleich zweimal geschafft.«

Wir lachten höflich und lächelten zurückhaltend, mehr nicht.

»Dürfen wir ein Foto mit euch machen? Vielleicht wird es ja, wenn ihr erst mal Profis seid, etwas wert sein.« Sie lächelten und traten aufgekratzt von einem Bein aufs andere.

Keyton sprach für uns alle: »Das ist gerade ungünstig …«

Doch zwei der Mädels drängten sich einfach neben mich und zogen Berk und Keyton mit sich, sodass wir zu sechst zusammengequetscht auf der Sitzbank saßen, die eigentlich nur für drei Platz bot.

Je schneller wir es hinter uns brachten, umso schneller wären wir sie wieder los.

Nachdem sie mehr Selfies geschossen hatten, als ich in meinem ganzen bisherigen Leben gemacht hatte, brachen sie endlich auf, jedoch nicht, ohne vorher noch vielsagende Andeutungen über einen Club ganz in der Nähe fallen zu lassen. Wir reagierten ausweichend und musterten eingehend die mit Kerben übersäte, abgenutzte Tischplatte. Zum Glück genügte das, um dem inzwischen nicht nur nervigen, sondern geradezu unangenehmen Zusammentreffen ein Ende zu setzen.

»Wahrscheinlich müssen wir uns an so was gewöhnen, oder?«, meinte Berk und lachte gezwungen, doch das verbesserte die verdorbene Stimmung am Tisch auch nicht. »Ich rufe jetzt Jules an.« Er warf ein paar Geldscheine auf den Tisch, sprang auf und eilte davon, als hätte er Angst, dass sie herausfinden könnte, dass er mit ein paar übereifrigen weiblichen Fans Fotos gemacht hatte.

Als wir wieder oben in unserer Etage ankamen, blieb Keyton vor meiner Zimmertür stehen. »Ich hoffe, dass das, was auch immer dich gerade beschäftigt, gut ausgehen wird. Du musst nicht darüber reden. Ich weiß, manchmal hilft es kein bisschen, aber du sollst wissen, dass wir für dich da sind – ganz egal, was los ist. Und Marisa ist ein absoluter Volltreffer. Es gibt nicht viele Menschen, die bereit wären, sich so sehr für einen einzusetzen.« Damit wandte er sich um und ging in Richtung seines Zimmers davon.

In meinem Zimmer setzte ich mich auf die Bettkante und versuchte, die vielen Worst-Case-Szenarien, die mir im Kopf herumspukten, nicht an mich heranzulassen. Ich stand so kurz davor, alles wahr werden zu lassen, worauf ich hingearbeitet hatte. Perfekt. So kurz vor dem Ziel aus der Bahn geworfen zu werden könnte ich nicht verkraften.

Zurück im Haus rannte ich die Treppe hinauf, nahm immer zwei Stufen auf einmal und preschte in Marisas Zimmer.

Zwar tat sie immer so, als würde sie nicht genau nachsehen,

wann ich landete, doch ich wusste sehr wohl, dass sie es doch tat. Allerdings war sie nicht in ihrem Zimmer.

Ihr Computer – mein alter vom letzten Jahr – stand nicht auf ihrem Schreibtisch. Normalerweise schleppte sie ihn nicht in die Vorlesungen mit, denn das Ding wog ungefähr eine Tonne. Auch ihr Rucksack war weg, obwohl sie gar keine Vorlesung hatte.

Vielleicht war sie ja zum Lernen in die Bibliothek gegangen. Aber eigentlich hasste sie es, dort zu lernen, insbesondere wenn sie das Haus für sich allein hatte.

Ich: Hey Marisa, bin zurück. Wo bist du?

Ein Textfeld erschien, verschwand jedoch sofort wieder. Ich bekam keine Antwort.

Ich rief meine Mom an, lief dann eine Weile ruhelos in meinem Zimmer auf und ab, bis ich schließlich nach unten ging und mich ans Fenster setzte.

Irgendwann fiel mein Kopf nach vorn. Ich riss ihn wieder hoch und rieb mir die Augen, die ich kaum noch aufhalten konnte. Noch einmal checkte ich mein Handy.

Keine Antwort auf meine Nachricht. Es war schon fast Mitternacht.

Sonst blieb sie nie so lange weg.

Die verschiedensten Szenarien stahlen sich in meine Gedanken.

Ich schickte ihr noch eine Nachricht.

Ich: Wo bist du? Bist du okay? Es ist schon spät.

Wieder erschien das Textfeld. Die Anspannung, dich mich gepackt hatte, ließ ein wenig nach.

Marisa: Es geht mir gut.
Ich: Wann kommst du nach Hause?
Marisa: Ich komme heute Nacht nicht mehr zurück.
Ich: Wann kommst du dann wieder?
Marisa: Geh ins Bett. Du bist bestimmt müde.
Ich: Wo bist du?
Marisa: Unterwegs. Ich werde jetzt nicht mehr antworten. Es geht mir gut. Gute Nacht.

Ich stand mitten im Wohnzimmer und pfefferte das Handy auf die Couch. Frustration erfüllte jede Zelle meines Körpers. Ich brauchte sie hier bei mir. Ich wollte sie hier bei mir haben. Als ich die Neuigkeiten über meinen Vater erfahren hatte, war das Einzige, was mich davon abgehalten hatte, komplett durchzudrehen, die Gewissheit gewesen, dass Marisa zu Hause auf mich warten würde.

Ich war dazu bereit gewesen, sie schnurstracks ins Bett zu zerren. Sollten die anderen doch über uns Bescheid wissen.

»Du bist noch spät auf.« Keyton saß mitten auf der Treppe und musterte mich durch die Stäbe des Geländers.

»Marisa kommt heute Nacht nicht nach Hause.«

Er rutschte ein paar Stufen weiter nach unten. »Das ist ungewöhnlich«, sagte er in bewusst neutralem Tonfall, als wollte er ausloten, wie ich mich dabei fühlte.

Beschissen. Wütend. Verängstigt. So fühlte ich mich.

»Ist irgendwas passiert?«

»Nein.« Ich fuhr mir mit den Händen übers Gesicht und spürte plötzlich überdeutlich die zentnerschwere Last, die auf meinen Schultern ruhte. »Ich weiß es nicht.«

»Geht es hier um Beziehungskram oder um was anderes?« Er stand nun am Fuß der Treppe.

»Haben wir denn überhaupt eine Beziehung?« Ich plumpste

auf die Couch, stützte die Unterarme auf die Oberschenkel und presste die Hände aneinander.

»Ich hab wirklich versucht, das Bild aus meinem Hirn zu verbannen, aber nach dem, was ich gesehen habe, seid ihr beide auf jeden Fall mehr als Freunde.«

»Ich möchte, dass es so ist. Das will ich schon die ganze Zeit, aber sie legt uns ständig Steine in den Weg.«

»Vielleicht hat sie Angst«, meinte er und hob eine Schulter. »Wenn man Angst hat, tut man manchmal die verrücktesten Dinge. Schlimme Dinge, die wir normalerweise nie tun würden.« Ein merkwürdiger Ausdruck huschte über sein Gesicht.

»Wovor hat sie denn Angst?«, fragte ich ihn hoffnungsvoll, denn ich wünschte mir, dass jemand die Antworten auf die Fragen kannte, die mir unablässig im Kopf herumgeisterten.

»Das wirst du selbst herausfinden müssen.« Er klopfte mir auf die Schulter und ging wieder nach oben.

Ich verschränkte die Finger am Hinterkopf und starrte zum Fenster hinaus auf die stille Straße. Sie zu finden war meine oberste Priorität. Doch bei dem Gedanken packte mich sofort die Angst. Inzwischen ging es um noch mehr als bisher. Dads Untersuchungsergebnisse waren noch nicht da, und nun war auch noch Marisa weg. Ich konnte doch nicht zwei Menschen, die ich liebte, auf einmal verlieren. Und nur bei einem von beiden lag es in meiner Hand, etwas zu unternehmen. Ich würde nicht einfach so aufgeben, bevor ich nicht die Antworten bekommen hatte, die ich brauchte.

27. KAPITEL

Marisa

»Marisa?«

Ich fuhr von der bequemen Ledercouch in der Kunstgeschichtlichen Fakultät hoch und stopfte rasch die Decke hinter mich. »Professor Morgan. Was tun Sie denn hier?«

Sie stand mit dem Schlüssel in der Hand vor mir und musterte mich und meine wenigen Habseligkeiten, die um mich herum ausgebreitet lagen.

»Was machst *du* hier? Schläfst du etwa hier?« Ihr Tonfall wirkte nicht tadelnd, sondern nur besorgt.

»Nein, selbstverständlich nicht«, entgegnete ich, doch es klang nicht mal in meinen eigenen Ohren überzeugend. Dazu lag auch noch mein vollgestopfter Rucksack neben mir, meine Haare waren vom Schlafen ganz zerzaust, und hinter meinem Rücken lugte die Decke hervor.

Sie neigte fragend den Kopf.

Ich ließ die Schultern hängen und sank zurück.

»Wie lange übernachtest du schon hier?«

»Erst eine Nacht. Ich hab mich am Freitag reingeschlichen, nachdem die Putzkolonne fertig war. Ich dachte, ich wäre übers Wochenende ungestört, damit ich mir in Ruhe eine andere Lösung einfallen lassen kann.«

»Kannst du sonst nirgends hin?«

»Eigentlich nicht.«

Sie hob meinen Rucksack auf. »Komm mit.«

»Ich schwöre, ich werde sofort von hier verschwinden.« Eine Verwarnung fürs Übernachten in Universitätsräumlichkeiten hatte mir gerade noch gefehlt.

»Du bist nicht in Schwierigkeiten.« Sie hängte sich den Rucksack über die Schulter. »Ich habe ein Gästehaus, wo du sehr gern bleiben kannst. Mit deinen Wohnarrangements hattest du ja bisher ziemliches Pech, nicht wahr?«

»Kann man so sagen.« Diesmal hatte ich mir das Exil allerdings selbst auferlegt.

»Letztes Jahr hat es bei dir gebrannt, richtig?«

»Stimmt.« Ich schnappte mir meine Decke und bemühte mich, mich nicht zu sehr wie eine Schmarotzerin zu fühlen, weil ich meine Professorin um einen Schlafplatz anschnorrte.

»Sie müssen mich nicht bei sich zu Hause aufnehmen. Ich kann mir auch eine andere Bleibe suchen.«

»Mach dir keine Gedanken. Wenn du bei mir unterkommst, wird das Gästehaus wenigstens benutzt, und ich habe kein ganz so schlechtes Gewissen mehr, dass ich überhaupt eines habe.«

»Wenn man es so sieht …« Ich folgte Professor Morgan nach draußen zu ihrem Wagen. Auf der Fahrt redete sie nur über unverfängliche Dinge, die sich vor allem um Kunst drehten.

Im Gästehaus half sie mir dabei, das Bett zu machen, und legte mir Handtücher hin. »Ich möchte mich nicht aufdrängen, aber wenn du reden möchtest, bin ich da. Ich bin zwar Kunsthistorikerin und keine Therapeutin, weshalb meine Ratschläge wahrscheinlich ziemlich unbrauchbar sein dürften, aber einen Versuch ist es wert.«

Das Gästehaus hatte ein Schlafzimmer, eine voll ausgestattete Küche und ein Bad, außerdem war es schöner als die meisten Hotelzimmer. Professor Morgan schien gut situiert zu sein, obwohl ihre abgewetzte Ledertasche, ihre ausgelatschten Pantoletten und ihre Angewohnheit, bei Veranstaltungen vom Fachbereich Kunst nie die Finger von der Schokocreme lassen zu können, eigentlich nie dafürgesprochen hatten, dass sie reich sein könnte.

Ich hob meinen Rucksack vom Boden auf und stellte ihn auf den Sessel neben dem Bett. »Bei mir passiert gerade eine Menge, und ich gehe nicht unbedingt auf die reifste Art und Weise damit um.« Eigentlich verhielt ich mich überhaupt nicht wie eine Erwachsene, und deswegen ärgerte ich mich über mich selbst. Ich hatte Jill eine Nachricht geschickt und mich erkundigt, wie es Charlie ging. Ich hatte nichts essen können, ohne mir dauernd Sorgen zu machen. Ein Mensch wie er hatte so etwas nicht verdient, und obwohl ich wusste, dass es verrückt war, hatte ich das Gefühl, ihn im Stich gelassen zu haben – sie alle. Dass ich irgendwie Mist gebaut hatte und ihm, weil mein Knochenmark nicht stark genug oder nicht gut genug war, womöglich Jahre seines Lebens geraubt werden würden.

»So geht es uns doch allen manchmal.« Ihr leises, trockenes Lachen beruhigte mich nicht gerade. »Geht es um eine Schul-, Familien- oder Männer-Sache?«

Ich saß auf der Bettkante und spähte zu ihr hoch. In meinem Kopf herrschte das reinste Chaos. Seit LJs letzter Nachricht hatte ich keinen klaren Gedanken mehr fassen können. Ich hatte Angst davor gehabt, wieder ins Haus zurückzukehren – insbesondere nachdem ich die Fotos in den sozialen Medien gesehen hatte, auf denen er getaggt worden war und die zeigten, dass er in einer Bar mit ein paar weiblichen Football-Fans auf Tuchfühlung gegangen war. Warum schoss er mich nicht gleich über den Haufen und erlöste mich von meinem Leid?

Charlie kämpfte womöglich gerade um sein Leben, und LJ lief herum und spielte den Superstar. Ich wusste selbst nicht, wovor ich mehr Angst hatte: mit LJ zu reden oder nicht mit ihm zu reden. Mehr als einmal war ich kurz davor gewesen, Jill anzurufen und sie zu fragen, was mit Charlie los war, aber das wäre zu viel Drama für einen Tag gewesen. Ach was, für ein ganzes Leben.

»Alles auf einmal.«

Sie setzte sich neben mich. »Gleich dreifaches Pech. Da weiß man wirklich nicht mehr, wo oben und unten ist.«

»Das können Sie laut sagen.«

»Wenn du reden willst, bin ich da. Also, genauer gesagt dort drüben«, sagte sie und deutete zu dem weiß verputzten, zweistöckigen Gebäude hinüber, das eigentlich so aussah, als läge es weit jenseits der Gehaltsspanne einer Professorin.

»Das weiß ich zu schätzen. Und sobald ich mir darüber klar geworden bin, wie es weitergehen soll, bin ich wieder weg.«

»Kein Grund zur Eile.« Sie stand auf und kehrte ins Wohnzimmer zurück. Ich folgte ihr.

»Hier ist ein Schlüssel«, sagte sie und reichte ihn mir. »Und hier ist meine Telefonnummer, falls du irgendwas brauchen solltest.« Sie schrieb die Zahlen rasch auf einen Notizblock, der auf einem Tischchen neben der Haustür lag.

»Das müssen Sie wirklich nicht tun.«

»Wir alle brauchen manchmal ein bisschen Hilfe. Mach dir deswegen keine Gedanken – vielleicht kannst du ja bei nächster Gelegenheit auch jemandem einen Gefallen tun.«

Ich murmelte ein Dankeschön.

Sie schloss die Tür hinter sich.

Ich ging zurück ins Schlafzimmer und starrte das Handy an, das ich gestern Nacht ausgeschaltet hatte. Meine Finger strichen über das schwarze Display. Ich musste mich bereit machen, meinen Kopf und mein Herz für das wappnen, was auf mich zukam.

Ich hatte inzwischen auch eine E-Mail an das Venedig-Team geschickt, in der ich mich dafür entschuldigte, wie spät ich ihnen die Informationen gegeben hatte, die sie brauchten, um mich in das Masterprogramm einzuschreiben.

Ich rollte mich auf dem Bett zusammen, schlang die Arme um das frisch bezogene Kissen und vergrub das Gesicht in den weichen Daunen. Er fehlte mir.

Ich war selbst davon überrascht, dass mir plötzlich Tränen über die Wangen liefen. Nur ein einziger Gedanke reichte, und schon packte mich wieder das heulende Elend. Verweint und schniefend döste ich schließlich ein und versuchte, nicht daran zu denken, was ich schon bald verlieren würde – wenn ich es nicht schon längst verloren hatte.

Die Gerüche im Museum hatten sonst immer eine tröstliche Wirkung auf mich. Dieser Ort war für mich eine Art Zuflucht vor der realen Welt gewesen, wo alles seine genaue Bezeichnung hatte, katalogisiert und gut geschützt war. Doch heute erinnerte mich hier alles nur daran, wo ich in drei Monaten nach dem Abschluss hingehen würde.

Die vergangenen zwei Tage in Professor Morgans Gästehaus waren eigentlich gar nicht so schlimm gewesen – mal abgesehen von der erdrückenden Einsamkeit und der nagenden Angst davor, mich der wahren Welt außerhalb des adretten Gästequartiers zu stellen.

Nach meinen Vorlesungen hatte ich den Saal immer durch einen anderen Ausgang als sonst verlassen oder sie, sofern möglich, gleich ganz ausfallen lassen. Obwohl LJ offenbar gar nicht nach mir gesucht hatte. Ich wusste nicht, was schlimmer wäre: wenn er nach jeder Vorlesung draußen auf mich gewartet hätte oder wenn klar geworden wäre, dass er *mir* aus dem Weg ging.

Hatten sich Charlies Ärzte schon gemeldet? Meine Sorgen lagen mir wie ein Stein im Magen, sodass ich die letzten Tage kaum etwas herunterbekommen hatte. Obwohl ich zu gern gewusst hätte, wie es um ihn stand, ließ ich aus Angst davor, die Enttäuschung und die Angst in ihren Stimmen zu hören, falls der Krebs wieder zurückgekehrt war, das Handy ausgeschaltet. Heute trug ich bei der Arbeit wieder meine Museumsführer-Kluft und hatte eine Besuchergruppe im Schlepptau – neunundzwanzig Siebtklässler, deren Mienen deutlich verrieten, dass sie sich ebenso darüber freuten, hier zu sein, wie ich.

Wenigstens gab mir das Gelegenheit, meine Zeit mit etwas anderem zuzubringen, als ständig darüber nachzugrübeln, wie LJ mich verraten hatte, indem er meinen Anruf einfach abgebügelt hatte und mit irgendwelchen Frauen etwas trinken gegangen war. Oder Panik zu schieben, weil ich einen der Menschen, die mir am meisten bedeuteten, enttäuscht hatte.

Ich klapperte die verschiedenen Exponate im Erdgeschoss des Museums ab und leierte dabei den Text herunter, den ich schon längst auswendig kannte. Doch mit dem Herzen war ich nicht bei der Sache.

»Hier seht ihr die Sammlung von Waffen und Rüstungen. Schaut euch um und versucht, die Fragen fürs Kreuzworträtsel zu beantworten. In zehn Minuten treffen wir uns wieder hier.« Einige der Kinder wurden nun deutlich munterer und marschierten schnurstracks zu der Wand hinüber, an der Schwerter und Streitkolben ausgestellt waren.

Die Meute von Siebtklässlern stob in zehn verschiedene Richtungen davon, während ihre Lehrer versuchten, den Überblick zu behalten.

»Marisa.«

Mein Herz geriet ins Stottern, als ich mich nach der vertrauten Stimme umdrehte, von der ich gehofft hatte, ihr so lange wie möglich aus dem Weg gehen zu können. »Was machst du denn hier?« Ich klammerte mich fest an meine Wut auf ihn. Das war viel sicherer und weniger beängstigend, als all den anderen Emotionen, die in mir brodelten, freien Lauf zu lassen.

Er verzog ungläubig das Gesicht. »Was glaubst du denn, warum ich hier bin? Um die Kunstwerke zu bewundern jedenfalls nicht.«

»Ich arbeite«, fauchte ich mit gesenkter Stimme. Er hatte vor aller Welt verkündet, dass er Single und bereit für neue Leute war, außerdem hatte er wenige Stunden, nachdem er mich mit der Bemerkung abgekanzelt hatte, der Zeitpunkt wäre ungünstig, mit irgendwelchen dahergelaufenen Mädels angebandelt. »Du solltest gehen.«

»Wenn du auf meine Nachrichten reagieren würdest, hätte ich gar nicht erst herkommen müssen.« Er runzelte die Stirn, und sein Zorn wurde nun sichtlich von Sorge verdrängt. An seinem Kiefer erschienen kleine rote Flecken.

»Eine Auszeit voneinander schien mir die beste Idee zu sein.« Mein Herz hämmerte in meiner Brust, und das Blut rauschte in meinen Ohren.

»Da komme ich nach einem fünfstündigen Flug nach Hause, und du bist weg.«

»Und was könnte der Grund dafür gewesen sein, LJ?« Mein Ärger, der vorübergehend etwas nachgelassen hatte, flammte nun wieder mit voller Wucht auf. Erneut musste ich an seine Worte denken. »Du hast gesagt, dass deine Eltern die Einzigen sind, die dich zum Draft begleiten werden.«

»Das stimmt. Was hätte ich denn sonst sagen sollen? Jedes Mal, wenn ich auch nur andeute, dass wir den anderen von uns erzählen könnten, reagierst du so entsetzt, als hätte ich dich gebeten, den Kopf in einen brennenden Ofen zu stecken.«

»Du hättest ja nicht meinen Namen nennen müssen, aber zumindest erwähnen können, dass es da jemanden gibt. Damit hast du jetzt quasi eine fette Ich-bin-zu-haben-Leuchtreklame über deinem Kopf. Du schickst mir eine Nachricht, dass du zu beschäftigt bist, mit mir zu reden, und kurz darauf posten irgendwelche Frauen Bilder, auf denen du dich an sie ranschmeißt. Die Botschaft ist deutlich bei mir angekommen.«

Nun sah er verwirrt aus. »Das waren Fans, die ein Foto mit uns machen wollten. Nach ein paar Selfies sind Berk, Keyton und ich nach oben in unsere Zimmer gegangen.«

Meine Lippen öffneten sich wie von selbst.

»Allein!«

Einige Museumsbesucher, die an uns vorbeiliefen, starrten uns an.

Ich bedachte sie mit einem gezwungenen Lächeln, bevor ich mich wieder LJ zuwandte. Meine Wangen fühlten sich an wie brüchiges Glas.

Er ballte die herabhängenden Hände zu Fäusten. »Ich wollte es allen sagen. Nach dem Streit mit deinem Vater war ich dafür, es zu sagen, wem du willst.«

Ich trat näher zu ihm und bohrte einen Finger in seine Brust. »Du warst doch derjenige, der zuerst vorgeschlagen hat, dass wir es für uns behalten sollen.« Wenn es sich auf dem Campus erst einmal herumgesprochen hätte, dass wir ein Paar waren, hätten uns alle plötzlich mit Argusaugen beobachtet und darüber spekuliert, weshalb er auf einmal viel öfter auf dem Spielfeld stand als zuvor. Oder vielleicht hätte Ron es sich auch anders überlegt und ihn komplett auf die Ersatzbank verbannt.

»Du hast diese Regel aufgestellt.«

»Weil du dich bei jeder Gelegenheit, bei der wir uns nahegekommen sind, sofort zurückgezogen hast. Wie damals, bei unserem Kuss im letzten Highschool-Jahr.«

Ich schüttelte den Kopf, während ich versuchte, bei diesem abrupten Zeitsprung hinterherzukommen und zu begreifen, warum mit einem Mal anscheinend alles *meine* Schuld war. »Du hast mich geküsst und mir gleich darauf dafür gedankt, dass ich Charlies Leben gerettet hab. Als wäre der Kuss quasi die Belohnung für meine Knochenmarkspende gewesen. Ich wollte nicht, dass du mich nur gernhast, weil ich deinem Vater geholfen habe – und was, wenn es nicht funktioniert hätte? Dann hättest du wahrscheinlich nie mehr ein Wort mit mir gewechselt.«

»So denkst du also?«

Ich verschränkte die Arme vor der Brust und wandte den Blick ab. Die Kinder steuerten mit ihren Zetteln langsam wieder in unsere Richtung. Schon näherte sich eine ganze Gruppe. Wir mussten schnell zum Ende kommen. Am liebsten hätte ich meine Worte wieder zurückgenommen und gesagt, dass es mir leidtat, doch Angst und Scham hatten mich fest im Griff und machten es mir unmöglich, an etwas anderes zu denken als daran, dass er letztendlich weggehen und mich zurücklassen würde. »Ich weiß, dass es so ist.«

Er biss die Zähne fest zusammen, stieß ein leises Grollen aus, und während sein Blick zu den umherwandernden Besuchern zuckte, die die Ausstellungsstücke bewunderten, beugte er sich zu mir und raunte: »Ich fand, dass wir es für uns behalten sollten, weil ich nicht wollte, dass du es bei einem Abendessen mit deinem Vater herausposaunst, um ihm eins auszuwischen, und du euch damit alle Chancen verbaust, dass die Funkstille zwischen euch vielleicht irgendwann mal endet.« Er kam noch näher, doch ich wich nicht zurück.

Ich biss ebenfalls die Zähne zusammen und warf einen kurzen Blick über die Schulter, um die marodierenden Schüler im Auge zu behalten. »Mann, was für ein verdammter Heiliger du doch bist. Du wolltest nicht, dass er davon erfährt, weil du dir deine Chancen beim Draft nicht verbauen wolltest.«

»Ja, das auch.« Er ließ die Schultern hängen, doch dann wurde sein Blick wieder hitzig. »Ist das denn so schlimm?«

»Nein, ist es nicht. Selbstverständlich solltest du zuallererst an deine eigene Zukunft denken, und das Gleiche muss ich auch für mich tun. Es ist gut, dass das alles passiert ist.« Ich machte einen Schritt nach hinten, um etwas Abstand zwischen uns zu bringen. »Es ist gut, dass ich weiß, wo wir stehen, denn …« Ich leckte mir die Lippen und holte tief Luft. »Ich gehe nach Italien.«

Er öffnete den Mund und klappte ihn gleich wieder zu. Die Augen fielen ihm schier aus dem Kopf. »Aber du hast doch gar kein Geld dafür.«

Mein Mund war staubtrocken. »Mein Vater hat zum Ende des letzten Semesters meine Befreiung von den Studiengebühren abgesegnet. Als ich sie bezahlen wollte, war mein Konto schon ausgeglichen.« Ich zuckte gleichgültig mit den Schultern, als wäre es nichts Weltbewegendes. Als würde es sich nicht so anfühlen, als ob mir das Herz aus der Brust gerissen wurde. Das war der Anfang vom Ende. Warum es künstlich in die Länge ziehen?

Er wich zurück, als hätte ich ihn geohrfeigt. »Das weißt du schon seit November?«

»Ich hatte mich noch nicht endgültig entschieden.« Das hatte ich wirklich nicht, und ich war dankbar, dass ich diesen Notfallplan hatte, auf den ich nun zurückgreifen konnte.

»Du verschweigst mir das schon seit November.«

»Also, ich habe es ja nicht vertuscht oder so. Sondern einfach nur nicht erwähnt.« Ich merkte, dass ich zum Satzende hin schon gar nicht mehr so hitzig klang. Die Vehemenz in meiner Stimme wurde jäh von Schuldgefühlen gedämpft.

»Ich hab das Thema Italien gemieden, weil ich nicht wollte, dass du dich vielleicht schlecht fühlst, weil du nicht hinreisen kannst. Diese ganzen Pläne, die du mich hast ausbrüten lassen, die vielen Ideen, was wir diesen Sommer unternehmen könnten, bevor das Trainingscamp beginnt ...« Er schüttelte den Kopf und starrte mich an, als wäre ich eine Fremde.

Übelkeit machte sich in meinem Magen breit.

»Wie konntest du mir das nur verschweigen?«

Galle stieg mir die Kehle hoch, und die Antwort blieb mir im Halse stecken. Nun gab es kein Zurück mehr.

28. KAPITEL

LJ

Erinnerungen an all die Gespräche, die wir geführt hatten, tauchten schlagartig in meinem Kopf auf. Gespräche, die ich angestoßen hatte, über Pläne, die ich immer weiter ausgearbeitet hatte. »Die ganze Zeit, während ich Pläne für uns geschmiedet habe, hast du deine große Flucht geplant.« Dieser Tiefschlag war schlimmer als alle Treffer, die ich jemals auf dem Spielfeld kassiert hatte. Es fühlte sich an, als hätte mir jemand ohne Vorwarnung einen Stollenschuh in den Bauch gerammt.

»Hier geht es doch gar nicht um mich«, entgegnete sie und schüttelte den Kopf. In ihren Augen glänzten Tränen. Ich hätte sie am liebsten gepackt und geschüttelt.

Frustriert riss ich die Hände hoch und ließ sie gleich wieder sinken. Mein Kopf pochte. »Selbstverständlich geht es hier um dich, Marisa.«

Alles brach langsam zusammen und begrub mich unter sich – und ich konnte nichts tun, um es aufzuhalten. Ich bekam kaum noch Luft. »Ich habe Angst, Marisa. Der Draft. Mein Dad.« Ich atmete bebend aus und bemühte mich, nicht die Fassung zu verlieren. »Ich brauche dich, damit du für mich da bist.«

Ihre Nasenlöcher blähten sich, und ihr Kinn begann zu zittern. Das feuchte Schimmern in ihren Augen wurde stärker.

»Deine Familie ist stark. Ihr habt das schon einmal überstanden. Du hast die Jungs. Sie werden dich unterstützen.« Sie senkte den Kopf und starrte meinen Oberkörper an.

Wer war diese Frau, die da vor mir stand? Jedenfalls nicht die Frau, die ich liebte. Die verbarg sich hinter einem Panzer aus Angst, hinter dem sie immer verschwand, um sich selbst zu schützen, und nichts, was ich sagte, würde diesen Schutzwall durchdringen. Er war steinhart und unverwüstlich.

»Es könnte sein, dass mein Dad wieder krank ist.«

Sie wischte mit einem Finger unter ihrem Auge entlang und schaute mich direkt an. Ihre Wangen waren feucht. »Sieht ganz so aus, als hätte die Marisa-Magie am Ende doch ihre Wirkung verloren.« Sie räusperte sich.

»Hier ging es doch nie darum, was du für uns getan hast – für ihn. Sondern darum, dass ich dich liebe.«

»Glaubst du ernsthaft, dass du mich noch lieben würdest, wenn er wieder krank würde?« Ihre Stimme brach. »Wenn er wieder krank ist und mein Knochenmark diesmal nicht mehr hilft? Wie könnte ich euch allen jemals noch einmal in die Augen sehen?«

»Dann sieht dein Plan also so aus, dass du keinem von uns jemals wieder begegnen willst? Dass du nach Italien ziehst und uns einfach vergisst?«

Ihre Lippen zitterten, doch sie presste sie fest aufeinander.

Ich stieß ein freudloses Lachen aus und betrachtete kopfschüttelnd die Rüstungen und Waffen, die hinter einer Glasscheibe an der Wand hinter ihr ausgestellt waren.

Wäre jemand auf mich zugestürmt und hätte mir ein Breitschwert in die Brust gerammt – es hätte nicht mehr wehtun können als das, was ich in jenem Moment empfand.

»Du hast recht, Marisa.«

Ihre Lippen öffneten sich.

»Das mit uns hätte niemals funktioniert. Du bist von Anfang an vor mir weggelaufen. Mit gepackter Tasche und einem Fuß in der Tür, damit du beim geringsten Anzeichen einer gemeinsamen Zukunft die Flucht ergreifen kannst.«

Ich trat zurück, denn ich brauchte etwas Abstand zu ihr.

»Du hast immer gesagt, dass du nicht nachvollziehen kannst, warum dein Dad getan hat, was er getan hat, und hast behauptet, dass du ganz anders bist als er. Sieht ganz so aus, als hättest du dich geirrt. Du bist genau wie er. Du stößt die Menschen, die dich lieben, von dir weg und läufst vor ihnen davon.«

Ein Laut drang aus ihrer Kehle, der halb Keuchen und halb Schluchzen war. Ihre Gesichtszüge entgleisten, sanken nach unten, genau wie mein Herz, das in einem endlosen Abgrund unter dem Meeresspiegel zu versinken schien und langsam vom Wasserdruck zerquetscht wurde.

»Leb wohl, Marisa.«

Damit wandte ich mich ab, schob die Hände in die Hosentaschen und ging. Draußen war es eiskalt, obwohl wir schon Anfang April hatten. Meine Beine fühlten sich schwer an, als hätte sich der Asphalt unter meinen Füßen in Schlamm verwandelt.

Ein taubes Gefühl breitete sich in mir aus, vernebelte und erstickte alles unter sich.

Als ich schließlich in meinem Auto saß, umklammerte ich das Lenkrad und starrte durch die Windschutzscheibe. Mein Atem ging mühsam und abgehackt, und das Blut schoss sengend durch meine Adern.

Ich schrie laut auf, ich konnte nicht anders, und schlug die Hände aufs Lenkrad, riss so kraftvoll daran, dass es mich nicht gewundert hätte, wenn es sich von der Lenksäule gelöst hätte. Schließlich sank ich erschöpft auf meinen Sitz zurück und beobachtete benommen die Menschen, die in Mäntel gehüllt und mit Mützen auf dem Kopf an mir vorbeiliefen, lächelten, lachten und sich an den Händen hielten. Kinder, die ihren Eltern nachrannten, um sie einzuholen.

In diesem Augenblick fühlte ich mich fast genauso wie an jenem Tag, als ich das Krankenhaus verlassen hatte, nachdem ich meinen Vater dort zum ersten Mal besucht hatte. Alle machten einfach gleichgültig weiter, als wäre meine eigene kleine Welt nicht gerade implodiert, als wäre sie nicht zerbrochen und läge in tausend Scherben.

Der Schmerz hatte mich bis aufs Fleisch durchbohrt, doch in meinem Fall war der Anästhesist leider nicht so nett gewesen, mir vorher eine Betäubung zu verpassen. Resigniert und ernüchtert sank ich gegen das Lenkrad und betrachtete das weiße Gebäude, in dem Marisa sich aufhielt. Ich hätte nie für möglich gehalten, dass es einmal einen Tag geben könnte, an dem sie nicht an meiner Seite sein würde – egal, ob nun physisch oder nur in Gedanken. Doch von nun an musste ich mich dem, was kam, allein stellen.

Als ich irgendwann nach Hause kam, war es bereits dunkel. Ich konnte mich nicht mal mehr genau erinnern, wo ich gewesen war. Alles wirkte verschwommen. Der Nebel meiner Gefühle war so dicht, dass er mir das Atmen schwer machte.

»LJ?«, rief Keyton aus seinem Zimmer.

Ich hielt mich am Geländer fest. »Ja, ich bin's.«

»Ist Marisa auch da?«

Ich fand das Gleichgewicht wieder und schloss die Augen. »Nein, sie ist nicht hier«, antwortete ich und ging zu seiner Tür.

Er saß auf dem Bett. Auf seinem Schoß lagen ein Skizzenblock und ein Bleistift. »Wo ist ...« Als er merkte, dass ich den Block musterte, schlug er ihn rasch zu und räusperte sich. »Wo ist sie?«

Ich beugte mich aus seiner Tür und warf einen prüfenden Blick in den Flur.

»Berk ist nicht da. Er ist drüben bei Jules.«

»In Ordnung. Also, hör zu. Das, wobei du Marisa und mich gesehen hast …«

Er senkte den Blick auf den Boden zwischen uns und wurde vom Hals aufwärts rot wie eine Tomate.

»Vergiss das einfach, okay? Es gibt keinen Grund mehr, sich darüber je wieder Gedanken zu machen.« Ich kniff die Augen zu. Mein Herz fühlte sich an, als würde es Muskelfaser für Muskelfaser auseinandergerissen.

»Wieso sollte ich mir deswegen Gedanken machen?«, fragte er und sprang vom Bett auf. »Sie ist doch nicht etwa bei Liv untergekommen, oder?«

»Ehrlich gesagt habe ich keine Ahnung.«

»Ihr beide habt euch getrennt?«

»Kann man sich von jemandem trennen, mit dem man nie eine richtige Beziehung hatte?«

Er setzte sich auf die Kante seines Schreibtischs, der direkt neben dem Fenster stand. »Vielleicht, vielleicht auch nicht. Das bedeutet aber noch lange nicht, dass es nicht trotzdem scheiße wehtut.«

»Wem sagst du das.«

»Was ist passiert?«, fragte er und sah mich an. Sein Blick war weder misstrauisch noch skeptisch, sondern offen und fragend, als könnte er sich tatsächlich nicht vorstellen, was schiefgegangen war.

Ich ließ mich gegen eine Wand sinken. »Ganz ehrlich? Ich hab keinen Schimmer. Alles lief toll. Anfangs wollte ich es ihres Dads wegen geheim halten. Und sie war auch dafür. Aber irgendwann hatte ich die Heimlichtuerei satt.«

»Sie sah das anders?«

»Sie hat den Spieß irgendwie umgedreht. Plötzlich war ich derjenige, der offen darüber reden wollte, während sie weiter Stillschweigen bewahren wollte. Als wäre es für sie eine Art Rückversicherung, für den Fall, dass das mit uns endet – als hätte sie das Ende schon fest eingeplant.«

Ich rutschte an der Wand nach unten und starrte durch das Fenster neben Keyton nach draußen.

»Sie war noch nicht bereit.« Es war keine Frage.

»Wenn wir zusammen waren, war es schöner, als ich es mir jemals hätte vorstellen können. Ich liebe sie.« Ich fühlte mich ausgebrannt, wie die leere Hülle des Menschen, der ich noch vor wenigen Tagen gewesen war.

»Wenn einen jemand so sehr liebt, kann das ganz schön Furcht einflößend sein. Dieses Gefühl, dass man diese Liebe gar nicht verdient hat, und der Gedanke, was es über einen selbst aussagt, wenn man diese Liebe eines Tages wieder verlieren sollte, kann einem ganz schön Angst machen.« Er setzte sich ebenfalls auf den Boden und lehnte sich mit dem Rücken gegen den Schreibtisch. »Und wenn man selbst derjenige ist, der jemanden liebt, der diese Liebe nicht erkennt, dann ist es schon vorprogrammiert, dass man verletzt wird. Diese Menschen setzen alles daran, dir zu beweisen, dass deine Liebe für sie nicht echt ist. Sie versuchen, dir keine andere Wahl zu lassen und dir klarzumachen, dass sie recht haben.«

Ich hob das Kinn in Richtung seines Bettes. »Ist sie für dich auch so? Diese Frau, die du geliebt hast und die dich verletzt hat?«

Er beugte sich vor, angelte den Skizzenblock vom Bett und betrachtete ihn lange. »Nein, ich war derjenige, der sie verletzt hat. Und es war richtig von ihr, die Flucht zu ergreifen.« Er ließ den Block über den Boden zu mir schlittern.

Ein hübsches Mädchen blickte zu mir auf. Sie war etwas jünger als wir, besaß ein verstohlenes Lächeln und klare Augen. »Du hast das gezeichnet?«, fragte ich und gab ihm den Block zurück.

»Irgendwie kann ich nichts anderes zeichnen.«

»Wann hast du sie zum letzten Mal gesehen?«

»Vor fast vier Jahren. Bei unserem Highschool-Abschluss.«

»Seitdem hast du sie nicht wiedergesehen.«

»Ich bezweifle, dass sie mich sehen möchte. Das mit uns war … kompliziert. Komplizierter, als es hätte sein müssen, und wir hatten keine gemeinsame Vergangenheit, so wie du und Marisa.«

»Die Vergangenheit hat uns auch nicht viel gebracht.«

»Das würde ich nicht unbedingt sagen.«

»Glaubst du, dass sie dir das, was auch immer du getan hast, eines Tages verzeiht?«

Seine Miene verdunkelte sich, und sein Blick wurde abwesend. »Es gibt Dinge, von denen erholt man sich nicht mehr. Die einen verfolgen, auch wenn man sich bemüht, nach vorn zu schauen.« Er musterte das Papier und strich mit dem Finger darüber.

»Ich hoffe, dass du sie irgendwann wiedersehen wirst. Ihr vielleicht zeigen kannst, dass du dich geändert hast.« Ich kannte Keyton inzwischen seit drei Jahren und konnte mir nicht vorstellen, dass er jemandem wehtun könnte. Aber vielleicht war genau das das Problem. Diejenigen, von denen wir es am wenigsten erwarteten, konnten einem ganz einfach das Herz herausreißen. Ich stand wieder auf und ging zur Tür.

»Hoffentlich hast du recht. Du …« Er erhob sich ebenfalls und legte den Block auf den Schreibtisch. »Wenn sie zurückkommt, solltest du dir zumindest anhören, was sie zu sagen hat.«

»Ich weiß nicht, ob sie das überhaupt tun wird.« Ich schüttelte den Kopf und konnte es noch immer nicht fassen, dass sie nach Italien gehen würde, obwohl sie zu mir gesagt hatte, sie würde es nicht tun.

»Das wird sie. Sie liebt dich, und das ist total beängstigend. Wenn einem das erst mal klar geworden ist, gibt es kein Zurück mehr.«

»Ich weiß nicht recht. Sie hat sich furchtbar darüber geärgert, dass ihr Dad sie einfach verlassen hat, aber er hat versucht, wieder eine Beziehung zu ihr aufzubauen. Da ihre Mom nicht unbedingt die tollste Mutter ist, wäre es gut gewesen, wenn sie ihn gehabt hätte.«

Keyton neigte den Kopf und sah mich eine ganze Weile schweigend an, bevor er schließlich den Atem ausstieß. »Ich weiß, dass es dir schwerfällt, das zu verstehen.« Er wippte auf den Fersen und blickte zur Decke hinauf, als könnte er dort die Worte finden, nach denen er suchte. »Manchmal können Eltern ganz schön scheiße sein. Damit meine ich nicht, dass man für schlechte Noten Hausarrest bekommt oder den Müll rausbringen muss. Sie sind die Menschen, die uns eigentlich am meisten lieben sollten, aber genau deswegen ist man ihnen gegenüber so verwundbar. Sie können dadurch nämlich auch die Menschen sein, die uns am schlimmsten verletzen.«

Mein Magen hob sich. Was er sagte, klang nicht, als wäre es nur rein hypothetisch gemeint.

»Deine Eltern sind toll. Sie lieben dich. Sie sind stolz auf dich. Sie werden immer für dich da sein. Einige von uns können sich nicht so glücklich schätzen. Wir haben nie eine derartige Stabilität erlebt oder das Gefühl gehabt, dass es, falls unser Leben den Bach runtergehen sollte, immer einen sicheren Hafen für uns gibt. Manchmal ist man auf sich allein gestellt, und manchmal ist das auch besser so. Nur weil zwei Menschen zusammen ein Kind gezeugt haben, macht sie das noch lange nicht zu richtigen Eltern, und es gibt ihnen auch nicht das Recht darauf, dass man ihnen immer wieder eine Chance gibt.«

Er durchquerte das Zimmer und legte mir die Hand auf die Schulter. »Ob ihr Dad wirklich loyal und verlässlich genug ist, um ein richtiger Vater für sie zu sein, müssen die beiden selbst herausfinden. Du kannst nichts erzwingen. Sie muss entscheiden, ob sie ihren Vater einen Dad sein lassen will. Doch das wird alles nicht so schnell passieren, wie du es gern hättest.«

Er drückte mir noch einmal die Schulter und ließ mich dann los.

Ich schob die Hände in die Hosentaschen und nickte. »Gute Nacht.«

Ich ging in mein Zimmer, schloss die Tür, zog mich um und kroch ins Bett. Der Korb mit Schmutzwäsche, der in meinem Schrank stand, quoll inzwischen über.

Keyton hatte in vielerlei Hinsicht recht gehabt. Ich wollte alles in Ordnung bringen. Es juckte mich in den Fingern, die Sache in die Hand zu nehmen und die Wogen zu glätten.

Es gab keinen Weg mehr zurück, sondern nur den langen, steinigen Pfad nach vorn.

Ich hatte alle Karten auf den Tisch gelegt. Nun war sie am Zug. Sie würde entscheiden, wie es mit ihrem Dad weitergehen würde. Für meine Einmischung war kein Platz mehr.

Ich konnte nicht erreichen, dass das mit uns funktionierte, wenn sie nicht an uns glaubte – an mich glaubte. Ich konnte sie nicht davon abhalten wegzulaufen. Ich konnte sie nicht dazu zwingen, mich so zu lieben, wie ich sie liebte.

29. KAPITEL

Marisa

Hinter mir öffnete sich die Haustür. Ohne die dämpfende Wirkung der Tür waren das Gelächter, die Geräusche einer Kindersendung im Fernsehen und die Musik nun deutlich zu hören.

»Marisa?«

Ich blickte von meinem Platz auf der obersten Stufe der kalten Betontreppe vor Rons Haus zu ihm auf.

Seine Überraschung war ihm deutlich anzusehen. »Geht es dir gut? Was ist passiert?« Er eilte die beiden Stufen hinunter und hockte sich vor mich. Seine Hand schwebte über meinen Armen, die ich um meine Knie geschlungen hatte, als würde er es nicht wagen, mich zu berühren.

Das konnte ich ihm nicht verübeln. Ich war ein ziemlich toxischer Mensch. Es überraschte mich, dass LJ das nicht schon vor Jahren begriffen hatte. Er hatte recht. Im Grunde hatte ich von dem Augenblick an, als er von seinem Arbeitsblatt mit Multiplikationsaufgaben aufgesehen und mich angelächelt hatte, darauf gewartet, dass ihm das klar wurde.

»Tut mir leid.« Es klang wie ein heiseres Quäken. Ich räusperte mich. Herzukommen war ein Fehler gewesen. Ich wusste selbst nicht, warum ich es getan hatte. Warum hatte ich mir aus allen Orten auf der Welt, wo ich hätte hingehen können, ausgerechnet sein Haus ausgesucht?

Ich ließ die Arme sinken und rutschte zur Kante der Stufe.

Er hielt mich auf, indem er die Hand auf meinen Arm legte.

»Entschuldige dich nicht. Bitte, erzähl mir, was los ist. Du machst mir Angst.« Die Sorge in seiner Stimme gab mir den Rest.

Ich brach in Tränen aus. Ein tiefes, verzweifeltes Schluchzen bahnte sich seinen Weg aus den Tiefen meiner Seele, sodass ich kaum noch Luft bekam und mir schwindelig wurde.

Ron setzte sich sofort neben mich und nahm mich in den Arm. Während er mich an sich drückte, vergrub ich das Gesicht an seiner Brust und hielt mich an seinem Pullover fest, als könnte ich jeden Augenblick weggeweht werden.

Seine leisen, tröstenden Worte machten alles nur noch schlimmer. Wie er mir zuraunte, dass alles wieder gut werden würde – so etwas hatte ich bisher nur ein einziges Mal mit LJs Eltern erlebt, als ich nach einem heftigen Streit mit meiner Mutter vollkommen zusammengebrochen war.

Mein Schluchzen verwandelte sich in einen Fluss aus Tränen. Doch schon bald schlug meine Traurigkeit in Beschämung um.

Ich löste mich von ihm. Ron ließ zu, dass ich mich wieder aufrecht hinsetzte, nahm jedoch nicht den Arm von meiner Schulter.

»Komm rein.« Er blickte hinter uns. Jemand hatte die Tür geschlossen, wahrscheinlich, um den hysterischen Nervenzusammenbruch dieses dahergelaufenen Mädchens draußen nicht hören zu müssen.

»Nein, ist schon gut. Ich hätte nicht herkommen sollen. Tut mir leid, dass ich hier aufgekreuzt bin.«

»Bitte sag so was nicht.« Der Schmerz in seiner Stimme traf mich hart.

Ich wollte wütend sein. Ich wollte diese Emotion herauf-
beschwören, die mich sonst immer packte, wenn ich in seiner
Nähe war. Doch noch mehr als das wollte ich Antworten.

Ich musste ihm endlich die Fragen stellen, die sich in einer
dunklen, von Spinnweben überzogenen Ecke meines Gehirns
festgesetzt hatten, bei der ich mir selbst vorgemacht hatte, dass
es sie gar nicht gab und dass sie mir vollkommen gleichgültig
war.

»Hast …« Ich schnappte bebend nach Luft und zitterte dabei am ganzen Leib, jedoch nicht vor Kälte, sondern vor Angst,
die jede Zelle meines Körpers erfasst zu haben schien. »Hast
du mich …« Mir versagte die Stimme. Ich wischte mir die
Nase mit dem Ärmel ab. »Hast du mich jemals vermisst?« Die
Tränen, die ich für versiegt gehalten hatte, schossen mir erneut
in die Augen. Ich blinzelte, damit sie blieben, wo sie waren, und
mir nicht übers Gesicht liefen. »Hast du dir jemals gewünscht,
dass du nicht weggegangen wärst, dass du zurückgekommen
wärst, um mich zu holen?«

Die Worte sprudelten aus mir heraus, als befürchte mein
Mund, dass der Rest meines Körpers die Flucht ergreifen und
davonlaufen könnte, bevor sie alle ausgesprochen waren.

Er sah mich an. Sein Gesicht war gerötet, und Tränen tropf-
ten von seinem Kinn auf seinen Pullover. »Jeden Tag.«

»Als ich letztens weggelaufen bin, bist du mir nicht mal gefolgt.«

Er mahlte mit dem Kiefer. »Ich wollte es tun. Ich wollte dir
nachlaufen, genau wie LJ es getan hat, aber Nora meinte, ich
solle dir deinen Freiraum lassen. Sie fand, dass ich abwarten
sollte, bis du zu mir kommst, vorausgesetzt natürlich, dass ich
nicht ohnehin schon alles rettungslos vergeigt hätte. Welche
Art von Beziehung wir zueinander hatten – und haben –, musst
du entscheiden. Nicht ich.«

Ich schaute ihm in die Augen. Sein Blick war unsicher, doch es glomm auch ein Funke Hoffnung darin.

Er räusperte sich, legte die Hand vor den Mund und schaute zum Himmel auf. »Ich habe viele Fehler gemacht – mehr, als du wissen musst –, aber sie sind nichts im Vergleich dazu, dass ich nie der Vater war, den du verdient hast. Die Reue darüber werde ich für den Rest meines Lebens mit mir herumschleppen. Aber ich hoffe, dass es dir nicht so ergehen wird. Warte mal einen Moment.« Er sprang auf und eilte zurück ins Haus.

Ich blieb sitzen und fischte ein Päckchen Taschentücher aus meinem Mantel, benutzte gleich mehrere hintereinander und stopfte sie dann eilig zurück in meine Taschen, bevor er zurückkehrte.

Schon öffnete sich die Haustür wieder, und er setzte sich mit einem Stück Papier neben mich, das er mit beiden Händen festhielt. Es war lang und schmal und mit Zahlen und Buchstaben bekritzelt. »Ich war mir nicht sicher, ob ich dir das hier eines Tages geben würde.«

Er sah mich eindringlich an. Obwohl die Temperaturen auf weniger als zehn Grad gesunken waren, stand ihm der Schweiß glänzend auf der Stirn. Als er mir das Blatt reichte, zitterte seine Hand.

»Das da oben ist der E-Mail-Anbieter. In der Mitte steht der Benutzername und ganz unten das Passwort. Ich schulde dir sehr viel mehr als das, was du dort finden wirst, aber vielleicht hilft es dir dabei, zumindest auf einige deiner Fragen Antworten zu finden.«

Ich stand auf. Er tat es mir gleich. Dabei fiel sein Blick wieder auf das Blatt Papier in meinen Händen.

»Ich habe dich immer geliebt, Marisa, und das werde ich auch immer tun.«

Ich nickte nur, umarmte ihn jedoch nicht. Noch immer verstand ich nicht ganz, was hier vorging und was mich erwarten würde, wenn ich mich in diese Inbox einloggte.

Professor Morgans Haus lag ganz in der Nähe von Rons. Den Großteil des Weges dorthin legte ich rennend zurück. Als ich mich eilig über meinen Computer beugte, trug ich nach wie vor den Mantel und war vollkommen verschwitzt.

Mit zitternden Fingern tippte ich die Daten ein. Ich musste das Passwort zweimal eingeben und dazu den Benutzernamen FuerMarisaSaunders, bevor ich endlich eingeloggt wurde.

Die Inbox lud. Ich knallte den Laptop zu. Meine Brust fühlte sich an, als würde sie von einer Faust zusammengequetscht, sodass mein Herz nicht mehr richtig pumpen konnte. Ich knöpfte den Mantel auf und zog ihn aus. Mit zitternden Händen hob ich den Laptop vom Schreibtisch im Wohnzimmer und trug ihn zum Couchtisch hinüber.

Dann setzte ich mich davor auf den Boden und atmete noch einmal tief durch, bevor ich den Laptop wieder aufklappte. Inzwischen waren alle E-Mails geladen.

Es waren mehr als eintausendfünfhundert. Ich sortierte sie rückwärts nach Datum, um die erste Mail zu finden. Keuchend schlug ich die Hand vor den Mund. Sie war auf den ersten Tag datiert, nachdem mein Vater uns verlassen hatte. In den ersten drei Jahren, nachdem er weggegangen war, gab es jeden Tag eine Mail. In den folgenden fünf Jahren waren sie wöchentlich verfasst worden und danach jährlich. Mit meinem Wechsel zur Fulton U stellte sich jedoch wieder der Wochenrhythmus ein. Ich scrollte wieder zum ersten Eintrag zurück und klickte die ungelesene Nachricht an.

AN: FuerMarisaSaunders@gmail.com
VON: ronald.saunders@gmail.com
BETREFF:

Liebe Marisa,
ich hoffe, dass du das hier niemals sehen musst. Ich hoffe, dass
ich morgen wieder nach Hause kommen kann und du auf mich
zurennen und mich fest drücken wirst, wie du es immer getan
hast, wenn ich von einer Reise heimgekommen bin. Doch mo-
mentan bin ich mir über vieles nicht sicher, am wenigsten darü-
ber, wann ich dich wiedersehen kann.
Doch ganz egal, was auch passieren mag, sollst du wissen, dass
ich dich immer geliebt habe und dich immer lieben werde. Und
ich hoffe, dass du diese Nachricht niemals bekommen wirst. Ich
hoffe, ich kann dieses Konto wieder löschen und es einfach ver-
gessen, doch ein Teil von mir hat schreckliche Angst davor, dass
es so nicht kommen wird.
Dein dich immer liebender
Dad

Ich wählte eine andere E-Mail aus, die ein Jahr später geschrieben worden war.

AN: FuerMarisaSaunders@gmail.com
VON: ronald.saunders@gmail.com
BETREFF: Nachträglich alles Gute zum Geburtstag

Marisa,
heute habe ich zu kämpfen. So ist es wirklich, und ich frage
mich, wie viel ich dir hier in diesen E-Mails überhaupt er-
zählen sollte. Dein Geburtstag ist schon wieder vorbei. Hast
du die Geschenke bekommen, die ich geschickt habe? Deine

Mom meinte, dass sie sie dir gibt, aber unter diesen Umständen bin ich mir da nicht sicher. Sie hat mehr Gerichtstermine verpasst als wahrgenommen, und jeder von ihnen scheint zu bedeuten, dass ich noch weiter davon entfernt bin, dich endlich wiederzusehen.

Ich weigere mich, dir gegenüber schlecht über deine Mutter zu sprechen, und hoffe, dass sie es ebenso hält. Ich liebe dich wirklich von ganzem Herzen, und ich vermisse dich so sehr. Es schmerzt zu wissen, dass ich auch dieses Jahr wieder nicht miterleben werde, wie du deine Weihnachtsgeschenke auspackst.

Ich habe zwei Jobs an der Westküste abgelehnt, weil ich für den Fall, dass du mich brauchst, nicht zu weit weg sein möchte.

Doch von Tag zu Tag scheinen meine Chancen darauf, dich an deinem Geburtstag wieder in den Arm nehmen zu können, geringer zu werden.

Dein dich immer liebender
Dad

Ich sprang zu der Mail, die er direkt, nachdem ich ihn wegen meines Wechsels zur Fulton U kontaktiert hatte, verfasst hatte. So sehr es mir auch widerstrebt hatte, mich an ihn zu wenden – die Möglichkeit zur Studiengebührenbefreiung, von der ich erfahren hatte, in Kombination mit der Gewissheit, dass LJ diese Uni ebenfalls besuchte, hatten mich schließlich doch dazu bewogen, eine E-Mail an ihn zu schreiben. New York war zwar genauso großartig gewesen, wie ich es mir erhofft hatte, aber LJ hatte mir gefehlt. So sehr, dass es wehgetan hatte. Also hatte ich die Chance ergriffen, die Fulton U zu besuchen, weil es einfach ein perfekter Vorwand gewesen war, um bei ihm sein zu können. Dort gab es einen tollen Studiengang für Museumswissenschaft, wunderbare Museen und die eine Person, ohne die ich nicht leben wollte.

Trotzdem war es mir nicht leichtgefallen, die Mail abzuschicken. Nachdem Ron zugestimmt hatte, hatte ich mich dann noch einmal zwei Monate lang geistig darauf vorbereiten und mich motivieren müssen, mich mit ihm zu treffen.

AN: FuerMarisaSaunders@gmail.com
VON: ronald.saunders@gmail.com
BETREFF:

Du bist schon so erwachsen, Marisa. Das macht mich so stolz, und gleichzeitig schmerzt es mich, dass ich all die großen Meilensteine in deinem Leben versäumt habe. Ich habe dich so lange nicht mehr gesehen, dass es mir schwerfällt, die junge Dame, die in meinem Büro stand, mit der Erinnerung an das kleine Mädchen unter einen Hut zu bringen, dem zwei Schneidezähne fehlten und das ich auf meinen Schultern herumgetragen habe. Nach Philly zurückzukehren war für mich die beste Entscheidung, weil ich so näher bei dir sein konnte, und dieses Risiko einzugehen hat sich ausgezahlt. Trotzdem bin ich mir nach unserem ersten Gespräch nicht mehr sicher, ob ich all das, was passiert ist, dir gegenüber jemals wiedergutmachen kann. Eigentlich weiß ich schon, dass ich es nicht schaffen werde. Aus irgendeinem Grund ist es viel schwerer, diese Worte laut auszusprechen, als diese Nachrichten zu schreiben. Ich weiß immer noch nicht, ob du sie jemals zu Gesicht bekommen wirst. Wahrscheinlich wirst du mich für verrückt halten, weil ich jahrelang quasi mit mir selbst geredet habe.
Ich hoffe, dass wir die Kluft zwischen uns überwinden und einander besser kennenlernen können. Dass mir so viel entgangen ist, ist allein meine Schuld. Ungeachtet dessen, was die Anwälte und Richter gesagt haben, hätte ich entschlossener kämpfen sollen. Ja, das hätte ich tun sollen, aber ich habe aufgegeben,

weil es zu sehr wehgetan hat, mir Hoffnung zu machen und
zu erleben, wie sie wieder und wieder zunichtegemacht wurde.
Das ist keine Entschuldigung. Was für ein Vater muss man sein,
um nicht um sein kleines Mädchen zu kämpfen? Ich war ein
Feigling, hatte Angst, dass ich dir nicht gerecht werden könn-
te, und jetzt weiß ich nicht, ob ich dich überhaupt jemals richtig
kennenlernen werde.
Du bist eine wunderschöne, ehrgeizige Frau, und ich wünschte,
ich wäre für dich der Vater gewesen, den du verdient hast.
Dein dich immer liebender
Dad

AN: FuerMarisaSaunders@gmail.com
VON: ronald.saunders@gmail.com
BETREFF:

Marisa,
du hattest heute in so vielen Dingen recht. Es schmerzt mich,
wie wahr alles war. So viel von meinem Frust und meinem
Zorn hat jemanden getroffen, den du liebst und der dich eben-
falls liebt. Wenn ich sehe, wie ihr beide miteinander kommuni-
ziert, nur mit Blicken, ohne ein Wort zu sagen, wünschte ich,
ich würde dich ebenso gut kennen wie er.
Doch das tue ich nicht. Er dagegen schon. In vielerlei Hinsicht
sehe ich mich selbst in LJ, aber er hat bewiesen, dass er ein bes-
serer Mensch ist, als ich es je war. Er ist bereit, große Opfer zu
bringen, um die Menschen, die ihm etwas bedeuten, zu beschüt-
zen. Vielleicht habe ich ihn so sehr auf die Probe gestellt, um he-
rauszufinden, wie weit er zu gehen bereit ist, aber ich weiß jetzt
schon, dass er viel weiter gehen würde, als ich es getan habe.
Auf dem Spielfeld ist er ein Ausnahmetalent. Auch wenn er

kaum gespielt hat, wird sein Stern aufgehen, und ich fürch-
te mich davor, welche Auswirkungen das auf euch beide haben
wird. Ich will nicht der Grund dafür sein, dass du noch einmal
von jemandem fallen gelassen wirst. Ich hoffe wirklich, dass
er, wie ich es vermute, ein besserer Mensch ist als ich, trotzdem
habe ich Angst davor, dass es, sobald er ein richtiger Star gewor-
den ist, damit enden wird, dass du wieder verletzt wirst.
Ich werde tun, was richtig ist, weil ich dich nicht verlieren will.
Ich wollte dich nie verlieren, aber ich glaube, dass ich das trotz-
dem habe. Für immer. Ich hoffe, dass es nicht so ist. Ich habe den
Eindruck, dass ich in diesen Briefen an dich andauernd über
Hoffnungen schreibe, doch in einem bin ich mir ganz sicher: Ich
liebe dich, und ich werde dich immer lieben.
Dad

Als ich die letzte E-Mail las, stieg die Sonne gerade über den Horizont. Meine Augen fühlten sich an, als hätte sie jemand mit Sandpapier gerieben. Auf dem Bett neben mir lag ein ganzer Berg Taschentücher. Ich hatte Momentaufnahmen aus dem Leben meines Vaters in den letzten vierzehn Jahren gesehen: wie er sofort die Chance auf eine Anstellung an der Fulton U ergriffen hatte, wie schwer es ihm gefallen war, kein schlechtes Wort über meine Mutter zu verlieren. Die E-Mails gingen zwar nicht ins Detail, aber ich konnte mir sehr gut zusammenreimen, was zwischen den Zeilen stand – Himmel, ich hatte das alles durchlebt.

Die Geschenke, die er geschickt hatte. Seine Bemühungen, mich zu besuchen. Die Gerichtstermine, die verstrichen waren, ohne dass er die Gelegenheit bekommen hatte, mich zu sehen.

Mein Gehirn verstand das alles. Ich konnte mir vorstellen, wie schwierig das alles für ihn gewesen sein musste, doch in meinem Herzen war ich noch immer das kleine Mädchen, das sich wünschte, dass sein Dad auf einem Pferd angeritten kam und dafür sorgte, dass alles gut wurde. Doch das hier war kein Märchen. Das hier war die reale Welt, und in der realen Welt gab es Gerichtsbeschlüsse und Jobangebote, und nichts lief genau so, wie man es sich wünschte.

Das alles löste unsere Probleme nicht. Doch zumindest schien die klaffende Wunde in meinem Herzen, die ich vor Ron stets zu verbergen versucht hatte, nicht mehr tiefer zu werden. Möglicherweise heilte sie sogar gerade ein klein wenig.

Und das zeigte mir, wie ähnlich er und ich uns waren. Genau wie LJ gesagt hatte.

Ich ließ mich rückwärts aufs Bett fallen und blickte zu den Schattenmustern hinauf, die die Jalousien an die Decke warfen. Die ersten Menschen in meinem Leben, auf die ich mich hätte verlassen können müssen, hatten mich enttäuscht. Selbst nachdem ich nun mehr über die Sicht meines Vaters auf all diese Dinge wusste, konnte man es nicht anders ausdrücken. Wie hätte ich da von LJ erwarten können, dass er sich gemeinsam mit mir den Widrigkeiten des Lebens entgegenstellen würde?

Doch ich hätte genau das tun sollen.

Er war der einzige Mensch, an den ich mich immer hatte wenden können. Der einzige Mensch, der mich niemals im Stich gelassen hatte. Der Mensch, der gelogen hatte, um mich zu schützen, obwohl es ihm selbst geschadet hatte. Wieder und wieder hatte er seine Loyalität unter Beweis gestellt, doch ich hatte trotzdem beim geringsten Anzeichen von Schwierigkeiten sofort die Flucht ergriffen. Nein, ich hatte ihn weggestoßen.

Das, was er über mich gesagt hatte, stimmte. Doch dieser Mensch würde ich fortan nicht mehr sein.

Nun blieb mir nur noch zu hoffen, dass es noch nicht zu spät war, um ihm zu zeigen, wie sehr ich ihn liebte, und dass unsere Beziehung noch zu retten war.

30. KAPITEL

LJ

Die Vorlesungen zogen sich scheinbar endlos in die Länge. Die Frühjahrstrainingseinheiten waren zäh und anstrengend. Sogar die Fragen der Fans über meine Zukunftspläne zu beantworten fühlte sich mühsam an. Alles schleppte sich im Schneckentempo dahin, und die Tage schienen kein Ende zu nehmen.

Selbst die Nachricht, dass bei meinem Vater alle Tests negativ ausgefallen waren und er zukünftig nicht mehr halbjährlich, sondern nur noch jährlich zu den Vorsorgeuntersuchungen erscheinen musste, hob meine Laune nicht in dem Maße, wie es zu erwarten gewesen wäre.

In meinem Leben klaffte ein Marisa-großes Loch, und das machte mich fertig.

Der Blick, mit dem sie mich angesehen hatte, als ich ihr an den Kopf geworfen hatte, dass sie genau wie ihr Vater war, hatte sich angefühlt, als hätte jemand in meine Brust gegriffen und mein Herz so lange zusammengequetscht, bis es versagte. Aber ich konnte meine Worte nicht mehr zurücknehmen. Ich konnte nicht mit ihr zusammen sein, wenn sie nicht daran glaubte, dass wir es schaffen konnten – wenn sie mich nicht genauso mit Körper, Herz und Seele liebte wie ich sie.

»Hey, willst du mitkommen? Das Taxi ist da.« Berk steckte den Kopf zur Tür herein. »Alles okay?« Er betrat mein dunkles Zimmer.

»Alles bestens.« Es war bitter, dass ich nicht mal mit ihm über Marisa reden konnte. Wenn ich ihm jetzt alles erzählte, würde das wahrscheinlich bloß noch mehr Fragen nach sich ziehen – Fragen, auf die ich entweder keine Antworten hatte oder die ich nicht beantworten wollte. Sah ganz so aus, als hätte mein Plan funktioniert.

Ein hysterisches, absolut freudloses Lachen, das eher wie das Kichern einer Hexe klang, drang aus meiner Kehle.

Berk blieb wie angewurzelt stehen und neigte verwundert den Kopf. »Bist du sicher, dass es dir gut geht?«

Nein. Kein bisschen. Ich stand vom Stuhl auf und nahm mir meinen Mantel. »Na klar, komm, geben wir uns die Kante.«

Ohne auf Berk zu warten, eilte ich die Treppe hinunter.

Jules und Keyton standen unten neben der Haustür.

Als sie mich sahen, verzogen sie beide das Gesicht.

Lag es an meinem Fünftagebart? Oder an meinen höchstwahrscheinlich müffelnden Achselhöhlen? Oder an meinem leicht manischen Lächeln, das dem Joker alle Ehre gemacht hätte? »Wer ist bereit, um die Häuser zu ziehen?« Ich klatschte in die Hände und rieb sie anschließend aneinander. »Los geht's.«

Berk kam die Treppe heruntergetapst. »Bist du wirklich in Ordnung?«

Ich fuhr herum. »Absolut. Es ging mir nie besser.«

Er schaute erst Jules und dann Keyton an. »Vielleicht sollten wir auf Marisa warten. Ist sie noch immer bei Liv und leistet ihr Gesellschaft, während Ford unterwegs ist?«

Langsam gingen mir die Ausreden aus. Doch ich wollte mich noch nicht der Tatsache stellen, dass sie womöglich nie mehr zurückkommen würde. Stattdessen kanalisierte ich meine Traurigkeit in das Verlangen, mich bis zum Umfallen zu betrinken.

Bevor ich wieder ein irres Hyänengelächter von mir geben konnte, kam mir Keyton zu Hilfe. »Sie meinte, sie hätte heute Abend noch ein Treffen mit ihrer Studiengruppe.«

»Jepp, sie ist längst weg. Gehen wir.« Ich riss die Haustür auf und ging schnell nach draußen. Drinnen im Haus war es zu eng. Mit jeder Minute, die ich da drinnen verbrachte und darüber nachgrübelte, wie es weitergehen würde, schienen die Wände mich etwas mehr zu erdrücken.

Da war es deutlich besser, sich volllaufen zu lassen. Ich musste mich ja jetzt nicht mehr verantwortungsbewusst verhalten. Die Saison war vorbei. Der Combine war vorbei. Ich musste nun nichts weiter tun, als darauf zu warten, dass irgendwelche superwichtigen Typen oben in ihren Stadionlogen über meine Zukunft entschieden, und darauf hoffen, dass mein Agent mit einer Einladung zum Draft bei mir aufkreuzen würde.

Das würde dann bedeuten, dass ich in der ersten, zweiten, oder möglicherweise auch erst in der dritten Runde ausgewählt werden würde. Doch im Augenblick konnte ich an nichts anderes denken als daran, dass die Frau, die ich liebte, meine Liebe nicht erwidern konnte, und dieser Umstand verlangte nach Alkohol. Einer Menge Alkohol.

»LJ!«, riefen gleich mehrere Stimmen hinter mir.

Ich fuhr herum.

Berk, Jules und Keyton standen neben der offenen Tür des Taxis, das mitten auf der Straße wartete.

Berk legte die Hände trichterförmig an den Mund. »Das Taxi. Schon vergessen?«

Ich marschierte zurück zu ihnen, jedoch ohne sie anzusehen, ging ums Auto herum und setzte mich auf den Beifahrersitz.

Die drei anderen stiegen schweigend hinten ein. Ihre Türen schlossen sich mit einem dumpfen Laut. Im Spiegel konnte ich sehen, wie sie miteinander flüsterten und vielsagende Blicke wechselten.

Als wir bei der Bar ankamen, war der Laden bereits brechend voll.

Drinnen brachte Berk uns zu einer Sitznische, die schon belegt war. Reece und Nix saßen auf den mittleren Plätzen neben Seph und Elle. Das war genau das, was ich jetzt am wenigsten gebrauchen konnte: die ganze Gang wiedervereint.

Jules drückte ihre ehemalige Mitbewohnerin Elle herzlich, und auch die Jungs begrüßten sich mit einer Umarmung, bevor sich alle hinsetzten und begannen, einander auf den neusten Stand zu bringen. Ich wippte derweil ungeduldig unter dem Tisch mit dem Knie.

Reece' Bericht über seine erste Profi-Saison war am interessantesten. Die anderen wollten natürlich alles über unsere Agenten wissen, was an den Draft-Gerüchten dran war und was sonst noch bei uns los war.

Ich wollte endlich aufstehen und mir etwas zu trinken besorgen. Das Bein meines Stuhls schabte über den Boden, und als ich mich erhob, rannte ich beinahe einen Kellner mit einem vollen Tablett um. »Ich werde an der Bar bestellen. Ich ordere gleich für alle mit.«

Ein Kellner stand mit gezücktem Notizblock neben unserem Tisch.

»Als zweite Runde. Dann müssen wir nicht erst warten, um bestellen zu können.« Schon verschwand ich in der Gästeschar und steuerte direkt die Bar an. Ich fand ein freies Plätzchen neben den Barhockern mit Rückenlehne, wie man sie nur in hippen Etablissements sah.

Ich winkte, um die Barkeeperin auf mich aufmerksam zu machen. Nachdem sie einige andere Bestellungen aufgenommen hatte, kam sie schließlich auch zu mir.

»Kann ich bitte vier Sam Adams und drei Wodka Cranberry bekommen? Und zwei doppelte Whisky für sofort?«

Sie nahm meine Karte, notierte sich, was ich bestellt hatte, und brachte mir zuerst die doppelten Whiskys, bevor sie sich daran machte, die Drinks zu mixen und die Bierflaschen zu öffnen.

»Ist einer davon für mich?« Eine Brünette, die auf dem Hocker neben mir saß, beugte sich mit einem leichten, lässigen Lächeln zu mir.

Ich betrachtete zuerst die Shots und dann sie. Dann nahm ich eines der Gläser und gab es ihr.

Wenn ich die Augen zusammenkniff und den Kopf ein wenig zur Seite drehte, sah sie fast wie Marisa aus. Allerdings fehlte die Furche auf dem Nasenrücken.

Sie hob das Glas und stieß damit gegen meines. »Auf einen großartigen Abend.«

Ohne den Blick von ihr zu nehmen, kippte ich meinen Shot in einem Zug herunter, sodass er sich brennend seinen Weg durch meine Speiseröhre bahnte. Auf einen großartigen Abend.

Das Hämmern an der Haustür hörte einfach nicht auf. Als ich es halb die Treppe hinuntergeschafft hatte, schien mir plötzlich das Licht, das durch das Fenster über der Tür hereinfiel, genau in die Augen. Es fühlte sich an, als würden meine Augäpfel versengt. In meinem Hirn stampfte ein ganzes Stadion voller Zuschauer dumpf mit den Füßen. Eine Lastwagenladung Ibuprofen wäre jetzt gut gewesen.

Das kam davon, wenn man im Abschlussjahr noch immer kaum etwas vertrug. Die anderen Jungs konnten problemlos ihr eigenes Körpergewicht in Alkohol herunterkippen, ich dagegen hatte mir schon seit geraumer Zeit nicht mehr die Kante gegeben. Immer hatte ich für die Saisonspiele oder für die Trainings in der Zwischensaison einsatzbereit sein müssen. Jetzt fühlte ich mich, als hätte mich jemand durch den Wolf gedreht.

Die letzte Nacht war eine Katastrophe erster Güte gewesen, und ich hatte gehofft, ihre Nachwirkungen erst einmal zwei oder drei Monate lang wegschlafen zu können. Tja, Fehlanzeige.

Ich öffnete die Tür und schirmte meine Augen dabei mit der Hand ab.

»Quinn, was machst du denn hier?« Meine achtzehnjährige Schwester stand draußen vor der Tür. Sie trug eine Jacke, die sie handbemalt hatte und deren Design mich an das Muster erinnerte, das ich gestern Nacht in der Toilette hinterlassen hatte.

Der Wagen meiner Eltern parkte im Leerlauf und in zweiter Reihe vor unserem Haus. »Wissen Mom und Dad, dass du das Auto hast?«, fragte ich, senkte den Kopf und kniff die Augen zu.

»Sie sind gestern nach Florida aufgebrochen. Du willst sie doch nicht etwa mit so lästigen, nichtigen Details behelligen wie beispielsweise, dass ich mir den Wagen geborgt habe, oder?« Um mir deutlich zu machen, was sie meinte, hielt sie Daumen und Zeigefinger im Abstand von wenigen Millimetern hoch.

»Was hast du angestellt?«, fragte ich und öffnete vorsichtig ein Auge.

Sie verdrehte die Augen. »Kannst du vielleicht mal zehn Minuten nicht den Dad spielen? Ich bin hier, um was abzuliefern.« Sie hielt mir ein Blatt liniertes Schreibpapier vor die Nase – genau das Gleiche, das Marisa und ich benutzt hatten, um uns während des Chemieunterrichts in der Highschool heimlich Nachrichten zuzustecken. Auf der Vorderseite standen meine Initialen.

Ich zögerte.

»Tu doch nicht so, als würdest du es nicht haben wollen.« Sie drückte es gegen meine Brust.

Ich presste die Hände auf das glatte Papier, während mein Herz von innen gegen meine Rippen hämmerte. »Warum hat sie dich geschickt?«

»Weil sie sichergehen wollte, dass du dich vor dem, was auch immer sie vorhat, nicht drückst.«

»Sie hat dir nicht gesagt, worum es geht?«

Etwas hatte sich wohl nicht verändert.

»Du meinst, dass ihr beide ein Paar seid? Dass ihr permanent miteinander vögelt? Und dass sie dann alles versaut hat? Klar hat sie mir das erzählt.«

Bei Quinns fröhlicher Zusammenfassung blieb mir die Spucke weg.

»Spaß. Ich mache nur Spaß. Von Sex hat sie nichts erwähnt.« Sie schüttelte sich. »Aber sie hat mir erzählt, dass ihr beide heimlich zusammen wart und dass sie Mist gebaut hat und mit dir reden möchte.« Sie wippte auf ihren Fersen und kaute auf der Innenseite ihrer Wange. »Und das alles hätte ich dir eigentlich auch gar nicht sagen dürfen. Ich sollte nur ausrichten, dass du bitte die Nachricht lesen und, falls du mit ihr reden möchtest, mit mir mitkommen sollst. Verrate ihr bloß nicht, dass ich das mit dem Vögeln erwähnt habe, okay?« Sie verzog das Gesicht und errötete. »Das war eine viel größere Strafe für mich selbst, als ich es erwartet hatte.«

Ich betrachtete das Papier in meinen Händen.

»Du kommst doch mit, oder?«, fragte Quinn und klang leicht panisch.

Das glatte Blatt Papier glitt unter meinen Fingerspitzen entlang. Ich faltete es auf. Als ich zu Quinn hinüberspähte, bemerkte ich, dass sie versuchte mitzulesen.

Ich machte ihr die Haustür vor der Nase zu, lehnte mich mit dem Rücken dagegen und starrte die Tinte und die Linien an, während ich versuchte, mich so weit zu konzentrieren, dass ich ihre Nachricht lesen konnte.

L,

ich weiß, dass ich nach dem, was im Museum vorgefallen ist, kein Recht habe, dich um etwas Derartiges zu bitten, aber ich würde wirklich gern mit dir reden. Danach, na ja, da werden wir sehen, wie es weitergeht. Aber ich muss dir endlich alles sagen. Du verdienst es, alles zu wissen. Bitte komm zu mir ins Baumhaus.

Marisa

Ich packte das Blatt mit beiden Händen und las es wieder und wieder.

Wütendes Pochen brachte die Haustür zum Beben.

Ich riss sie auf.

Quinn hatte die Hände in die Hüften gestemmt. »Also wirkli…«

»Ich komme, aber ich muss mich erst fertigmachen.«

»Ich kann warten.« Sie stellte sich in die Tür.

»Nein, ich komme später. Es dauert nur noch ein bisschen, okay?«

Wieder nagte sie an ihrer Wange, trat jedoch zurück und nickte. »Aber zwing mich nicht, noch mal über die Brücke zu fahren. Sonst stelle ich dir die Mautgebühren in Rechnung.«

»Tschüss, Quinn.« Ich schloss die Tür und starrte das Papier an, das inzwischen ganz zerknittert war.

Zuallererst brauchte ich Kaffee. Ich kochte mir ungefähr vier Liter davon, bevor ich wieder nach oben ging.

In meinem Zimmer sammelte ich meine Klamotten ein und stopfte sie in den Wäschekorb. Dann setzte ich mich auf die Bettkante, fuhr mir mit den Fingern durch die Haare und stürzte meinen Kaffee so schnell herunter, wie ich konnte, ohne mich zu verbrennen. Schwarz und ohne Zucker – das war die Strafe dafür, dass ich mich letzte Nacht wie ein Vollidiot benommen hatte.

Ich bewegte mich nahezu mechanisch und versuchte mich zusammenzureißen. Zuerst nahm ich eine Dusche, drehte das Wasser so heiß, wie es nur ging. Dann rasierte ich mich anständig. Ich verbrachte viel zu viel Zeit damit, etwas zum Anziehen auszusuchen. Nachdem ich mich zum fünften Mal umgezogen hatte, entschied ich mich schließlich für Jeans und T-Shirt.

Als ich mich endlich genug gesammelt hatte, um in mein Auto zu steigen, zogen sich schon lange Schatten über unsere Straße, und als ich schließlich in die Auffahrt meiner Eltern einbog, hing die Sonne bereits tief am Horizont.

Die Vorhänge an den Fenstern, die zur Vorderseite des Hauses hinausgingen, bewegten sich.

Während ich auf die Haustür zuging, versuchte ich, an nichts zu denken. Ein ganzer Hurrikan an Emotionen brodelte in meinem Inneren, und ich wusste nicht, welche Richtung er einschlagen würde. Außerdem konnte ich mir, bevor ich mit ihr gesprochen hatte, nicht sicher sein, welches dieser Gefühle ich gefahrlos zulassen durfte – was in mir das überwältigende Verlangen weckte, auf dem Absatz kehrtzumachen und zurück in die Stadt zu fahren.

Noch bevor ich den Schlüssel aus der Tasche gezogen hatte, flog die Haustür auf.

»Hinten im Garten«, flüsterte Quinn vernehmlich. »Geh ums Haus herum. Da lang.« Sie deutete nach links. Der ausgetretene Pfad, der hinters Haus führte, hatte sich im Lauf der Jahre wieder etwas erholt.

Früher hatten wir immer unsere Fahrräder an den Zaun gelehnt und waren gar nicht erst ins Haus hineingegangen, sondern direkt nach hinten gerannt.

Als ich um die Ecke bog, sah ich uns. Ein Foto von uns war an einem dünnen Holzpfahl angebracht, der im Gras steckte. Eine leuchtende Lichterkette war darum gewickelt, zog sich an weiteren Pflöcken mit noch mehr Fotos von uns entlang, die mir den Weg wiesen.

Marisa und ich in der dritten Klasse, die Arme um den Hals des anderen gelegt, mit breitem Zahnlückenlächeln im Gesicht. Meine Mutter war damals bei unserem Ausflug in den Philly Zoo als Aufsicht mitgekommen, und ich hatte sie gebeten, dafür zu sorgen, dass Marisa und ich in die gleiche Gruppe kamen. Damals hatte sie einen ihrer Tastykakes mit Schokoglasur mit mir geteilt.

Womöglich war das der Moment gewesen, in dem ich mich in sie verliebt hatte.

Es gab noch mehr Pfähle – einen für jedes Jahr, das wir uns schon kannten.

Da war der Sommer nach der sechsten Klasse, als sie mit mir und meiner Familie zum Strand gefahren war, während ihre Mutter nicht in der Stadt gewesen war. Wir hatten uns mit Funnel Cakes vollgestopft und uns heimlich unter der Strandpromenade übergeben, damit meine Eltern uns nicht verbieten konnten, noch mehr zu essen.

Auf einem anderen Bild standen wir auf der Treppe, mit unseren Begleitern für den Ball in der achten Klasse. Sie hatte wunderschön ausgesehen. Als sie eingewilligt hatte, mit Sean McCormack zum Tanz zu gehen, war ich eifersüchtig geworden – damals hatte ich zum ersten Mal gemerkt, wie sich das anfühlte. Sie hatte gemeint, sie würde es nur tun, weil er sie eben eingeladen hatte, und sonst niemand. Doch an jenem Abend hatte ich sie in der Turnhalle neben der Tribüne geküsst.

Mit jedem Schritt erschien eine neue Erinnerung, und jede traf mich mit Wucht. Wir beide hatten so viel gemeinsam erlebt. So große Teile unserer Vergangenheit war miteinander verwoben und verbunden.

Die ganze Familie, die im Krankenzimmer Brettspiele spielte, während sich mein Vater von einer Operation erholte.

Noch ein Pflock. Wir bei der Highschool-Abschlussfeier. Ich hatte ihr versehentlich mit meinem Doktorhut ins Auge gestochen, weil jemand meinen Namen gerufen hatte, als wir gerade dabei gewesen waren, das Selfie zu machen. Ich musste lachen, doch der Laut blieb mir im Halse stecken.

Ich war hinter dem Haus angekommen.

Und da stand sie, in ihrem Museumsoutfit, als hätte sie sich seit jenem Tag nicht mehr umgezogen. Und doch hatte sich seitdem so viel verändert. Der brodelnde Sturm in meiner Brust machte mir das Atmen schwer.

Das hohe Gras verbarg ihre Schuhe. Neben den Blumenbeeten, die die etwa drei Meter breite, gepflasterte Terrasse umgaben, standen schon Blumen bereit, die meine Mutter nach ihrer Rückkehr pflanzen wollte.

»Du bist hier.« Ihre Stimme bebte, und ihre Lippen verzogen sich zu einem Beinahe-Lächeln, doch ihre Augen glänzten feucht.

»Ich hab Quinn doch gesagt, dass ich komme.« Ich steckte den Schlüssel in die Hosentasche und ging über die Terrasse auf sie zu. »Sie hat mir deine Nachricht gegeben.« Ich hielt mich zurück, behielt die Hände in den Taschen meiner Jeans. »Was wolltest du mir sagen?«

Sie rang nervös die Hände. »Ich war eine Idiotin. Ein Arschloch und eine Idiotin. Alles, was du im Museum gesagt hast, war wahr. Ich hatte solche Angst und war bereit, beim kleinsten Hinweis darauf, dass du mich möglicherweise als Erster verlassen könntest, die Flucht zu ergreifen.« Sie atmete tief und bebend ein. »So ist es schon mein ganzes Leben lang. Aber es war ungerecht, sich dir gegenüber so zu verhalten, weil du nie so gewesen bist.« Ihre Stimme brach. »Du bist der einzige Mensch, bei dem ich immer ich selbst sein konnte, der immer für mich da war und bei dem mich die Vorstellung, verlassen zu werden, am meisten schmerzt.

Ich will dich nicht mehr belügen. Und ganz egal, was auch passiert und ob du mir nun vergeben kannst oder nicht, möchte ich, dass du die Wahrheit darüber erfährst, wie ich empfinde. Menschen, die ihre wahren Gefühle nicht aussprechen, bringen nichts anderes als Leid und Schmerz, und ich will nicht, dass es dir auch so ergeht. Das wollte ich nie. Ich will keinen Teil meiner Selbst mehr vor dir verstecken. Wenn du mich verlassen hättest … das hätte mich umgebracht, aber – Achtung, Schocker – das ist sowieso passiert. Nur habe ich selbst dafür gesorgt, aus Angst, was geschehen könnte, wenn du mich zurücklässt.«

Mein Mund war knochentrocken. »Wie empfindest du jetzt?«

»Ich hab eine Scheißangst. Ich mache mir Sorgen, was passieren wird, wenn du beim Draft ausgewählt wirst. Was passieren wird, wenn ich nach Italien gehe. Was passieren wird, wenn du herausfindest, dass ich keine Ahnung von gesunden, liebevollen Beziehungen habe, wie sie deine Eltern führen, und dass ich Fehler mache. Ich fürchte mich davor, dass du am Ende doch merken wirst, dass ich nicht gut genug für dich bin. Und dass du es irgendwann satthast, mein Essen hinunterzuwürgen.

Doch vor allem hab ich Angst, dass ich die Beziehung ruiniert habe, die mir auf dieser Welt am meisten bedeutet. Mehr als alles andere will ich bei dir sein, auf welche Art und Weise auch immer.

Ich liebe dich, LJ. Ich liebe dich mit allem, was ich habe, und obwohl ich schreckliche Angst davor habe, will ich bei dir sein.«

Der Ansturm der Gefühle, der über mich hereinbrach, war so überwältigend, dass ich mich nicht vom Fleck bewegen konnte, als hätte mich jemand am Boden festgeschweißt. Ich konnte keinen Muskel regen. Ich konnte nicht mal richtig atmen. Endlich hatte sie die Worte ausgesprochen – so, dass ich spüren konnte, dass sie sie ernst meinte. Sie schienen in meine Brust einzudringen und mein Herz zu umarmen.

Doch sie war nicht die Einzige, die reinen Tisch machen musste. Ich leckte mir die Lippen und überlegte, wie ich das, was ich ihr zu sagen hatte, am besten ausdrücken könnte.

»Es gibt da etwas …« Die Worte fühlten sich auf meiner Zunge an wie Pennys, schmeckten ekelhaft, metallisch, sauer. Ich raufte mir die Haare und platzte schließlich heraus: »Gestern Abend bin ich etwas trinken gegangen, und da war eine Frau.«

31. KAPITEL

Marisa

Ich wankte, fing mich jedoch wieder, bevor ich fiel. »Eine Frau. In der Bar.«

Ich wusste auch nicht genau, was ich erwartet hatte, wie dieses Treffen ablaufen würde, aber mich hier im Garten zu übergeben, war definitiv nicht geplant gewesen.

»Ich wollte meine Gefühle betäuben. Ich habe zwei Shots für mich selbst bestellt, und sie hat angefangen, mit mir zu flirten. Ich hab ihr einen meiner Shots abgegeben. Wir haben angestoßen und sie runtergekippt.«

Alles Blut schien aus meinem Gesicht zu weichen und sich in meinen Füßen zu sammeln. Ein Brennen machte sich hinten in meiner Nase bemerkbar. Die kühle Aprilluft schien meine Nasenlöcher zu versengen.

»Ich musste andauernd daran denken, wie ähnlich sie dir sieht.«

Natürlich entstanden in meinem Hirn sofort lebhafte Bilder davon, wie er und mein böser Zwilling in der Bar herumknutschten und sich betatschten.

»Sie hat mich eingeladen, mich zu ihr an die Bar zu setzen. Noch was mit ihr zu trinken.« Er kam näher, und ich wäre am liebsten zurückgewichen und vor der Vorstellung davongelaufen, wie er mit meiner Doppelgängerin ins Bett fiel und sie sich gegenseitig die Kleider vom Leib rissen.

»Und, hast du?«, flüsterte ich so leise, dass selbst ich es kaum hörte.

Er nahm meine Hände, mit denen ich nervös herumspielte, und hielt sie fest. Ich starrte auf seine Brust.

Er legte mir einen Finger unters Kinn und hob meinen Kopf, um mir in die Augen sehen zu können. »Nein, hab ich nicht. Eine Sekunde lang habe ich überlegt, noch was mit ihr zu trinken, aber ich konnte nichts anderes tun, als wegzugehen, weil ich absolut nichts für sie empfunden hab. Ich konnte nur an die Ähnlichkeiten zwischen euch beiden denken und hab jede einzelne sofort wieder verworfen, weil sie mit dir einfach nicht mithalten konnte. Weil sie einfach nicht du war.«

Ein erleichtertes, beinahe schon hysterisches Lachen drang aus meiner Kehle. »Ich dachte schon, du wolltest mir gestehen, dass du sie mit zu dir genommen hast.«

»Nein, Risa.« Er strich mit dem Daumen über meine Wange. »Selbst nach allem, was passiert ist, ging mir ein einziger Drink mit einer anderen Frau schon zu weit. Zu mehr wäre ich nicht in der Lage gewesen. Nicht wenn ich total und unwiderruflich in dich verliebt bin. Vierzehn gemeinsame Jahre lassen sich nicht einfach so auslöschen.«

Die Tränen, von denen ich eigentlich geglaubt hatte, dass ich sie in der Zeit, in der wir getrennt gewesen waren, alle geweint hatte, traten wieder in meine Augen. Doch diesmal waren es Freudentränen. Plötzlich erstrahlte alles so hell, dass es sich anfühlte, als wäre meine Brust von einem Sonnenaufgang erfüllt, mit dem eine ganz neue Marisa-und-LJ-Ära anbrach.

»Hättest du nicht gleich mit diesem Teil anfangen können?« Ich schlang lachend die Arme um seinen Hals, drückte ihn fest an mich und atmete tief seinen LJ-Duft ein, den ich so sehr vermisst hatte.

»Nach dem, was ich deinetwegen durchmachen musste, fand ich, dass du einen Mini-Herzinfarkt verdient hättest.«

Ich legte die Hände an seine Wangen und küsste ihn spontan und wild. Dabei presste ich mich so fest an ihn, dass seine Arme zwischen unseren Oberkörpern eingeklemmt wurden.

Seine Lippen waren noch gieriger als meine. Er verschlang mich förmlich, kostete mich genüsslich mit seiner Zunge.

Meine Knie gaben nach, doch er fing mich auf.

Schon legte er den Arm um meinen Rücken und hielt mich fest, gab mir Halt, so wie er es schon immer getan hatte.

»Ich hab dich vermisst.« Versonnen strich ich mit den Fingern seinen Kiefer entlang.

»Nicht so sehr, wie ich dich vermisst habe.« Er überschüttete mein Gesicht und meinen Hals mit Küssen, kitzelte mich, bis ich kreischte und mich in seinen Armen wand. Doch er ließ mich nicht los – er hielt meine Hand weiter fest, verschränkte die Finger mit meinen.

»Ich habe dich schon immer geliebt, so lange ich zurückdenken kann.«

Er schnaubte. »So lange du zurückdenken kannst?«

»Lass es mich dir zeigen.« Ich umklammerte seine Hand fester und führte ihn zu dem Baumhaus, in dem wir schon als Kinder zusammen gespielt hatten. Damals, als wir noch kleiner gewesen waren, war es mir immer so vorgekommen, als befände es sich zehn Meter über dem Boden. Doch inzwischen stießen wir mit dem Kopf beinahe an die Unterkante des Hauses, das sein Vater in einem Sommer einige Jahre, bevor wir uns kennengelernt hatten, für ihn gebaut hatte.

Auch die sechssprossige Leiter ließ sich inzwischen viel leichter erklimmen als damals, als wir noch ein ganzes Stück kleiner gewesen waren.

LJ folgte mir, und gemeinsam zwängten wir uns in das enge Häuschen, das uns früher immer vorgekommen war wie unser ganz eigenes, richtiges Haus. Inzwischen mussten wir uns klein machen, und obwohl wir auf unseren Knien hockten, stießen wir mit dem Kopf gegen das Dach.

»Ich war seit Ewigkeiten nicht mehr hier oben«, sagte er und wischte eine Spinnwebe beiseite.

Dieser Ort war mit so vielen Erinnerungen verbunden. Früher hatte ich manchmal, wenn meine Mutter abends nicht nach Hause gekommen war, heimlich dort übernachtet. Aus irgendeinem Grund hatte ich mich im dunklen Garten der Familie Lewis wohler gefühlt als allein in meinem eigenen Haus.

»Was wolltest du mir zeigen?«

Ich beleuchtete mit der Handytaschenlampe die Unterseite des Fensterbretts, das an dem kleinen Baumhausfenster befestigt war. Draußen vorm Fenster hatten wir einen Flaschenzug angebracht, um unsere Munition für Wasserbombenschlachten mit den anderen Kindern aus der Nachbarschaft besser lagern zu können. »Da ist es.«

Er runzelte die Stirn, rollte sich auf den Rücken und betrachtete das abgewetzte Brett genauer.

Ich legte mich neben ihn und blickte gemeinsam mit ihm zu den Zeichen über uns auf, die vor über zehn Jahren dort eingeritzt worden waren.

»Wann hast du das gemacht?« Er drehte den Kopf abrupt zur Seite und sah mir in die Augen.

»In der siebten Klasse, im Frühling. Ihr wart damals gerade in Disneyland, und ich hab hier oben ein bisschen Zeit verbracht.«

»Ganz allein.« Der LJ der Gegenwart hatte Angst um die Marisa der Vergangenheit und wurde nachträglich zornig.

»Ich hatte es hier oben bequem. Ich hatte Decken dabei und so weiter.«

Er strich mit den Fingern über die Zeichen im Holz. *M + LJ*, umrahmt von einem Herz.

Ich hatte hier gelegen, mit einer Campinglaterne, die ich mir aus ihrer Garage geholt hatte, und das Ganze mit einem Schweizer Taschenmesser – ein Geschenk von Charlie – ins Holz geritzt, um meinen Anspruch auf LJ anzumelden – auf die Art, wie Mittelschüler das nun mal tun.

Ich legte den Kopf an seine Schulter und schmiegte mich an ihn. »Mein jüngeres Ich hatte lange vor mir den Durchblick.«

Seine Lippen strichen über meine Schläfe. »Ich bin froh, dass sich beide Versionen von dir inzwischen einig sind.«

Ich hob den Kopf, strich mit den Fingern über seine Brust. »Absolut.«

Wir hatten uns im unteren Bett des extrabreiten Stockbetts gemütlich eingekuschelt und aßen gerade die letzten Stücke der Pizza, die Quinn für uns gemacht hatte und die nach unserer Rückkehr aus dem Baumhaus schon dampfend heiß auf dem Esstisch bereitgestanden hatte.

»Ich wäre auch bereit gewesen, für dich zu kochen«, bemerkte ich und nahm mir die Pizzakruste, die LJ beiseitegelegt hatte.

Er erschauerte. »Wie wäre es, wenn wir als Bedingung für unser Zusammensein festlegen würden, dass du niemals für mich oder jemand anderen kochst, außer du stehst unter Aufsicht?«

»Bedeutet das, dass du mir das Kochen beibringen willst?«

»Ich werde es zumindest versuchen, aber ich kann nichts versprechen. Und du bereitest nicht heimlich irgendwelche Überraschungsmahlzeiten zu, okay?« Er deutete mit einem weiteren Stück Kruste auf mich.

Ich nahm es ihm aus der Hand. »Abgemacht.«

Nachdem er mir meine Limo gereicht hatte, lehnte er sich mit dem Rücken gegen die Wand, an der noch immer Poster aus Highschool-Zeiten hingen.

Das Hochgefühl, das all die großen Geständnisse in uns ausgelöst hatten, war inzwischen verebbt, und wir waren in ein angenehmes Schweigen verfallen, so wie wir es schon immer getan hatten.

»Wir sollten über Italien reden.«

Ich hörte auf zu kauen und würgte die Kruste fast am Stück hinunter. »Daran hab ich auch gerade gedacht.«

Professor Morgan würde zwar enttäuscht sein, aber ...

»Ich muss nicht unbedingt gehen.«

»Du musst hingehen.«

Wir hatten beide gleichzeitig gesprochen.

»Was?« Wieder redeten wir im Chor.

»Du musst hingehen.«

»Ich muss nicht gehen. Nach dem Draft können wir weitersehen. Ich kann hierbleiben oder mir dort, wo es dich hinverschlägt, einen Job suchen.«

»Du hast hart dafür gearbeitet. Und es ist dein Traum. Die Saison dauert neunzehn Wochen. Dreiundzwanzig, wenn man die Trainingscamps und die Vorsaison miteinrechnet.«

»Aber ...«

Er drückte mir einen Finger auf die Lippen. »Dass du mit mir zusammen bist, bedeutet nicht zwangsläufig, dass du rund um die Uhr an meiner Seite sein musst. Ich hab es wirklich sehr genossen, das vergangene Jahr über mit dir zusammenzuwohnen, aber ich werde in Zukunft viel unterwegs sein. Ich werde einen Trainingsplan und viele weitere Verpflichtungen haben. Zu wissen, dass du in einem Job arbeiten kannst, den du liebst, und dass du Menschen um dich haben wirst, mit denen du deine Leidenschaft teilen kannst, wird mir dabei helfen, dich etwas weniger zu vermissen. Das und die heißen, versauten Telefonanrufe und Videochats, die noch dazukommen werden.«

Ich musste schmunzeln.

»Glaub ja nicht auch nur eine Sekunde lang, dass ich dich nicht hier bei mir haben will. Aber sag selbst: Unabhängig davon, was hinten im Garten geschehen ist – kannst du ernsthaft behaupten, dass du nicht nach Italien willst?«

Ich lehnte mich ebenfalls zurück und knabberte nachdenklich an meiner Unterlippe. Ich wollte die großen Veränderungen, die anstanden, mit ihm gemeinsam erleben. Doch dann dachte ich genauer darüber nach, was eigentlich der Auslöser dieses Wunsches war. Es waren die Angst und die Sorge darüber, dass er mich, wenn ich erst einmal nicht mehr da wäre, einfach vergessen könnte. Aber das war ausgeschlossen. Das war ein Irrtum. Er liebte mich, und nichts würde daran etwas ändern.

»Ich will nach Italien«, sagte ich flüsterleise. Dann schaute ich ihn an und nahm seine Hand. »Ich will es so sehr.«

»Dann bekommst du es auch. Wenn wir erst mal genauer wissen, mit wie viel Geld ich rechnen kann, werde ich mir in Venedig eine Bleibe suchen. Selbst wenn ich mir nur eine winzige Bruchbude leisten kann – wir bekommen das hin.«

»Du würdest meinetwegen nach Italien ziehen?«

»Für die Dauer deines Stipendiums? Na klar. Durch die Football-Saisons, die ständigen Reisen zu Auswärtsspielen in der Highschool und mein Trainingsprogramm hab ich nie Gelegenheit gehabt, mehr als ein paar Wochen im Ausland zu verbringen. Ich würde gern gemeinsam mit dir Italien erkunden.« Er strich mir eine Haarsträhne hinters Ohr und legte die Hand an meine Wange.

Diesem Herzflattern, das ich immer bekam, wenn er mich ansah – dem würde ich niemals überdrüssig werden. Dafür dass ich jemals an ihm gezweifelt hatte, verdiente ich wirklich den Preis für den Vollidioten des Jahrhunderts.

»Meine Eltern und Quinn würden dich ebenfalls gern besuchen. Und wenn dein Aufenthalt dort zu Ende ist, dann lassen wir uns was Neues einfallen – gemeinsam.« Er drückte meine Hand, und seine warme Haut, die sich gegen meine schmiegte, gab mir ein Gefühl von Sicherheit und erfüllte mich mit einer hoffnungsvollen Glückseligkeit, wie ich es nie für möglich gehalten hätte. »Es würde ihnen dort bestimmt gefallen. Und Quinn würde vor Begeisterung durchdrehen.«

»Weswegen würde ich durchdrehen?« Quinn steckte den Kopf zur Tür herein.

»So, du hast also gelauscht. Wie lange stehst du denn schon dort draußen?«

Sie rollte mit den Augen. »Ich hab nicht gelauscht. Ich wollte euch nur Bescheid geben, dass ich heute bei Stacey übernachte.« Sie hatte schon den Rucksack auf der Schulter.

LJ setzte sich gerader hin. »Wissen Mom und Dad darüber Bescheid?«

»Wissen Mom und Dad darüber Bescheid, dass du hier mit Marisa im Bett liegst und herumknutschst?«

»Quinn …«

Ich hielt LJ am Arm fest, um ihn daran zu hindern, komplett in den Großer-Bruder-Modus zu verfallen.

»Oh, Stacey ist da! Hab euch lieb! Bis dann!« Sie flitzte aus dem Zimmer, rannte mit donnernden Schritten die Treppe hinunter und knallte die Haustür hinter sich zu.

»Lass sie, sie kommt schon klar.«

Er kniff ungehalten die Lippen zusammen.

Ich strich sacht mit meinen Lippen über seine, damit er sie

wieder lockerließ. »Hast du etwa vergessen, dass sie schon in wenigen Monaten aufs College gehen wird?«

»Du hast ja recht, aber freuen muss ich mich deswegen noch lange nicht.«

»Stimmt. Allerdings haben wir dadurch, dass sie gegangen ist, das ganze Haus für uns.« Ich rutschte von der Wand weg, hockte mich auf die Knie und öffnete den obersten Knopf meiner Bluse.

Er riss die Augen auf und heftete den Blick auf meinen Oberkörper.

Ich ließ einen weiteren Knopf aufspringen. »Ich meine, wir sollten es von der praktischen Seite betrachten. Ich könnte mir vorstellen, dass du hierbleiben willst, da ja sonst niemand aufs Haus aufpasst. Außerdem bist du dann gleich in der Nähe, falls Quinn etwas brauchen sollte.« Meine Bluse klaffte auf, und mein BH lugte hervor.

»Deine Argumente sind wirklich überzeugend.«

Ich strich mit den Händen über seine Brust und schubste ihn, sodass er auf dem Rücken landete. Dann schwang ich ein Bein über seine Hüften und machte mich gleichzeitig daran, die übrigen Knöpfe meines Oberteils zu öffnen.

Jäh schoss seine Hand nach oben und hielt meine fest. »Da wir gerade dabei sind, große Geständnisse abzulegen, muss ich dir noch was sagen.«

Meine Hände erstarrten mitten in der Bewegung, und meine Muskeln verkrampften sich.

»Nachdem wir uns versprochen haben, keine Geheimnisse mehr voreinander zu haben, muss ich dir gestehen, dass ich deine Miete für den Puff bezuschusst und einen zusätzlichen Kredit aufgenommen hab, um den Betrag abzudecken.«

Ich fuhr so abrupt hoch, dass ich mir den Kopf am oberen Bett anstieß. »Du hast bitte was getan?«

Er setzte sich auf und rieb die schmerzende Stelle an meinem Kopf.

Ich schlug seine Hand weg und begann, wie ein Rohrspatz zu schimpfen. »Ist das dein Ernst? Warum machst du so was Dämliches? Ein zusätzlicher Kredit? Was, wenn du nicht gedraftet wirst? Was, wenn du über die Straße gehst und von einem führerlosen Bus überrollt wirst? Das ist so ziemlich das Bescheuertste …«

Er gebot meiner Tirade mit einem Kuss Einhalt.

Ich schmolz kurz in seinen Armen dahin, doch dann machte ich mich wieder von ihm los. »Oh nein, so einfach lasse ich dich nicht davonkommen. Warum …«

»Weil ich dich liebe. Und da ich wusste, dass du keine Hilfe annehmen würdest, hab ich es eben selbst für dich getan.«

Ich legte den Kopf in den Nacken. Mein Blick fiel auf den Lattenrost des oberen Bettes und die Fotos von uns, die zwischen den einzelnen Holzlatten steckten.

Er hatte mich auf seine ihm ganz eigene, furchtbar nervige, perfekte Art beschützt. Auch wenn mir seine Methoden nicht passten, war das Endergebnis zweifellos positiv. »Wenn man es so sieht … Aber ich werde dir alles zurückzahlen.«

»Wir können uns bestimmt auf eine großzügige Rückzahlungsregelung einigen.« Damit packte er mit beiden Händen meinen Po und zog mich mit sich, bis ich schließlich auf seiner Brust landete. Unsere Lippen trafen sich, und schon befanden wir uns in einem Wettstreit darum, wer es zuerst schaffen würde, den anderen aus seinen Kleidern zu schälen. Aber ganz egal, wer gewinnen würde – Sieger wären wir am Ende beide.

EPILOG

LJ

In dem Saal, in dem ich saß, lag eine derart erwartungsvolle
Spannung in der Luft, wie ich es noch nie zuvor erlebt hatte – nicht vor den Play-offs oder einem Meisterschaftsspiel, ja,
noch nicht mal, als ich den Brief für meine Aufnahme an der
Fulton U unterzeichnet hatte. Fünfzig Tische, an denen jeweils
zehn Personen Platz fanden, standen eng beieinander. Hinter
einer Bühne mit einem Rednerpult und einem riesengroßen
LED-Bildschirm hingen Banner der Profiteams.

Überall am Rand des riesigen Raums, der sich im Inneren
des Madison Square Gardens befand, standen Kameras. Unter
meinen Füßen lag ein Kabelbündel, das auf dem Betonboden
festgeklebt war. Ich war umgeben von Spielern, Agenten und
Eltern, die sich alle in Schale geworfen hatten und bereit waren
für den großen Augenblick.

Kamerateams gingen für Interviews mit Draft-Teilnehmern
von Tisch zu Tisch. Eine knisternde Energie erfüllte den
Raum. Alle beäugten sich gegenseitig und fragten sich, wie
früh der eigene Name wohl aufgerufen werden würde. Das
konnte den Unterschied zwischen einem achtstelligen oder
nur fünfstelligen Vertragsbonus ausmachen und auch für weitere Verträge entscheidend sein, die im Laufe weniger Jahre zu
zweistelligen Millionenbeträgen führen konnten.

Als mein Agent mich angerufen und mir in so ohrenbetäubender Lautstärke, dass mir beinahe das Trommelfell geplatzt wäre, verkündet hatte, dass ich eingeladen worden war, war ein Großteil meiner Sorgen von mir abgefallen. Ich würde heute Abend ausgewählt werden – die Frage war nur noch, wann und wohin.

Marisa legte die Hand auf mein Bein, drückte es sanft und kitzelte mich in der Kniekehle.

Ich fuhr ruckartig nach vorn und versuchte, ihre Hand abzuschütteln.

Sie beugte sich zu mir und flüsterte mir ins Ohr: »Ganz egal, was passiert – wir sind alle für dich da, und wir lieben dich.« Der kleine Kuss, den sie mir auf die Wange drückte, beruhigte meine zum Zerreißen gespannten Nerven zumindest ein bisschen.

Ich atmete tief durch, schloss die Augen und lehnte mich zurück. Eine behagliche Ruhe überkam mich.

Meine Mom beugte sich zu mir. »Wenn ein Küsschen von Marisa eine dermaßen beruhigende Wirkung hat, sollten wir uns vielleicht alle eins geben lassen, oder?«

Marisa lachte. »Eine Runde Küsse für alle.« Sie sprang auf und drückte Mom und Dad ebenfalls ein Küsschen auf die Wange, bevor sie sich wieder hinsetzte.

Wie sichtlich wohl sie sich in Gesellschaft meiner Eltern fühlte, hatte mir schon immer das Herz erwärmt, und in diesem Augenblick bedeutete es mir sogar noch mehr. Unser Leben würde für immer verwoben und untrennbar verbunden sein, und ich wollte, dass sie begriff, dass die beiden sie immer genauso lieben würden, wie ich sie liebte. Marisa würde immer wie eine Tochter für sie sein.

Jäh blitzten in meinem Kopf Bilder auf, wie wir uns die ganze letzte Nacht lang in den Armen gelegen hatten, bevor wir uns schließlich für die Draft-Zeremonie herausgeputzt hatten.

Es war eine riesige Erleichterung gewesen, endlich allen erzählen zu können, was zwischen uns war. Dass Berk uns während der Spring-Break-Party beim Knutschen erwischt hatte, hatte den Zeitplan dafür, unsere Beziehung offiziell zu machen, deutlich beschleunigt. Aber ich hätte es auch gar nicht anders haben wollen – obwohl die Geheimnistuerei eine Zeit lang auch durchaus ihren sexy Reiz gehabt hatte.

Die Lichtkegel der Scheinwerfer begannen, hin und her zu schwenken, und es ging los. Das Team mit dem schlechtesten Saisonergebnis durfte den Anfang machen. Utah. Marisa hielt meine Hand, die neben dem Gedeck auf dem Tisch lag, fester.

Das Gesicht des Commissioners der Liga blickte vom großen Bildschirm auf uns herab. Er stand draußen auf einer Bühne vor dem Spielfeld des Stadions, das vollgepackt war mit Fans der unterschiedlichen Teams. Jeder Fanblock hatte seinen eigenen Bereich, wo die Fans mit bemalten Gesichtern jubelten und Flaggen schwenkten.

Meine Lippe berührte leicht ihre Ohrmuschel. »Die brauchen viel dringender einen Quarterback als einen Linebacker.«

Der Name wurde verlesen, und auf der anderen Seite des Raums brach Jubel los, gefolgt von höflichem Applaus.

Zwischen den Köpfen der anderen Wartenden erspähte ich Berk und seinen Agenten, der noch immer telefonierte. Jules winkte uns zu, und wir winkten zurück.

Der frisch gekürte Profi-Quarterback ging zu der Tür, die hinaus zu den grölenden Fans führte. Auf dem großen Bildschirm wurde ein Videoclip über ihn und seine Leistungen eingespielt. Er nahm die Kappe mit dem Emblem seines neuen Teams in Empfang und posierte oben auf der Bühne angekommen für Fotos.

Ein Spieler nach dem anderen wurde aufgerufen und trat auf die Bühne. Agenten, Manager und Eltern hingen an ihren

Handys und telefonierten aufgeregt, kreischten und lachten miteinander.

Das Essen und die Getränke auf unserem Tisch waren nach wie vor unangetastet. Berk war, nachdem er als Siebzehnter ausgewählt worden war, nicht mehr an seinen Tisch zurückgekehrt. Auf dem Weg zum Podium hatte er sogar dem STFU-Arschloch, mit dem er sich letztens geprügelt hatte und das als Fünfzehnter ausgewählt worden war, die Hand gegeben. Von einem Faustkampf im Stadiontunnel während eines laufenden Spiels zu freundlichem Händeschütteln. Die Aussicht auf ein paar Millionen Dollar konnte offenbar eine ziemlich beruhigende Wirkung entfalten.

Bei mir jedoch nicht. Zumindest noch nicht.

Ich schwitzte dermaßen, dass mein brandneuer maßgeschneiderter Anzug nach der Veranstaltung auf jeden Fall in die Reinigung musste. Wenn ich in einem Team aus dem Nordosten landete, wäre ich nur einen Zehn-Stunden-Flug von Marisa entfernt. Meine Eltern könnten zu den Spielen kommen, und ich wäre in der Lage, Quinn jederzeit zu besuchen.

Marisa rieb mir mit der Hand den Nacken und legte den Kopf an meine Schulter.

Inzwischen waren Zärtlichkeiten in der Öffentlichkeit kein Problem mehr. Natürlich gingen wir nicht vor den Augen meiner Eltern auf Tuchfühlung, aber ich würde es sicher niemals als selbstverständlich erachten, dass ich, ganz egal, wo wir uns gerade aufhielten, ihre Hand halten, sie umarmen oder küssen konnte.

»Beim einunddreißigsten Pick des Drafts hat Philadelphia die Wahl.«

Wir fassten uns an den Händen, umklammerten einander viel zu fest.

»LJ Lewis, Defensive Lineman von der Fulton U.«
An unserem Tisch brach gellender Jubel los. Einunddrei-
ßig. Euphorische Glückwünsche stürmten von allen Seiten auf
mich ein. Ich wurde angesprungen, umarmt und geschüttelt.
Alle grinsten so breit wie nach einem Touchdown-Pass – inklusive mir.

Ich zog meinen Anzug zurecht und ergriff Marisas Hand.
Dann lief ich auf den Durchgang zu, ließ sie erst im letzten
Augenblick los, wobei unsere Fingerspitzen aneinander ent-
langstrichen.

Als ich die Bühne betrat, jubelten die Fans im Philly-Block.
Mein Video wurde abgespielt und von den Sprechern kom-
mentiert. Ich nahm meine Kappe entgegen, ging dann zum
Commissioner, der mein Trikot bereithielt, schüttelte ihm die
Hand und posierte mit ihm für Fotos, wobei ich mich bemüh-
te, nicht allzu idiotisch zu grinsen. Leider gelang mir das nicht.

Als ich die Bühne wieder verließ, erwartete mich mein
Agent schon im Korridor vor dem Green Room. Er spulte eine
Menge Zahlen und Namen herunter. Und auch die wichtigsten Infos überhaupt: die Rahmenbedingungen meines Vertra-
ges und die Höhe des Bonus, den ich für die Unterzeichnung
erhalten würde.

Rasch streckte ich die Hand aus, um mich an der Wand abzustützen. Ich wollte die Tatsache, dass ich nur noch eine Unterschrift davon entfernt war, Millionär zu werden, nicht unbedingt mit einer Gehirnerschütterung feiern.

»Gib mir eine Sekunde, Glenn, okay?« Ich betrachtete die
Trikots, die nebeneinander aufgereiht an der Wand im Korridor vor dem Green Room hingen, und dann das Trikot mit
meinem Namen darauf, das ich in der Hand hielt. Der Trubel
um mich herum schien plötzlich leiser zu werden, als ich in
einer Glasscheibe der gerahmten Trikots das Spiegelbild von

mir selbst mit meiner Philly-Kappe auf dem Kopf sah. »Ich habe es geschafft.«

Ich fühlte mich plötzlich so leicht. Die Anspannung fiel von mir ab. In meiner Brust breitete sich ein Gefühl aus, das sich so gleißend hell und strahlend anfühlte, dass man es eigentlich als Lichtstrahl am Himmel hätte sehen müssen. Ich hatte es geschafft.

Der SUV fuhr vom Haus meiner Eltern ab. Ich hielt Marisas Hand fest, strich mit dem Finger über ihre Fingerknöchel. Anstatt in New York zu bleiben, waren wir alle direkt wieder zurückgefahren. Wir würden später noch genug Gelegenheit dazu bekommen, Zeit dort zu verbringen, doch uns blieben lediglich zwei Wochen im Puff, zwei Wochen, in denen wir alle zusammenwohnten.

»Ich kann kaum glauben, dass es nur noch zwei Wochen bis zur Abschlussfeier sind. Dieses Semester fühlt sich an, als hätte es ein ganzes Jahr gedauert.«

Sie schaute mich mit einem Blick an, vor dem sie sich inzwischen nicht mehr scheute, einem Blick, der mich jedes Mal mitten ins Herz traf.

In meiner Tasche vibrierte das Handy. Während ich mit dem Daumen seitlich ihr Knie streichelte, zog ich es hervor und checkte die eingegangene Nachricht. »Wir müssen unsere private Party wohl noch etwas aufschieben. Im Haus wartet eine wichtige Verpflichtung auf uns.« Ich zeigte ihr das Display.

Sie riss die Augen auf, schnappte ihre Tasche und kramte darin nach einem Haargummi. Dann band sie sich die Haare rasch zu einem gefechtstauglichen Knoten zusammen und setzte eine ernste Miene auf.

Nachdem der Fahrer uns vor dem Haus abgesetzt hatte, eilten wir sofort nach drinnen. Durchs Wohnzimmerfenster konnte man den fahlen Lichtschein, der aus der Küche fiel, zwar kaum erkennen, aber wir wussten trotzdem, dass sie alle da waren. Auf der Straße vor dem Haus parkten viel mehr Autos als sonst.

Als wir eintraten, stellten wir fest, dass wir zum ersten Mal seit langer Zeit wieder ein volles Haus hatten. Ehemalige Mitbewohner mit den Damen, die ihre Herzen erobert hatten, waren gekommen. Reece und Seph, Nix und Elle, Berk und Jules und Keyton dazu. Sie alle hielten Taschenlampen in der Hand. Nix legte die Hände an den Mund und brüllte zur Decke hinauf:»Sieht ganz so aus, als hätten wir heute drei Profi-Footballer im Haus.«

Darauf brach Jubel aus. Alle wedelten mit ihren Taschenlampen, lachten und umarmten sich. Mit erhobener Stimme wurde jedes Detail des Abends besprochen. Keyton war zwar nicht zum Draft eingeladen worden, jedoch trotzdem in der dritten Runde ausgewählt worden. Er würde nach L.A. zu den Lions gehen. Für Berk ging es nach Boston. Und ich würde hier in Philly bleiben.

Reece trat in die Mitte unseres Kreises.»Okay, jetzt haben wir erst mal genug gefeiert. Ihr wisst, warum wir hier versammelt sind und was wir zu tun haben.«

Nun setzten alle eine entschlossene Miene auf.»Heute Abend wird es etwas anders laufen. Es heißt: Männer gegen Frauen.«

Alle Frauen sammelten sich sofort auf einer Seite. Sie hatten ein provozierendes Glitzern in den Augen.

Keyton trat vor.»Die feindlichen Linien werden nicht überschritten. Und es wird nicht mit dem Feind rumgemacht.« Dann fügte er etwas weniger streng hinzu:»Mir zuliebe. Bitte, keine Fummeleien. Ich bin auch so schon fürs Leben gezeichnet.«

Marisa und ich musterten äußerst interessiert die Zimmerdecke und die Fenster.

»Für unsere Nachzügler: Ihr habt fünf Minuten zum Umziehen.«

Da Berk und Jules keinen Umweg über New Jersey gemacht hatten, waren sie bereits in Kampfmontur.

Marisa und ich eilten die Treppe hinauf und konnten die ganze Zeit über nicht die Finger voneinander lassen.

Oben rannte sie in ihr Zimmer, und ich schlüpfte rasch in meines. Schon hatte ich das Jackett, die schicken Schuhe und die Anzughose abgelegt. Ich schnappte mir eine Jogginghose und machte mich daran, das Hemd auszuziehen.

»Du bist so was von erledigt, LJ!«, hörte ich sie von der anderen Seite der Wand brüllen.

»Das glaubst du vielleicht, aber du irrst dich. Ich bin nicht nur verschlagen, sondern habe dir auch alles beigebracht, was du weißt.« Ich schlüpfte in die Jogginghose, zog ein T-Shirt über und kippte mein Arsenal aus, das ich in einem Korb im Schrank aufbewahrte.

»Hast du meinen Commander Blaster geklaut?«

Ich nahm die blau-orangefarbene Plastikwaffe und steckte sie in den Hosenbund. »Nö, ich hab ihn nirgends gesehen.« Schnell schnappte ich mir noch einen Munitionsgurt, der mit Geschossen mit orangefarbenen Spitzen aus Schaumgummi bestückt war, und hängte ihn mir quer über den Oberkörper.

Das Poltern in Marisas Zimmer war inzwischen etwas leiser geworden.

»Die Zeit ist um«, rief Keyton von unten.

Ich preschte gleichzeitig mit Marisa auf den Flur hinaus.

Sie schubste mich gegen die Wand und rannte an mir vorbei die Treppe hinunter.

Plötzlich ließ ein leises Klopfen an der Haustür uns alle innehalten. Es fehlte doch eigentlich keiner mehr.

Die Haustür ging auf. »Hey Coach. Wa... was tun Sie denn hier?«, fragte Berk hörbar verunsichert. Als der Coach beim letzten Mal vor unserer Tür gestanden hatte, war sein Besuch nicht gerade erfreulich verlaufen – ach was, das galt für alle seine Besuche.

»Ich wollte euch Jungs zu euren heutigen Leistungen gratulieren.« Er streckte den Arm aus und schüttelte Berks Hand.

Als Nächster trat Keyton zu ihm und schüttelte seine Hand. »Du hast in dieser Saison einen tollen Job für das Team gemacht.«

Marisa ging auf die offene Tür zu. Ich kam hinter ihr nach unten.

»Du hast heute Abend wunderschön ausgesehen.« Er umarmte sie.

Dann sah er über ihre Schulter hinweg mich an. »Die Stadt kann sich glücklich schätzen, dass du zukünftig hier spielen wirst. Das wird bestimmt eine hervorragende Motivationshilfe für die neuen Jungs sein, die hier demnächst anfangen zu spielen.« Er nahm seine Kappe ab. »Und mir ist bewusst, dass du einen besseren Highscore ...«

»Ist schon okay, Coach. Ich hab's geschafft.« Ich legte den Arm um Marisa, wobei sich die Plastikmunition in meine Brust drückte, und sah ihr in die Augen. »Und wir werden es auch schaffen.«

Marisa hatte mich die E-Mails lesen lassen, die ihr Vater geschrieben hatte. So gern ich ihn auch gehasst hätte oder wütend auf ihn gewesen wäre, hatte mir doch jede einzelne dieser Nachrichten überdeutlich gezeigt, wie viel sie ihm bedeutete. Und jeden, der sie auch nur annähernd so gern hatte wie ich, wollte ich in meinem Team haben. In dem Team, das es sich zur Lebensaufgabe machen würde, ihr zu zeigen, wie viel Liebe es auf dieser Welt für sie gab und dass diese Liebe nie mehr verschwinden würde.

»Das weiß ich. Und wie ich sehe, seid ihr schon alle bereit zu feiern.«

Die anderen hatten sich hinter mir aufgestellt, bis an die Zähne bewaffnet mit mehr Nerf-Ausrüstung, als man in einem kompletten Spielzeuggeschäft fand.

»Das ist eine Tradition.«

»Dann viel Spaß. Ich sehe euch beide später.«

Marisa trat rasch vor und drückte ihn fest an sich. »Bis Montag, Dad.«

Einen Augenblick starrte er sie fassungslos an, doch dann schlang er ebenfalls die Arme um sie. Ein Zittern erfasste seinen ganzen Körper. »Bis dann.« Als er sie schließlich wieder losließ, glänzten seine Augen feucht.

Sie schloss die Tür hinter ihm und drehte sich zu uns um. Dabei schniefte sie leise.

»Bist du okay?«

Sie legte mir den Arm um die Taille und schmiegte sich an mich. »Ja, es geht mir gut.«

Ich atmete tief ein, schloss die Augen und gab ihr einen Kuss auf die Schläfe. Plötzlich spürte ich ihre Finger auf der Haut.

»Und jetzt geht es mir sogar noch besser.« Sie riss den Blaster aus meinem Hosenbund, wich zurück und richtete ihn auf mich.

»Du verschlagenes Biest.«

»Das sagst ausgerechnet du. ›Nö, ich hab ihn nirgends gesehen‹«, äffte sie mich mit verstellter Stimme nach, wich meinem Griff aus und sprang hinter Seph und Elle.

Ich reihte mich neben Nix, Berk, Keyton und Reece ein. Die Mädchen standen uns gegenüber.

Keyton trat vor und stellte sich zwischen den beiden Teams auf. »Alle haben fünf Minuten, um eine Strategie festzulegen. Keiner geht nach draußen. Keiner fummelt herum. Haben alle die Regeln verstanden?«

»Du wirst vor mir auf die Knie gehen, LJ«, sagte Marisa, und auf ihren Lippen spielte ein Lächeln.

»Nicht wenn ich dich zuerst flachlege.« Keyton räusperte sich.

»Ich meinte nicht, dass ... Also ...«

Alle brachen in schallendes Gelächter aus, und die anderen Jungs knufften meine Schultern.

»Okay, zurück zum Thema. Alle haben fünf Minuten. Los!« Sofort begann das Gerangel um die besten Verteidigungspositionen. Marisa streifte mich, und ich konnte mich nicht zurückhalten. Rasch hielt ich sie an der Taille fest und küsste sie. Schnell, verspielt, aber voller Begehren. »Ich liebe dich, Risa.«

In ihren Augen glitzerte es schelmisch. »Ich liebe dich auch, L. Und dass du heute Abend noch vor mir auf die Knie gehen wirst, das war ernst gemeint. Auf die eine oder auf die andere Art.«

»Klingt ganz so, als wäre ich, unabhängig davon, wie das Spiel für mich ausgeht, auf jeden Fall der Gewinner.« Schnell gab ich ihr noch einen Kuss.

Keytons Stimme trennte uns schließlich. »Was habe ich gerade gesagt? Also wirklich, ihr haltet ja nicht mal neunzig Sekunden durch ...«

Marisa lachte schallend und rannte mit dem Rest der Mädels die Treppe nach oben.

»Ich weiß. Aber diese Frau hat etwas, das mich einfach verrückt macht.«

ENDE

Ich kann es kaum glauben, dass dies der Abschied von der Fulton U ist. Oder vielleicht doch nicht? Die Fulton-U-Reihe ist zwar beendet, aber das bedeutet nicht, dass wir zukünftig der einen oder anderen Figur nicht doch noch einmal begegnen werden.

Über diesen Kreis aus guten Freunden zu schreiben war ein wilder Ritt. Ich bin mir selbst nie ganz sicher, wohin die Reise als Nächstes geht, aber ganz egal, wie sehr mich diese Figuren manchmal frustriert haben, genieße ich die Reise immer wieder aufs Neue!

Mein besonderer Dank gilt meinen Lektorinnen Dawn, Sarah und Sarah. Und meiner Assistentin Karen! Oh Mann, ohne euch hätte ich das alles nie geschafft.

Und ich danke euch! In unserer verrückten Welt ist Zeit ein begrenztes Gut. Darum möchte ich euch dafür danken, dass ihr euch im hektischen Alltag die Zeit genommen habt, um ein wenig mit diesem liebenswerten Grüppchen zusammen zu sein, und dafür, dass ihr sie genauso ins Herz geschlossen habt wie ich.

Viel Spaß beim Lesen!
Maya xx